大庆精神大庆人

袁木◎著

中国言实出版社

图书在版编目（CIP）数据

大庆精神大庆人 / 袁木著. -- 北京：中国言实出版社，2021.3

ISBN 978-7-5171-3655-2

Ⅰ. ①大… Ⅱ. ①袁… Ⅲ. ①新闻报道－作品集－中国－当代 Ⅳ. ①I253

中国版本图书馆CIP数据核字（2020）第251919号

出 版 人 王昕朋

责任编辑 曹庆臻

责任校对 张 丽

出版发行 中国言实出版社

地 址：北京市朝阳区北苑路 180 号加利大厦 5 号楼 105 室

邮 编：100101

编辑部：北京市海淀区花园路 6 号院 B 座 6 层

邮 编：100088

电 话：64924853（总编室） 64924716（发行部）

网 址：www.zgyscbs.cn

E-mail：zgyscbs@263.net

经　　销 新华书店

印　　刷 北京中科印刷有限公司

版　　次 2021 年 3 月第 1 版 2021 年 3 月第 1 次印刷

规　　格 710 毫米 ×1000 毫米 1/16 21.25 印张

字　　数 349 千字

定　　价 89.00 元 ISBN 978-7-5171-3655-2

袁木，江苏兴化人，先后在西北农学院森林系和上海复旦大学政治系、新闻系学习。在复旦大学学习期间，参加了中国共产党领导的进步学生运

动，并担任校系科联合会主席。1948 年 9 月起，先后任冀热察导报社编辑、冀哈尔日报社记者。1950 年 1 月加入中国共产党。1950 年 1 月起，先后任新华社冀哈尔分社记者、山西分社记者，新华社对外部、国内部副组长，撰写和发表了大量脍炙人口、具有广泛社会影响的优秀新闻作品，如《他们是普通劳动者》《大庆精神大庆人》等。1978 年 1 月后，在国务院办公室调研组、国务院办公厅调研室工作。1983 年 3 月任国务院秘书长助理。1985 年 4 月至 1988 年 9 月任中央财经领导小组副秘书长。1988 年 9 月任国务院研究室主任。1990 年 8 月至 1995 年 4 月任国务院研究室党组书记、主任。参与起草党中央、国务院一系列重要文件，主持起草《政府工作报告》，组织开展国民经济和社会发展系列重大课题调研。1993 年 3 月至 1998 年 3 月任政协第八届全国委员会常务委员，其间，兼任中华人民共和国国史学会会长、中国政策科学研究会会长。

出版有《袁木文集》等多部专著。

目录

上篇

下篇

上篇

大庆精神大庆人

列车在祖国广阔的土地上奔驰着。它掠过一片片田野，越过一条条河流，穿过一座座城市，把我们带到了向往已久的大庆。

大庆，不久前人们对她还很陌生。如今，人们在各种会议上，在促膝谈心时，怀着无比兴奋的心情谈论着她，传颂着她。有机会去过大庆的人，绘声绘色地描述着这个几年前还是一个未开垦的处女地，现在已经建设起一个现代化的石油企业；描述着大庆人那一股天不怕、地不怕的革命精神和英雄气概。没有经受过革命战争洗礼和艰苦岁月考验的年轻人说，到了大庆，更懂得了什么叫作革命。身经百战的将军们，赞誉大庆人“是一支穿着蓝制服的解放军”。在延安度过多年革命生涯的老同志，怀着无限欣喜的心情说：到了大庆，好像又回到了延安，看到了延安革命精神的发扬光大。

我们来到大庆时，这里还是严冬季节。迎面闯进我们眼底的，是高耸入云的钻塔，一座座巨大的储油罐，一列列飞驰而去的运油列车，一排排架空电线和星罗棋布的油井。这一切，构成了一幅现代化石油企业的壮丽图景。同它相对衬的，是一幢幢、一排排矮小的土房子。它们有的是油田领导机关和各级管理部门的办公室，有的是职工宿舍。夜晚，远处近处的采油井上，升起万点灯火，宛如天上的繁星；低矮的职工宿舍里，简朴的俱乐部里，不时传出阵阵欢乐的革命歌曲声，在沉寂的夜空中回荡。到过延安的同志们，看着眼前的一切，想到大庆人在艰苦的条件下为社会主义建设立下的大功，怎么能不联想起当年

闪亮在延水河边的窑洞灯火哩！

但是，对于大庆人说来，最艰苦的，还是创业伊始的年代。

那时候，建设者们在一片茫茫的大地上，哪里去找到一座藏身的房子啊！人们有的支起帐篷，有的架起活动板房，有的在不知道什么时候被丢弃了的牛棚马厩里办公、住宿。有的人什么都找不到，他们劳动了一天，夜晚干脆往野外大地上一躺，几十个人扯起一张篷布盖在身上。

淫雨连绵的季节到了。帐篷里，活动板房里，牛棚马厩里，到处是外面大下，里面小下，外面雨住了，里面还在滴滴答答。一夜之间，有的人床位挪动好几次，也找不到一处不漏雨的地方。有的人索性挤到一堆，合顶一块雨布，坐着睡一宿。第二天一早，积水把人们的鞋子都漂走了。

几场萧飒的秋风过后，带来了遮天盖地的鹅毛大雪。人们赶在冬天的前面，自己动手盖房子。领导干部和普通工人，教授和学徒工，工程技术干部和炊事员，一齐动起手来，挖土的挖土，打夯的打夯。没有工具的，排起队来用脚踩。在一个多月的时间里，垒起了几十万平方米土房子，度过了第一个严冬。

就在那样艰苦的岁月里，沉睡了千万年的大地上，到处可以听到向地层进军的机器轰鸣声，到处可以听到建设者们昂扬的歌声："石油工人硬骨头，哪里困难哪里走！"夜晚，在宿营地的篝火旁，人们热烈响应油田党委发出的第一号通知，三个一群，五个一伙，孜孜不倦地学习着毛泽东同志的《实践论》和《矛盾论》。他们朗读着，议论着，要用毛泽东思想来组织油田的全部建设工作。没有电灯，没有温暖舒适的住房，甚至连桌椅板凳都没有，但是，人们那股学习的专注精神，却没有受到一丝一毫影响。

时间只过去了短短四年，如今，这里的面貌已发生根本变化。我们访问了许多最早来到的建设者，每当他们谈起当年艰苦创业的情景，语音里总是带着几分自豪，还带着对以往艰苦生活的无限怀念。他们说，大庆油田的建设工作，是在困难的时候，困难的地方，困难的条件下开始的，如果不是坚信党的奋发图强、自力更生的号召，如果不是在党的总路线和"大跃进"精神的鼓舞下，如果没有一股顶得住任何艰难困苦的革命闯劲，今天的一切都将是空中楼阁。许多人还说，他们过去没有赶上吃草根、啃树皮的二万五千里长征，也没有经受过抗日战争和解放战争的战火考验，今天，到大庆参加油田建设，也为实现六亿五千万人民的远大理想吃一点苦，这是他们的光荣，是他们的幸福！

深深懂得发扬艰苦奋斗、自力更生这个革命传统的伟大意义，心甘情愿地吃大苦，耐大劳，临危不惧，必要时甚至不惜牺牲个人的一切，而能把这些看作是光荣，是幸福！这，不正是大庆人最鲜明的性格特征吗？

有着二十多年工龄的老石油工人王进喜，大庆油田上有名的“铁人”，就是大庆人这种性格的代表人物。

当年，这里有多少生活上的困难在等待着人们啊！但是，四十来岁的王进喜在一九六〇年三月奉调前往大庆油田时，他一不买穿的用的，二不买吃的喝的，把被褥衣物都交给火车托运，只把一套《毛泽东选集》带在身边。到了大庆，他一不问住哪里，二不问吃什么样的饭，头一句就问在哪里打井？接着，他马上就去查看工地，侦察线路。

钻机运到了，起重设备还没有运到。怎么办？他同工人们一起，人拉肩扛，把六十多吨重的全套钻井设备，一件件从火车上卸下来。他们的手上、肩上，磨起了血泡，没有人叫过一声苦。开钻了，一台钻机每天最少要用四五十吨水，当时的自来水管线还没有安装好。等吗？不。王进喜又带领全体职工，到一里多路以外的小湖里取水，保证钻进，这样艰苦地打下了第一口井。

无语的大地，复杂的地层，对于石油钻井工人来说，有时就好像难于驯服的怪物。王进喜领导的井队在打第二口井的时候，出现了一次井喷事故的迹象。如果发生井喷，就有可能把几十米高的井架通通吞进地层。当时，王进喜的一条腿受了伤，他还拄着双拐，在工地上指挥生产。在那紧急关头，他一面命令工人增加泥浆浓度和比重，采取各种措施压制井喷，一面毫不迟疑地抛掉双拐，扑通一声跳进泥浆池，拼命地用手和脚搅动，调匀泥浆。两个多小时的紧张搏斗过去了，井喷事故避免了，王进喜和另外两个跳进泥浆池的工人，皮肤上都被碱性很大的泥浆烧起了大泡。

那时候，王进喜住在工地附近一户老乡家里。房东老大娘提着一筐鸡蛋，到工地慰问钻井工人。她一眼看到王进喜，三脚两步跑上去，激动地说：“进喜啊进喜，你可真是个铁人！”

像王“铁人”这样的英雄人物，在大庆油田岂止一人！

马德仁和段兴枝，也是两个出名的钻井队长。他们为了保证钻机正常运转，在最冷的天气里，下到泥浆池调制泥浆，全身衣服被泥水湿透，冻成了冰的铠甲。

薛国邦，油田上第一个采油队长。在祖国各地迫切需要石油的时候，他战胜了人们想象不到的许多困难，使大庆的首次原油列车顺利外运。

朱洪昌，一个工程队队长。为了保证供水工程赶上需要，他用双手捂住管道裂缝，堵住漏水，忍着灼伤的疼痛，让焊工在自己的手指边焊接。

奚华亭，维修队队长。在一次油罐着火的时候，他不顾粉身碎骨的危险，跳上罐顶，脱下棉衣，压灭猛烈的火焰，避免了一场严重事故。

毛孝忠和肖全法，两个通讯工人，在狂风怒吼的夜晚，用自己的身体连接断了的电线，接通了紧急电话。

管子工许协祥等二十勇士，在又闷又热的炎夏，钻进直径只比他们肩膀稍宽一点的一根根钢管，把总长四千八百米的输水管线，清扫得干干净净。

……

大庆人都贯注了革命精神，他们的确是特殊材料制成的。历年来，在大庆油田，每年都评选出这样的英雄人物一万多名。

请想想看！在这样一支英雄队伍面前，还有什么样的困难不能征服！

但是，大庆人钢铁般的革命意志，不仅表现在他们能够顶得住任何艰难困苦，更可贵的是，他们能够长期埋头苦干，把冲天的革命干劲同严格的科学态度结合起来。这正是他们在同大自然作战的斗争中，战无不胜、攻无不克的法宝。

在油田勘探和建设中，大庆人为了判明地下情况，每打一口井都要取全取准二十项资料和七十二个数据，保证一个不少，一个不错。

一天，三二四九钻井队的方永华班，正在从井下取岩心。一筒六米长的岩心，因为操作时稍不小心，有一小截掉到井底去了。

从地层中取出岩心来分析化验，是认识油田的一个重要方法。班长方永华，当时瞅着一小截岩心掉下井底，抱着岩心筒，一屁股坐在井场上，十分伤心。他说："岩心缺一寸，上级判断地层情况，就少了一分科学根据，多了一分困难。掉到井里的岩心取不上来，咱们就欠下了国家一笔债。"

工人们决心从极深的井底，把失落的岩心捞上来。队长劝他们回去休息，他们不回去。指导员把馒头、饺子送到井场，劝他们吃，他们说："任务不完成，吃饭睡觉都不香。"他们连续干了二十多个小时，终于把一筒完整的岩心取了出来。

这从深深的井筒中取上来的，哪里是什么岩心，简直是工人们对国家建设事业高度负责的赤胆忠心啊！

几年来，就是用这样的精神，勘探工人、钻井工人和电测工人们，不分昼夜，准确齐全地从地下取出了各种资料的几十万个数据，取出了几十里长的岩心，测出了几万里长的各种地层曲线。地质研究人员和工程技术人员，根据大量的第一性资料，进行了几十万次、几百万次、几千万次的分析、化验和计算。

想一想吧，是几十万次，几百万次，几千万次啊！那时候，大庆既没有像电子计算机这一类先进的计算设备，又要求数据绝对准确，如果没有高度的革命自觉，没有坚韧不拔的革命毅力，没有尊重实际的科学精神，这一切都可能做到吗?

正是因为有了这种自觉、这种毅力、这种实事求是精神，这种以毛泽东思想武装起来的新作风，在几万名大庆建设者的队伍中，形成了一种非常值得珍贵的既是继承了我党的优良传统，又是在社会主义建设时期的全新的风气：他们事事严格认真，细致深入，一丝不苟。大庆人不论做什么工作，他们的出发点都是："我们要为油田建设负责一辈子！"

大庆的钻井工人们有一个永远不能忘记的"纪念日"——"难忘的四一九"。那是指一九六一年的四月十九日。这一天以前，大庆人封掉了一口新打的油井。这口井，如果同老矿区的井比起来，已经不错了，照样可以出油，只是因为井斜度超过了他们提出的标准，原油采收率和油井寿命可能受到影响，建设者们含着泪，横着心，把它填死了。"四一九"这天，大庆人召开万人大会总结经验教训，展开了以提高打井质量为中心的群众运动。

"四一九"以后，这里的油井都打得笔直。最直的井，井斜只有零点六度，井底位移只有零点四米。打个比方说，这就等于一个人顺着一条直路走，走了一公里，偏差没有超过半米。

一二八四钻井队有一次打的一口油井，发生了质量不合格的事故。这个队的队长王润才和工友们，把油井套管从深深的地层中拔出来，逐节检查，研究发生事故的原因。他们终于发现，有一处套管的接箍，因为下套管前检查不严，变了形。后来，队长王润才就背上沉重的套管接箍，走遍广阔的油田，到每一个钻井队去现身说法，给全体钻井工人介绍发生质量事故的教训。

对油田建设负责一辈子的大庆人，用科学精神武装起来的大庆人，就是这样对待自己工作中的缺点的。从那时以后，油田上打井因为套管接箍不好而造成质量事故的情况，再也没有发生过。

不仅对待关系到整个石油企业命运的大事情如此严格，即使对待一些看来“微不足道 ”的小事情，也同样一丝不苟。大庆人说：“好作风必须从最小处培养起。”

今年春天，油田上召开了一次现场会。会场中央，端端正正放着十根十米长的钢筋混凝土大梁。这些大梁表面光滑平整，根根长短粗细一致，即使最能挑剔的人，也找不出它们有什么毛病。但是，油田建设指挥部的负责人却代表全体干部在会上检讨说，由于他们工作不深入，检查不严，这些大梁的少数地方，比规定的质量标准宽了五毫米。

五毫米，宽不过一个韭菜叶，值得为它兴师动众地开一次几百人的现场会吗？不，值得！大庆人性格的可贵之处正在这里。会上，工程师们检查了他们没有严格执行验收标准，关口把得不好；具体负责施工的干部和工人，检查了他们作风不严不细，操作技术不过硬。人们纷纷检查以后，干部、工程技术人员和工人们，抄起铁铲，拿起磨石，把大梁上宽出五毫米的地方，一一铲掉，磨光。人们说：“咱们要彻底铲掉磨掉的，不只是五毫米混凝土，而是马马虎虎、凑凑合合的坏作风！”

这种一丝不苟的作风，在工程技术人员中也形成了风气。几年来，他们不分昼夜，风里雨里，奔波万里，为的是找到一个合理的科学参数；他们伴着摇曳的烛光，送走了多少个不眠之夜，为的是算准一个技术数据。

青年技术员谭学陵和另外四个年轻人，花了整整十个月时间，累计跑了一万二千多里路，从一千六百多个测定点上测得五百多个数据，找到了大庆油田最正确的传热系数，为整个油田输油管道的建设提供了科学根据。

技术员蔡升和助理技术员张孔法，在风雪交加的冬季，身揣窝窝头，怀抱温度计，五次乘坐没有餐车、没有卧铺、没有暖气的油罐列车，行程万余里，在挂满冰柱的守车上实地探测原油外运时的温度变化。

技术员刘坤权，一个普通高中毕业的学生，一连几个严冬，冒着风雪从几百个不同的地方挖开冻土，进行分析化验，终于研究出这里土层的冻涨系数，为经济合理地进行房屋基础建筑提供了可靠数据。

亲爱的读者，你们看到这些事例会想些什么？当我们听到这一切时，都被大庆人这种可贵的性格深深地感动了。

在大庆，我们访问过不少有名的英雄人物，也访问过许多在平凡的岗位上忠心耿耿的“无名英雄”。从他们身上，我们发现，大庆人不论做什么工作，心里都深深地铭刻着两个大字：“革命”。

电测中队现任副指导员张洪池，就是大批“无名英雄”中的标兵。

四年前，张洪池是人民解放军这个伟大集体中的“普通一兵”。来到大庆以后，他当过电测学徒工，当过炊事员，样样工作都做得很出色。在长期的平凡劳动中，他显示了一个自觉的革命战士的优秀品质。他在自己的日记上曾经写道：

“共产党员要像明亮的宝珠一样，无论在什么地方，都要发光发亮。”

“我要像个万能的螺丝钉一样，拧在枪杆上也行，拧在农具上也行，拧在汽车上，机器上，锅台上……凡是拧在对党有利的地方都行，都要起一个螺丝钉的作用，而且要永远保持丝扣洁净，不生锈。”

做一粒到处发亮的宝珠！当好一颗永不生锈的万能螺丝钉！这就是大庆人对待生活的态度。

一天夜晚，在一间低矮的土房子里，我们见到了油田的一个修鞋工人，他的名字叫黄友书，三十来岁年纪，也是个复员军人。他到大庆以后，当过瓦工、勤杂工、保管工，磨过豆腐，喂过猪。后来，领导上又派他去给职工们修鞋。

修鞋！在轰轰烈烈的社会主义建设战线上，去当一个“修鞋匠”？对这种平凡而又琐碎的劳动，你是怎样看待的？

黄友书二话没说，愉快地接受了任务。他说：“战士没鞋穿打不了仗，工人没鞋穿也搞不好生产，谁离得了鞋啊？给工人们修好鞋，这也是革命工作！”

他跑遍附近好几个城镇去找修鞋工具。他每天挑着修鞋担子下现场。他经常收集废旧碎皮，捡回去洗净揉好，用它来给职工们掌鞋。

黄友书看到职工们穿着他修好的鞋踏遍油田，心里乐开了花。就是这个并非油田主要工种的修鞋工人，每年都被职工们选为全矿区的标兵，被誉为忠心耿耿为人民服务的“老黄牛”。

在大庆，这样的事例是举不胜举的。从大城市的大工厂调来不久的老工人何作年，自豪地说：“在咱们大庆，人人都懂得他们做的工作是革命。扫地的把地扫好了，是革命；烧茶炉的把开水烧好了，又省煤，也是革命。一个人懂得了这个道理，做啥也浑身是劲。大家都懂了这个道理，就能排山倒海，天塌下来也顶得住！”

一切工作都是革命，所有的同志都是阶级兄弟。人们精神世界的升华，渗透到人与人之间的关系中去，谱成了多少扣人心弦的乐曲！在大庆这个革命的大家庭中，人们时刻铭记着毛主席在《为人民服务》这篇文章中的教导：“我们都是来自五湖四海，为了一个共同的革命目标，走到一起来了。”“一切革命队伍的人都要互相关心，互相爱护，互相帮助。”

在大庆，干部们对工人的关心，关心到了一天的二十四小时。每天深夜，干部都要到工人的集体宿舍中去“查铺盖被”，看一看工人兄弟休息得可好，睡得是否香甜。

一场暴风雪过后，气温骤然下降了十多度。年轻的单身工人张海青，被子又薄又脏，还没有来得及拆洗，没有添絮新棉。支部书记李安政“查铺盖被”时，发现了这个情况，他趁工人们上班，悄悄把张海青的被子抱回家，让自己的爱人拆洗得干干净净，又把自家的一床被拆开，扯出一半棉花，絮到张海青的被子里。张海青发现他的被子变得又洁净又厚实，到处查问是谁干的，李安政在一旁一声没吭。新从一个大城市调到大庆的老工人王文杰，把这一切看在眼里，暗暗掉下了眼泪。

一二〇二钻井队的十几户家属，听说技术员李自新的妻子死了，遗下两个孩子，争着把孩子抱到自己家里看养。她们说：“孩子没妈了，我们就是她俩的妈。”前任队长王天其的爱人李友英，天天把奶喂给李自新一岁的女儿小英，却让自己正在吃奶的孩子小香吃稀饭。有人为这件事写了一分材料给钻井指挥部党委书记李云，李云把这份材料转给李自新，同时含着泪给李自新写了一封意味深长的信：“等两个孩子长大了，告诉她们：在新社会里，在革命大家庭里，人们是怎样关怀她们，养育她们长大成人的。叫她们永远记住，任何时候都要听党的话，跟着党走。”

在地质研究所、设计院、矿场机械研究所这些知识分子干部集中的“秀才”单位，人与人之间的关系也发生了根本变化。有一次，地质研究所女地质技术员陈淑荪，看到同一个单位的地质技术员张寿宝的被面破了，就把一床准备结婚时用的新缎子被面，从箱底翻出来，偷偷缝在张寿宝的被子上。张寿宝发现了，怎么也不肯要。陈淑荪对他说：“你说说，我们是不是阶级兄弟？是不是革命同志？是，你就把被面留下。不是，你就还我。”这几句话，说得张寿宝感动极了。他含着两眶激动的眼泪，再也说不出不要被面的话了。

为了实现六亿五千万人民的远大理想，心甘情愿地吃大苦，耐大劳；为了对国家建设事业负责一辈子，事事实事求是，严格认真，一丝不苟；为了革命的需要，全心全意地充当一颗永不生锈的万能螺丝钉；在革命的大家庭中，人人关心别人胜过关心自己……这些，就是大庆人经过千锤百炼铸造出来的可贵性格。在我们伟大祖国的社会主义建设事业中，是多么需要这样的性格啊！

也许有人要问：大庆油田的辉煌成就和建设者们身上的巨大变化，这一切是怎样得来的？大庆人的回答很简单：“这一切都是毛泽东思想的胜利！”

一个晴朗的早晨。我们去访问油田的一个工程队，想进一步了解毛泽东思想在大庆是怎样的深入人心。同路的一位年轻工人说：“那里今天开会，不好找人。”我们问他开什么会，他说：“冷一冷。”冷一冷，这是什么意思？年轻工人解释说：“我们大庆经常开这样的会，找一找自己的缺点，找一找工作中还存在的问题。找准了，就能迈开更大的步伐前进。”

在大庆人已经为祖国建设立下奇功的时候，在全国都学习大庆的时候，他们还要冷一冷，继续运用毛主席提出的“两分法”，从自己的不足处找出不断前进的动力。这不正是我们想了解的问题的答案，也是大庆人更可贵的性格吗？

（此篇与范荣康合著）

他们是普通劳动者

——中央国家机关和中共中央直属机关领导干部十三陵水库工地集体劳动散记

烈日当空，热风炙人，脚下的砂粒都被晒得发烫。周恩来同志领先打着一杆鲜艳的红旗，一支由中央国家机关和中共中央直属机关领导干部组成的劳动队伍，这时正在迎着十三陵水库的拦洪大坝，向着他们的劳动现场进发。

这是一面标志着崇高的共产主义风格的红旗。一个多星期以来，五百多位领导同志完全以普通劳动者的姿态，在这里紧张地劳动，流下了他们的汗水。

每天下午三时，银笛一响，人们立刻从比比相连的地铺上一跃而起，列队出发。不论总理、部长、副部长、司局长以至工地技术员、卫生员或行政管理人员，大家一起徒步八里去上工，一路上谈笑风生。直到夜间十一时，人们才背着水库大坝上的万盏灯火，回到驻地。有时，这支队伍在路上同青年水库建设者们迎面相遇，调皮的年轻人就故意高声地挑起战来："黄忠队，唱一个吧！""老头儿"们也不示弱，老远地看到年轻人就争取主动："小伙子们，来一个！"在这互相挑战的热情的呼唤声和欢笑声中，愉快的歌声就在热风中荡漾起来。

这里没有首长

第一天，水库指挥部沙西工段政治委员白寿康同志被请来向大家分配任务，指示工作。他刚刚说出“我们欢迎首长们……”的第一句话，周恩来同志立刻纠正他说：“这里没有首长，没有总理、部长、司局长的职务。在这里大家都是普通劳动者。”王震同志紧接着对白寿康同志补充说：“现在你是首长，我们是你的部下。”

要想如实地表达出工地上愉快欢乐的沸腾气氛，表达出我们敬爱的领导同志们热爱劳动的感情和他们的干劲，那是一件十分困难的事情。炎热的太阳晒得石头烫手，人们不但不加理会，反而快乐地把大石头称作“西瓜”，把小石头称作“香瓜”，一面有节奏地高喊着这样的呼号：“嘿！来了一个大西瓜！”“又来一个小西瓜！”一面飞快把石块运向料堆。几十辆独轮车装着石块在工地上轻捷地转动，人们担起石筐健步如飞，这支平均年龄在四十五岁以上的劳动队伍，几乎个个都想在劳动中赛一赛干劲。

周恩来同志在大家的集体劳动还没有开始时，就一个人推起一辆小车练习起来。我们敬爱的周总理在过去的革命战争中骑马摔坏了右臂，至今他这支胳臂还不能完全伸直，虽然人们一再劝阻，他在干了装料、拉车等活儿以后，还是坚持推了几车石料，要学一学这种劳动。罗瑞卿同志再三告诉大家要注意安全，干起活来要量力而行，稳步前进，而他自己一到工地就忘记了自己对别人的告诫，越干越猛。第一、二两大队的队长、陈国栋同志和余光生同志身体健壮，穿着短裤，脚登球鞋，是工地上的“少壮派”，他们不仅指挥得好，并且带头劳动得好。中央国家机关党委书记龚子荣同志在这里担任着支队政治委员的职务，他同连贯同志是工地上出名的一对“矮胖子”，他们俩人一直坚持抬石筐，始终不懈，人们都称赞他俩坚持劳动的毅力。李葆华同志被石头砸破了手，流了血，但他坚持轻伤不下火线，包扎一下以后，干得越发起劲。

永不忘怀的形象

有几个在工地上使人们永远不能忘怀的形象是：早年就失去了一支胳臂的王兴让同志，他一会儿用一只手提着几十斤重的石筐，同别人一起装车卸料，一刻不停；一会儿担起一副石筐，又快又稳；一会儿又帮助别人拉车，一往直前。汗水湿透了他的衣衫，他一面劳动还一面同别人大声谈笑，或者低声哼起歌曲。平凡的劳动给这位不知疲倦的人带来了多大的乐趣啊！工地上大家都尊敬地称他是“独臂英雄”。章夷白同志1926年在江西参加北伐战争时，被军阀孙传芳的部队打伤了两腿的关节，后来他在艰苦的白色恐怖下从事党的地下工作时，又曾在1931年被国民党反动派逮捕，长期生活在敌人的监狱里，因而多年来留下了双腿不能弯曲的残疾。章夷白同志这次不仅不顾别人的多次劝阻，一定要来工地，并且拄着一根拐棍坚持徒步上工，在劳动中和大家一样干得起劲。金明同志幼年得过肋膜炎症，没有能很好医治，后来，许多年革命的艰苦生活又损害了他的健康，因而他现在半边肺已经萎缩，左边的胸脯显然地塌陷下去。就是他，却不仅始终是全队保持推车最高纪录中的一个，并且当不少人推车还需要一个人帮着拉时，他却一个人推着往来快跑。有不少比较年轻的司局长同志曾经一再地对我说：“在这些英雄们的面前，我们多劳动一些又算得了什么呢！”

我久久地凝视着周总理和许多久经考验的领导同志，凝视着他们在劳动中那样平易近人而又闪耀着无限光辉的形象，好久好久不能平复自己的激动心情。

老当益壮的英雄

许多年老长者也都表现了“老当益壮”的英雄气概，他们在共同的劳动和生活中显得年青了。七十二岁的陈其瑗副部长是全队的长者，他不仅干劲十足，并且两天之后饭量就几乎加了一倍。年近六十的史良部长拣几块小石头以后，就要给别人送一块大的，人们称赞她是“既会抱西瓜，又会拣芝麻”。潘震亚副部长和庄希泉副主任同岁，今年都已过七十。我在工地上时常发现他们天真地堵着嘴在生气，原因就是别人老去“干涉”他们，劝他们休息。叶圣陶副部长、郑振铎副部长、胡愈之副主任等人，虽也已年近六十或者六十开外，他们都表现出始终不懈的十足干劲。李德全部长一向是有名的“人老身心不老”，她在一到工地的头一天就大声疾呼地让大家注意健康，三申“禁令”，不要猛干，而她自己却不知疲劳，越干越欢。地质部的孟宪民同志听说别人说他老，他赌气地说：“怎么，是不是你们嫌我胡子多？”第二天，他已经把脸刮得精光，精神更加焕发。

工地上有一首颂扬长者的诗，它实际上也生动地体现了这次领导干部集体劳动的整个气概：“工地争传老黄忠，日车顽石气吞虹，童颜鹤发身犹健，无数英雄指顾中。”

从劳动中吸取“养料”

我越是留神观察，领导同志们以真正的普通劳动者的态度对待劳动的精神，就越加使我感动。他们虽然因为工作太忙抽不出更多的时间，但即使在短短一星期内，还是那样认真地不放过劳动中的任何细节，并且从劳动中吸取丰富领导思想和改善领导作风的养料。

刚来到工地的第一、二两天，人们本来是排成三条长龙，徒手传递石头。后来运输线拉长了，并且各人体力强弱不均，挨个儿传递使效率降低，第三天完成的石方由第二天的一百三十多方降到九十多方。这时，马上就有不少人提出实行车子化的建议，并且立即在两个大队试行，成功后又普遍推广。有不少人还写了大字报，指出这是“两种方法，两种效果”，说是他们“从切身的劳动经验中，深刻地认识到在今后领导生产时，要时时注意调整劳动组织和大力推行技术革新。”我在工地上还曾看到一位署名庄稼汉的领导同志写的大字报，他用“顺口溜”总结了推车的经验：“手把车辕端的正，腿要蹬直腰不弓，走路谨防一边倒，两条路线作斗争，正确全凭掌握好，左右摇摆可不中，众英雄都是治国经纶手，要善化矛盾求平衡。”我想，假如不是全心倾注于自己的劳动，谁能这样具体地总结出推车的经验，又从如此思想原则高度悟出自己的体会呢？

吃晚饭的时候，大家就在工地上抓起几块咸菜，一头大蒜，津津有味地吃起干粮。这时，也是工地“俱乐部主任”荣高棠同志最活跃的时候。在人们正咀嚼着香甜的大块丝糕时，就可以欣赏到他的诗歌朗诵、京韵大鼓和陕北民歌。史良部长有一天也在三百多人面前学起鸡叫、猫叫和狗叫来，有些早年同她熟悉的人，也还是第一次听到她的绝妙口技呢！抗战时期在陕北南泥湾领导过大生产运动的王震同志，不仅至今还是劳动能手，他讲的讽刺孔夫子犯教条主义的故事，也逗得大家捧腹大笑。每天上午的休息期间，人们有时开个小会，有时三三两两去洗自已那浸满汗渍的衣裳。有的人诗兴大作，就用民歌、新诗和古体诗词等各种形式来写大字报，抒发自己在共同劳动和共同生活中的体会与感情变化。连贯同志一口气就写了一首一百零四行的长诗。在这种亲密无间的生活气氛中，许多老年人都变得年青多了。

劳动思想健康三丰收

“同吃同住同劳动”，不仅深刻改变着人们之间的关系，许多人的思想也在发生着深刻变化。有人说这次是“劳动思想双丰收”，有人说还应加上“劳动医百病”，大家健康都有增进，因此是“劳动思想健康三丰收”。人们都说这次是在“十三陵大学”受了劳动教育，并且认为十分光荣，临别时都互称“同学”。年近六十的马锡五老同志写了一张大字报，他说没有经过劳动锻炼的人应该在劳动中改造思想，就是经过战争和劳动锻炼的人，日子久了也应该“回炉”，以免“身心生锈”。许多人都提出要把这种集体劳动制度化，每年组织几次，使党的光荣传统在今天更加发扬光大。对外文委的一位司长鲁明同志有一天悄悄地把我拉到工地上一个休息用的席棚里。他态度严肃认真，但又抑制不住激动的感情。他对我说：“一星期的同吃同住同劳动给我最深刻的印象是，我们有许多领导同志原来就出身于劳动人民，或者即使不是劳动家庭出身，也在长期的革命斗争中同劳动人民建立了血肉联系。只要党的光荣传统认真发扬起来，你就可以看到，像在今天这样完全出于高度自觉的劳动中，你可以看出他们是多么完美地显示出平凡而又高尚的劳动者本色！”听了他的这番话，我再回过头来凝视那支由领导同志组成的劳动队伍，我是又激动而又不安，我怎么样才能体会到孕育在他们心里的那种劳动人民的感情，而又确当地把它表达出来呢？！

“凭君查遍青史五千载，那见尚书侍郎同劳动”。这是纺织部副部长陈维稷同志写下的诗句。的确，不论古今中外，有谁见过这样一支“普通劳动者”的队伍？那些胡说无产阶级专政是新的极权国家的人，那些胡说什么社会主义制度将不可避免地产生官僚主义的人，他们绝不敢在这支队伍面前抬头正视！

红旗越举越高

河南省新乡市七里营人民公社六万多社员永远不能忘怀的是：1958年8月公社刚成立的时候，毛主席前来视察，赞扬了他们的公社，说“人民公社这个名字好！”“大有希望。”从此，七里营公社的全体社员高举着“人民公社好”这面红旗，而且越举越高了。

七里营公社的两年办社历史是不平凡的。第一，一连两年都遇到大旱，公社的农业生产却仍然向前发展了。第二，公社努力向机械化和半机械化的道路迈进，现在全社大部分耕地已经实现了机耕。第三，以农业为基础，七里营公社的社办工业和多种经营也有很大的发展，社员的收入逐年都有增加。

（一）

七里营公社位于豫北“人民胜利渠”引黄灌区，耕地一般都能引黄河河水灌溉。但是，公社成立后的第一年1959年就遇到了三百天的大旱，黄河水位很低，引水困难，很多耕地无法保证灌溉。这一年，广大社员凭仗着公社巨大的集体力量，充分发扬了“抗旱抗到天低头”的英雄气概，仍然夺得了丰收。1958年是“大跃进”，全公社粮食总产量比1957年增长17%，比解放前最高年产量增长2.5倍；棉花总产量，比1957年增长45.8%，比解放前最高年产量增长3.24倍。而大旱的1959年，粮棉总产量又比1958年有所增长。今年，虽然严重的自然灾害从1959年一直无情地延续下来，但是，全公社十五万亩耕地上并没有留下灾害的痕迹。在目前的秋收季节里，辽阔无边的田野上棉花似海，花絮如雪，金色的谷物穗大粒满。现在七里营公社已经开始秋收了。到目前为止，仅仅从全社九万亩棉田里摘下的头喷棉花，平均每亩就已收了籽棉140多斤，比去年同期大大增加。

疾风知劲草，不见高山不显平地。不信，请看这个显明的对比：

1943年，河南大旱。那时真是赤地千里，饿殍遍野，无数人逃荒异乡，妻离子散。七里营公社现在所管辖的地区，那一年的旱情，虽然远远不及去年到今年的旱情严重，可是饿死病死的就有二千三百多人。

为什么人民公社能够顶得住看来是无法抗拒的自然灾害？那就是“一大二公”的优越性。七里营公社的耕地虽然公社化前就能引黄灌溉，但是在公社化前，由于农业社规模小、土地分散，灌溉渠道不能统一修整和使用，常常是上游跑水，下游缺水。旱时争水，工程效益不能充分发挥；涝时上扒下堵，造成水灾搬家。公社化后，公社党委制定出全社统一的水利规划，利用冬闲季节，组织水利建设大军。在统一领导，统一行动下，整修和疏通了原有3000多条弯曲不畅的大小河道，新挖了32条灌河和28条排河，实现了全部耕地的自流灌溉和河网化。并在统一用水后节约了用水量，从而保证了绝大部分农田的适时灌溉。去冬今春公社又吸取1959年大旱时期黄河水量减少的教训，组织专业队大打机井，大挖坑塘，使公社半数以上的耕地达到了“井河双保险”。两年的辛勤劳动，使河水、井水、坑水、塘水都驯服地流进了田野，哺育了禾苗，也使广大社员深刻认识到人民公社的强大的集体力量。

（二）

两年来，七里营公社利用社有经济和各个生产大队提供的公共积累，新购置了拖拉机28.3个标准台。加上公社化后国营拖拉机站下放给公社的拖拉机，公社现在已拥有拖拉机40.6个标准台。此外，两年来还新购置了联合收割机、谷物脱粒机、播种机等现代农业机械107台。现在，全社机耕面积已由公社化前的占25%提高到82%。在耕、耙、播、中耕、治虫、排灌等主要田间作业机械化程度已达到35%。在加快实现农业机械化的同时，两年来还依靠社办工业的力量和群众性的工具改革运动，创造出各种新式农具 349 种 71172 件，仿制新式农具 146890 件，因而加快实现着田间作业的半机械化。目前，全社除拥有一大批现代化农业机械外，平均每 35 亩地有一部耘锄，25 亩地有一部治虫药械，新式水车较公社化前增加了两倍多。田间运输已经实现了胶轮化，基本消灭了人抬肩挑的现象。

农业机械化半机械化的迅速发展，进一步提高了农业生产的水平和人民公社的抗旱能力。由于机械化半机械化代替了许多重劳动，两年来共节省出 886000 劳动日和 118 万个畜工，这就有可能抽出更多的劳力加强抗旱斗争和田间管理。公社化前这里耕地的深度平均 12 至 15 公分，现在已提高到 24 至 32 公分，过去耙地最多四至五遍，现在已增加到七至十二遍；过去棉田一般只中耕六次，现在中耕八至十四次。今年公社 9 万亩棉花因为 70％实行机耕，播种时间比往年缩短三分之二。现在全社三天内就可以在棉田里中耕、治虫、追肥各作一遍，作业轮次的速度大大地提高了。

公社化前在引黄灌溉总干渠上建立起来的田庄水电站，公社化以后也下放到公社。经过积极扩充设备和挖掘设备潜力，发电量比过去增加一倍多。它不但供应着全部社办工厂和机械排灌站的用电，并且使公社的十六个生产大队点上了电灯。

“耕地不用牛，点灯不用油，妇女不推磨，水往高处流”，这是中国农民多年梦寐以求的理想。在七里营公社，它已经不是遥远的理想，而是正在逐步实现着的现实了。

农业的水利化和机械化，是同大搞丰产方和园田化，是同全面改革耕作制度结合着进行的。毛主席 1958 年来这里时参观过的十亩“红旗”干部棉花试验田，现在已经扩展成为一万二千亩“红旗”棉花丰产方。它同其他五个丰产方阡陌相连，总面积是八万二千亩，占全社九万亩棉田的 91％。这样大规模的丰产方，经过广大干部和社员的辛勤劳动和精心经营，真正达到了园田化的标准。在各个丰产方里，还分布有两千亩丰产方指挥田，在那里进行的有播种时间、密度、品种、浇水量、施肥量以及人工降雨、地下灌溉、地下加温等几十种农业科学技术项目的试验。它们是带动整个丰产方全面贯彻八字宪法的样板，也是提高广大干部的思想水平、管理水平和生产技术水平的红专学校。

（三）

在以农业为基础这个正确方针的指导下，社办工业正在更好地为农业服务，同时工业本身也在为农业服务中更快地壮大起来。经过两年来的发展、整顿巩固和提高，七里营公社现有各种工厂83个，其中社营的12个，队营的71个。整个社办工业的总产值，从1958年以来连年增加，在今年的全部工业总产值中，直接为农业生产服务的产品就占了85%。

1958年，在公社成立后大搞滚珠轴承化运动中建立起来的第一机械厂，当时全部设备只有两部烘炉和几把锤子，现在已经可以为全公社制造和修理包括耘锄、步犁、脱粒机、电动水车、锅驼机、喷雾器等二十多种农业机具，同时还担负了为拖拉机站和排灌机械队等修配部件的繁重任务。1959年初建立的一座化肥厂，今年初又分出一套人马，另建立一个化肥厂。这一对“母子”工厂，今年已经生产出大量的各种土化肥。12个队办的粮食加工厂，使得全社大部分公共食堂的吃粮加工实现了机械化或半机械化，节省了大量的劳动力和畜力。几乎遍布各大队的缝纫厂、制鞋厂等，不仅解放了更多的妇女劳动力，并且进一步促进了广大社员集体主义思想和共产主义觉悟的提高。

两年来，在统一的计划下面，七里营公社的林牧副渔等多种经济也有迅速的发展。现在全社苹果、梨、桃、杏果园比公社化前增长了三倍多，牛、马、骡、驴等大家畜比公社化前增长了22%。猪、羊分别增长50%以上。1959年全公社多种经营的总收入比公社化以前的1957年增加48%，而今年1月到8月，多种经营的总收入已经接近了去年全年的收入水平。

各项生产事业全面跃进，收入也逐年增加。1958年全社纯收入比1957年增长了28%，去年又比1958年增长了8.7%。收入增加，全社社员的生活福利事业相应地发展了。公共食堂越办越好，全社除极个别的病人外，99.7%的社员参加了食堂。村村都有幼儿园、托儿所，孤弱无家的老人在敬老院度着幸福的晚年，妇产院接待着每一个临产的孕妇。五所实行半耕半读制度的中学和四十三所小学，培育着三千七百多个青少年和全社学龄儿童，四十三个业余红专学校，正继续提高着刚脱掉文盲帽子的男女社员的政治、文化和技术水平。公社售书站去年售书量达到了四十一万多册的高峰，三万二千册毛主席著作的单行本，在今春出现的学习高潮中被抢买一空。

（此篇与杨国保合著）

康庄大道

——大庆油田自力更生赞歌

“我国石油基本自给了！”全国亿万人民传诵着、欢呼着这件振奋人心的大喜事。

难道不值得欢呼吗？帝国主义和现代修正主义处心积虑，想用石油卡住中国人民的脖子，扼杀中国的社会主义建设事业。而今，他们的幻梦彻底破灭了。他们的倒行逆施，没有挡住我们前进的步伐。

有一个西方记者说，“要实现赤色中国现在所声称的石油生产自给自足，没有奇迹是办不到的”。他惊呼：“没有别的事情比这一宣传更惊人的了。”

这的确是一个惊人的奇迹。这奇迹，是我国人民完全依靠自己的设计，自己的设备，自己的技术力量创造出来的。这奇迹，是大庆油田的几万名建设者参与创造出来的。

大庆人用了只不过一年多一点的时间，探明了一个油田的面积和储量；用了短短三年时间，建成了一个现代化的石油企业。油田勘探和开发的速度，比外国的一些第一流油田还快。他们建设的油井，合格率高达百分之九十九点六，这在外国也是少有的。大庆油田的输油管道，有千千万万个焊口，第一次试压，就实现了百分之九十九点九的焊口不漏油、不漏气、不漏水。到外国学过、考察过石油工业的专家，看到大庆油田的建设质量这样好，一致赞扬“了不起”。

大庆人所以能创造出这样的奇迹，原因很多，其中重要的一条，就是他们既虚心学习国外的一切先进经验，又不迷信外国，不迷信洋书本。

大庆人说："别人有的，我们要有；别人没有的，我们也要有。墨守成规，只能跟着别人转；勇于革命，才能力争上游。"他们根据我国具体情况和大庆油田的特点创造了一整套新的认识油田的方法和采油技术，解决了一些重大的技术难题。

今天，人们站在大庆油田那红绿灯闪亮的地层模型面前，在几分钟之内，就可以把油田的地下隐秘了解得清清楚楚，宛如到地下作了一次有趣的旅行。但是，谁也难以设想，为了探明地下隐秘，多少人熬过通宵，多少人怀揣干粮，风雨无阻地在油田日夜奔波……

探明地下奥秘

判明油田地下情况，是开发好油田的先决条件。一上手，建设者们刚落下脚，就碰上了第一个难题：怎样正确认识这块构造比较复杂的油田？

有两条不同的道路摆在他们面前：一条是，照别人走过的老路走，把地下不规则的油层，假设成规则的方形、圆形，用大平均的办法，算出油田的"储量"。玉门油矿曾经照着这条路走过，结果做出的油田开发方案，不符合地下实际情况，后来不得不一改再改，吃了苦头。——不能再走这条老路！

另一条是，冲破别人的框框，把工作深入到地层中去，把油层的本来面貌认识清楚。不仅认识油层的大小方圆，油田的层系，还要认识油田的每一个层段。这是一条至今还没有人走通的路。有一个美国地质学家，一九五八年著文论述过这种认识油田的方法，但是，他接着提出了一个又一个困难，不相信它有实现的可能。

大庆人必须善于吸取前人一切有用的经验，又要敢于革命，勇于实践，充分占有第一手资料，一步一步进行科学的探索，才能走这条路。

他们说："人争一口气。别人讥笑我们'贫油'，我们偏要用自己的双手摘掉石油工业落后的帽子，把它甩到太平洋里去！"

日日夜夜，油田上不断矗起一群一群的钻塔。勘探工人不分昼夜，准确齐全地从地下取出了四十万个数据资料：钻井工人从地下取出了总长几十里的岩心；电测工人在井筒测量的显示地层的曲线，总长两万多里。根据这些从地下取出的第一手资料，建设者们进行了五十多万次岩样分析，一百六十多万次分析化验，二千万次地层对比。

“地层对比”，是认识油田的一项关键工作。一群年轻的技术干部挑起了这副重担子。他们当中，资历最老的是一九五四年的大学毕业生。他们没有经验，但他们怀里揣着同大自然斗争的锐利武器——《实践论》和《矛盾论》，他们有着革命的志气和一颗火热的心。

那时，雨季已经来临。一连几天暴风雨，油田处处泥水没脚，低矮的活动房里蛙声四起，积水能把人的鞋子漂走。就在这样的条件下，青年技术员们摊开浩如烟海的资料和参数，伏在用床板搭起的画图板上，彻夜地画呀、算呀。这里的黑斑蚊子特别凶狠，一叮住人，死也不松口。青年技术员们夜里只顾描图算数，蚊子赶不胜赶，只好任它咬。一个通宵过后，许多人被咬得满脸红包，脸肿得连人都变了样。

一年过去了。经过千百万次的计算、对比，青年技术员们终于认清了大庆油田的真正面貌。他们认识得那样细致，那样清楚，以至今天，他们想在哪里打井，想让地下哪一个油层出油，就像囊中取物一样，十拿十稳。

后来，在大庆油田一次检阅成绩的“庙会”上，这一群青年技术员在一张外国第一流油田的油层对比图旁边，并排挂出了自己画的大庆油田油层对比图，请专家们评一评。“庙会”以后，外国的那张油层对比图，就被人们卷起来了。青年技术人员们从实践中创造出来的一套认识油田的新方法，比前人好得多。他们走到外国人的前头了。

走多快好省的路

建设者们认识了油田以后，又面临着一个关系到油田命运的难题：开采出来的原油，能不能通过漫长的输油管从井口流到油库，然后装车外运？

如果让原油喷出地面，凝固在输油管中，那么，整个油田的输油管网就要陷于瘫痪。

建设者们面前又摆着两条不同的路：

他们查遍国外资料，发现了一些办法，看起来最便当的是：“热水伴送”。这就是在油田上并排铺两条大管道，一条是油管，一条是热水管。用热水管给油管加热，不使原油冻结。

照抄外国“热水伴送”的办法吗？那就要铺大量的巨大管道，安装大量的锅炉，多花成倍的建设资金。更重要的是，整个油田的建设速度，将因此而推迟两三年。

这是一条少慢差费的路。

“决不能走这条路！必须到实际中深入调查研究，找出一条多快好省的路。”大庆人说。

全体建设者为寻找这条新路动员起来了。他们一面认真地分析研究一切可能搜集到的国外资料，一面深入实际，展开了大规模的调查研究和科学实验活动。设计人员们卷起铺盖，以铺板作绘图桌，伏在昏黄的烛光下，一夜之间提出了十多个设计方案。工人们顶着星星顶着月亮，聚集在采油井旁，同时开始了几十种为原油加热保温的试验。局长、党委书记和总工程师们办公的“牛棚”里，挤满了油田上最优秀的技术人员、管理人员和工人，他们日夜苦思，会审着一张张凝结着许多人的心血的设计图纸……

设想出一套新的原油集输流程，需要找出一个十分精确的叫作“传热系数”的重要参数。这是一个从来还没有人认真探索过的未知数。五个年轻的技术人员，勇敢地负起了探索这个未知数的任务。他们没有经验，但是他们说：调查研究是打开科学大门的钥匙。只要深入实际，就一定能登堂入室。

五个年轻人每天背着仪器，迎着朝霞出发，四处去测量气温、地温、油温和土壤含水率；傍晚归来，爬在铺板上整理资料，直到深夜。夏天，气候多变。刹那间，雷鸣电闪，铜钱大的雨点子打下来。他们沉住气，蹲在荒野里，用雨衣盖住仪器和记录纸，坚持每两分钟测定、记录一次数据，任凭自己被淋成落汤鸡。冬天，西北风裹着大雪，漫天盖地。棉衣被寒风吹透，浑身好似泡在冰盆里。五个年轻人，在雪地里一蹲就是几个小时。

从春天到冬天，五个年轻人经历了十个月的寒暑，徒步跑了一万二千里，在一千六百多个测定点上取得了五万多个数据。这些数据经过综合分析，终于找到了大庆油田上最合理的“传热系数”，为整个油田输油管线的建设提供了重要的科学根据。

差不多在同一个时候，一位助理技术员和一位实习生，在另一个“战场”

上展开了另一场战斗。他们为了找到大庆油田原油外运时究竟需要多高温度这么一个参数，在十冬腊月，跟着又冷又脏的油罐车跑了几个往返，行程上万里。运油列车没有餐车，没有卧铺，没有暖气，他们坐在挂满冰柱的守车上，每次都要熬过几天几夜。他们不分昼夜，每小时都要走出守车，迎着风雪测一次温度和风速；每到一个较大的车站，都要爬到油罐车顶上，打开罐盖，测量一次油温。就这样，他们测定了一千四百多个宝贵数据，为原油装车外运的合理设计奠定了基础。这些数据是坐在办公室里拉计算尺、摇计算机永远也算不出来的。

今天，大庆油田的输油管线，已经经历了几个严冬的考验。黑色的原油，正日夜不停潺潺流进一列列油罐车，运往祖国各地。

把冲天的革命干劲和严格的科学态度紧密结合起来，一切从实际出发，一切经过调查研究，一切通过科学试验，这就是大庆油田建设者们能够在生产斗争中创造出惊人奇迹的诀窍所在。

大庆人在生产斗争中走过的道路，是一条自力更生的、多快好省的康庄大道。这条康庄大道，是全国每一个厂矿企业，每一个有志气的社会主义建设者，都应该走和必须走的道路！

（此篇与冯健合著）

在岗位上

——大庆油田李天照采油井组纪事

没有岗位责任心就没有岗位责任制。革命自觉是岗位责任制的灵魂。

——李天照井组工人的话

当你在飞快旋转的机床旁高速切削的时候，当你在富饶的土地上耕耘、播种的时候，当你在瞭望哨里守卫祖国边防的时候，当你在售货台前殷勤接待顾客的时候，当你在精密的显微镜前观察一个个切片的时候，你可曾意识到，你是在庄严的岗位上对祖国履行着神圣的职责？

如果说，祖国的社会主义建设事业，好比雄伟的长城，巍峨的泰山，那么，每个人的岗位，就好比它们的一砖一石。当你站在自己的岗位上，你可曾意识到，一砖一石在我们伟大建设事业中的作用？

假如你还没有认真地想过这样的问题，那么，就请你看一看大庆油田李天照采油井组怎样对待自己的岗位吧！

（一）

不久前，李天照采油井组突然收到了一封远方来信。

来信的封皮上贴着“双挂号”的红签签，里面装着一颗米粒大小的螺丝钉，还附有八角钱邮票。信上写道：“你们自觉地爱护设备，在自己的岗位上严肃认真，一丝不苟，这种作风值得我们很好地学习。”

这是怎么回事呢？

原来，新工人张学玉有一次操作不小心，把千分卡上的一颗小螺丝弄丢了。张学玉立刻报告了井长，作了检讨。当天，他从下午找到傍黑，没有找到。第二天，天刚蒙蒙亮，他又赶到井场去找，还是没有找到。“一颗老鼠屎坏一锅汤，我可不能损坏咱井组的集体荣誉！”张学玉想：李天照井组从一九六一年十一月成立以来，管理和使用的九十件工具、仪表，一千三百六十八件设备，至今件件完好，没有丢过一颗螺丝。今天，自己丢了一颗螺丝事小，破坏了老师傅们辛辛苦苦养成的好作风、好传统，这可是大事！

第三天，他请了半天假，跑到附近的小镇上，问遍所有的自行车修理行，钟表、收音机修理店，想购一颗小螺丝配上。结果，不是没有，就是规格不合适，都未如愿。

张学玉想来想去，终于想出了一个办法。他工工整整写了一封信，说明原委，请技术员按照螺丝的形状画了一张草图，标明尺寸，并附上一块钱，寄给制造千分卡的工厂，恳求工厂破例卖给他们井组一颗螺丝。

制造千分卡的工厂，显然被一个普通工人对建设事业高度负责的赤心感动了，决定送给李天照井组一颗螺丝。他们扣去寄信用的两角钱邮费，把多余的钱，附在一封热情洋溢的回信里，寄给了李天照井组。

对一颗小小的螺丝负责到底的故事，从此在采油工人中传开了。

（二）

有人丢失或损坏一件工具，漫不经心地向上级打个报告，重新领一件，这不是我们生活中常见的事吗？新工人张学玉来到李天照井组还不到一年，为什么对一颗米粒大小的螺丝这样认真？

二十三岁的张学玉腼腆地说：“跟着好人学好人，我不过是学了咱井长和老师傅们的样呗！”

这是初夏的一天中午。“锥子雨”唰唰地下了一顿饭时辰。井场周围汪了一大片没脚脖的积水。一个小时检查一次设备的时刻到了，雨还是下个不停。采油学徒工刘玉智，从值班房探出头来，望了望西半边已经露出一丝亮光的天，连忙侧转身去，问井长李天照：

“井长，这雨下不长，等它住一住，咱再去检查吧？”

共产党员李天照，三十来岁，浓眉大眼，满脸刚毅、机智的神气。他听了刘玉智的话，斩钉截铁地说了一声“不行”，抄起工具，三脚两步跨出了值班房。他先检查了“采油树”，又去检查油气分离器，紧接着一溜小跑，来到加热炉旁。加热炉底部已经汪在水里，火苗忽闪忽闪，眼看要灭的样子。他拿起铁锹，挖了三条小沟，排了积水；又放大闸门，弄旺了炉火。他站在雨地里，一直到加热炉的温度恢复正常，这才扛起铁锹往回走。等他回到值班房，浑身上下已经湿透，雨水顺着他的头发、袖口和裤脚直往下淌。他一面脱下上衣来拧干，一面对刘玉智说：“小刘啊，岗位责任制就是岗位责任心。越是坏天气，越要按制度办事，抓紧检查。这应该订为咱们井组的一条纪律呢！”

刘玉智偷偷瞅了井长一眼，惭愧地低下头来。他掏出钢笔，把井长的话一字一句地写在工作记录本上。

一个多月以后，雷阵雨频繁的六月天来了。这天，又是刘玉智值班，上午的太阳还是火辣辣的，到了下午，陡然乌云密布，雷鸣电闪，暴雨像瓢泼似的倾泻下来。这次，刘玉智不再怕雨淋风吹了。他想起前些时井长冒雨替他检查设备的情景，浑身来了一股力量。任凭暴雨如注，雷声震耳，他每过一小时就按时出去检查一次井场设备。这天，从下午四点到夜里零点，他全身的衣服被暴雨淋湿了六次，烤干了六次。有人问刘玉智，为什么不等雷阵雨住一住再出去检查？他说：“怎么能等？规定啥时检查，一分钟也不能耽搁。不要说下雨，就是下刀子，也要跟晴天干活一个样儿。”

一天夜晚。乌云吞没了星星和月亮。已经十一点半钟了，采油队长白荣岗信步到李天照井组去，检查夜班工人的交接班。快到井场了，正是十二点整，只见两个工人一同走出值班房，挨个检查井口设备上的四十六个“检查点”。白荣岗在暗中停下来，注视着他们的动作。突然，在分离器前，他们也停下了，接班工人李润纪用手摸摸玻璃管，摇摇头说：“不行！上边还有油泥哩。你擦干净了，我才能接。”交班工人二话没说，拿起一片毛毡，把玻璃管擦得亮晶晶的。

第二天，采油工人们告诉李润纪，白队长昨夜里暗查你们哩！李润纪笑笑说："查也不怕。咱干活，夜班和白班一个样儿，一点儿不能马虎！"

李天照井组管的油井，周围一二里地没有人烟。一口井昼夜只有一两个人值班。井场这样荒僻，工人们干活又没人监督，他们能自觉地工作得很好吗？

这天夜晚，蒙蒙细雨像雾一样遮天盖地。李天照冒雨来到井场检查工作。快到井场了，他看了看左腕的夜光表，时针正指着七点五十七分。

"离八点只差三分钟了。张加祥该准备出来巡回检查啦，怎么井场上还是一片漆黑？"李天照正在纳闷，一眨眼之间，井场上那盏照明灯倏地亮了，门吱呀一声开了，值班房里走出一个熟悉的身影。那人拿着一把管钳，大步走近井口，细心地独自弯腰检查"采油树"的阀门。

"是他！真是跟钟表一般准！"李天照高兴得几乎喊出声来。他暗地目不转睛地看着张加祥按顺序查完了井口设备的"检查点"，又嚓嚓地踩着泥泞，沿管线向前检查去了。

张加祥手里的电筒忽明忽暗，从那淡黄色的光柱里，还看得见雨丝在闪亮。

等李天照走进值班房，他的肩膀已经淋湿了。他亲昵地拍了张加祥一巴掌，说："老张，你今天检查得挺严呀！"张加祥没想到自己的井长冒雨上井，心里热呼呼的，答道：

"井长，你不用操心啦。干活嘛，领导在不在，咱都是一个样儿！"

李天照井组的每一件设备，都严格实行挂牌制度。每小时巡回检查过后，开动的设备，就挂上一个"开"字牌；停车的设备，就挂上一个"关"字牌。一天夜里，十二点刚过，李天照悄悄上井，把套管阀门上的"开"字牌，暗暗换上了"关"字牌，就走了。

第二天一大早，他就跑上井去检查。他看到夜班工作记录本上有一条写道："夜一点，发现套管阀门挂错了牌，应该挂'开'，挂成'关'了。"

李天照笑了。夜班工人一见他笑，心里猜着了八九分，忙问："井长，可是你动了我的牌子？"李天照说："对啦。我想检查检查你哩！"夜班工人朗朗大笑起来："那还有啥含糊的？查不查都是一个样儿！"

"坏天气和好天气干工作一个样。""夜班和白班干工作一个样。""领导不在场和领导在场干工作一个样。""没有人检查和有人检查干工作一个样。"自从一九六二年六月大庆油田开始执行岗位责任制以来，李天照井组经过领导上三千多次的明察暗访和二十次大检查，每次都证明他们做到了干活“四个一样”。

高度的革命自觉，“四个一样”的好作风，使李天照井组管的几口油井，已经安全生产一千八百多天，月月超额完成生产任务。他们在井上纪录的二万多个地质数据，经过四十七次反复检查，没有一个差错；油井上各种设备的八百六十三个焊口，一百五十六个阀门，没有一处漏油漏气。

李天照井组的这种严格作风，经过领导上的总结推广，很快就像一阵春风，吹遍了矿区的每一口油井。

（三）

世上没有天生的英雄。李天照井组的工人们，逐步摆脱旧社会被压迫的劳动者对待劳动的旧习惯、旧影响，培养起主人翁的劳动态度，也经历了一个从不自觉到自觉的过程。

这是井组成立不久的一个夜晚。夜已深沉。“三星”慢慢移向西天。采油工人宿舍里早已响起阵阵鼾声。只有李天照独个儿坐在床边凝神沉思。一些不称心的事在他脑子里翻腾：全组连他在内七个采油工，有五个人过去没有管过井，连关闸门、量刮蜡片、下钢丝绳这些简单活，也都出了差错。除他以外，唯一干过采油工的李润纪，身在井上，心在家里，整天闷声不语，上夜班躲在门后打瞌睡。唉，七个采油工，就像马尾巴搓绳，怎么也合不起股……

“怎样才能把井管好？怎样才能让人们爱上自己的岗位？”他想着，习惯地从床头那个写着“思想钥匙”的纸袋袋里，取出毛主席著作，借着灯光默读起来：“白求恩同志毫不利己专门利人的精神，表现在他对工作的极端的负责任，对同志对人民的极端的热忱。每个共产党员都要学习他。”

“一个人能力有大小，但只要有这点精神，就是一个高尚的人，一个纯粹的人，一个有道德的人，一个脱离了低级趣味的人，一个有益于人民的人。”

《纪念白求恩》这篇文章，李天照已经读过好多遍了。今夜，他再一次默读着这两段，心想：我是共产党员，一定要用这把思想钥匙，先打开李润纪心上的锁。

第二天，他去找李润纪谈心。他说，常言道，锅里有了碗里才有。要想咱自己的生活过得好，首先要国家富强起来。建设国家要石油，咱石油工人干的活，就是要甩掉石油工业落后的帽子，使国家富强起来。李润纪听着，点点头，嗯了几声，没有吭气。

过了几天，他又去找李润纪，谈自己苦难的童年。李天照从八岁起给地主家放牛，一年到头没吃过一顿饱饭，寒冬腊月穷得穿不起鞋子。有一次，实在饿极了，吃了喂牛的嫩红薯叶，被地主看见了，啪地一耳光，打得他脸上鼓起五条血道道。后来，受不了地主的折磨回了家，靠奶奶彻夜纺线过日子。三天纺一斤棉花，换一斤小米，全家老小六口哪里够吃？只好挖野菜，吃观音土。稀稀拉拉的野菜汤，白天端碗照得见太阳，夜晚端碗照得见星星月亮。不久，爷爷就活活饿死了。一家人哭哭啼啼，把仅有的一亩四分地卖掉了八分，才葬了爷爷……

李天照说："李师傅呀，咱俩虽说不是一地人，可都是穷兄弟。如今咱们是石油工人，是国家的主人，可不能忘了本！"李润纪听了，眼圈发酸，心里觉着火辣辣的。

这时候，李润纪自己也不知道是为什么，李天照平日许许多多舍己为人的行为，都在自己脑子里涌出来了：井组里有人病了，他做好病号饭，端到床前。他替身体不好的工友顶班，累得晕倒在井场上，没有对一个人说过。他把自己的棉大衣送给钱德昌穿，自己只穿一件棉袄。他看到钟信亮的褥子破了，怕钟信亮夜里冷，立刻揭下自己的褥子，给钟信亮铺上。有一天房子漏雨，他拿起雨衣，盖在刘玉智的东西上，却听任自己的衣物淋得透湿。他常常悄悄地给井组的工友们缝补钉、缀扣子、洗衣服、打洗脸水……

"井长是工人，我也是工人。他为啥那样自觉？我为啥不能？"李润纪自己责问自己。他下定决心："我要向他学习，当一个自觉的采油工。"此后，李润纪不像过去那样落落寡合了。工友们推举他当"讲师"，给大伙讲解操作技术。每天下班回来，他脸也不洗，饭也不吃，总是先写一阵子"讲授提纲"。有时，别人都睡了，他还在灯下写。

前面提到的六次冒雨检查设备的刘玉智，在前进的道路上，也有过像李润纪那样的经历。

刘玉智的老家在山东农村。他刚到井组的头几个月，家乡遭了天灾，家里常来信向他要钱。他上井值班，总是愁眉苦脸，心神恍惚。有一次，当班填写工作记录，九十多个字居然漏了十一个字。

这天夜晚，李天照趁工友们都已入睡，跟刘玉智肩靠肩坐着，轻声地倾心交谈起来。

李天照先像兄长似的安慰刘玉智，告诉他要学会安排生活，然后对刘玉智说："咱们石油工人，身上的担子可不轻啊！你想想，天上飞的，地下跑的，哪一样离得了油？咱个人再有啥不幸，总还是一个人的事，万不能影响工作啊！"

李天照告诉刘玉智，他一九五六年在玉门油矿头一次穿上采油工人的工作服时，高兴地拉着别人跳。但是，光是穿上了采油工人的衣裳，并不等于有了一个工人的阶级自觉。

当时，他看到党的小组长——一位有着二十多年工龄的老工人，经常在任务紧迫时加班工作，悄悄替身体不好的工人顶班，到了月底，又从来不说自己加过班，不为自己争功。李天照问这位老师傅为什么工作不怕劳累？老师傅掏出一本《怎样做一个共产党员》送给李天照，笑着说："你看看这个就明白了。"李天照说，从那时以后，他才开始懂得应该怎样去劳动。

一个晚上的倾心交谈，刘玉智的思想开了窍。他慢慢地从个人烦恼中苏醒过来，振起精神，积极钻研技术。有一次，矿区的一位领导同志上井检查，从油井管理、机器设备到操作技术，一连盘问他一个半小时，他对答如流。这位领导同志惊叹地说："你真是个问不倒的'刘铁嘴'！"

随着工人们阶级觉悟的不断提高，李天照井组对工作的要求更加严格了。

井场上展开了练基本功的活动。工人们反复地练习开井、关井，练习拆装阀门、上螺丝的动作，一直练到闭上眼睛跟睁着眼睛做得一样地快和准。八种粗细不同的喷油嘴，闭起眼睛去摸，也要求不差分毫。

清蜡时断钢丝，是采油工人最伤脑筋的事。他们就在筐子里装满石头，用好钢丝，打着死扣的钢丝，扭成各种弯的钢丝和刮掉一层皮的钢丝系着，一次又一次试验钢丝在不同情况下的拉力。

井口的班报表，已经填得准确无误了，工人们不满足，还要写得整齐、美观。每人都买了个本子，下班后就练习写字，既有益于文化学习，又有利于生产。

（四）

过去的采油工人，历来都是“上井三件事”：扳扳管钳，换换油嘴，看看压力表。李天照井组把油井管得这样出色，在整个矿区已经是有口皆碑了。但是他们还不满足，有一次，通过井口上一个几乎无法觉察的变化，他们又把管理工作从井口深入到地下了。

那是一个晴朗的早晨，朝霞映红了半边天。李天照正在一口井上帮助值班工人清蜡。

突然，他发现从井筒中取上来的铅锤顶端，漾着一滴豆粒大的水珠。朝阳映照着水珠，一闪一闪地发亮。“水珠，油井下面怎么会有水珠？”一滴小小的水珠，没有逃过李天照锐利的眼睛。他正要轻轻把水珠取出来，不想，铅锤一歪，水珠滚掉了。

一个采油工人看到井下的一滴水珠，完全可能漫不经心地把它放过，但是，李天照却一连几天苦苦思索着这件事：“油井下面怎么会有水珠？”

李天照提议，把井口的油气分离器打开，从中取出水样来化验。这是一件又脏又繁琐的活。有一个工人，背地里嘟囔开了：“豆粒大一滴水珠，值得这样大惊小怪？真是没事找事！”

夜晚，李天照在宿舍里给全组工友讲《愚公移山》的故事。大伙儿一边听，一边议，决心用愚公移山的精神，一点一滴地收集井下的水珠儿，把问题弄一个水落石出。

工人们花了大半天时间，把分离器打开，洗净，擦干，重新盛满原油。然后，极细心地取出水样。好不容易才积了一口就能喝得干的小半杯水，连夜派人送去化验。

化验的结果表明：是地层里面原有的水。这同地质部门掌握的地质资料相符。

但是，李天照和井组的工人们还是不放心。

“是哪一个水层的水？水珠是从哪一个部位跑进井筒的？”他们要寻根究源，打破砂锅问到底。

于是，又翻出几年前钻井时的资料，进行分析研究，一直到他们从井温曲线和电测曲线里，找到水层的位置，断定了水珠跑进油井的原因，心里一块石头才算落了地。

过了不久，李天照又两次发现，铅锤顶上的水珠一次比一次增多了。他感到很诧异。他和井组工人们像取珍珠一样，白天、黑夜、晴天、雨天，从不间断地从铅锤顶上取出一滴滴水珠去化验。

李天照反复地思考着。他找地质师们一起分析、研究，到附近井组去搜集地质资料。

……

整整八个月过去了。李天照井组的工人们花费了多少心血和艰辛的劳动！他们前后三次彻底弄清了水珠的来历，为指导油井持续正常生产，提供了一项很有价值的资料。

井下的情况，本来是地质师、工程师、科学研究人员经管的事。李天照和井组工人们，前后三次为查明井下水珠的来源所付出的创造性劳动，反映了他们坚守岗位的高度自觉精神。如果所有的采油工人都能像他们这样，那么，人们就可以更加主动地掌握油田地下的规律，把油田管理工作提高到一个崭新的阶段。

不久，油矿领导机关号召所有的采油工人，向李天照井组学习，当好油田的“地下警察”。全矿区经过会考，选拔出李天照和五十多名优秀的采油工人，带头当“地下警察”，把管井工作从地面深入到地下。

李天照井组像一面红旗，在大庆油田的原野上招展。矿区领导人、地质师和工程技术人员们，这天拿着喜报，踩着锣鼓点子，到李天照井场上去贺功。李天照双手恭恭敬敬地接过喜报，满脸堆笑地说：“人人有自己的岗位，咱采油工人的岗位在地上，也在地下。全国人民托咱管油井，管好它是咱的本分。”

（此篇与冯健合著）

在革命化的道路上

——大庆油田工人座谈会记录

不久前，人民日报、新华通讯社和中央人民广播电台，在大庆油田召开了一次工人座谈会。

大庆油田的建设者们来自十一个省市的几十个厂矿，各人经历不同，习惯不同。但是，他们协力同心，以顽强的革命毅力，战胜种种困难，在几年的时间里，建成了一座现代化的石油企业。

在油田建设过程中，这里的领导机关很好地学习了解放军的“四个第一”和“三八”作风，把解放军政治工作的一套办法，具体地运用到石油工业上来。他们首先注意了工业和解放军共同的地方，狠抓了思想政治工作，也就是人的革命化的工作。同时，他们也注意了工业企业的具体特点，一切工作都注意适合自己的特点，而不是生搬硬套。在油田领导机关做了艰苦细致的工作以后，大批新工人在这里把自己锻炼成了社会主义建设战线上的钢铁战士。一些老工人也进一步受到教育，提高了阶级觉悟，增强了革命的自觉性。他们在座谈会上畅谈了为什么能迅速走上革命化的道路，怎样走上了这条道路。他们的谈话，生动而具体地补充了这里领导机关给我们介绍的情况：“这里的每个人都把自己的工作——不论做什么——当成革命工作。”

主席致辞刚结束，人们争先发言，会场上顿时活跃起来。

干部越带头工人劲越大

韩荣华（钻井一大队教导员）：一九六〇年，我们乍来到这里参加油田建设（当时，他是著名的"标杆队"——一二〇二钻井队的指导员），真是困难重重。我们一二〇二钻井队过去一贯顶着困难走，可在这里遇到的困难比哪里都多。怎么办呢？发动同志们讨论。大家一致说，克服困难，干下去！有党的领导，只要大家齐心合力，没有克服不了的困难。

就是在同千难万险作斗争中，立住了脚跟，建成了一个现代化的石油企业。工人们的干劲为什么这样大？原因之一，是这里的领导十分强调干部以身作则，和工人同吃同住同劳动。干部越带头，工人的劲头越高。

你要我用自己切身的体验，谈谈这里的干部作风吗？我看第一条是严格。特别是对思想工作，抓得非常紧。每次汇报工作，领导首先要问职工思想上有什么问题，怎样解决的。这对我的教育很大，也促使自己不能不更多地注意思想政治工作了。

（这时，有同志问：你一个月参加多少天劳动？）

我现在一个月参加劳动十天左右。队上要是有了突击任务，就参加劳动二十五六天。干部不参加劳动，不了解职工们想些什么，就不好指导工作，自己思想上也要生锈，这是很不光彩的一件事。我过去也是工人，现在当了干部，要是不参加劳动，工人们就会想，我跟他们离远了。今天我在这里开会，老实说，心里还想着井场哩。

我从十三岁到玉门油矿当工人，到现在，干了二十二年了。我抱定决心在油田干一辈子，为开发好这里的油田，贡献出自己的一切。

王文杰（八级锻工，一九六二年八月从一个城市的机器厂来到这里）：咱们这儿的干部，不光处处带头，还特别关心工人的生活。我乍来到这儿不久，有一回，咱们车间的党支部书记和另外几个干部，同工人们一道去挖了一天管沟。我想，干部们累了一整天，总该早早地休息了吧。可是，到了夜间十二点多钟了，他们又拿着手电，踮起脚尖，悄悄地来到单身工人们的宿舍，一张铺一张铺地挨着检查，看工人们的被子盖好没有。还有一件事，我永远也忘记不了。咱们车间有个单身工人叫张海青，他的被子又脏又薄，冬天快来了，还没有拆洗，没有添絮棉花。支部书记发现以后，悄悄地把他的被子抱回家，让自己的爱人把被子洗得干干净净，又把自己家里的一床被拆开，把一半棉花絮到张海青的被子里。第二天，张海青一看自己的被子拆洗干净了，也变厚了，到处查问。咱们的支部书记一声也不吭。我在一边看着，暗地里流下了眼泪。我想，咱们这里的领导同志这样关心工人，干部、工人间有了这样的革命感情，咱工人还有什么说的？不管有多大困难，也得把工作干好！

工人的先进思想时刻教育着干部

刘继文（一二〇六钻井队指导员）：老韩说得对，一个队的工作搞好搞坏，首先决定于干部。上梁不正下梁歪嘛！干部以身作则，对工人是很好的教育。同时，工人们的许多先进思想和模范行动，也时时刻刻在教育着我们干部。

就拿我们队上的事情来说吧。去年冬天，一个下雪的晚上，水管线突然坏了。副队长领着两个工人去查管线，发现一处断头，正好在一个大水坑里。那个党员工人解西祥，不管天寒地冻，卷起裤腿就跳下水坑。副队长也跟着下了水。两个人在水里工作了一个半小时，手脚都冻僵了，断头老接不好，副队长冻得话都说不出来。岸上那个工人，叫李福德（非党员），原来不想下水，但被他们的行动所感动，也跳下水去帮忙了。第二天，李福德一见我的面就说："指导员，昨晚上我做得不对呀，副队长他们在水坑里接管线，我怕冷，没有马上下去。我思想太落后了，今后一定向他们学习。"说着说着，就掉了泪。

时间只过去三个多月，前天，李福德的弟弟从农村来到矿区。他不安心农业生产，生产队副队长不愿当了，还退了党。李福德一听，狠狠地批评了他弟弟，说他忘了本。李福德越讲越激动，眼泪一串一串地流。他弟弟后悔万分，也哭得不行。我在一旁听着，也掉了泪。你们想，咱们有这样一些好工人，怎不叫人打心眼儿里高兴哩！

我是城市贫民出身，过去受过不少苦，今天生活比过去好了，成了家，有了孩子，难道能忘记过去吗？现在的工人兄弟，觉悟这样高，我这个共产党员，要是搞不好工作，那能行吗？

（这时，好几个人都举起手来，争着发言。一个穿深蓝色工作服的工人抢先说了起来。他有三十来岁，圆圆的脸膛，一双机灵的眼睛。他是总机械修理厂的五级工，一九六二年从一个大城市的电机厂来到这里。）

改造自然的斗争中也改造人们的思想

何作年：方才有同志说到咱们工人，我也来说上几句。你们要问我为什么到油田工作？自打一九六〇年听说国家正在开发一处新油田，我就想着要来了。那时候，有的国家不卖给我们汽油，大城市里的公共汽车顶着煤气包，我心里很气愤，一个劲儿地向上级打报告，想到大庆油田来大干一场。一九六二年八月，我的愿望终于实现了。

谁知道，一到这里，我就碰上了几个不习惯，头一桩是住又矮又小的土房子不习惯；第二是吃的粗粮多不习惯；第三是这里对工作要求非常严格，不习惯。过去我在老厂子使唤一台新式的“十米自动车床”，一星期才打扫一回，这里的车床不好，每天倒要擦两次。第四是这里工余还要种地、拾粪、割庄稼，自己动手修房，在城里从来没有干过这种活，不习惯。从这些不习惯到习惯，到热爱这里的生活和作风，这可是一场不简单的革命哩！

刚来的时候，我在生产上总是跟不上这里的老同志。我想自己在别的工厂也立过六回功，工作得不错，为啥到这里就跟不上？想来想去，结论只有一条，这就是这里的同志们政治觉悟高。政治觉悟一高，工作的劲头就大。还有，这里的干部同工人群众的关系也很密切。我来到这里几个月以后，还分不出来谁是干部，谁是工人。咱们的厂长、党支部书记和车间主任早晚也是同工人一样，手上身上净是油。咱们的局长、党委书记，也常常同工人一起干活。有一回，工余到地里割豆子，天下大雨，咱们的王副局长已经上了点年纪，又是一只胳臂，还同咱们工人一样，顶着大雨干。你们想，咱们工人有这样的好干部领着，还怕啥呀，就是天塌下来，也要顶着！

杨启耀：我也是一九六二年从一个大城市的大工厂里调来的，现在是总机械修理厂的五级车工。最初，我对这里的生活和生产，都很不习惯。例如上工前的准备工作，这里做得特别仔细。这是为什么呢？

说到这儿的人嘛，也真是不同。有一次，我发了点牢骚，一个二级徒工马上就对我说：“杨师傅，你这话可说得不对啊！”我以为他对我有意见了，可一回到宿舍，他帮我买饭，又给我打洗脸水，亲热得了不得。一天，轮到我休息，看见很多人都去挖管沟，去参观参观吧。到工地一看，好家伙，大伙儿都光着膀子干哩！有个上海姑娘叫张丽秋，也光着脚丫子，挖得十分带劲。我站在一边，总觉得不是味儿，也抄起铁锹干开了。还有一次，我生了一点小病，陈书记给我送来一瓶奶粉，我知道他的病比较重，没有要，可他说："你最近工作特别忙，又病了，非吃不可……"

就这样呆了四五个月，看看周围的同志，想想他们为什么干得那样有劲，慢慢地，深深感到自己还从来没有现在这样落后过。

好吧，我就长话短说了。一年多来，我受了很多教育，现在我的思想和过去大不相同了。昨天，我刚回到矿区，这回我把全家都搬到这儿来了。最初，我爱人不大愿意离开城市，我说，你也该去锻炼锻炼嘛！小孩子也带到这儿来上小学，在这儿，可以让他从小就养成一个好习惯。

（杨启耀话音刚落，会场上有一位浓眉大眼的青年采油工人，举起手来要求发言。有人介绍说，他就是首创"四个一样"的采油井井长李天照，是大庆油田有名的标兵。他所领导的采油井，首先做到了夜班和白班干工作一个样，坏天气和好天气干工作一个样，领导不在场和领导在场干工作一个样，没有人检查和有人检查干工作一个样。现在，"四个一样"的工作作风已遍及整个大庆油田。）

必须要有过得硬的好作风

李天照：有人说我是"四个一样"的首创者，其实，这完全不是我个人的什么创造。咱们井组的工人们，在大庆这个革命熔炉中不断提高阶级觉悟，对工作的要求也越来越严格，我只不过把大家的好作风总结起来，坚持下去罢了。

比方说，咱们组里有个叫作李润纪的工人，别人上夜班工作总是差点儿劲，他却加倍地小心。有一天夜里，他一个人值班，我们去抽查他四次，头一次发现他在巡回检查机器设备，第二次他在量油，第三次他在做清洁工作，第四次他在值班房里学习岗位责任制。看一看，他是怎样的把自己的心都拴在油井上了。

咱们这里六月天雷阵雨多，有一天，下大雨，一个叫作刘玉智的工人在值班，他照例跑出去几百米，沿着管线检查设备，全身的衣服被雨淋湿了六次，晒干了六次。有的工人问他，你为什么不等雨过了再出去工作？他笑笑说，不按时检查，石油产量就可能受影响。就是天上下刀子，咱也不能耽误一分一秒钟……

像这样一些事例，我们都及时表扬，号召工人们向他们学习。后来，领导上又帮助我们总结，我们就提出了油井管理要做到“四个一样”，人人都培养起一丝不苟的好作风。我们深深体会到，管好社会主义大企业，必须要有这种过得硬的好作风；人人都有这种好作风，咱们工人阶级才能成为一支坚强的队伍，无坚不摧，无攻不克。

（人们在谈到自己和伙伴们的进步时，都不由地想到一个共同的问题：促使他们迅速走上革命化道路的根本原因在哪里？采油部门的特种汽车驾驶员侯祖耀，头一个以亲身经历，回答了这个问题。）

侯祖耀：我一九六〇年从部队转业到这里来不久，正赶上这里开展学习王进喜运动。王进喜是一个钻井队长，外号叫“铁人”。他不怕苦，不怕累，为油田建设作了很大贡献。“铁人”，当然不是铁打的，他也是娘生的，肉长的，他能够为党做出这么大贡献，我为啥就不能？我想了几天，心里平静不下来，决心在大庆油田扎下根。

领导上分配我开一种大型的特种汽车。这种汽车，我没开过，没见过，也不知道咋保养。困难很多。我去找党支部书记谈。他问，你不是在读《矛盾论》吗？我说，是啊，读了。他说，那你要学用一致呀。我问他怎样学用一致？他说，你想想工作上存在哪些矛盾，去找解决矛盾的办法。我回去就想，想出了三个矛盾：第一，人和机器的矛盾。特种汽车我还掌握不了。第二，机器和气候的矛盾。当时是十冬腊月，没有车库，汽车停在外面，对保养不利。第三个矛盾是，任务忙，车子少，白天黑夜车子都要工作，停车的时间短，保养的时间少。

找出这些矛盾，就找解决矛盾的办法。机器靠人操作，我不会就学。我去请教队里的老师傅，教我怎样操作，怎样保养。遇到哪一天愈是冷，我愈是下苦功夫保养，开车前提前把车子检查好。就这样，没过多久，我入门了，掌握了一台车子。

（说到这里，他收住话，腼腆地笑了一笑。）

我写了一首诗，感谢党教育我，爱上了石油工作：

“党是春雨我是花，雨不浇花花不发，

雨下花开鲜又艳，花儿感谢春雨下，
感谢党的好领导，油田成了我的家。”

（大家静静地听完了他的诗。有人交头接耳地说，他讲得好，跟我们心里想的一样。）

学习毛主席的著作确立革命人生观

何作年：我来补充几句。来到这里以后我已经学习了十几篇毛主席的文章。像《实践论》、《为人民服务》、《纪念白求恩》、《改造我们的学习》这些文章，我都读了一遍又一遍。我的文化浅，看一遍不懂就多看几遍，再不懂就请教别人。我的爱人是小学教员，文化比我高，我也常向她请教。弄懂了意思，就在工作中边学边用，改造自己的思想。学习毛主席著作后，我更加懂得了咱们工人干活是为了什么，懂得了生产的目标，懂得了革命。过去，我总以为只有扛枪杆子才是闹革命，现在知道了，不论前方也好，后方也好，只要是为社会主义工作，都是革命。扫地的把地扫好了，是革命；看茶炉的把水烧好了，又省煤，也是革命；咱们工人按时完成任务，出活质量高，把机床保养好，也是革命。只要对全国人民有利，叫我干啥就干啥。一句话，大庆油田是个革命的熔炉，它把我们工人锻炼得比钢铁还硬。

杨启耀：我也来补充几句。何师傅说得对，一个人只要确立了无产阶级人生观、世界观，干一切工作，他就不考虑自己了，他考虑的就是国家，就是全国人民。干工作，有了这个目标，活着就有意思了。

过去，咱在工厂里也常常开会，听报告，可是自己的进步不快。到了这里，领导上对政治学习抓得特别紧，同志们又经常相互督促帮助，不管学啥，总要一竿子插到底，不在实际行动上见到学习效果，总不收兵。现在，一天不学习，就觉得不是味儿。我的人生观算是定下来了。在这里的一年，比过去三年进步还快。我懂得了什么叫革命。我虽然已经有了十几年工龄，现在你叫我种地、挖管沟，干什么都行，因为这都是革命工作。现在，总是一股不知从哪里来的劲儿，老感到时间短，老想着多干点革命工作。

戈士铮（采油井井长）：要说起来到大庆油田以后的体会，那真是几天几夜也摆不完，自己的感受太多了。不过，我感受最深的一点是，一切工作只要政治挂了帅，思想领了先，就没有克服不了的困难，没有完不成的任务。咱们大庆油田有个规矩，工作不管做到了哪个阶段上，每个阶段都有一个响亮的政治口号。在这里，不论领导上交代什么任务，都是先向工人交底，让大伙儿反复讨论，一遍讨论不透两遍，两遍不透三遍，一直要到大家都把任务搞清了，具体措施也定出来了，这才算数。这样一来，大家总是眼睛亮堂堂的，心里热呼呼的，不怕有劲没处使。这几年，我算是悟出了一个道理：一个人只有一个脑袋，好思想要是站住了脚，坏思想就挤不进来；好思想要是站不住脚，坏思想就一定要挤进来。啥时候政治学习一放松，思想问题就一大堆，生产上也就松松垮垮，提不起精神。咱们刚来的时候，住着牛棚，啃着冰冻的窝窝头，为什么还是那样的干劲冲天？千条万条，最重要的还是领导上及时组织大家学习毛主席著作，用毛主席思想武装了我们。人就是这样嘛，只要政治觉悟提高了，思想上痛快了，干工作也就劲头十足。最近，咱们正在搞“五好”竞赛运动，许多工人说，要是争不上“五好”，死了也闭不上眼睛。大家都有了这种劲头，还有什么工作搞不好呢？

（最后发言的，是一个操湖南口音的青年工人，今年二十三岁。他看来很文静，讲起话来却滔滔不绝，脸上泛着红光。他叫李国昌，是总机械修理厂的三级车工，一九六二年从省城电机研究所调来。）

继续干下去，做一个可靠的石油工业接班人

李国昌：我刚来这里时，看到这里马路不平，一排排小土屋很低，到处坑坑洼洼，又是积水又是油。没有柏油路，没有林荫道，没有公园、剧场、电影院。再看看厂房，两三个加起来也没有省城里的厂房高，车床也嫌它小。食堂呢，没有桌子，也没有椅子，一人端着一个饭盒蹲着吃。看到这些，我心里凉了半截，整天搭拉着脑袋，连吃饭也没情绪了。心想，这么一个有名的油田，为什么是这个样子？

可是，比我先来的老工人们却告诉我：你今年来，算是赶上好时候了。厂房盖起来了，车床安装好了，油田建设大规模展开了，宿舍也有了。我们前两年来的那个时候，困难比现在还大得多呢！他们还说，这里的干部身上的泥点

跟工人一般多，穿的衣服跟工人一个样，说话跟工人一个调子。听了，我就想，这里的许多领导同志，过去拿刀、拿枪，闹革命，流过血，劳苦功高。他们难道就不会找个好工作，过得舒服些？为什么来这里吃苦？他们在这里吃不好，睡不好，却又乐观，又开朗，笑声不断。为什么会这样？

我家住在湖南浏阳河边，小时候常听老人们讲，工农红军老前辈闹革命时很艰苦。他们打赤脚，穿草鞋，跟国民党反动派打仗，有时候只有一把锄头，一根竹棒，一片马刀，也要跟敌人拼。我们的党就是在艰苦环境中锻炼出来的。毛主席当年在延安的窑洞中，在枪林弹雨中，在荒山野地上，把我们中华人民共和国规划出来了。要是当年的老红军、老八路，不啃树皮，不吃皮带，我们今天就没有这样的棉衣、棉裤穿，也吃不上饱饭。现在我们要是不吃点苦，我们后一辈就过不上更好的生活。现在我们住土房，为国家生产更多的石油，就是为将来能住上更多的楼房。想到这里，觉得这里的车床也好了，小土房也好了。

我对石油工业的感情慢慢加深了，但是对这里“三老”、“四严”、“四个一样”的作风还不大习惯。尤其是交接班非常严格。我们那里有一对夫妇，他俩在一部车床上工作。他上白天班，她上二班（下午四点上班）。有一次，她改上白天班，他来接班时，床子没擦干净，工具箱里也很乱。他就在交接班记录本上，给他妻子评为四分，扣了一分。她不高兴了，回家就发脾气：“我们两口子嘛，你还扣我的分！你给我擦一擦，把工具箱整理整理，别人也不知道，不好吗？”男的告诉她：“应该严格要求。为什么定制度？定了制度就要遵守！我们夫妻之间，要是不严格要求，将来和别人一起，也就不能严格要求。”这件事对我有很大教育。毛主席教导我们反对自由主义，那自由主义不就是从日常小事中滋长起来的吗？大庆油田职工高速度、高水平地建成了一个油田，又把油井管得这样好，就是因为有了“三老”、“四严”、“四个一样”这样的作风。有了这个，你是块铁，可以变成钢，你是块铜，可以变成金。

当一个石油工人是非常豪迈的。我到这里参加油田建设，路是走对了。我要继续走下去，把光明送到农村，把“血液”送到工厂，做一个可靠的石油工业接班人。

主席：今天大家谈得很生动，很深刻，充分反映了大庆油田职工的革命精神和阶级自觉。有的同志说得好，大庆油田像一座大熔炉，每一个人进来，都会得到锻炼，得到陶冶，走上革命化的道路。这是一座革命的大熔炉，红色的大熔炉。

大庆油田的同志们创造了很多好的经验，其中最主要的一条就是一切工作都贯注着革命化的精神。没有革命化精神，工作就没有劲头。而革命化又不是一句空话，它必须落实和表现在每一项具体工作上，这些工作就是岗位责任制、文明生产，“三老”、“四严”，干部参加劳动，等等。大庆精神，最主要的就是这种革命精神和求实精神的结合。目前，全国工业企业都在学习大庆，人人都有了这种革命精神，人人都有了这种求实精神，我国的社会主义建设事业，就会高速度、高水平地被推向前进。

（此篇与冯健合著）

他永远活在人们的心里

——“八一”前夕访问烈士董存瑞的故乡

中国人民解放军建军节前夕，记者访问了有名的战斗英雄、烈士董存瑞的故乡——察哈尔省怀来县南山堡村。南山堡在京绥路上沙城镇的北面。从沙城下车，我向赶集的农民问路。好多老乡都异口同声地说：“同志，你去南山堡，是找董存瑞他爷董全忠大伯不是？”“往正北走吧，道儿上只要懂事儿的孩子，都能指引你到董大伯他家的。”路上，北甘泉村一个叫周德珍的农民正从沙城赶集回家，听我说要找董大伯，非让我骑上他的毛驴，绕着好几里路送我到南山堡村。他还和我一道去看了董存瑞烈士的祠堂，他虔诚地向灵位行了三鞠躬礼，这才牵着牲口往回转。我看着他的背影越去越远，深深地感到：董存瑞同志牺牲虽已三年了，但他那英雄的不朽精神，却越来越深地活在人们的心里。

南山堡坐落在一个半山腰里，从村西到村东，是一溜笔陡的斜坡。人没进村，打老远就能看见那块白底黑字的大匾，上面写着“董存瑞烈士祠堂”几个大字。这两天，祠堂里正忙得个火热。许多人正在布置灵堂上的挽联、花圈，打扫院子，立纪念碑。原来，乡亲们要赶着“八一”节前，给这祠堂举行落成典礼。

董全忠大伯的家里，一群小伙子和四邻的妇女，正忙着给董大伯收拾院落。一个小名叫福照子的十九岁青年农民，担着一担水，一路唱着自编的没谱儿的歌曲，大踏步跨进门来。这是乡亲们因为山沟里吃水困难，常年轮流给大伯送水，今天正该着福照子。他进了院子，还一个劲儿自顾自地唱：“存瑞大哥真英雄，为民牺牲好光荣。……”逗得院里院外的人全乐得打开了哈哈。董大伯老夫妻俩，还有他那十五岁的存梅姑娘和十一岁的存全小子，也笑得合不拢嘴来。

南山堡的老乡们常说：“存瑞是为咱牺牲的，要没有解放军打垮了反动派，咱们怎么也过不上今天这个舒心日子！”乡亲们总是像照顾自己的光景一样，关心着董全忠一家四口的生活。去年，董全忠家的三十亩地，足收了三十多石粗粮。这不仅够一家子吃到今年秋收，他们还絮了两床新被窝，添做了些新衣服。从今年春耕起，村里负责代耕的农民，更和十七户革命烈士家属和革命军人家属订了合同，保证像种自己的地一样，精耕细作，多打粮食。六月间，正是锄头遍苗的时候，董全忠要上县里开会；他的代耕户董连得自己本已搭好伙，打算动锄，但他担心董全忠开会回来再锄赶不上趟，他就搁下自己的活，先给董全忠锄，等董全忠从县里回村，该锄的地全都锄好了！

人们对董全忠这样衷心地尊敬和热情地照顾，使得他老人家越发辛勤了。他常说：“人敬我一尺，咱要敬人一丈”，“咱不能净吃现成的呀”！去年，人民解放军某部和怀来县人民政府，先后给他送来了抚恤金和三百斤小米救济粮。他把这笔粮款全买了羊，加上今年一窝羊羔子，已经有三十八只羊了。他自己不但每天起早贪黑地放羊，抽个空儿，还下地。白天，在家里总难见到他的影子。就因为他劳动好，今年他曾被选为全县革命烈士家属、革命军人家属的劳动模范代表。在抗美援朝运动中，他更带领全村革命烈士家属和革命军人家属，订立了爱国增产计划。他保证自耕的二十亩地要多锄一遍，多上粪十五驮；用增产的收入，参加全县人民发起的“董存瑞号”飞机的捐献运动。

最近，村里的共产党员、青年团员、村干部、民兵和妇女，全分别开了会，检查过去的优抚工作做得怎样，订出了今后的计划，决定向全县挑战，争取作个优抚工作模范村。南山堡已快两个月没下透雨，他们为了帮助革命烈士家属、革命军人家属抗旱，发动了全村的男女劳动力，用整整两天的时间，给十七户革命烈士家属、革命军人家属挑水浇了四十七亩苗子，拔了一百零七亩的病株。就连五十八岁的老汉纪得仁，不管别人怎么劝阻，他还是从二三十丈的深井里打出满担的水，担着跑上好几里地送到董大伯的地里。他说：“不管老天怎么作怪，咱也不能让董大伯的苗子旱死。”

七月十四日，村里一切都准备好了，就在祠堂对面那个广场上，举行了“董存瑞烈士祠堂落成典礼”大会。附近二十来个村子的农民，全都敲打着锣鼓，抬着花圈、光荣匾，赶来参加。本村外村参加的群众，有两千多人。中共县委书记刘文达和县里各机关的首长，全都来了。北京电影制片厂还派来了摄影队，拍了电影。董全忠在会上看到人们对他那股尊敬和爱护的劲儿，感动得直掉眼泪。他说：“毛主席是咱的救星，他教育咱儿子成了个好样儿的，为人民立下大功。我感谢政府，感谢乡亲们，今后更要好好带领全村烈属、军属，过好自己的光景，保卫咱们可爱的祖国！”

井冈山上的三代人

雨过天晴，我们迎着春天的朝阳登上井冈山。那初升的旭日透过薄云喷出万道霞光，轻柔地洒在还披着雨珠的满山常青树上，使得整个井冈山更加显得郁郁葱葱，春意浓郁。

如今，前来瞻仰革命圣地井冈山的人们，再也不用沿着密林中的羊肠小道，一步步地攀登那悬崖峭壁了。汽车在新修的公路上前进，盘过一道道山峰，把我们送到了群山环抱中的茨坪镇。这里是当年井冈山革命根据地的政治、军事和经济中心，如今是井冈山垦殖场场部的所在地。沿途，只见山坡上层层梯田里，到处都有忙忙碌碌进行春耕的人。远处高山之巅的杉树林中和青竹丛中，活跃着年轻的砍柴人。解放前被国民党反动派烧成一片荒坡秃岭的地方，如今有的新树已经成林。水电站正把电力输送到新近在崇山峻岭中建成的农具修配厂、造纸厂以及垦殖场场部和许多生产队。傍晚，我们到了茨坪镇登高一望，只见群山脚下的许多新建筑物里，灯火万千，这里俨然已经是一座新兴的山城了。

解放前被国民党匪徒摧残了的井冈山面貌已经大变，这里永远是春天。井冈山的建设者们，也永葆革命的青春。在这里，我们见到了许多“老革命”，也会见了许多热情奔放的年轻人，其中一位六十六岁的老共产党员邹文楷，当地群众都尊敬地称他是“井冈山上的不老松”。三十多年前，邹文楷是井冈山乡的暴动队长。那时候他日夜为红军站岗放哨，递送情报，运送伤员，带领群众打土豪，分田地。红军离开井冈山以后，在那二十多年最艰苦的岁月里，他同许多乡亲一起，经常钻密林，住山洞，食野果，吃草根，坚持斗争，不向国民党反动派屈服。解放后，他又积极地带领群众走合作化道路，发展生产，很快地把大井这个历史上的缺粮村变成余粮村，并且年年向国家提供商品粮。1960 年当地人民政府因为他上了年纪，就委派他看管大井的革命遗址。但是，这位革命老人仍然要在自己的晚年为社会主义建设作出更多的贡献。

井冈山上因为水冷山高，土质凉而酸性重，每年都要用大量的石灰沤田。在过去的几年里，邹文楷和他的兄弟一起，两个人主动地把大井生产大队烧石灰的任务包揽下来。现在，他虽已年老退休，社员们也一再劝他休息，但是今年队里已经烧的七窑石灰，就有四窑是他亲手一锨锨地装起来的。去年水稻浸种育秧的时候，他怕年轻人经验少，从头至尾负责经管了这项重要农活。夏天山洪陡涨，他经常黑夜里操起一把铁锨，下田查看水情。

社员们都说，去年队里增产的粮食，粒粒都有着邹老大爷的汗水。但是邹文楷除了每月向政府领取他负责看管革命遗址应得的生活津贴以外，不论他额外地为队里做了多少工作，从不让队里给他记一个工分。他说：“有了国才有家，有了集体才有个人。只要我还有一分力量，我都要献给国家，献给集体。”

像邹文楷这样的革命老人，我们在井冈山上还见到过不少。在茨坪镇的敬老院里，我们访问过当年的红军警卫排事务长李辛珠，当过赤卫队班长的李珍珠等十多位老人。他们至今都还时刻关心着国家建设，经常对井冈山的垦殖工作提出积极的建议。他们有的人还时常给井冈山小学的学生介绍当年红军的光荣斗争历史和他们自己的经历。当年井冈山乡苏维埃的常务委员蓝亚七，今年已经六十多岁，还被社员们选为下井生产队的队长。这位健壮的老人，不论风里雨里，泥里水里，哪儿艰苦，哪儿就有他的足迹。有些干部和社员怕他累着，劝他少操些心，他听了总是乐呵呵地说：“想叫我不为社会主义操心，除非我断了这口气！”

在老一辈井冈山革命者继续保持着革命传统的同时，他们的子弟经过党的抚育和长期艰苦斗争的磨炼，如今也已成为井冈山建设中的骨干力量。他们有的担任着井冈山垦殖场和分场的党组织和行政的领导职务，有的是生产大队的党支部书记和队长。邹文楷的儿子邹瑞章和侄儿邹贵章，就分别是井冈山垦殖场的副场长和分场的党支部书记。这些四十左右的中年人，在他们的父辈第一次拿起武器闹革命的时候，他们还都处在幼年，今天，他们为井冈山的建设不断作出新的贡献。

可是，更加令人激动的是，从1957年响应党的号召陆续上山参加井冈山建设的几百名干部，几年如一日地在这里披荆斩棘，艰苦奋斗，建设山区，使井冈山的革命传统更加发扬光大。

井冈山人谈到他们建设的成就时，都不免要兴奋地说起他们怎样把在茨坪附近的一片荒山变成了“花果山”，谈起负责领导“花果山”建设的四十多岁的党员干部邓云龙的先进事迹。早先，“花果山”也是一片绿树成荫的地方，但是在解放前被国民党反动派放火烧成了一片秃岭荒坡。几年来，垦殖场园艺队的负责人邓云龙同二百多位工人一起，在这里新栽了一百多个品种的苹果、桃、梨、杏、枣等果树几万株，葡萄四百多架，茶树四十多亩。去年，井冈山上破天荒地收获了第一批苹果和水蜜桃，出产了“井冈山”茶。我们这次来到这里访问时，只见满山果树花开，桃红茶绿，景色十分诱人。

在开始垦殖荒山的那些日子里，邓云龙曾经与工人们一起，住草棚，睡地铺。在那风雨之夜，他和工人们一样，顶着雨衣在漏雨的草棚里坐着睡觉。后来，他又同工人们一道，到山上扛木料，开山烧石灰，自己动手修建办公用房和职工宿舍。山上天气变化快，风雨无常，在山上种树的时候，邓云龙他们的衣服经常一天几次被阵雨淋湿，然后又被太阳晒干。几年来，邓云龙为了尽量节省国家投资，还领导工人们把大片宜垦荒山修成梯田，实行林粮间作。在大面积造林的同时，做到了粮食部分自给，蔬菜和食油自给有余，并且向国家上缴了一部分利润。

现在，每当人们称赞邓云龙所领导的“花果山”建设的成就时，他总是说：“这是我们学习井冈山革命精神的结果，是党的革命精神的胜利。”

在井冈山的建设者中，如今你可以见到来自江西、浙江、江苏、安徽、广东、福建等二十多个省市的年轻知识分子，他们都怀着一颗火热的心，要在他们这一代把井冈山的革命精神继承下来。

在茨坪附近一座山头的气象站里，我们见到了共青团员黄玉柱，人们称他是“井冈山的眼睛”。他那间办公兼住宿的房间，虽很狭小，但布置得很整洁。在他床头的墙壁上，挂着两张画有苍松和翠竹的水墨画，他时常鼓励自己，要像井冈山上的苍松翠竹那样经得起风吹雨打。

黄玉柱是在井冈山垦殖场创办不久的1958年，由上海自动报名上山来参加井冈山建设的。上山以前，他是上海一所中学的高中学生。他到了井冈山，就一再向领导上提出，派他到最艰苦的岗位上去，让他这从来没有经历过什么风浪的青年经受更多的考验。起初，在高山坡上梯田里参加农业劳动的时候，他的双手曾被锄把磨出一串串的血泡，双肩被扁担压得又红又肿，但他始终热情充沛，认为有志气的青年没有不可克服的困难。过不多久，他就学会了许多田间农活，锻炼成为能担一百多斤上山如履平地的壮劳动力。后来，当组织上调他到气象站工作时，他为了探索井冈山多年来气象的规律，到许多偏僻山村，同农民们同吃同住同劳动，访问老农，收集有关气象资料和农谚。在那许多暴风急雨即将来临的日子里，他曾经通宵地在站里观察仪器，守住电话机，随时把天气变化报告给垦殖场和各个生产大队。如今，黄玉柱他们每天发出的天气预报，准确率已经达到90%以上。

有人曾经问黄玉柱，他为什么要离开大城市来到这高寒山区，这位平常一向很腼腆的年轻人却豪爽地说："我不愿做温室中的花朵，我愿意做疾风中的劲草。我要永远向老一辈革命者学习，也尝一尝只有从艰苦创业中才能得到的幸福滋味。"

革命圣地井冈山的建设正在继续前进。当我们访问了井冈山和井冈山的建设者们之后，我们不能不热情地赞叹：井冈山啊井冈山，三十多年前在你这里燃起了燎原星火的革命精神，将永远成为鼓舞人们前进的伟大力量！

（此篇与刘光辉合著）

祖国需要这样的新型农民

——高中毕业生宋喜明把青春献给农村的故事

在江西省最近召开的一次全省农业科学技术工作会议上，一位二十多岁的青年农民，身穿黑布袄，脚蹬粗布鞋，长满老茧的双手拿着发言稿，走上讲台向来自全省各地的农业科学技术工作者们介绍了改造红壤低产田的经验。

他的发言既有实践经验又有科学论据，引起了人们的普遍兴趣。

“我们那里由第四纪红土层发育形成的红壤，有机质贫乏，营养元素含量低，酸性重，易板结。要改造它，就得增施有机肥，搞好水利和水土保持，多种绿肥，适量施用石灰中和土壤酸性……”

“几年来，我们依靠集体的力量，坚持不懈地采取这些措施改造低产田，不仅粮食产量逐年上升，红壤有机质含量也已经由0.9%增加到2.2%，含氮量由0.08%增加到0.14%，含磷量由0.7%增加到0.9%……”

“这些数据表明：我们那里经过改造的红壤已经接近优良水稻土的标准。”

整个会场在他发言的时候始终是肃静的。人们听了他的发言，有的在鼓掌，有的在赞叹：“我们国家的农村社会主义建设中，多么需要这样既有觉悟又有文化的新型农民啊！”

这个新型农民就是六年前的高中毕业生宋喜明，他现在是江西省金溪县琉璃人民公社曹泗生产队的队长，也是江西省农业科学研究所的特约研究员。他六年前刚从江西省临川县中学毕业，就积极响应党的号召，怀着一颗把青春献给祖国农村的炽热的心，回乡参加农业生产。他六年如一日，不怕艰苦，坚持锻炼，做到了样样农活都能拿得起，即使当地最有经验的老农也不能不翘起大拇指表示称赞。他在自己的家乡领导一伙青年改造低产田取得成绩以后，又到本公社的另一个生产队——曹泗生产队落户，同这里的社员们一起，在瘠薄的红壤低产田上连年夺得大面积增产，使得原来的缺粮队变成余粮队，穷队变成富队。去年，他们全队的粮食平均亩产超过周围一般队的一倍多。六年来，宋喜明从实践中深刻地体会到：农村是改造知识青年的熔炉，他们到农村不是英雄无用武之地，大材小用；而是天地广阔，大有可为。

宋喜明是怎样成长为能文能武的新型农民？这故事不能不从头说起。

学会劳动，是知识青年立足农村的第一关。宋喜明也不例外。头一天下田，队里分配他去刨地。他看别人挥起锄头挺轻松，既不费力，刨得又深，认为刨地这件事很简单。可是他使尽了全身气力，锄头碰到硬土直打幌，只刨了一层地皮，虎口倒震得生疼。他放下锄头学犁田，犁耙抓不稳，牛不听使唤，一扬鞭子，牛拉着犁猛跑，甩得他跌了个跟斗。

队里分配他去给田里的红花草灌水，他却蹲在田边发呆。他想：书上明明写着红花草是旱作物，怕淹，为啥还要灌水？路过的社员看到他对着庄稼发呆，乐得直打哈哈，笑着对他说："种田可不能死守书本子，还得看天、看地、看庄稼。天旱成这般光景，不浇能行？"他猛醒过来，按照队里的吩咐浇了水，不几天，发黄的红花草变得绿油油的，长得又欢又壮。这些，使得宋喜明深深地懂得：在劳动面前来不得半点虚假，必须放下架子，老老实实地向农民学习，他把自己的体会告诉社员们，社员们都热心地帮助他，告诉他要有耐心，莫要心慌，力气不要一下子使尽。队里还指定有经验的老农宋树生，专门当他的老师。犁、耙、耘、锄、割稻、打场，怎样蹲架势、拿工具使力气，宋树生都一样样把着手教给他。各方面对他的帮助和爱护，更激发了他的学习热情。他白天参加劳动，边干边学，夜晚有时还在月亮底下练本事，从不叫苦叫累。就这样，大约一年的光景，他基本上掌握了田间劳动的十八般武艺，闯过了立足农村的第一关。

1958 年冬天，他从北京参加了全国青年社会主义建设积极分子代表大会回来，政治思想觉悟进一步提高，一到家就要求公社党委派他到最艰苦的岗位上去。公社党委看他有决心，有志气，干劲大，就决定由他带头，组织一伙青年，由两位有经验的老农给他们作指导，到山窝里去改造那一百多亩撂荒了的低产田。

这是一个艰巨的任务，是一场考验人的意志的战斗。当时已经是北风呼啸的十二月。

他们接手的那一百多亩田离村很远，长久没耕过，硬得像石板。田里禾兜没有挖，田埂两边荆棘荒草长得有一人来高。使尽力气去锄草，草根常常把锄头弹了起来。为了提早翻这些田，他们就住在村外一座破庙里，睡地铺；碰到晚上下雨，他们撑着伞，挤在一起坐着睡。在这样困难面前，这伙年轻人仍然充满乐观主义的精神。他们早晚唱着歌儿出工收工，白天迎着寒风挥汗劳动。他们到山下几十里远的地方去担灰挑砖，自己动手修理房子。

在山上开荒种菜，改善生活。缺少工具，宋喜明把自己的二十多块钱拿出来添置。他们决心依靠自己的力量，在穷山窝里创家立业。他们都有一个共同的想法："咱们年轻人吃点苦不算啥。把这些撂荒的低产田改造过来，对巩固集体经济，对祖国的社会主义建设都是贡献。"可是，因为事情太艰苦，中间有少数人产生了畏难的情绪。宋喜明根据公社的指示，组织大家一起学习了毛主席在《红旗》杂志 1958 年第一期上写的《介绍一个合作社》的文章；还热烈地议论王国藩他们三户贫农在走集体化道路中克服困难的精神。最后，大家表示"搞社会主义不能没有困难，这担子咱不担叫谁担？天塌地陷，决不后退。"

心齐力量大，经过他们一冬一春的辛勤劳动，这一百多亩田全部翻过，上了底肥，灌了水，早稻及时插了秧。

正是早稻发兜分蘖的紧要当口，因为田底子薄，有三十多亩苗发了黄，急需追施速效肥。有人主张伸手向上面要化肥，宋喜明坚持依靠自己想办法。他记起生产大队长李福宝说过，后面山上的一个山洞里有蝙蝠粪，就找李福宝带路去挖蝙蝠粪。他们冒着大雨，在松林密布、人迹罕到的半山腰里找到了蝙蝠洞。从洞口探头一看，黑洞洞的不见底。宋喜明让同来的伙伴用粗麻绳系在他的腰里下到了几丈深的洞底，探手一摸，一堆堆蝙蝠粪油渍渍的。他们在这里连挖了三天，掏出了九百多斤蝙蝠粪。

田地不负有心人，这一年，这些"低产田"的早稻产量，比往年提高了两倍还多；晚稻也获得了丰收。他们创造了一年就叫低产田变样的奇迹。

面对着自己用双手创造出来的丰硕果实，年轻人那股子欢乐劲儿就不用提了。就在这时，公社党委决定调宋喜明到出名的穷队曹泗生产队去长期落户，帮助那里改造更难改造的红壤低产田。这时刚入了党的宋喜明，开始思想上有点犹豫，但很快就高兴地接受了任务，他还在心里告诫自己："共产党员对党的需要任何时候也不能讲条件，为人民服务不能有半点私心。"

但是，红壤低产田的脾性怎样，怎样着手改造，开始宋喜明是一无所知。他的路子是从失败中踏出来的。最初，他看到别的地方挖塘泥增厚土层，对改良土壤很有好处，就带着几个青年社员也去担塘泥，搞试验。结果，他们那里的黄泥土干了以后像石块，反而把田里的禾苗压得直不起腰来。他们又试验到山上铲嫩草皮来沤田，有经验的老农却批评他们这是"杀鸡取蛋"。因为铲了草皮，山上水土不能保持，不但改造不了低产田，而且后患无穷。

一次又一次的失败并没有使他灰心，而是更加促使他从连续的失败中去找教训，学本领。党组织及时帮助他总结了经验。他深切地感到过去失败的主要原因是没有发动群众，他从失败中感到自己知识浅薄，还要"专"；但是他感到自己尤其需要的是"红"，是要有真心实意地依靠群众、依靠集体的思想。因此，他跑遍附近村庄，访贤取经。他领导成立了队的科学技术研究小组，其中有干部，有青年，还有老农；把这个研究小组作为领导生产的"参谋部"。他同队干部们发动全队人人献计献策，让"参谋部"讨论社员提出的建议，决定后先搞试验，有了成效再推广。就这样试验着改造红壤。宋喜明还挤出时间阅读《土壤学》、《作物栽培学》等书籍，从报刊上学习改良土壤的办法和经验。用宋喜明的话来说，这就是靠群众，靠实践，也靠科学知识，把改造红壤的工作变成了轰轰烈烈的群众运动。

知识青年要红在农村、专在农村，这就是宋喜明走过的道路。在这条道路上，他正迈开大步继续前进。在最近全省农业科学技术工作会议上，宋喜明介绍的改造红壤低产田的经验总结，既是全队社员群众辛勤劳动的成果，也是他向又红又专的目标迈进中的心血结晶。对于宋喜明来说，他现在经常苦恼的，不是知识没有用，而是知识不够用。根据生产发展的需要，今年他们队里还打算在改良土壤、水稻丰产、良种培育等方面继续作许多新的研究，在社员中进一步普及科学文化。红壤上能不能种棉花，他们今年也要破天荒地试一试。宋喜明说得好，如今农村中需要做需要学的事情太多了，对于我这样过去完全脱离实际的知识青年，农村也可以说是一个更丰富多彩的学校。

（此篇与赵永安合著）

访七十二岁入党的农民温桂七

江西省丰城县筱塘公社沙郭大队第六生产队，有一位贫农出身的社员名叫温桂七。他今年七十四岁，在七十二岁那年光荣地参加了中国共产党。温桂七热爱集体、公而忘私的模范事迹，在当地群众中广泛流传。

“一个普通的农民，为什么在七十多岁的高龄还要入党？”记者趁温桂七最近到南昌市参加江西全省工农业先进代表大会的机会，访问了这位可尊敬的老人。

温桂七虽已年逾七十，但是多年来劳动生活的锻炼，使得他仍然保持着十分健壮的体格，至今还可以挑七八十斤的担子而面不改色。他背不驼，耳不聋，说起话来声音洪亮，笑声朗朗。

从清朝、民国到解放，亲身经历过三个“朝代”的温桂七，当他谈起对党的认识时，情不自禁地要从新旧社会的对比谈起。

“在旧社会里，我当过长工，被抓过壮丁，逃难在外拉过黄包车，被地主逼租逼债，没有安生过一天。”他告诉我，在解放前那些艰难的岁月里，他家里年年粮食不够吃，向地主去借，一担要加还三斛（四斛为一担）。那一年，村里遭了灾，他家里没有一粒米，想打点鱼来换米吃，他老伴把家里仅有的两个糠菜饼子塞到他手上，他下河没打到鱼，回来的时候却饿得站都站不起来了。被灾荒和地主的高利贷逼得没有办法，他们逃荒到了南昌。那天，他去拉黄包车，老伴在家烧开了锅，等他赚钱买米回来，等到三更半夜，他没有赚到一文钱，夫妻俩面对面坐着流眼泪。第二天，他又空着肚子去出车。在他五十七岁的那年，国民党反动派的伪保长还抓他去当壮丁，老伴出来阻拦，被伪保长一脚踢得半死。她走投无路，回家上了吊，幸亏被乡亲们发现得早，才救下她的一条命。快六十的人那有当壮丁的道理？万恶的国民党反动派无非是要敲诈勒索。伪保长叫他买个壮丁“顶替”，他卖掉家里所有值钱的东西，还是没有凑够数。伪保长不依，说是“穷骨头”也要榨出油来，后来还押他去坐了一个多月的监牢。

“过去我们穷苦人受的那份儿苦，几天几夜也诉不完，我看还是不说它了吧！”旧社会在温桂七身上留下的创伤真是罄竹难书。他永远不能忘记过去，因此就更加热爱现在。

当他谈到他所看到的新中国的变化时，他的语调中充满了幸福和自豪的感情。

“我们在苦难的旧中国，那有过如今这样好的光景呵！打倒地主分了田地，从互助合作到人民公社成立，我们穷苦农民算是有了铁打的靠山。拿我们村来说吧，过去这里年年要荒田，现在产量一年比一年高。过去天旱，种田人是‘面向黄泥背朝天’，爬在水车上不能下来，晒得身上流油，喉咙里冒烟；现在天旱，抽水机嘟嘟叫，田里早晚水汪汪的。要说比生活，从我们村东到村西，一家家地数过去，那一家不比过去强得多啊！

“三十多年前的丁丑年，倒了赣江堤，我们村八十四户除了三户地主，都逃了出去。有个叫温店妹的死在外头，一个女一个崽活活饿死，老婆也改嫁了。去年，灾情比三十多年前只大不小，早稻全部淹死，可是因为有了共产党和人民公社，领导我们抗灾生产，下半年一季收的粮食赶上前年一年的。现在你到我们村里去看看吧，大灾年以后没有一家逃荒的，家家都在加劲闹生产，每天三餐都是白米饭。我们的公社越办越兴旺，不管帝国主义和反动派怎样造谣，也伤不了我们一根汗毛！

“解放后，穷苦的劳动人民翻身当了家。我们那生产队和公社不用说了，那是我们农民自己办起来的，就说我们正在这里开全省工农业先进代表大会的南昌市吧。解放前，我在这里卖过苦力。那时候，有钱有势的人看见我们这些‘泥巴腿子’都要捂起鼻子走路，闹不好还要揍你一顿，更不要说同省长、县长坐在一起开会了。”

“你看，我说光谈现在，说着说着又提起了过去。咱忘不了啊！想想过去，比比现在，你才更懂得今天的幸福啊！我常常想，是谁让我们过上今天这样的好生活，是谁使我们这里变了样？是共产党，是毛主席，是集体化，是社会主义。我不能不从心眼儿里热爱共产党和毛主席，热爱人民公社，热爱社会主义。”

谈到这里，温桂七接着又告诉我说，自从解放后他翻了身，响应党和毛主席的号召参加了合作社，越来越看到集体经济的好处，他坚定了走社会主义道路的决心，并且有了争取入党的心思。但是，那时他觉着自己已经胡子一大把，总有些不好意思提起。公社化以后，集体经济更加巩固，人们的思想觉悟都在提高，他那要求入党的心就更切了。他说：“帝国主义和反动派趁我们国家连续遭到自然灾害有困难的时候，就来捣鬼，气得我肺都快炸了。”“帝国主义和反动派想再欺侮我们，那是万万办不到的。人不管年纪大小，都该坚持革命到底。我们的社会主义要搞好，还要支援天下所有的穷苦兄弟闹翻身。我一定要争取入党，为集体、为国家、为人民、为党多办事，为社会主义和共产主义事业多贡献一份力量。”

正因为他有这样的思想觉悟，温桂七在行动上处处表现出高尚的共产主义风格。他年逾七十，队里的干部和社员都劝他好好休息，但他仍然坚持参加劳动，并且把为集体劳动看作最光荣的事情。他事无巨细都从维护集体的利益出发，公而忘私，有时甚至不顾个人生命的安危。他处理私人生活上的问题，也从移风易俗的远大理想出发，处处按共产党员的标准要求自己。

有一年，赣江涨水，他们那里圩内的四千亩良田，正受着洪水的威胁。圩内的田有他们村的，也有别村的。温桂七不顾危险沿着整个圩堤转了又转，细心地察看险情。他发现有一处地方很快会决口，就火急地呼唤村里人来抢险，老人第一个带头跳下水去，同人们一起护住了圩堤。1961 年冬，也是他入党后的第一个冬天，队里的田需要立即冬翻，有些年轻人看到天气冷，缩手缩脚，他想：过去我们什么苦没有受过，这点苦算得了什么。集体增产是大事，不翻怎行？他二话没说，脱了鞋袜，肩上犁吆喝着牛就下田了。人们看到那大年纪的人都不怕冷，很快都跟上来，全大队的田没几天就翻过来了。

他们队里养了一群鸭，卖蛋是件麻烦事。因为卖蛋时稍不细心，就容易把蛋打破，有些社员不愿干这事。温桂七主动地把这件事揽过来，他经手卖了一万四千多个蛋没有错过一分钱，没有少过一个数，也没有打碎过一个蛋。他有时早晨上街，晚上回来，大队干部让他在街上买点东西吃，但他始终没有花过集体的一分钱。有人笑他太“小气”，他却说，办集体的事，该花的钱要花，不该花的钱还是“小气”一点好。一角两角不算什么，凑在一起就能派大用场。

有一回，队里派他领着五个社员到县城里去运木料，木料要搬过一道堤运到小港闸口，才能扎排水运。有人主张花点钱请搬运站来运，他一计算，运费要五六十元，便说：“队里是叫我们来运木料的，不是当老板的。谁累谁歇着，我来搬。”他一动手，大家也不好意思坐着，结果没花队里一个钱，就把木料运了回来。

对于队里少数人违背集体利益的行为，他见了就要批评，从来不讲私人情面。前年秋收的时候，打了头道，禾场上都是禾秆和豆秸，有一个富裕中农就吵着要分回去烧火。他扒开禾草、豆秸一看，里面还有不少谷子、豆子，就说：“这那里是分草，明明是想分谷。”他建议队里重打，结果又打出两千多斤谷子、六百多斤豆子交给了队里。那个富裕中农在背后骂他“老不死”，“越老越起风”，可是他毫不在乎，认为“树正不怕日头斜”，总是有人会主持公道的。果然，社员们都批评那个富裕中农，偷懒耍滑，正气到底压倒了邪气。

不久前，温桂七嫁闺女的事情，也在社员当中传为美谈。他帮助闺女自由找对象，不请媒人不请酒，闺女出门时不要男方一点东西。他想：现在有些思想“古板”的乡亲还迷信“红媒正娶”，办喜事好铺张浪费，嫁闺女硬要男方多给东西，我是共产党员，在这方面也要带头树立一种好风气！

在最近召开的江西全省工农业先进代表大会上，温桂七的高尚风格受到了人们的赞扬，他自己却认为，他所做的都是他分内该做的事情。他说：“我现在越活越年轻，越老越硬实，我还要为社会主义继续干下去！”

“站在家门口，望到天安门！”

——华东农业先进集体代表会议侧记

“站在家门口，望到天安门！”这是江西省彭泽县棉船公社江心大队的一位社员说过的话。它朴素生动，又充满了革命的激情。出席华东农业先进集体代表会议的江心大队代表江善讲这次在会上提出要用这句话来作为广大公社社员处理国家、集体和个人之间的关系的出发点，立刻得到了代表们的热烈响应。

“望到天安门”是每一个先进的公社社员共同的思想感情。为什么江心大队的社员具有这种广阔胸襟呢？江善讲在会上谈到的这个大队的变化，生动地回答了这个问题。

拥有五百八十八户社员的江心大队，位于长江中心的一个孤立的冲积沙洲上。沙洲地势外高内低，呈锅底形。天旱可以旱到无水吃，雨多时洲上往往淹得能够划船。1933 年，全洲农民凑过二十七担黄豆，筹建水闸，结果这笔经费被地主私吞，什么也没修成。

解放后特别是公社化以后，洲上农民在国家的扶助下，依靠集体经济的力量，培修了圩堤，兴建了三座水闸，购置了五台抽水机和十五条新船，“水来排水，旱来抗旱”，加强了抵抗自然灾害的能力，发展了农业生产。从 1957 年到 1962 年，国家又供应了大量的化学肥料、农药、良种、农业机具，帮助他们提高了棉花的产量。过去是“人人穿破衣，户户住茅屋”的江心大队，现在却是村村盖瓦房，户户添新衣，还有一百九十户安上了电灯。江心大队的社员们从他们的亲身经历中深刻地认识到了：几千里外的祖国心脏天安门，原来同我们这块巴掌大的沙洲是连在一起的哩！因此，他们对国家的事情也就关心。

六年来，全大队共向国家出售皮棉二百七十万斤，平均每个劳动力为国家提供的商品棉达二千六百多斤。

很显然，先进的人民公社的社员，他们再也不是什么目光短浅，常常只能看到自己家门口的过去的农民了。

也是在江西省，在著名的萍乡煤矿附近，人们争相传诵湘东公社新村大队变缺粮队为余粮队的动人故事。自从合作化和公社化以来，这个大队连年增产，1961 年全队粮食平均亩产达到较高水平，成为全省大面积增产的先进单位。但是，这里人多地少，平均每人不到半亩，即便连年增产，还需要国家供应他们一部分商品粮。队里少数人认为，新村大队是全省数得着的先进单位，增产已经“到顶”，吃点商品粮“理所应当”。绝大多数社员反对这种看法，他们决心变缺粮队为余粮队，减少国家负担。他们还要把高产红旗插到土质贫瘠的低产区，带动更多的队达到先进水平。1962 年初，经过这个大队的请求和上级的安排，他们抽出二十六个劳动力成立分队，离家五十多里，前往因为地多人少而种不过来的排上公社，到当地农民认为“十年九不收”的五口洲落户。这里原来是排上公社的果木场。这一年，他们突破重重难关，改善自然条件，推广新的耕作技术，在九十五亩贫瘠土地上每亩平均收获的粮食，比前一年这块地上的产量增加近一倍，给周围许多生产队树立了榜样。同时由于本大队原有的五百多亩地的粮食平均亩产也提高了，这一年，新村大队终于破天荒地向国家出售了余粮。

来自江苏省的一位代表，还在会上谈到了这样一件事情：宿迁县霸王公社古北大队小陈庄生产队历来是个穷队，经过国家扶助和自己努力增产节约，精打细算，终于逐步改变穷队面貌，收入增加。当这个队开始有了节余的那一年，社员们讨论怎样使用这笔款项的时候，一致决定首先要偿清国家贷款，然后增加队里的生产投资，多下的再分给社员。他们说，大河涨水小河满，国家越富，才越有力量支援全国的农民兄弟。千条万条，公字当头第一条。

参加会议的许多先进单位都是这样，它们在考虑到发展集体经济的时候，常常是先求己后求人，时时不忘奋发图强，自力更生；而在怎样对待国家支援

的问题上，他们又往往是先人后已，决心不向国家伸手，勇于把国家和全民的担子分挑起来。

浙江省桐庐县桐庐公社梅蓉大队所在的地方，原来是富春江畔有名的“十年九不收”的穷沙洲。社员们在党的领导下，主要依靠自己的力量，千方百计地克服困难，已经使这里的面貌完全改观。他们建机埠、造渠道，把江水引上高滩；架水车，挑塘泥，把沙地改成良田；挖深坑，填泥土，把二百多亩荒滩变成了茂密的果园。现在，这个穷沙洲已经变成了粮食高产的大队，成为浙江省依靠集体自力更生的一面旗帜。

福建省平和县一个山区生产队的代表，也在会上向人们描画了一幅“愚公移山”的壮举。由于当地是深山，居住分散，生产队的户数不多。但是从 1959 年开始，社员们登上高山峻岭，一镐镐、一锄锄地辟山修渠，历时三年，终于从悬崖峭壁上修成了一条长达八里的盘山渠道，使全队旱地变成了水浇地。1962 年，这里严重干旱，因为灌溉及时，粮食总产量仍比正常年景增产两成。在工程开始的时候，有人曾经嘲笑过他们力小心大，但是，他们却自豪地表示：“靠我们的集体，一定能够给子孙万代创立下基业！”

像这样发愤图强，自力更生的事迹在会上是很多的，而更动人的是从全局出发的互相支援的事迹。山东省莘县董杜庄公社董杜庄大队，是在抗灾斗争中取得了巨大成绩的一个榜样。1961 年，这里遭到了百年未遇的大雨袭击，85% 以上的秋季作物被淹毁。在这样沉重的天灾面前，广大社员相信党，依靠集体，顽强抗灾，几淹几种，除治水害，不但胜利地渡过了灾荒，而且在 1962 年获得了一个好收成，粮食总产量超过 1961 年的一倍多。就是这个大队，在他们刚刚战胜灾荒以后，就在全体社员大会上作出决定，开展一人一碗面、一棵菜的运动，自愿捐赠出八百斤面粉和五千斤菜，支援了邻近的受灾队。在这次会议上，人们还听到了这样一个动人的故事：山东省惠民专区有一个生产大队，1961 年又连续遭到了严重的旱涝灾害。这一年的冬天和第二年的春天，另外三个丰产地区的四个大队，曾经从五六百里以至一千多里地以外，主动地给他们送去了大量的粮食种子。丰产队的社员们把支援受灾的兄弟队看作是自己的义务，他们认为自己多帮一把，就可以减少一点国家支援受灾队的负担。其中一个丰产大队的一位劳动模范，还把自己节省下的几百斤粮食送给那个受灾队，他在随粮食送去的一封信上说，他送的粮食一不要钱，二不要还，只盼兄弟队来年获得一个大丰收。

可以预言，我国农村中社会主义、爱国主义和集体主义思想的进一步高涨，必将促进农业生产新高涨更快到来。但是，对于全体农民来说，他们的思想觉悟，仍然需要一个长期教育和不断提高的过程。这次会议上，许多先进集体所提供的大量事实表明，那里有了一批吃苦在前、享受在后，先公后私、公而忘私，以身作则地带头执行党和国家的政策，事事首先从国家和集体的利益出发的好党员、好干部和各种模范人物，那里就会洋溢着热爱国家、热爱集体的气氛。来自浙江省诸暨县化泉公社大高庑大队的代表谈到，在他们那里，党员干部积极地带头参加劳动，从不特殊，他们曾经在许多个浓霜遍地的清晨和寒风凛冽的夜晚，踏遍高山深壑，为社员们寻找打开幸福之门的水源，规划绿化工程。他们曾经在最危急的时刻，冒着生命危险，毫不迟疑地冲进即将被水冲塌的水库涵洞，堵险抢救水利工程。正因为这样，在那个队里，每次有了比较艰苦的劳动生产任务，自动报名参加的社员经常超过任务所要求的人数。在安徽省南陵县的泾连塘生产队，干部们在每次的国家征购任务中都是自己首先带头响应，以身作则。大队评给了这个生产队队长补助工分八十元，他拿出来送给生产队作了评奖社员的基金。他住房不宽，却坚决谢绝社员大会的决定，推辞搬进队里盖的新房子，还挤出自己的一间房子给别的社员住。这样，在这个队里，先国家后个人、先集体后个体的思想，在广大社员中就成了一种风气。

在这次华东农业先进集体代表会议上，大量的先进事迹，先进思想和风格更加鼓舞了全体代表。六省一市的七百多位代表在回忆过去走过的胜利道路之后，面对着当前农业生产上的好形势和全党全民进一步大力支援农业的有利条件，都表示要更高地举起三面红旗，更好地发扬社会主义、爱国主义和集体主义的思想，迎接即将到来的农业新高涨！

钢铁工人们的献礼

在全国人民代表大会会议开幕的第一天，国营太原钢铁厂安装检修车间的门前就出现了一座工人们精心扎制起来的“献礼台”。在这座献礼台的左面，张贴着职工们一百四十多份保证创造更大生产成绩的决心书，右边就是他们在实现决心书中已取得新成就的光荣喜报。

这个献礼台出现以后，立刻引起全厂职工的注意，紧接着模铸、冷铸和金工等车间百分之八十以上的工人、干部、技术人员以至勤务人员，在一两天内连续向工厂党组织和工会提出了决心书七百多份。

工人们以英勇的劳动实现他们的保证。劳动模范李世荣第一个在决心书上签了名后，就带领六十多个工人投入紧张的劳动，他们要在七十二小时内完成炼钢部一部五十吨吊车的检修任务。这部吊车如提前一小时检修好，就能保证给国家多生产四吨钢。工人们在工作中提出“时间就是钢铁”的战斗口号。经过努力的结果，他们提前八小时完成紧急的检修任务。从十五日到二十日的几天内，安装检修车间的献礼台上已出现光荣喜报二十五份。宪法诞生的那天深夜，冷铸车间的全体职工都忘记了一天的疲劳，和夜班工人们一道参加一部新化铁炉的开炉工作。他们在大喜的日子里提前八天实现新化铁炉开炉生产的计划。同一天，轧钢部工人连续创造两次班产新纪录，电炉炼钢部的日产量超过九月以来的任何一天，为国家多生产了一百八十多吨钢材和优质钢。

将军的记忆

毛主席握着一位少将的手，看着他那结实的身体，看着他那健康的笑脸，久久地打量着他，仿佛记起了什么往事似的。

“你是——”毛主席慢慢地说着这两个字。

“我叫游好扬！”少将激动地回答。

“啊！游好扬，游好扬！认识，认识！”

毛主席是那样的高兴，满脸笑容地看着游好扬，把游好扬的手握得更紧了！

在1958年10月29日毛主席接见志愿军代表团的时候，游好扬少将的心在不停地剧烈跳动，他的脸上泛起了一阵又一阵的红光。他有多少话语要告诉毛主席啊！

紧紧地握着毛主席的手，游好扬感到无比的温暖，看到毛主席的身体比过去更加健康，游好扬感到无比的幸福！游好扬尤其不能忘怀的是，虽然他离开了毛主席身边已有二十多年，毛主席还能认识他。

那是1935年冬天的事情，党中央和毛主席率领的红一方面军的一、三军团，走过了雪山草地，进入了陕西，准备同陕北红军会师。途经陕、甘交界的太白镇、王家角一带，突然和胡宗南匪军打上了。当时在毛主席身边担任党中央政治局警卫排排长的游好扬，在夺取敌人一个山头阵地的战斗中，一颗枪弹穿过了游好扬的脖子，他和几个重伤员一起，暂时转移到比较安全的山腰的散兵坑里。这时，战斗还在继续进行，毛主席和周恩来同志等冒着枪声来到了战场。当他们走到游好扬和其他伤员面前时，立刻停了下来，像慈母般地察看着他们的伤口，询问着他们是怎样受伤的。毛主席和周恩来同志体贴入微的谈话，使游好扬和其他伤员得到很大的安慰，他们都骤然感到伤口的剧疼减轻了。

毛主席取出带在身边的那只军用水壶，倒了一杯水，俯身送到游好扬嘴边，笑着对游好扬说："喝吧，小鬼，喝了会舒服些的。"这时，毛主席又和周恩来同志等一起，去拾了一些敌人的破大衣和破被子，把担架铺得厚厚的。毛主席轻轻把游好扬扶上担架，给他盖上大衣，把那双赤脚裹进大衣里，然后关照担架队员们："他的伤口很重，要多照顾他。雪深路滑，下山的时候，要走慢一些！"毛主席一面亲手折下一些树枝，把担架伪装起来，一面再三嘱咐担架队员们注意防空，小心敌人的飞机。毛主席和周恩来同志一直招着手，目送担架到山下。

四个月以后，游好扬伤愈出院已是万物复生的春天了。当游好扬怀着无限感激的心情重见毛主席的时候，毛主席又是那样的关怀他，问他伤口医治的情形。游好扬告诉毛主席，伤口很快就治好了，只是两只脚因为冻得太厉害医治了很久才好。毛主席十分恳切地叮嘱游好扬，应该好好保护脚，因为今年冻坏了不注意保护，明年仍旧会冻坏，年复一年，成为习惯性的复发症就麻烦了。毛主席还告诉游好扬，脚冻得太厉害的时候，不要用热水洗，那样会越洗越坏。

事情过了二十多年，当年的警卫排长游好扬，今天已经肩负着指挥万人大军的重担。在那长征的道路上，在抗日战争的艰苦年代里，在解放战争中和朝鲜战场上，在那些同各种各样的敌人作殊死斗争的日子里，每当游好扬回想起毛主席对他的关怀和教导，他浑身就充满了不可战胜的力量。今天，当游好扬再次会见我们的伟大领袖的时候，他简直没有办法表达出自己的复杂感情。对党和毛主席的关怀报答不尽的心情，伴随着许多往事，涌上了他的心头。

1930 年，在江西中央苏区——游好扬的家乡，是党和毛主席的指引，把一个贫农的儿子、十五岁的放牛娃娃，领上了革命的道路。游好扬同他的大哥和二哥一起，怀着"跟毛主席当兵去"的意愿，参加了红军。长征期间，留在家乡担任村苏维埃主席的游好扬的大哥，不久就被千方百计企图扑灭革命星火的国民党反动派捉去枪杀了。游好扬的二哥同他一起在长征的道路上走过了雪山草地以后，也为革命而光荣地牺牲了。面临着那些艰苦岁月里的严峻考验，在我们的党和敬爱的毛主席的亲切关怀和教导下，年青的革命战士游好扬度过了许多困难的关头，坚定了革命的意志。

1937年抗日战争开始以后，游好扬离开了毛主席的身边。他接受党分配给他的新任务，离开党中央政治局警卫排，先后担任八路军三五八旅的连长、营长和团长的职务。他再一次会见毛主席已经是十年以后的事情。在这十年的战斗生活中，每当游好扬遇到困难的时候，他就想起了毛主席当年扶他上担架的情景，想起了毛主席那种平易近人的光辉形象。这种幸福的回忆，曾经不止一次地成为鼓舞他前进的力量。

游好扬第三次见到毛主席的时候，中国人民解放战争正处在一个重要的历史时刻。那时，毛主席正在领导全国人民进行保卫延安和解放全中国的伟大事业。游好扬同他的许多战友担心党中央和毛主席的安全，曾经多次向上级建议，希望党中央和毛主席尽快地离开延安和陕北。游好扬焦急地说："毛主席啊，只要您老人家过了黄河，我们就放心了。您到了黄河的对岸，一样地也可以指挥我们作战呀！"但是，党中央和毛主席为了稳定陕北的战局和鼓舞人民的斗争信心，却一直坚持在陕北，奠定了解放战争最后胜利的大局。毛主席对革命的那种坚如磐石的胜利信心，他那永远和人民同甘苦共患难的伟大光辉形象，不仅在当年曾经有力地鼓舞游好扬的斗争勇气，并且是永远地引导他战斗前进的巨大力量。

又是十多年过去了，游好扬和他的战友们从朝鲜凯旋归来，又回到了毛主席的身边。游好扬怎么也抑制不住内心的激动。他想起了中国人民志愿军怎样高举着毛主席军事思想的红旗在朝鲜战场上戳穿了美国纸老虎，取得了辉煌的胜利，想起了志愿军怎样根据毛主席要热爱朝鲜的一山、一水、一草、一木的指示，在同朝鲜人民并肩作战中建立了不朽的战斗友谊……这一切都使得游好扬深深地感到，正是毛主席的伟大思想，在中国人民抗美援朝运动中发出了无限的光辉和伟大力量。

在幸福的会见以后的这几个夜晚，游好扬激动地重温了毛主席的许多教导。他无比深刻地体会到，作为毛泽东时代的一个人民战士，是何等的光荣！但是，游好扬想得更多的是，他，一个经过党和毛主席长期培养而走上革命道路的放牛娃，对党、对祖国、对人民的贡献，又是多么的微小！这时，游好扬是既兴奋而又不安，怎么样才能报答党和毛主席的无比关怀呢？他下定决心，今后要在建设祖国和保卫祖国的伟大事业中，作出更大的贡献。

（此篇与于民生合著）

一支建设祖国钢铁工业的“野战军”

四月十四日下午，太原钢铁厂第一批南下大冶的八百多个基本建设职工，背着简单的行装，奏起了音乐，齐集在车站广场上整装待发。各地兄弟钢铁工厂赠送给他们的锦旗，在队伍里迎风招展。这些锦旗上标志着他们几年来跋山涉水，支援各地兄弟工厂建设的光辉业绩。

去年，太原钢铁厂工程公司接受了承包马鞍山铁厂改建工程的任务。当时自动报名南下的职工，超过需要的数字一倍多。工程正式动工时，正赶上南方炎热的六月，寒暑表上的水银柱上升到了摄氏一百二十度。许多从小生长在北方的职工，从没有碰到过这样的酷暑。砌炉工人们进入四面不通风的热风炉里操作时，虽然炉底铺满了人造冰块，炉顶装有电扇，但浑身还是不断流下豆粒般的汗珠，就好像刚从河里爬上来的一样。在这样艰苦的施工条件下，工人们提出了许多充满革命乐观主义的英雄口号：“到处工厂都是家，保证质量全靠咱！”他们砌第一座高炉的热风炉时，花了二十五天，比原计划多了七天。工人们马上主动地去找上海、本溪等地支援马鞍山建设的工人交流经验，学习了上海工人在劳动组织方面和本溪工人在操作方法上的许多优点，提高了劳动效率。他们在砌第二座高炉的热风炉时，就缩短到十七天，最后一座高炉的热风炉，只用了八天半就砌好了。整个工程提前三十多天完成，工程质量很好，对马鞍山铁厂不断提高炼铁产量提供了有利条件。

在这个队伍里，我访问了一位名叫刘俊彦的老砌炉工人。北京石景山钢铁厂和重庆一零一钢厂赠送给他的两颗高炉大修纪念章，在他的胸前闪闪发光，他那饱经风霜的脸上充满了兴奋和愉快。当我直率地问到他这次南下大冶有什么顾虑时，他的眉头皱了一下，似乎怪我不该向他提出这样的问题。他说："谁要是害怕艰苦，谁就不配当基本建设工人。"这几年来，刘俊彦在参加各项建设工程时，都按期或提前完成了国家给自己的建设任务，并且在紧张的工作中学习了不少文化科学知识。过去，他是半文盲，而现在已经能够阅读各种报纸和简单的技术书籍了。除了构造特别复杂的以外，钢铁工业方面的一般高炉、平炉、煤气发生炉等各种炉子的设计施工图纸，他都能看懂，并且能按照图纸准确地施工。在将近两年的时间内，他还曾经和他们耐火瓦工队的其他十多个老师傅一起，培养了五十多学徒成为一般的技工。而在解放前，要培养一个砌炉技工，最少需要三年的时间。

这位普通基本建设工人的事迹，是太原钢铁厂基本建设队伍成长壮大的缩影。太原钢铁厂由于解放后大规模扩建改建工程的需要，早在一九五零年就从生产岗位上抽调出一批骨干正式组成独立的基本建设队伍。四年来，他们不仅完成了本厂新建电炉炼钢、薄板、锻钢等车间和扩建改建原有平炉炼钢、轧钢、炼铁、耐火材料等车间的十一项重大工程，并且曾经派出五千多人次支援了鞍山、重庆、石景山、本溪、马鞍山等各地钢铁企业和其他新建厂等十八个单位，还抽调了七百多技术工人支援石景山钢铁厂。这支基本建设队伍在本厂和支援兄弟厂的建设过程中不断壮大起来，到一九五三年，这个厂的固定基本建设职工超过了一九五零年的两倍半。

南下大冶的消息传来后，职工们就像百战百胜的战士一样，怀着必胜的信念渴望着立即投入新的战斗中去。一封接一封的决心书、挑战书，纷纷送到党支部和基层工会。每个人都由于祖国交付给他们更大的建设任务而感到光荣和自豪。三十多年的老工人丁成祥，早十多天前就准备好了行装。他意味深长地说："那一年解放大军南下，为的是解放全中国受苦的兄弟姐妹，今天咱们南下，为的是给咱们自己和儿孙们创造更加幸福的将来。"去年曾经参加鞍山建设的李广小组，在决心书上写道："不怕山高路远，不怕困难重重，祖国需要我们到那里建设，我们就到那里；我们在那里建设，那里就是我们的家！"

站台上响起了列车出发的铃声，工人们快乐的歌唱和车轮的轰鸣交织成一片，满载着这支建设祖国钢铁工业的"野战军"的专用直达列车徐徐出站，直向祖国山明水秀的南方开去！

祖国工业化道路上的又一个胜利

当我们正在祖国工业化的道路上胜利迈进的时候，一个接着一个的鼓舞人心的消息，正在不断地传来。最近，我国第一个规模较大的薄板工场——太原钢铁厂薄板车间的建成和它迅速投入正常生产的事实，再一次地证明了只要我们认真地学习苏联先进经验，发挥广大工人的积极性，就完全可能建成近代化的大工业，并能迅速地掌握新的生产技术。

太原钢铁厂薄板部的基本建设工作，在一九五〇年就已经开始了。当时，由于负责设计的工程技术人员从来没有见过这样的工场，以及他们在工作态度和方法上存在着不少缺点，曾经产生过许多严重的错误。去年，苏联专家格尔洛夫、马卡洛夫、普乞错夫，曾先后数次来到太原钢铁厂亲自指导。他们对于工场的设计、施工和机器安装等方面，总共提出了九十六条宝贵的建议，保证了新产品的试制成功和正常生产。比如保持连续不断的煤气供应是薄钢板生产的必要条件之一，原设计人员设计煤气输送道时，根本没有到现场调查研究，就决定在地下铺设一条钢筋混凝土的煤气道。施工以后，因地下水位太高，煤气道几乎有一半泡在水里，不但妨碍煤气的正常供应，还会发生很大危险。苏联专家看到这种情形，指出这是一个不能容许的设计错误。专家们一面建议立刻停止施工，一面重新设计了一条由地面上输送的钢板制的煤气管。这样，就保证了煤气的正常供应。在薄板板坯加热炉的设计上，原来设计的炉身太长，由于煤气是由加热炉的两旁向炉里喷射的，使得火力不集中，温度不均匀。后来经过苏联专家的帮助，改正了设计图上的错误，把原来的炉长缩短了两公尺，改由炉子的前端向炉内喷射煤气，这样不但节省了许多钢材和耐火砖等器材，并使加热炉的效能提高了三分之一。

太原钢铁厂为了迅速实现苏联专家的建议，由薄板部主任、基本建设和生产方面的两位主管工程师和两个有经验的老技术工人成立了小组，专门研究如何具体执行专家的建议。他们在陪同专家视察现场时，还配备了车间材料人员，随时根据专家的建议，吩咐材料人员准备必要的器材。这样，就使得专家的各项建议，除极少的一部分因为条件不足需要留待研究外，百分之八十以上都迅速实行了。比如当专家建议利用“双曲线”原理，在轧制薄钢板的轧滚上旋出一道凹度只有半公厘的曲线时，老技术工人王九祥和王玉兴奋地接受了这个任务。这是一项十分复杂的技术操作，过去他们从来没有干过这种活。开始时曾失败了好多次，但他们坚信苏联技术的先进，反复和工程师研究，终于找到先找出轧滚的中心，再根据中心确定刀架的高低和吃刀深度的办法，最后终于顺利地完成了任务。这道凹度的曲线旋成后，就完全保证了所轧薄钢板的均匀和零点三公厘矽钢片的试轧成功。在苏联专家建议改建煤气管时，负责设计的工程师杨克明起先还怕改了自己的设计会“丢面子”，曾经继续坚持错误，后来他看到不改就不能保证生产，会给国家造成更大损失的时候，他十分惭愧地说：“如果不听专家的话，我就要犯更大的错误！”

加速祖国工业化的理想，苏联专家兄弟般的帮助，鼓舞着全体工人学习技术的热情。三个月以前，这个新车间的二百八十多个工人中，大部分还都是来自农村的青年，但现在就有了三级以上的技术工人一百四十一人。最近仅轧制工段升级的工人就有一百零四人，其中并有二十七人连升两级以上。二十来岁的赵三牛，不久以前还是一个农村青年，但他从向薄板轧制机上送板坯学起，很快被提为粗轧机上的“二压手”，现在已是他们班里掌握完成机的熟练的“一压手”了。优秀的青年团员赵敬宏，不但生产中积极学习，停车时还抓紧时间学习操作规程和薄板生产的初步理论知识。在学习操纵轧制机时，他双手都磨起许多泡，仍然坚持不懈。现在，赵敬宏不但自己已能掌握薄板制造中的“把闸”这一最高技术操作，并和王良才、萧登亮两个新工人订立了互助合同，帮

助他们提高技术水平。

最近，薄板部工人们接到了中共中央办公厅代表毛主席写给他们的祝贺信。全体工人都认为这是平生的最大光荣，他们决心更加努力学习技术，提高产品质量和数量，以支援全国大规模的经济建设。

（此篇与成彬合著）

记察哈尔人民与旱灾的搏斗

当庄稼苗儿长的正上劲的时候，察哈尔省遇到了多年来未有的大旱灾。春种后，四五十天没下一场雨，害虫也随着活动起来。

久经锻炼的察哈尔人民，并没为灾害吓倒。他们说:“咱们要为这点灾荒吓住，就太对不住朝鲜前线的弟兄了！”曾出席全国劳动模范代表会议的省劳动模范马益谦向全省农民提出了抗旱备荒挑战，这一挑战迅速得到各地响应。全省农民在“学习志愿军，战胜旱灾”的口号下，普遍展开了抗旱保苗斗争。他们采取了各种各样抗旱办法，靠近河的就挖渠引水，河渠干了就挖井找水泉，离水远的就担水、抬水、用大车拉水。六月初到现在，全省修了一千八百八十多条渠道，挖了十三万个抗旱防洪两用的蓄水池，打了四千三百五十多眼井。农民们的战斗精神是如此的高涨，张家口市郊北甘庄的农民，甚至套上四十辆大车到十里以外的地方去拉水。水少地多，他们就用在苗根旁穿孔灌水的办法，一棵一棵的浇，使即将枯死的禾苗得以复苏。万全县腰站堡村的一道小河渠，给太阳晒得露出了白沙底。老农们记得靠渠口有泉，他们就沿河寻找，终于找到八个泉眼，一百多人一齐动手挖，水源越挖越旺，灌满了小渠，他们用这水浇灌了三百多亩地的庄稼。在抗旱除虫斗争中，察哈尔各地的妇女儿童们也普遍出了力。据察南九个县的部分统计，就有九百多个新组织的妇女抗旱备荒互助组。阳原县的二万多妇女，用分片包干办法，捉了两万多斤害虫。

在和灾荒战斗中，察哈尔农民们提出“大家靠紧渡过难关”的口号，发挥了高度团结友爱精神。当所有河渠旱得只剩一点水的时候，许多农民在“水量调剂委员会”（这是政府领导农民成立的分配用水的组织）领导下，把自己应得的水让给最旱的庄稼。怀来县恩民渠沿渠的许多稻农，甚至把自己稻田里的水放给别人的旱地用。他们说：“过去为一口水打破头，现在天下农民是一家，那能见灾不救！”

为领导农民进行抗旱斗争，察哈尔省中共各级党委和人民政府，曾组织了六七千干部下乡，省政府张苏主席也下了乡。国家经济机关先后贷放出五十二亿的水利、种子等贷款，发了一千二百部水车和一百六十多万斤早熟作物的种子。各地工人们在“巩固工农联盟，帮助农民弟兄抗旱”的口号下，今年夏天加班加点制造抗旱工具。张家口矿山机械制造厂工人，五天就赶制了一百五十部水车。为了把种子早日运到察哈尔，中央人民政府铁道部特别通知沿路各站：“察省运种子车辆一到，应尽先开出。”察哈尔省汽车运输工人冒雨连夜将种子分送各地。他们说：“咱赶紧些，庄稼籽就会快些下地！”大同县水泊寺村，七月二十一号下了雨，农民正发愁补种缺籽，政府运种子的大车恰好到了村口。该村一个白发老农吕德生曾在光绪十八年灾荒时卖掉过闺女换种子，他这次领到种子后含着泪说：“后生们！拿出劲来干吧！你们没遭过大难，不知道毛主席领导这时光的好处！”怀仁县冯庄村的人民代表感动地告记者说：“越到这灾难的年月，越感到咱祖国疼我们，爱我们！”

这样，察哈尔省终于战胜了这次多年来未有的大旱灾。七月下旬下透雨后，全省六百多万亩已死的庄稼，都已全部改种了早熟作物或菜蔬。当新播的种子吐出嫩绿的苗儿的时候，农民们指着天空说：“到底我们熬过了你！”此外，对没有旱死的庄稼，全省农民都多锄、细锄、施追肥，争取提高了今年的收成。

（此篇与伊晓合著）

难忘的会见

四月四日上午，春光明媚。太原市的杏花岭广场周围盛开的杏花正在和暖的阳光中喷吐芬芳。朝鲜人民访华代表团随行艺术团为太原各界群众五万多人作了第一次精彩的演出。

突然，扩音器中传出了我国人民早已熟悉的歌声：“数九寒天下大雪，天气那个虽冷心里热……”这是朝鲜青年女歌唱家曹敬正在用中国话唱着《刘胡兰》歌剧中的一个插曲。歌声字字清晰，圆润高亢。听众们顿时联想到刘胡兰冒雪劳军回来后对人民革命胜利充满信心的情景。广场上爆发出暴风雨般的欢呼，听众长时间地鼓掌，热烈欢迎女歌唱家曹敬再唱一次。

这时一位瘦长身材的中年妇女，激动地跑上表演台，把曹敬抱在自己怀里，一次又一次地热烈拥抱亲吻，流下了热泪。说明员以朝中两国语言在扩音器中向全场报告说，这就是中国人民优秀的女儿、革命烈士刘胡兰的母亲——胡文秀。曹敬紧握着胡文秀的双手，再一次地高唱“……风吹雪花满天飘，咱队伍在前边打得好……”女歌唱家含着热泪，歌声在扩音器中激动得直打颤，全场屏息无声，所有听众的心都被朝中两国人民以鲜血凝成的战斗友谊攫住了。

广场上的会见给人们留下了永远难忘的印象。刘胡兰慷慨就义已经七年了，但是她的英雄事迹却永远鼓舞着为和平而战斗的人民。在解放战争中，胡文秀曾收到许多解放军指战员的信，在抗美援朝的伟大斗争中，朝鲜人民军和中国人民志愿军战士们的信又不断从朝鲜前线寄来。今天当胡文秀从英雄的朝鲜友人口里听到了歌唱胡兰子的声音，她怎能不激动呢！

当胡文秀听到朝鲜人民访华代表团要来太原的消息后，为了会见英雄人民的使者，她就带领着刘胡兰的小妹妹——芳兰来到太原。在朝鲜人民访华代表团和艺术团临行前的当天下午，她又到代表团的住所和女歌唱家曹敬、代表团青年代表金辰泽作了两小时的会见。

在为世界和平的伟大事业中建立起来的最珍贵友谊，并没有因为言语的不同受到阻碍。胡文秀和曹敬紧紧地拉着手像久别重逢的家人一样亲密地交谈着，她们的眼睛里总是闪烁着兴奋的泪花。

曹敬和金辰泽告诉胡文秀：在朝鲜几乎所有的妇女和青年，都像熟悉自己的共和国英雄们一样熟悉刘胡兰的英雄事迹，他们在和敌人战斗的最艰苦的时刻，想到卓娅和刘胡兰就增加了战胜敌人的力量。曹敬在没有来到中国以前，就曾在朝鲜战地给朝鲜人民军战士歌唱过刘胡兰。曹敬说："每次我歌唱英雄刘胡兰时，仿佛我也和刘胡兰一样宁死不屈地面对着凶恶的敌人。"

胡文秀不知道该和曹敬说些什么才好，她的手显然因激动而颤抖着，她从自己身上摘下镌有毛主席像的纪念章给曹敬佩戴在胸前，还把她和刘胡兰的小妹妹芳兰合拍的相片，送给了最亲爱的友人。曹敬也把自己佩戴的朝鲜民主主义人民共和国国旗纪念章赠送给胡文秀。小芳兰正躺在金辰泽的怀里幸福地甜睡着。"她有着刘胡兰这样的英雄姐姐，"金辰泽一面轻轻地抚摸着小芳兰，一面向着胡文秀说，"和有着您这样光荣的妈妈，将来一定会发扬她姐姐的革命精神，但她将比她的姐姐生活的更幸福！"曹敬也情意深长地祝福胡文秀："希望英雄的妈妈永远健康，永远幸福，把小芳兰也教育成像她姐姐一样坚强的共产主义战士。"

永远高举红旗前进

“发扬革命传统，争取更大光荣”，这是毛主席在解放后对老根据地人民提出的期望。最近，当我们重访革命圣地延安和陕北老根据地时，我们十分强烈地感觉到，毛主席的这种期望，正在陕北人民身上发生着无限的力量。

在二百四十多万勤劳朴素的陕北劳动人民中，我们访问过早在土地革命时期就英勇地参加了革命斗争的老英雄，见到过在抗日战争和解放战争时期拿起枪杆保卫家乡和解放全中国的人民子弟兵，还有那在光荣的革命传统教育下，在最近几年的建设时期中成长起来的新的一代。他们今天都在自己的岗位上为伟大的社会主义事业贡献着自己的全部力量。那种陕北人多少年来对党和革命事业忠心耿耿的共产主义精神，给我们留下了永远不能忘怀的深刻印象。

二十年如一日

从延安城东五十公里的蟠龙镇出发，沿着一条羊肠小道，我们进入了一个偏僻的山村——马家沟村。就是在这里，当 1935 年刘志丹同志领导的陕北工农红军来到这个山村的时候，一位名字叫作申长林的贫苦农民，带头参加了反对土豪恶霸的斗争。他曾把他们弟兄几个终年辛勤劳动积攒下的一些粮食，全部拿出来献给工农红军。他当了赤卫军的连长。而在以后党中央和毛主席在陕北领导全国人民革命的年代里，因为他热烈响应党的号召，积极发展生产，支援抗日战争和人民解放战争，被光荣地誉为模范中共党员。

今年已经六十五岁的申长林，现在还担任着蟠龙人民公社马家沟生产队的党支部书记。这位老书记，凭着自己结实的身子骨和对社会主义集体利益的高度责任感，现在还坚持担任着生产队里最辛苦的工作——每天上山放羊。今年春节里，全体社员都放了假，欢欢乐乐地过节。申长林仍然一清早就踏过冰河，爬上积满白雪的山岗去放羊。夜晚回来，他又召集支部委员们开会，研究马家沟村生产队 1959 年全年的生产规划和劳动力安排。

二十多年如一日，申长林总是以他那模范的实际行动，在社会主义大道上同乡亲们一道前进。当人民赶走胡宗南匪帮重新建设自己家园的时候，就是他，带头在马家沟村建立起第一个生产互助组；以后，又是他，领导着互助组发展到农业生产合作社；而在去年建立人民公社的时候，也是他第一个在马家沟村把党中央关于人民公社的决议传达给全体农民。人们每当回忆过去的苦难和想到今天的幸福生活的时候，都不由得赞美申长林说："他是我们村里一面永不褪色的红旗。"

从一个战场到另一个战场

不知道有多少陕北劳动人民的优秀子弟，曾经在抗日战争和解放战争时期，为了保卫家乡，为了帮助全国各地同自己一样受尽苦难的兄弟姐妹们获得解放，英勇地奔赴战场。他们当中有的人已经为人民解放事业付出了自己最后一滴鲜血；有的人又重新回到家乡，参加了社会主义建设事业。

在榆林专区米脂县，我们会见了清泉人民公社的复员军人薛元洋。他早在 1944 年就参了军，是人民解放军中担任过副连长的老战士。将近十年的战斗生活，薛元洋曾经转战陕西、山西、甘肃、宁夏和东北，立过大小十次战功。至今，他的右臂上还留有解放太原战役的枪弹伤痕。那时，他的右臂中了敌人的枪弹，鲜血直流，整个臂膀都肿得失去了知觉，但他仍然倔强地手握机枪，坚持战斗。

1953 年秋天他复员还乡，第二天他就扛着锄头下地。没几天，就被人们推举为村里的生产互助组组长，不久，互助组发展为农业生产合作社，他又被选举为社主任。去年，米脂全县农民协力修建沙家店水库，人们都把这个工程同当年解放战争时期的沙家店战斗相比，称它是“第二次沙家店战役”。这个当年在沙家店战斗中立功的战斗员，就在这次新的战斗中，又一次显示了他藐视任何困难的革命军人的风度，在这项建设事业中立了四次功。他所领导的一百八十人的一个民工大队，在半年多的修库过程中始终被全工地誉为干劲冲天的“老虎队”。7 月间，暴涨的山洪把快要修好的水库大坝冲开了一个缺口，就在这个千钧一发的时刻，薛元洋扛起一百多斤重的沙包，带领着他的伙伴们，冒着生命的危险，跳进齐胸的洪水去抢救大坝，经过一天的激战，终于修好缺口，使大坝安然脱险。在这次水库修建工程中，薛元洋在全县民工中荣获三次甲等奖、一次乙等奖。

不辜负先辈的期望

在和许多年青一代的陕北人接触中，我们处处都感觉到革命的先辈们留给他们的深厚影响。而从子长县子长人民公社枣树坪生产大队支部书记、二十八岁的谢绍旺那里，可以感觉到这种影响表现得特别强烈。

谢绍旺是陕北红军的创始人之一——谢子长同志的侄儿。谢绍旺的一家中，同谢子长同志一起，曾经有十个人在土地革命时期光荣牺牲。那时候谢绍旺才三岁。他在党和革命大家庭的抚爱中长大以后，一个强烈的愿望就在他的思想中扎了根:“决不能辱没自己的先辈。像我们这样的家庭，走社会主义的道路还能不走在别人前头！？”

就在谢绍旺二十二岁的那年——1953 年春天，他在自己的家乡组织起第一个三户贫农的农业生产合作社。随着农业社的巩固和发展，一直到去年人民公社的建立，谢绍旺那种为了社会主义集体而完全忘掉个人得失的动人故事，就在乡亲们当中广泛地传播开来。农业社刚建立的时候没有牲畜，缺少农具和子种，谢绍旺就把他哥哥送给他留作纪念的金戒指和他妻子结婚时的一件绸衣料，拿出去卖了五十五元钱，买了牲畜和农具，无代价地投入农业社；有一户社员病了，他把留给自己吃奶的孩子吃的一升白面也全部送给了那个社员；谢绍旺到县里开会，县里的负责同志看到当时他家里生活困难，从公家的救济款中补助了他二十元。回到村里，他把这些钱全部送给了其他几家困难户。别人感激地问到他自己怎么办的时候，他毫不在意地笑了笑说:“咱们的好日子在后头呢，现在这点困难一眨眼就过去了！”

去年，社员们修下几百亩水地。他们那个山村第一次种了一些水稻。6 月间一天的午夜，下了暴雨，洪水把稻田的防水壕冲了一个缺口，眼看着快成熟的水稻，就要全部被淹死了。谢绍旺领导着社员们深夜去抢救了三次。他跳进洪水，用自己的身体堵住防水壕上的缺口，保证了稻田的安全。秋后，当社员们欢庆去年大丰收和吃着自己种的稻米时，都感动地说：“这白米是咱谢书记用性命换来的呵！”

这里记述的只不过是无数英雄人物和业绩中几个极普通的人物和事例罢了。延安专区有一位在这里工作了多年的副专员曾经满怀激情地对我们说：“长期的艰苦的革命斗争，锻炼了陕北人民无比勤劳和极其朴实的气质！这样的人民一旦相信了共产党是他们的救星，任何时候他们就会对党的一切号召毫不退缩地去执行，哪怕付出自己的一切。”是的，正因为陕北人民是有着这样崇高风格的人民，他们才能在艰苦的战争时期始终高举着革命的红旗，而在今天，在祖国建设的伟大时代里，他们又和全国人民一道，共同写着“一天等于二十年”的英雄史诗！

（此篇与冯森龄合著）

毛田纪事

毛田，是湖南岳阳县的一个区。解放前，这里原名“茅田”，岭秃山荒，是被人们形容为“只长茅草不长禾”的穷地方。如今，我们在这里看到的却是一片兴旺景象。远处，云雾缭绕的高山上万木争荣，苍翠可爱；近处，一片片果木林环抱着秀丽的山庄。在那与云天相接的层层梯田里，金黄色的水稻茁壮生长。点缀在山旁岭间的二十八座新建水库和一千多口山塘，已经使绝大部分土地可以自流灌溉；高山脚下新建的一座小型水电站，破天荒地照亮了这里的几十个山村……

人们常说：“透过一滴水看大海。”这里让我们通过一些具体事例，来看看新的毛田吧！

一

一九五九年冬天，区委书记许志龙和副书记刘志耕，带领着相思山公社冷山大队的社员们，登上海拔近千米的“冷山”，开始了全区第一次群众性的集体造林活动。人们在上山以前还开了个社员大会，一致决议把“冷山大队”改名为“林海大队”，以表示他们改造荒山的决心。

一个多月以后的一天，许志龙冒着漫天风雪，迈开大步，越过几十里的崎岖山路，又一次兴冲冲地攀上了“冷山”。他举目一望，不禁倒抽一口冷气。原来，一个多月前他和刘志耕带领社员们在这里种下的一大片树，现在满眼是枝枯叶黄，大部分树苗死了。这真是当头泼下了一盆冷水！

怎么办呢？在失败面前就此放手不干吗？农林牧副渔如何才能全面发展？建设社会主义新山区的理想又如何实现呢？问题尖锐地提到了区委的会议上。经过讨论，很快得出了一致的结论："困难不能挡住我们！"全体区委委员再一次爬上了冷山。

在一片枯枝黄叶中，人们也发现有不少成活的树。不是冷山不能造林呵！死了的树苗绝大部分是因为挖坑不够深，培土过少过松，又没有及时浇水，根不舒展，经过几场风吹雪压，自然就活不成了。

许志龙和一些干部，在那些日子里差不多成了钻研造林的"技术迷"。他们踏遍许多荒山秃岭，在陡峭的岩石缝里找到了两株长得郁郁葱葱的古树，这说明高山秃岭上是可以植树造林的。于是，他们一面把这些"活教材"向群众宣传，一面把有高山造林经验的八十多岁老农邓双玉请来当"技术顾问"；人们还三番五次地翻山越岭，到国营大云山林场"求经取宝"。群众性的造林活动重新在全区展开。

人们吃水果随口吐掉果核，是最平常的事情，可是许志龙吃水果，却想起了家乡的建设。有一次，他到县里开会买了一斤橘子，吃了以后就把橘子籽保存起来带回区里，准备在从来没有种过柑橘的毛田区种上橘子树。如今，他亲手栽下的一批橘树已成长壮大。这是第一次在毛田生根落户的果树，这是这里普遍种植梨、桃、苹果等果树的开始。后来当第一批梨树开花结果的那一年，在区委会所在的八斗村，区委又召集了一个五十岁以上老农的"吃梨会"，各公社都派有社员代表参加。人们第一次吃着自己培育出来的甜梨，植树的兴趣更浓了。

二

山区怕暴雨，更怕干旱。毛田的人们说：过去这里是"一场暴雨一层沙，一月无雨干死蛇"。解放后，这里陆续地兴修了一些小塘小坝，但是，比较大规模地兴修水利，还是在公社成立以后。工程艰巨的龙形寺大队"和尚咀"穿山引水工程，是毛田区人民兴修水利高潮中激起的第一个浪花。

一九五八年冬天，当时的公社党委委员、如今的云山公社党委书记李卫忠，来到龙形寺大队找到了解放前当过多年长工的谢德安，问他：

“都说‘和尚咀’是天生的干死蛤蟆旱死蛇的地方，难道硬是找不到水源？”

“水源倒有，就是隔了一座石山，过来不得！”谢德安说。

“打开石山，让千年的流水换条路，可行？”

“说难就难，说不难也不难！”

“这话怎讲呀？”

“听老一辈的人说，前人也想过穿山引水，可那时人单势孤，不过想想罢了；如今人多势众，只要心齐，再大的山也能扛它走！”

李卫忠听到这里笑得合不拢嘴。他和龙形寺大队支部书记李三畏、谢德安等人几度上山，反复勘察山势和水的流向，经过仔细的研究，支部终于下定决心：“穿山凿洞，引水过山！”

消息传了出去，有的人兴奋得磨拳擦掌，也有人抱着怀疑态度：“同铁一样硬的石山打交道，可不是闹着玩的。”“能办得到早就办了，还等着我们去瞎操心。”

究竟引水工程该不该办？大队召开了全体党员和积极分子会议，老农谢德安也请来了。五十多岁的谢德安还没有说到工程上的事情，先向大家诉起苦来：他在“和尚咀”当过长工，因为受不了地主的压迫，抗不住连年的灾荒，曾经逃荒在外二十多年……穷人谁家没有辛酸？“诉苦”，使人们认识到团结起来的巨大力量，这股力量打倒了阶级敌人；如今，建设社会主义，也要依靠这股力量办前人不能办的事！经过充分的思想发动，作好了必要的施工准备，工程很快开始了。

镐把抡断了，锄头卷了口，手上打起了一串串血泡，工程进度却像蜗牛爬坡似的。一些好心肠的社员，跑上山来劝阻大家：“穿山不成不要紧，可莫把人累坏啦！”“穷山恶水只怪命苦，这是霸蛮不得的！”

能听任命运的摆布吗？共产党员和积极分子能在“命运”面前低头吗？不，他们坚信石山可以凿穿，就是工具需要改进。人们在山上架起了铁匠炉。凿山的钢钎钝了，马上就地回炉。有些几尺长的钢钎，到后来磨得只剩下几寸长；山坡陡峭，他们就在腿上绑上破絮，垫上稻草，跪在石山上凿。许多社员看到他们那样地奋不顾身，感动得流下了泪。自动跑到工地上要求轮班的人，越聚越多。

两个多月的艰苦劳动，终于穿透石山，修成了一条十丈多长的石渠，隔山的溪水被引了过来，一百二十多亩“望天田”能够自流灌溉了。这消息立刻传遍了全区。从此，毛田区的兴修水利运动，就像海潮似的，一浪高过一浪。

三

每人平均只有一亩田的毛田区，增产粮食的主要出路在哪里？区委研究了外地的经验和本地的条件，决定在抓改良土壤和开垦荒地的同时，推广双季稻，让一亩田打出两亩田的谷子来！可是，区委的号召发出以后，群众的反应却不很热烈。有些人认为：“山区种一季稻，这是生成的眉毛长成的痣，改不了！”

怎么办？区委一致认为：干部带头种试验田，取得经验再推广。许志龙到水庙坳串连发动了几个老农积极分子，在土质、水利、阳光等条件同这里的一般土地差不多的地方，首先带头种了一亩一分双季稻试验田。许志龙带头脱鞋下田，送肥车水，栽秧培育。这一年，许志龙的试验田一亩收了稻谷八百多斤，比邻近的单季稻田多三百多斤。

一些对双季稻抱有怀疑的农民，白天不来，夜晚却打着灯笼到区委书记的试验田里看苗情，查禾蔸。山区种不成双季稻的看法，逐渐地改变了。

毛田区大部分耕地都挂在山梁上，有些地方是“三月飘雪九月霜”，双季稻在高山地区种不种得？如果高山地区不推广，粮食大幅度增产又怎么能成为现实？区委的同志们分析了情况，决定在山矮畈大，土质、水利、阳光等条件较好的地区，积极推广；在高山地区，进一步试验，让实践来做结论。

试验田又搬上了高山。公社党委委员方全森同毛塅村的社员，在海拔八百米的地方种了七亩试验田，这是全区种的最高的双季稻试验田。结果，这里也获得了比单季稻增产百分之六七十的丰收。晚稻收割以后，区委在这里召开了现场会，人们的思路更加开阔了。

毛田区从一九五六年开始推广双季稻以来，几乎每年都要在各种条件不同的地方，采取干部、老农和技术人员三结合的办法先搞试验，取得成效再逐步推广。各公社和生产队种植双季稻的计划，每年都要经过干部和群众反复地讨论。他们就是这样既满腔热情而又实事求是地对待新鲜事物。到一九六二年，这个区的复种指数达到百分之一百六十，共种双季稻二万四千多亩。这一年，全区获得了亩产粮食六百九十斤的大丰收。而过去种一季中稻的时候，每亩产量最高也只有四百斤。

四

毛田区委在领导人们战胜一个个困难的时候，他们依靠的是什么？去冬今春，一条公路的建设经过可以回答这个问题。

改善交通，这是山区群众迫切的需要。可是，从毛田通往相思山公社的公路究竟修不修，曾经经过了相当时间的酝酿和讨论。

路修不修，本来在多数区委委员中已经是不成问题的问题了。但是，在一次专门讨论修路问题的区委会上，仍然没有马上采取少数服从多数的表决办法。区委会议决定：路修不修，怎样修，最好还是再深入下去问问群众。

全体区委委员都下去了。一部分人邀集技术人员和有经验的农民，一次又一次爬山越岭，勘察线路，对原设计又一次作了修改，减少了几处险工和三个涵洞工程；一部分人到公社、大队和生产队召开座谈会，广泛地征求群众的意见。

一位不大主张修路的区委委员，走了十一个生产队，每当提起修公路，社员们就迫不及待地问他："啥时候动工？"在一些社员座谈会上，人们当场编出歌谣，表达对新建公路的向往："相思岭相思坡，高山峻岭险路多，一日难行三十里，三日难行几道坡。""弯弯扁担肩上压，祖祖辈辈受折磨，何日修得公路好，不用肩挑用车驮。"有八个生产队听说要修路，连夜准备铁镐和做饭的大锅。

一致的决议很快就在区委会上通过了。原来对修公路有顾虑的区委委员在会上说："领导不能落后于形势啊！担满担，硬撑肩，再重的担子我们也要挑起来！"

有了这样广泛深入的思想发动，有了这样细致的组织准备工作，在人们面前还有什么不可克服的困难！从动工到基本完工，整个工程不但比原计划少用四万多工，而且缩短了工期半个月。

写到这里，我们不能不提到可以集中反映出毛田变化的一些激动人心的数字：到一九六二年，毛田全区的粮食产量就已经达到三千二百多万斤，这比历史上粮食产量最高的一九五八年还要高百分之二十八。山区养猪的条件并不好，如今这里存栏的猪有一万几千头，每户平均一头还多。几年来，人们在荒山秃岭上种下的杉树、油桐、油茶等用材林和经济林木共有五万多亩，新栽的梨、桃、苹果、橘子等果树共有十四万多株。广大社员面对着这些巨大的变化，都热烈地赞颂“集体经济是金边饭碗，人民公社是铁打的江山！”

（此篇与李进挺合著）

下篇

南行印象

（1992 年 12 月）

在领受了起草 1993 年政府工作报告的任务之后，为增加对实际情况的了解和感性认识，我带了几位同志到上海、江苏、武汉等地看了看。此行历时三周，得出几点粗浅印象，简要报告如下。

一、大部分地区呈现高速或超高速发展态势

我们先后到了大小 15 个城市。这些地方你追我赶，经济发展速度一个更比一个快。上海是此行的第一站，今年 1—11 月工业生产增长超过 20%，为几十年来所未有。接着去苏南。昆山市的增长率达到 88%。苏州市增长 76.5%，产值已超过天津，他们说明年有把握超过北京，在全国城市中跃居第二位。无锡市增长率达到 58%。宜兴市和江阴市分别为 46%和 62%。号称“华夏第一县”的无锡县增长 89%。无锡县今年的奋斗目标是把工业产值从去年的 167.8 亿元增加到 320 亿元，从执行情况看，有把握完成。张家港市今年的任务是实现工业产值翻一番，即由 114 亿增加到 230 亿。1—11 月已经完成 198 亿，比去年同期增长 103%。苏北的基础比苏南差，发展不如苏南快，但也高于全国平均水平。泰州市增长 53%，徐州市增长 24.1%，连云港市增长 23%，素有苏北落后地区之称的淮阴市也增长了 19.1%。最后一站是武汉，增长率为 8.2%，低于湖北省 10.4%的水平。总的印象是，发展速度呈由西往

东、由北向南递增的态势。

关于今后几年的发展，各地的指标都打得很高。江苏省提出，全省到1995年提前实现国民生产总值翻两番，到2000年时翻三番（已在省报公开发表）。无锡县提出“八五”计划两年完成，十年规划五年完成。苏州市、无锡市都表示“八五”计划要提前两年完成。张家港市的目标是90年代实现国民生产总值翻四番。苏北地区的徐州等市也提出“八五”计划三年完成，十年规划五年完成，“九五”期间再翻一番。武汉市力争提前两至三年实现国民生产总值翻两番。

二、大规模投入推动了经济高速发展

投资拉动是促进经济发展的主要因素。张家港去年完成固定资产投资10亿元，今年预计完成30亿，增加2倍。无锡县去年投入20.6亿元，今年投入37亿，增长84%。无锡市今年技改投入80亿元，是去年的3倍。经济发展相对落后的城市把高投入作为追赶发达地区的重要手段。淮阴市今年基建投入比去年增长130%。武汉市今年已投入56亿元，比去年同期增长27.9%。高投入带来了高速发展。今年张家港工业增长因素中，20%—30%是老企业开足马力生产，60%—70%是依靠投入形成的生产能力。各地都把投资盘子打得很大，不少地方的实际投入大大突破了上级主管部门下达的规模。各地的资金缺口都比较大，主要通过拆借、引进外资、发行债券和集资入股来解决。有的市通过上述渠道筹集的资金占投入总量的60%以上。也有的地方在安排投资时，把引进外资的盘子打得很大，占到总投入的25%—30%。至于能不能兑现，有些则心中无数。

三、各种形式的开发区显然搞得多了

离开上海后，一路都是坐汽车。沿途随处可见各种形式的开发区牌子。不仅市、县、乡、镇层层办开发区，甚至村里也办开发区。有个县级市，仅已批准的开发区就有15个。有的地区各种形式的开发区究竟有多少，主管单位也说不清。开发区大的有几十平方公里，小的几百亩地。有些开发区搞得不错，经济效益和社会效益都比较好。但多数刚起步，有些已明显看出难以取得好的效果。有的开发区远离公路干线，也不靠河道港口，缺水缺电，没有外资来，来的内资也不多，乱占滥用耕地，浪费较大。不少地方不惜采取重奖的办法，到处去拉外资。还有的地方看看引进外资无望，便把重点放在国内，用比对外资更优惠的政策吸引内资。

四、普遍关注经济波动问题

所到之处，都能听到当前的高速增长能持续多久的议论。刚到上海，黄菊同志就告诉我，十四大后中央召开的经济通气会收效不大，各地片面追求增长速度和扩大建设规模的劲头还很大，国民经济的周期性波动将难以避免。因此，上海市政府曾经在常委会议上提出，要各个部门认真讨论如何防止经济波动的问题。无锡市的同志提出，明年经济工作将面临四对矛盾：一是全国投资大幅度增长与资金短缺的矛盾；二是生产高速增长与能源、原材料供应不足、运力紧张的矛盾；三是产品结构与市场需求的矛盾；四是经济增长和向市场经济过渡与政府职能转换的矛盾。这些矛盾如得不到适当解决，当前的高速发展将难以持久。对未来经济发展趋势的预测，各地同志看法也不尽一致。有的认为现在这样的高速度至多持续到明年下半年，有的预计能持续到明年底，比较乐观的看法认为能持续到1994年。值得注意的是，尽管大家都认为迟早有一天会被迫在宏观上采取某些紧缩措施，但各地同志向我们介绍情况时，虽然他们那里已实现超高速发展，仍列举大量材料说明不仅发展是正常的，而且还有可能搞得更快一些。所以，他们都想赶在可能出现的紧缩之前，争取时间，抢上项目，尽最大力量把本地区的经济进一步搞上去。这是经济实力较强的发达地区的普遍心态。而条件较差的一些地区，普遍担心与发达地区的差距进一步拉大，也都强调抓住时机加快发展，不甘心落后，某些建设项目未经仔细论证便仓促上马，因而落入低水平重复建设的旧窠。看来，明年乃至今后几年经济建设方针任务的提出，如何既有利于保护各地的积极性，又有利于从宏观上引导其健康发展，力争避免大的波动，是一个至关重要的问题。

五、忽视农业的倾向值得注意

这次我们主要在城市看了看，着重观察的是城市经济，附带对农村情况做了些了解。农村总的形势是好的。但一段时间以来，由于各地领导同志普遍把主要精力用于抓二三产业的发展，一些地方出现了程度不同的忽视农业的倾向。有的地方提出了要按“三二一”的次序调整产业结构，重视发展第三产业当然是对的，但把农业摆到了末位，显然是不妥当的。沿途所闻，农村卖粮难、收购打“白条”的现象在发展，工农业产品价格剪刀差扩大，农民负担有增无减，部分地方农民增产不增收，甚至增产减收。农民种粮积极性受到挫伤，不少地方秋播面积缩减度过大。这些问题必须及时加以解决。

六、关于向社会主义市场经济过渡和政府机构改革

各地同志都认为，向社会主义市场经济体制过渡，改革政府机构和转换政府职能，是今后几年需要倾全力解决好的两大任务，也是大家希望明年全国人大政府工作报告能够着重论述的两大问题。

关于向社会主义市场经济体制过渡，大家都认为，党的十四大报告强调的转换国有企业经营机制、培育和健全市场体系、建立和健全社会保障制度、转换政府职能和健全宏观调控体系等几个方面是正确的，希望明年的政府工作报告能在这些方面提出更具体一些的改革措施，尤其对进一步改革物价体制、金融体制和外贸体制，各地的要求比较强烈。

关于政府机构的改革，各地都主张加快，同时强调改革要自上而下进行，中央先拿出方案，地方才能心中有数。下动上不动，越改越被动。前段时间有些地方进行机构改革试点，撤了不少单位，后来有的又都陆续恢复了。机构怎么改？地方同志比较一致的看法是非常设机构必须坚决撤销，加强职能部门；宏观管理部门职能应加强，但机构人员也要精简；专业管理部门应该尽量缩小，撤并，适当加强行业管理。这次接触市、县的同志较多，不少同志主张，县级党政不必强调分家，但政企应该分开；县级党政换届应迅速从三年改为五年；县级机构可以减少三分之一到二分之一，人员可减少一半。乡、镇不必都设人大、政协的办事机构。

对于机构改革后干部的出路，大家都很关心。年轻一些的干部都在积极寻找门路，有的准备下工厂，有的准备搞公司。部分没有专长的干部，特别是一些老干部思想上有顾虑，不知到什么单位去好。关于机构改革的步骤，有人认为快点好，最好一步到位，长痛不如短痛；有人认为应该逐步进行，尽量稳一些，以减少震动。

广东纪行

（1993 年 1 月）

最近，我们到珠海参加了“社会主义市场经济和商业银行”研讨会，顺便在珠海和中山、顺德、佛山、南海等地，做了些粗略的调查。这是改革开放以来我第四次去广东。十余日所见所闻，突出的印象是，所到之处经济欣欣向荣，各项建设日新月异，着实令人振奋，同时也深感有些问题值得充分注意和深入研究。

广东经过十四年的改革开放和建设，完全可以说真正发生了历史性的巨变。经济发展生机勃勃。特别是去年邓小平同志视察南方讲话后，广东改革开放的步伐迈得更大，在经济连续多年高速增长的基础上，1992 年工业生产增长 27.8%，国民生产总值增长 18.7%，全省提前 8 年实现人均国民生产总值翻两番的奋斗目标。我们去看了几个市，增长更快。中山市工农业总产值增长 28.9%、南海增长 40%、顺德增长 40.9%。新兴城镇星罗棋布，农村旧貌变新颜，珠江三角洲正在向农业现代化，农村工业化、城镇化，城市工业现代化迈进。人民收入增加，生活安康。总的看，广大群众对国家的大政方针和目前的生活改善是满意的。

广东特别是珠江三角洲的经济发展，据当地介绍和我们的观察，近年来在积极改革和充分利用市场机制的前提下，主要有这样几个特点：

一是越来越重视基础设施建设。这几年，广东各地相对来说逐渐减少对一般产业的投资，提高了能源、交通、通讯等基础设施的投资比重。这样做，改善了投资环境，增强了当地企业的发展后劲，也有利于吸引外来投资，为经济发展隔几年上一个新台阶提供了更为可靠的保证。

二是大力发展市属企业和重视乡镇企业的更新改造，加快科技进步，千方百计提高产品科技含量，增强竞争力，使之成为地方经济的骨干。这些企业在市场经济中生长，经营机制体现了市场经济的要求，而且生产规模大，技术装备先进，管理水平高，产品质量好，在同内地经营机制尚未转变或正在转变的企业竞争时，必然会取得优势，为经济高速发展提供了机制保障。

三是利用两个市场，提高企业素质。广东毗邻港澳，海外市场信息灵通。要提高外向型经济比重，企业不能不遵循市场经济的要求，按照国际惯例进行生产经营。能外销的产品在国内市场也都看好，销售潜力大。广东的企业可以根据两个市场的变化，及时调整经营策略和内外销比例。利用两个市场并为两个市场服务，促使企业经营机制要满足生产经营国际化的要求，从而有力地提高了企业的整体素质。

四是坚持走高产、优质、高效农业的发展道路。珠江三角洲人多地少，种植成本高。各地以外向型农业为突破口，发展高产、优质、高效农业，使农业生产的质量不断提高，价值量不断增加。

五是下大力量抓人才、抓教育。各地同志都意识到，经济要上新台阶必须依靠人才，依靠教育，因此采取各种措施从国内外广招人才，并大力发展各级各类教育事业。在工资、住房和其他福利上，都给了各类人才和教师以比较优厚的待遇。

广东经济发展快，当然有中央给广东特殊政策的因素，有广东特殊地缘优势和自然条件的优势，但这些并非最重要的。前不久去苏南，这次去广东，实地观察后，我们深深体会到，发达地区在充分发挥市场作用方面先行一步，内在经营机制上发生了深刻变化，这才是最重要的。党的十四大明确提出我国经济体制改革的目标是建立社会主义市场经济体制，实际上这个进程前些年就已经逐步开始。广东、苏南等地走在前头，在向社会主义市场经济过渡中，逐步建立了适应这种要求的企业经营机制和政府组织经济活动的方式及手段，从而保证了经济的持续高速发展。

建立和完善社会主义市场经济体制，以促进和保证国民经济持续稳定地以较高速度增长，是我们面临的一个崭新课题。从广东和苏南等地先行发展社会主义市场经济的实践，并联系全国的情况来看，我们觉得有这样一些问题值得进一步深入探讨。

第一，发展市场经济与国家的宏观调控。从世界范围看，市场经济有若干不同的具体模式。我们改革的目标是建立社会主义市场经济体制。这种体制决不是古典的自由放任的市场经济，而应当是具有坚强有效的国家宏观调控，逐步实现规范化、法制化的健康有序的现代市场经济。在发挥市场配置资源基础性作用的同时，国家的宏观调控只能加强，不能削弱。问题只在于，这种调控决不是重新回到传统的计划经济体制，不应具体干预企业的生产经营活动，而应当是坚持政企分开的原则，赋予企业充分的自主权，遵循价值规律和市场供求关系，主要采取经济手段、法律手段，辅之以必要的行政手段，弥补市场调节之不足，消除市场机制之缺陷，促进和保证国民经济健康发展。广东和苏南同我们接触过的多数同志告诉我们，他们都赞成这样的观点。广东一些市的负责同志还特别谈到，现在有的报刊宣传“企业只要找市场不要找市长”，“有了市场就有了一切”等说法，存在着很大的片面性。搞社会主义市场经济，企业当然要在市场竞争中求生存、求发展，但也离不开政府的管理、监督、协调和服务，离不开政府为它们创造更有利的宏观经济和社会环境。如果不加强宏观调控，不制定和执行正确的产业政策，国家不集中必要的财力物力，不能像邓小平同志说的那样发挥“社会主义能集中力量办大事”的优越性，就很难在较短的时间里建立和发展一批具有全国乃至世界一流水平的、有大批量生产能力的现代化企业特别是高科技企业。这样，从总体上说，我们也就很难真正建成社会主义的现代化强国。

第二，各级政府管什么和怎么管。从全国来看，中央政府和地方各级政府特别是省级政府对社会主义市场经济的发展都负有正确引导的职责，应当发挥积极的导向作用。这就需要明确中央政府管哪些，地方政府管哪些。现实的情况往往是，行政层次愈低，对经济的导向力和调控能力愈强；行政层次愈高，导向力和调控能力反而愈弱。现在，有的市、县、乡不听省里的招呼。有的地方连中央的招呼也不听，这种情况也时有发生。上面对下面只有财政包干的控制权，许多建设项目管不了，投资规模和投资方向也管不了。目前，各省、市、县、乡都在搞发展规划。一个特点是下一级的规划都比上一级的要求宏大，好处是有利于发挥各地各级的积极性，加快发展，弊病是可能加剧相互攀比，不利于供求关系上的总量平衡。另一个特点是，发达地区存款大于贷款，要求资金自求平衡；不发达地区资金短缺，要求中央照顾，而中央财政目前尚未摆脱困境。还有一个值得注意的情况是，不少地方的规划都有要求本地经济发展自成体系的倾向，这不利于各地扬长避短，优势互补。因此，在正确划分中央和地方财权、事权的基础上，适当增加中央财政收入的比重，以利于加强宏观调控，已势在必行。

第三，市场的统一和分割问题。建立社会主义市场经济体制，就要建立全国性的统一市场，并且日益开拓和扩大国际市场。资源配置不仅在微观上而且特别是在宏观上符合经济规律的要求，才能使效益最佳化。各地经济发展水平高低不一，市场发育快慢不一，开始时往往按行政区划首先形成若干区域性市场，而且这些区域性市场的成熟程度也存在着明显的差距。从总体上看，发达地区经济发展水平比较高，市场发育比较早，市场机制比较成熟，客观上要求冲破行政性区域市场的界限，向不发达地区输出产品和技术，以及包括资金、技术、人才等在内的生产要素，不发达地区则需要通过吸收资金、技术和产品，加快经济发展，这样才能最终使区域性市场发展成全国统一市场。现在，发达地区主要向不发达地区输出产品，很少输出资金和技术，相反却依靠从内地拆借大量资金和招揽技术力量，好处是加快了发达地区的发展，同时也进一步拉大了发达地区和不发达地区的差距。不发达地区为了避免拉大差距，有的也利用行政保护的办法，限制本地区生产要素流出和外地产品的流入，进行分割和封锁，从而不利于全国统一市场的形成和发展。目前这种矛盾在发达地区之间同样也比较尖锐。

第四，怎样提高国家宏观调控的权威和效能。在这个问题上，有两点值得注意。一是底数不清。在广东和苏南，我们去过的市、县，当地主要负责同志都很直率地告诉我们，除少数也有虚报成绩的以外，各地无论是工农业产值、投资总额、财政收入还是企业、个人收入，上报往往都留有较大的余地。不发达地区的一些地方可能是另一种情况。藏富于地方，藏富于企业和个人，不是什么坏事，至少要比浮夸好得多。问题是各地留的余地有多少，虚报的又有多少，国家的统计数与实际数到底有多大差额，谁也说不准。底数不清，容易使宏观决策失误。二是规模失控。目前规模管理还是我们进行社会总量调控的主要办法之一。但实际上，无论固定资产投资规模还是信贷规模都一再被突破。

现在，突破规模的渠道和办法很多。据一些金融界人士测算，信贷实际完成数大体比上报数大四分之一。不少地方普遍超规模投资，说明我们还没有找到适合市场经济要求的规模管理办法，宏观调控的效能也就难于实现，更不要说进一步的加强和提高了。

第五，如何处理好两个市场的关系。对外开放的基本国策，是发展我国经济的重要途径，必须继续坚持和扩大。经过一段时间的努力，我国经济外向型比例有了较大的提高。国外市场的潜力还有多大，我们能占领多少，怎样实现外贸多元化，需要科学分析和付出艰苦努力。目前，有些地方对外招商引资和扩大外贸存在某种盲目性，把引进外资的指标打得过高，甚至有的不管本地有无吸引外资的条件，竞相到海外招商。还有的地方不靠海、不靠边、不靠大城市，自身经济并不发达，也提出要把扩大出口作为实现经济腾飞的关键。另外，资本输出也显著增加。去年有的地方通过各种渠道输往海外的资本竟多于引进的外资。引进外资，扩大对外贸易，增加中外经济合作，都要做到心中有数，对国外市场的容量要有了解，能引进多少外资也应有符合实际的分析。沿海沿边地区完全应当也能够继续扩大外向型经济的比重，但要做好两个市场的转化和连接工作。内地有条件的也要大力发展海外市场，但不宜提出向沿海沿边看齐的口号。各地都要努力增加附加值高的和高新技术产品的出口，增加机电产品和成套设备的出口，同时积极开拓国内市场，特别要着力于国内农村市场的开拓。

第六，基础设施也要加强合理布局和建设规模的问题。目前，各地都大兴土木，加强基础设施建设，要为经济发展上新台阶打下良好基础。这是对的，是好事，不少建设已展示出十分明显的效果。但这里也有两个问题要考虑：一个是资金如何筹措，怎么防止金融总量突破过多；一个是摊子是否会铺得过大，在某种程度上像搞加工工业那样也形成重复建设。现在有的市同时在搞机场、码头、跨海大桥、高速公路、准高速铁路以及能源基地建设等巨大工程。有的在较狭窄的经济区域内，同时在搞的机场、港口、码头等过多过密，而且规模都很大，都要达到国际水平，将来搞好了也很难充分发挥效益。据《经济日报》报道，广东已决定今后 20 年投资 9000 亿元用于基础设施建设，而前 14 年这方面的总投资只有 400 多亿元，这也就是说今后平均每年的投资将超过前 14 年的总和。我们觉得，这些都应该进行充分的、科学的可行性论证。从近期看，在全国范围内一下子很难克服资金短缺的制约，需要适当地集中使用。从长远看，许多基础设施同时上马，规模过大，能否为继，总体经济效益究竟如何，很值得研究。看来，应当像搞产业结构规划一样，对基础设施建设也要有总体布局，加强全国的和区域性的规划，使各地优势互补，充分考虑经济效益，避免大的重复建设，否则造成的损失会比一般加工工业重复建设的损失巨大得多。

第七，如何管理“官办”公司或有政府扶持色彩的公司。近几年，沿海和内地办起了一批“官办”公司或得到政府扶持的公司。这些公司不同于传统意义上的国有制企业，也不同于过去的集体所有制企业。它们具有一定的垄断性，甚至可以低价从政府手里获得土地或其他生产资料，高价卖出，或者在某个部门的扶持下办些正常途径办不了的事情，不花多少力气便赚得巨额利润。这些公司往往产权缺乏严格界定，经营又多采取承包方式，扣除上缴税利后的收入都归公司，进而从多种途径化为个人所得，因而造出一批新的富翁。有些公司的办公设施，已达到甚至超过发达国家的水平。对这些公司该怎么看，对由此产生的“新富”怎么看，如何对待，恐怕也要及时研究对策，群众对此意见也不少。

第八，个人隐形收入的扩张。这种情况已是比较普遍的现象。一位地方金融性公司经理同我们比较熟悉，他坦诚地告诉我们，他的正式工资是月薪一千多元，但实际月收入不低于一万元，因为他吃、住、用的许多花费都可以签单由公司报销。他的收入还不算多，有些董事长、总经理实际月收入达到二三万元，甚至更多，这种情况我们也时有所闻。以集团报销的形式，提高个人实际收入，透明度小，隐蔽性大，弊大于利，容易产生种种负效应。这个问题如不及时考虑正确解决办法，积以时日，得利者众，将更难解决。由这一条及上一条联想到，鼓励一部分地区、一部分人先富起来，继续克服平均主义，仍应继续强调，坚定不移。另一方面，现在对鼓励一部分人先富是为了最终走向共同富裕讲得较少，有的报刊片面宣传收入差距拉得越大越好，对特殊奖励越多越好，还说某些特别的高收入是走向市场化的必然，是国际性的趋势，这种宣传导致更多的人心理不平衡，恐怕也不合我国国情和现实情况，对促进经济发展和保持社会安定均不利，应该有所抑制。

第九，由社会治安问题引发的思索。改革开放以来珠江三角洲外来人员日益增多，流动人口数量大，给社会治安增加了困难。恶性案件时有发生，且犯罪手段残忍，情节极为严重。一位市的主要负责同志告诉我们，去年有一天他们正在开公审大会，当场审判枪决6名罪犯，同时又在市里另一处有5人被杀，财产被抢劫，可见犯罪者的猖狂。针对这种情况，各市、县都拨出资金，购置先进装备，建立和加强能快速反应的刑警队伍，对打击犯罪活动起到了积极作用，但有些地方发案率上升的趋势尚未根本扭转。谈到这方面情况时，市、县负责同志都强调，犯罪作案者70%—80%是外地人。由此我们联想到，这同地区经济发展不平衡不无关系。外地人到珠江三角洲打工，一般每月收入数百元，比在本地收入高，绝大多数人积极工作，对广东经济发展也做出了贡献。但也有些不良分子混入，不满足于打工收入，渴望高消费，因此铤而走险，想发横财。看来，适当缓解地区经济发展的不平衡，以有利于全国经济发展和保持社会安定，恐怕也应及时研究和有所举措了。此外，广东经济发展快，精神文明建设和“扫黄”、“除六害”等也下了很大力量，取得了明显效果，但相对于物质文明建设来说，这是同其他有些地方一样存在着某种程度的不平衡。此外，工厂、商场、公司、宾馆等都出钱雇人搞保安，但发动群众，加强群防群治，似乎注意不够（也许是当地同志介绍不够给我们留下的印象）。

第十，各地向广东学什么。广东发展快，各地来取经的络绎不绝。一段时间以来流传一种说法，认为广东成功的经验是中央叫干啥就不干啥，中央不叫干啥就干啥。我们认为，这种说法不论出自何地何人之口，都是不正确的，不仅毫不足信，而且消极影响很大，决不能以讹传讹。还有人认为，广东主要是靠中央给的特殊政策富起来的（估计广东的成就应该看到这一点，但把它看成主要因素至少是不全面的，我们在本文前面已经说过），因而把本地区发展经济和脱贫致富寄希望于中央开口子、给政策，个别的甚至越权在这方面做了一些不该做的事。如果不集中力量搞好改革，积极发展社会主义市场经济，引导和帮助企业转变经营机制，培养造成一大批企业家和技术人才，千方百计提高产品的质量和科技含量，而是竞相攀比优惠政策，琢磨怎样“绕着红灯走”，就会使广东的经验被曲解，同时把其他地方的经济发展导入误区。看来，在舆论导向上如何正确介绍广东经验，引导各地正确地理解和学习广东，也是一个不容忽视的问题。

以上是我们前不久去苏南，这次去广东，在调查了解情况过程中不断思索，回来后仍在经常思索的一些矛盾和问题。解决好这些矛盾和问题，是关系到如何建立和完善我国社会主义市场经济体制的大事。关于社会主义市场经济的理论概念，无疑还是需要深入研究、阐述和宣传的，但更重要的可能是怎样从实际出发，认真总结实践经验，及时发现和解决市场经济发展过程中出现的各种关乎宏观经济全局的新问题。广东、苏南的好形势有目共睹，令人振奋，我们所言丝毫没有针砭广东、苏南工作之意，均属联系宏观情况有感而发，愚者所虑，一孔之见，仅供中央、国务院领导同志和有关部门的负责同志参考。

浙江见闻

（1993年6月）

最近，我们乘去浙江参加建设社会主义新农村研讨会的机会，顺便到绍兴、杭州、温州等地看了几天，并同省、地（市）、县部分同志就当前经济形势和对策交换了一些看法和意见。

一、关于经济走势的预测

浙江是近年来在我国经济中一直保持较快增长的一个省，今年增长更快。1—4月份全省工业生产比去年同期增长46.8%，其中乡及乡以上工业生产增长34.39%。投资拉动是经济高速增长的一个主要因素。今年头四个月，全民所有制固定资产投资比去年同期增长1.1倍，其中基本建设投资增长95.6%，更新改造投资增长79%。全社会固定资产投资的增长幅度还要大。我们所到的市、县，都有几个甚至十几个上亿元的投资项目。投资规模过大，财政解决不了资金来源，银行也拿不出这么多钱，于是普遍用搞股份公司、社会集资等办法来筹措资金。就是这样，投资缺口仍然很大。绍兴市乡镇企业今年技改投资安排15亿元，到现在只落实7.5亿元，还有一半没有着落。

目前，支撑高速增长的要素全面趋紧。高速增长已受到资金紧缺、电力供应不足、交通运输困难、原材料大幅度涨价等方面的制约，特别是交通和电力的制约。浙江境内的104国道原设计汽车流量为每天5000辆，现在已超过2万辆，道路拥挤，经常堵塞。电力紧缺进一步加剧，工业生产受到影响，工业生产所需流动资金和固定资产投资的缺口越拉越大。中央强调整顿金融秩序后，拆借资金的渠道减少，资金筹措越来越困难。企业新的三角债明显增加。一季度绍兴市乡镇企业三项资金占用额与贷款余额恰好相抵。这些情况表明，支撑经济高速增长的条件正在发生变化。省里的同志预测，经济增长的态势，一是前高后低，即上半年高下半年低。四季度是转折点，可能逐渐从高峰回落。二是今高明低。今年的增幅会高于去年，但明年的增幅将低于今年。浙江的同志估计，全国经济增长的转折点有可能在第三季度出现。基于这种判断，省里已开始把在建和拟建项目按照轻重缓急重新排队，确立一批必保项目，集中资金保证投资强度，一般性项目则根据宏观形势的发展来决定是否建设。

二、对待加强宏观调控的几种心态

中央经济情况通报会精神已传达到县级党政主要领导同志，大家从实际工作和现实经济生活中也已经普遍感到宏观环境趋紧，各种问题和矛盾日益尖锐，物价上涨幅度过快过猛和通货膨胀压力加大。大家一致认为，中央决定采取措施加强和改善宏观调控是完全必要的。

通过加强和改善调控以及深化改革，使前进中出现的问题逐步得到解决，使当前经济加快发展的好势头能较长时间地保持下去，这是人们的普遍愿望和工作上的努力方向，但在如何对待宏观调控的问题上，在地方同志主要在地（市）、县两级同志中，有三种心态值得引起注意：

一种是想主动调控，但又怕吃亏。这些同志看到了宏观经济生活中的各种矛盾，认为有必要主动贯彻落实中央的宏观调控措施，但又担心别的地方拖着或顶着不执行中央的方针政策，另搞一套，自己听中央的话反而“吃亏”。这种议论，我们所到之处都有所闻。

另一种是口头上赞成加强宏观调控，实际上还在抓紧时间抢道前进。经济较发达地区的一些同志，议论起来也都赞成中央加强宏观调控，但侧重点往往是强调本地经济的特殊性，希望中央给予他们进一步加快发展的宽松环境。经济欠发达地区的同志则担心宏观调控会进一步使他们拉大同发达地区的差距，希望中央“网开一面”，让他们把增长速度搞得更高一些。当然，加快经济发

展，需要把速度搞得高一些，但前提应是提高经济效益。低效益不可能有长期的高速度，即使一时上去了，迟早也会掉下来。在提高效益的前提下争取国民经济高速稳定发展，是我们指导经济工作的一条重要原则，也是加强和改善宏观调控所要达到的目的。现在，许多同志考虑得比较多的还是速度而不是效益，用一些地方同志的话来说就是如何开足马力抢道前进。这种认识问题如得不到正确解决，很有可能使加强宏观调控的要求被打折扣甚至落空。

第三种是思想上虽有准备，行动上尚无措施，还存在某种程度的侥幸心理。有些同志对当前经济生活中出现的矛盾和问题还认识不足，或者认为问题主要出在别的地区，本地也有问题但还不明显，而且他们估计中央可能采取的措施也不会过于严厉，因而他们现在还很少考虑采取什么样的积极措施配合中央的宏观调控。

这些心态反映了部分地区的同志对中央经济情况通报会精神的理解还有差距，这种差距造成了目前有些矛盾的缓解较慢，有的还在加剧，也反映了大家希望宏观调控措施要有较强的针对性，分类指导，有什么问题解决什么问题，处理好解决问题和保护积极性的关系。

三、加强宏观调控怎样才能收到效果

发展社会主义市场经济离不开国家的宏观调控。没有政府指导的市场经济绝不是现代意义上的市场经济。如何加强宏观调控才能有效，这是一个复杂的理论和实践问题。这次在浙江同省、地（市）、县一些同志议论，当前可能需要注意掌握好这样几条：

（一）主要发挥经济杠杆的作用。在建立社会主义市场经济体制的过程中，抓住机遇，加快发展，就要很好地运用金融和财政等经济杠杆。在计划经济体制下，宏观调控主要是采取行政手段；在市场逐步发育的情况下，必要的行政手段还要用，但不能作为主要手段，否则收效会越来越小，甚至起相反的效果。市场经济是货币经济。市场经济要有序发展，离不开金融、财政等经济杠杆的调节。尽管金融和财政体制的改革取得了一些进展，但现在基本上还是用旧办法来管理市场经济，势必难以获得预期的效应。要提高宏观调控的效率，首先要深化金融体制改革，使之成为灵敏的调节杠杆。看来利率还需要作适当调整，或恢复保值储蓄，但调高存款利率必须以坚决刹住不规范的高利集资为前提，否则难以收效或收效甚微。要加快专业银行向商业银行的转变，但同时必须防止银行以商业性原则为名办各种经济实体。银行信贷必须符合国家产业政策的要求。要认真整顿金融秩序，坚决杜绝银行自己搞资金体外循环。要彻底解决银行资金参与经营房地产和炒卖股票的问题。整顿金融秩序首先要从中央有关部门做起，给地方做出表率，这是当务之急。

（二）注意发挥中央和地方两个积极性。宏观调控不仅要有利于稳定中央财政收入，不能影响国家财政收入主要来源的国有大企业的积极性，同时也不能不充分考虑地方利益。宏观调控要有利于调整和优化产业结构，有利于科技进步和企业经营机制的转换，有利于向经济效益好的地区和企业倾斜，有利于多种所有制经济成分的公平竞争和发展。要根据不同的情况和不同的对象，制定行之有效的具体措施，不搞“一刀切”，让该发展的地区和行业发展上去，同时使问题真正得到解决。

（三）要严肃政令。社会主义市场经济越发展，法制建设越重要。法制建设还需要有一个过程，目前行政手段还不能不继续起着比较重要的保障作用。如果不能令行禁止，部门和地方各行其是，长此以往，老老实实守纪律的态度就会见不到，政令就会成为空文。各地的同志都认为，中央的宏观调控要有权威性，一定要动真格的。前段时期，许多未经批准而进行的大规模集资，最初是中央部门、地方部门为机关干部谋福利带的头，上行下效。集资面越来越大，数额越滚越多，严重影响银行正常营运。对于刹住高利集资，中央早有明文规定，但并未得到认真执行。此类事件应坚决杜绝。

四、加强宏观调控主要抓什么

当前经济生活中各种矛盾和问题都是在发展中出现的，只要宏观调控的工作做得好，是可以解决的。宏观调控的效率在很大程度上是受经济体制的制约的。由于新的经济体制还在建立的过程中，经济机制还不健全，各种经济杠杆发挥作用的条件也还不完全具备，而且面临的许多问题本身就是体制转轨的产物，实施有效的宏观调控还会有相当多的困难。这就需要我们认真对待，冷静操作，把握好宏观调控的力度，循序推进，解决问题，以保持经济又好又快地增长。关键是要积极推进体制改革，加快新体制的建立，为有效进行宏观调控提供良好的体制环境。

加强宏观调控，建议当前主要抓好以下几方面的工作：

首先，运用金融手段，进行总量和结构的调节。一是要严格制止违章拆借和乱集资，认真整顿金融秩序，加强对银行和非银行金融机构的监督与管理。这是当务之急。二是要控制基础货币的发行，坚决制止普遍存在的把资金硬缺口留给中央的做法。三是要改进信贷投资负债比例管理，控制贷款总规模。四是要健全利率机制，运用灵活的利息杠杆调节经济活动。

其次，控制投资规模和改善投资管理。对当前基本建设投资规模要进行控制，而在现行的投资体制下，中央和地方都很难实施。可以考虑实行投资项目决策责任制。对基本建设、技术改造等重点项目的决策，必须有科学的可行性报告，组织进行认真审议。项目通过后，要明确责任，定期检查建设进度并严格考核。对投资项目的自筹资金来源加强审计，坚决杜绝乱集资。

再次，加强物价管理和监督。发展社会主义市场经济，并不意味着对物价放任不管。在放开一般性产品价格的同时，对关系国计民生的垄断性基础产品要加强管理和监督，不能由地方和部门随意乱涨价。这是抑制通货膨胀的重要举措。

东北调查纪实

（1994年1月）

1994年新年过后，我带几位同志到东北三省作了半个月的经济调查，同省、市和部分企业的负责同志进行了广泛接触，现将了解到的情况和有关建议报告如下。

一、总的形势

当前东北经济形势总的看和全国一样也是好的。1993年，三省农业又获丰收。吉林创造了历史上第二个高产年。辽宁首次实现粮食自给和副食品基本自给。去年底全国许多地方粮价暴涨，东北粮价也略有起伏，但基本稳定。工业生产持续增长，但增幅低于全国水平。三省中吉林最高，增长17%；辽宁次之，增长14.8%；黑龙江再次之，增长3%。东北国有大中型企业约占全国的1/7，在本地工业产值中所占比重原来都在70%以上，近年来这种情况发生了很大的变化。去年辽宁国有工业增长4.6%，非国有工业增长45%，增幅为国有工业的10倍。在新增产值总额中，国有工业占11%，非国有工业占89%，其中乡镇企业占76.9%。非国有工业产值已首次超过国有工业产值，二者之比为54∶46。吉林也有大体类似的情况。而黑龙江乡镇企业规模比较小，发展比较慢，主要还是靠国有工业的增长拉动，因而全部工业的增长率也比较低。这种情况说明，即使在国有大中型企业占很大比重的东北地区，在坚持公有制为主体和国有经济为主导的前提下，既要着力搞好国有工业，重振老工业基地雄风，也要积极发展乡镇企业等非国有工业，并使两者优势互补。另外，从东北各地的比较情况看，凡是经济增长较好较快的地方，大都得益于认真抓了企业的机制转换和技术改造，一批技改项目陆续投产使用，同时培育了一批新的经济增长点。而从总体上看，市场开拓不够，技改投入不足，产品缺乏竞争力，仍是东北经济发展中的普遍现象，相当一批企业尚未走出困境，发展后劲严重不足。据三省负责同志和综合经济部门预测，普遍认为今年东北经济仍将持续增长，但对下半年会有什么变化还看不准，形势的发展主要取决于能否缓解乃至解决当前社会经济生活中面临的突出问题，顺利推进各项重大改革举措，保证农业持续增长和进一步搞活国有工业特别是国有大中型企业。

二、突出问题

东北经济发展还面临不少困难和问题，尤以黑龙江的情况更为突出，归纳起来主要有以下几个方面：

（一）欠发工资严重。辽宁不能正常发工资的职工约有 70 万—80 万人，三个月未发工资的职工有 80 万人。吉林 1/3 的企业欠发工资，有 8 万多职工长期未发工资。黑龙江困难更大，欠发工资 24 亿元，涉及职工 200 万人，尤以军工、煤炭、森工行业为最。哈尔滨有 12 万职工 5 个月没开过工资。各地政府和企业采取了多种办法以缓解职工生活困难，有的放长假让职工自谋职业或投亲靠友，有的发一些产品让职工自己销售维持生计，有的组织一些副业生产，有的让职工在粮站赊账买粮，有的发放部分临时救济款。一些困难企业负责人在向我们谈到当前职工特困户的生活状况时，往往眼含热泪，哽咽难言，令人心酸。因生活困难，到省、市党政机关上访的，提出要工作、要饭吃而游行、请愿的，偶有发生。但绝大多数职工对当前困难都能理解，并坚持生产和工作岗位，地方和企业同志每谈及此，无不为我们有着很好的职工队伍而动容。眼下各地政府和企业正想方设法筹措资金，补发部分欠发工资或紧急救济金，以保证广大职工过好春节。问题是春节过后相当一批困难企业的情况还会再度严重起来，不少同志担心这会成为引发社会不安定的一个根源。

（二）物价涨幅难以控制。物价指数已连续两年在两位数以上。东北地区职工收入低于全国平均水平，增长较慢，承受力差，对物价涨势尤为担忧。三省负责同志都对我们说，今年要把物价上涨控制在10%以内，普遍认为做不到。对物价走势有两种估计：一种是，如果控制得好，可保持去年水平；一种是，如果控制不好，将突破去年水平。有些长期从事物价管理工作的同志预计，今年将是改革开放以来物价形势最严峻的一年。理由一是去年翘尾巴因素较多，影响较大；二是今年还将较大幅度调整粮、棉、石油、煤炭等生活必需品和基础产品的价格；三是谁也控制不了随意搭车涨价。

（三）企业亏损增加。据介绍，黑龙江生产难以为继和在困境中挣扎的大中型企业超过40%。哈尔滨市预算内工业企业亏损面高达60%以上。如果加上潜亏，亏损面还要大。辽宁企业亏损面和亏损额去年都有较多增加，沈阳市企业亏损面从1992年的21.9%上升到去年的43.8%。吉林也有大体类似的情况。困难企业多集中在军工、煤炭、森工、有色金属、纺织等行业。纺织全行业亏损。机械行业的部分企业也处境困难。总的看，好的和比较好的国有企业不到1/3。它们多在“六五”、“七五”时期进行了较大规模的技术改造，产品选得准，适销对路，有较强的竞争力。特别值得注意的是，困难企业中也有相当一部分搞了不少技术改造，但由于产品选得不准，不适应市场需求，或者投入不足，工期太长，技改完成之日也就是产品失去市场之时，因而背上了新的包袱，日子更加难过。

（四）国有企业包袱沉重。国有大中型企业大多是“一五”时期建立的老企业，近年来一直想方设法搞活，花了许多力气，成效也有，但尚不显著，重要原因之一是包袱越背越重。一是历史包袱。辽宁大中型企业历史包袱累计达169.8亿元，主要是企业留利甚微，自筹能力薄弱，技术改造欠账多，约有2/3的大中型企业一直没得到相应改造，设备新度系数平均不到0.60。二是各种社会负担。企业办社会的现象尚未得到根本改变，而且不少新的摊派还在不断转嫁给企业，企业苦不堪言。三是企业单独承担了本应由政府、企业和职工个人分担的社会保险职能。职工养老和子女就业都要由企业来完成。企业一方面冗员过多，效率低下，另一方面还要供养离退休人员。现在，每两三个在职职工就要负担一名离退休人员，一些老企业甚至已达到1∶1。这些包袱是非公有经济一般没有的，因此，影响了国有企业的竞争力。部分企业还反映，现在有些“卸”包袱的做法，实际上是使企业背上新包袱或使包袱更沉重。比如，提取职工的社会统筹，不少企业感到比重过大，难以负担。

（五）企业债务拖欠不断增加。东北三省都反映，这方面已超过1990年的规模。到1993年11月末，三省企业相互拖欠总额已超过1000亿元，其中黑龙江为320多亿，吉林为240多亿，辽宁为470多亿。相互拖欠的范围进一步扩大，特别是一些大型、特大型企业，人欠资金大于欠人部分，国家对重点建设项目和重点企业"点贷"的资金，往往被其他企业占压。造成这种情况的原因，一是固定资产投资规模过大，预算资金没有打足，或被工期拉长所吃掉，大量占用企业流动资金，依靠拖欠货款弥补投资缺口；二是结构性矛盾更加突出，企业产品积压，大量资金沉淀；三是企业亏损面扩大，亏损额增加，挤占生产资金；四是部分企业有意拖欠，其中有些企业担心丢掉市场被迫欠账发货；五是银行结算制度还不完善，不能有效遏制拖欠。这次企业拖欠膨胀的一个显著特点是，固定资产投资的拖欠不断扩大，流动资金的拖欠也越来越严重，不少企业生产和生活难以为继。吉林省的同志说，全省约有70%的工业企业因流动资金不足而无法正常生产，约30%的企业停产或半停产。

（六）资源工业老化。东北拥有得天独厚的资源优势，但由于长期开采以及市场、价格变化等因素，有的资源已逐渐枯竭，有的开采条件恶化，成本节节上升。前些年的盈利大户，现在相当一部分成了亏损大户。一些曾经为国家作出很大贡献的资源行业和企业，往往规模庞大，职工家属众多，自成小社会，安排转产困难：一是没有资金；二是资源采掘工人没有其他技术；三是因远离城市或工业区，不能与其他企业协作配套，只有靠亏损挂账和拖欠过日子。这个包袱，企业背不起，地方政府也背不起。

上述问题有些是互为因果的，这里未及做进一步的分析。所引各项数据，均为各地提供，也未及详细核实。

三、改革情况

这里讲的改革情况，指的是中央今年推出的各项重大改革举措的落实情况，这也是我们此次东北之行想着重了解的问题。省、市两级和许多企业的同志都认为，今年出台的重大改革是建立社会主义市场经济体制框架所必需的，方案的设计也比较周到，改革的成功将为地方和企业的经济发展创造更为有利的宏观环境，因此大家都积极拥护，并正在认真贯彻执行。同时，他们也反映地方和企业的同志对改革的思想准备、组织准备有些不足，并谈到了执行中出现的一些新情况、新问题。由于各项改革对地方既得利益和管理权限的触动程度不同，具体操作办法的透明度不同，各地的议论也不同。

（一）关于金融体制改革。各地对专业银行商业化改革表示支持，但担心实行资产负债比例管理后，东北地区多年来形成的贷大于存的局面会影响银行减少对本地区的信贷投放，使资金紧张程度加剧。地方和企业尤其是困难企业，普遍担忧政策性银行和商业银行分离后，商业银行“嫌贫爱富”，使他们“借贷无门”，处境更加困难。因此，希望专业银行转变为商业银行的进程不要过急，要采取必要的过渡步骤。一些同志认为，金融体制改革强化了银行的条条管理，地方更加抓不住，因此会把兴趣转到发展地方银行和进一步扩大直接融资上，有的同志正式提出了希望中央允许和鼓励发展地方银行的意见。此点颇值得注意。

（二）关于投资体制改革。一些同志认为在事权划分和财源调节上有些脱节，担心国家将减少对地方重大基础产业和基础设施的投入，只能由地方财政来承担。而开发银行能否支持地方的基础设施建设，省一级财政能否承担得起公益性事业建设，都感到没有把握。

（三）关于汇率改革。改革前曾普遍担心汇率会发生较大幅度波动。经过半个多月的实践，市场汇价稳定，人心也稳定住了。现在汇价基本反映出口换汇成本，对出口有利。需要进口原材料或设备的企业担心进口成本会升高，有外债的企业担心债务会加重，都感到了汇率并轨后的压力。这方面的影响究竟有多大，大家还吃不准。不少同志认为，目前的汇价稳定还不能完全说明风险已经过去，如果今年出口不能有较大增长，进口又受关税减免的刺激和其他原因而大幅增加，外汇市场可能承受很大压力，汇率将难以避免出现较大波动。

（四）关于建立现代企业制度。各地体改部门和综合经济部门都在积极宣传和布置试点，一些好的和比较好的企业热烈响应，有的正在或已经抓紧进行这方面的改革。但相当部分尚未走出困境的企业反应比较冷淡，情况和原因大致有这样几种：一是概念模糊，不少人误以为建立现代企业制度主要属于理论层次上的事，对其实践意义认识不足。二是认为远水不解近渴，企业眼下最头痛的是资金紧张和技术改造乏力，而主要不是解决产权明晰问题。三是认为当前搞活企业的关键，是产品上档次有市场，技术有提高，管理有加强，先把企业办成真正的现代企业，然后才谈得上建立现代企业制度。四是认为建立现代企业制度操作比较困难，国有企业财产监管条例等还未公布，难以实施。这些看法当中可能有把不应对立的东西对立起来的片面之处，但也不无道理，在一定程度上反映了实际情况。辽宁的同志说，搞活国有大中型企业，必须以市场为导向，作好机制改革、调整结构和技术改造三篇文章。实践证明，凡是结构调整和技术改造抓得早抓得好，产品有市场的企业，效益都上去了。否则，就都还陷于困境甚至日益困难。就许多企业技改乏力而言，既有宏观方面的原因，也有企业自身的原因。从宏观上看，各地热衷于铺新摊子，基建规模过大，挤占了技改资金。企业由于长期上缴多，留利少，没有自我积累、自我发展的能力，设备陈旧、工艺落后，许多企业的国有资产已成为空壳。只有把机制改革、调整结构和技术改造三者很好地结合起来，国有企业才能重新焕发活力。

（五）关于财税体制改革。各地关注最多的是财税体制改革，因为它对地方既得利益和管理权限的触动程度最大，具体操作办法的透明度也较高。各地都赞成中央在财政增收部分中多拿一块，增强国家的宏观调控能力，但也往往强调地方自身的困难，希望中央在多拿时拿得慢一点。实行新的财税体制后，原来实行的一些优惠政策，如企业投入产出总承包、国家级开发区税收减免等，地方希望中央能尽快有一个说法，最好能稳定一段时间。对这些方面的问题虽说中央有些已有明确的态度和政策，但地方有的还不放心，有的还想中央多给点照顾。在改革的实际操作中也出现一些新问题，比如相当部分企业还不会使用新发票；又如增值税发票不涵盖小规模纳税人，这就可能出现两种情况：一是大企业因购买小规模纳税人的产品而多增加税负，一是小规模纳税人则因发票问题而造成销售困难。地方特别关心中央对地方税收的返还，希望返还既要加数，又能及时。实行新税制是否增加企业税负？据辽宁测算，企业税负有增有减，总的看改革前后大体持平，但增加税负的企业达到25%至30%，主要集中于国有大中型企业。哈尔滨测算，实行流转税，企业综合税率大约为6.5%左右；改征增值税，综合税率提高到7.5%，影响明显。税负加重的大体有两种情况，一是企业的增值税率较以前有提高；二是虽然改征增值税并未增加税负，甚至有所减少，但由于一些小税种如城市维护建设税、土地使用税、资源税等税率提高，总的税负也提高了。

四、几点建议

经过广泛听取地方和企业同志的意见（这次调查中对农业和农村问题涉及不多），加上我们的思考，提出以下的建议。

（一）关于保证各项改革在总体上务求必胜的问题。1994年多项重大改革已陆续出台，势在必行，不可逆转。1994年的改革事关全局，一定要务求必胜。从我们在东北各地了解的情况看，进一步正确地宣传解释各项改革的重要性和必要性，让各地同志更好地了解经济全局，提高共识，克服部分地方和企业同志中存在的某些消极、被动情绪，以更好地形成上上下下同心改革的合力，似乎甚有必要。同时，今年的改革项目多，力度大，涉及各方利益关系的调整，已经和必将继续出现这样或那样的新情况、新问题，有必要及时跟踪观察，提出对策、妥善解决。在大力推进改革的同时，一定要保证经济的持续发展和社会的稳定。三季度各种矛盾可能会暴露得比较充分，各方面的压力也可能增大，对此要有所准备。

（二）关于财税体制改革问题。财税体制改革的进展情况应是我们加强了解、及时掌握的重点。虽说从总体上看实行新税制不增加企业税负，但税负加重的企业仍占一定比例，他们不可能从减少税负的企业中得到补偿，又大多是目前已经比较困难的国有大中型企业，因此，是否有必要进一步摸清情况，采取适当措施加以解决。对一些特殊行业或急待发展的新产业，可否考虑逐步实行有弹性的增值税税率。要加快培训税务干部和企业干部首先是企业财会人员，使目前许多企业还不知道怎样使用增值税专用发票的状况尽快改变，同时要进一步加强对专用发票的管理。据反映现在有些地方已经出现发票丢失问题，给国家带来了损失。对少数实行投入产出总承包效果显著的骨干企业，可否考虑适当延长承包期限。税务部门要提高效率，加强征管。在有条件的地方首先是大中城市，可否争取早日实现计算机联网管理。东北三省的省、市负责同志曾向我们反映，财政上实行分税制和分级管理的体制后，他们担心地方对搞活国有大中型企业的关切程度和帮助解决问题的能力都会有所下降，而解决这个问题又非有中央和地方的共同努力不可。对此，似乎也应引起重视。

（三）关于搞活国有大中型企业的问题。在这个问题上，应更好地从实际出发，坚持分类指导，加强综合治理。建立现代企业制度是企业改革的方向。少数比较好的、活力较强的企业，现在就可以积极进行这方面的改革，以起到带头示范作用。对大多数企业来说，不同的企业需要有不同的办法。有的需要进一步明确责权利，转换经营机制；有的需要着重建立健全内部各项制度，加强管理，扭亏增盈；有的需要加大技术改造的投入，形成新的生产能力，扩大市场占有率；有的需要帮助他们卸提历史包袱，使之轻装前进；有的企业濒临破产但还有潜力可挖，需要采取一些特殊的办法，如停息挂账、“假死”，等等，使之渡过难关；对那些严重资不抵债、长期扭亏无望的企业，要促其破产。对于大型或特大型企业可以考虑用划小核算单位等办法，把辅助部门剥离出去，加强内部管理，提高生产效率和经济效益。

（四）关于控制物价指数问题。为保证今年改革的顺利进行和经济的持续发展，要特别警惕物价的大幅度上扬。1994 年价格上涨的压力相当大，既要消化连续几年调整价格而引起的涨价因素和工资上调带来的涨价压力，又要积极推进粮、棉、石油、煤炭等生活必需品和基础产品的价格改革，同时税制改革会在多大程度推动物价上涨还看不准，因此，物价上涨幅度的控制相当困难，需要统筹考虑，综合平衡，尽量不要使调价措施集中出台，有的甚至可以考虑放到年底再出台。特别要防止巧立名目，随意搭车涨价。对那些垄断性产品和部门，价格调整尤应更加慎重，国家对此应加强干预。

（五）关于对老工业基地适时实行政策倾斜的问题。东北三省的同志都强调，缓解乃至克服“东北现象”即改变东北经济发展的滞缓状况，重振老工业基地雄风，首先需要东北地区自己的努力，但同时他们也热切希望中央在东南沿海地区经济加速发展、活力已显著增强的情况下，能够适时对东北等老工业基地实行政策倾斜，加大技术改造的投入，帮东北一把。老工业基地振兴之日，可能是我国经济进一步腾飞之时。鉴于以往的经验，较大规模的技术改造必须充分考虑全国的市场和产业发展状况，在宏观上需要加强规划和指导，以减少盲目性，否则也会造成很大的浪费。辽宁的同志谈到，东北的国有大中型企业要增强活力，需要实行“四个靠拢”：一是向国内搞得好的大型企业集团靠拢；二是向有实力的外贸集团靠拢；三是向东南沿海地区靠拢；四是向利用外资“嫁接改造”靠拢。这种考虑不无道理。由此想到，中央有关部门是否可以在这些方面帮助他们多做一些促进工作。

（六）关于资源开发过程中要适时注意培育新的经济增长点的问题。这个问题是我们在大庆调查时首先涉及的。大庆的同志谈到，随着油田的开发，大庆已拥有几十万职工，形成上百万人的城市，石油从现在起到本世纪末尚可基本保持稳产，但资源逐渐枯竭的趋势已开始出现，如不及时培育新的经济增长点，经济的萎缩和城市的衰弱将不可避免，上百万人的长远生计就会成为沉重负担。其实，这个问题在东北乃至全国的相当一部分煤田、油田和矿山都存在。世界上也有对比鲜明的例子，原苏联的巴库油田由于不注意这个问题，已随着资源的枯竭而日益衰败，相反美国的休斯敦却因为注意了这个问题而继续保持繁荣。大庆近年来利用油田优势搞的高新技术产业开发区已初见成效，从去年开始他们十分强调发展多种经济成分也有了一定效果。从全国看和长远看，恐怕在资源开发过程中都要考虑这个“未雨绸缪”的问题。

（七）关于大庆管理体制问题。在大庆调查期间，省、市、油田和石化总厂的同志都从各自不同的角度谈到，大庆从六十年代延续下来的政企合一的管理体制，以及油田本身的管理体制，都存在一些矛盾，关系不顺，影响各方面积极性的充分发挥。对此我们没有深入了解。中央或中央主管部门是否需要及时研究和帮助解决，仅此提出请予考虑。

关于加强经济特区建设的若干意见

（1994 年 6 月）

在我国已经逐步形成全方位对外开放格局的新形势下，应该怎样正确认识经济特区的地位和作用，进一步加强特区建设？不久前，我们带着这个问题再次到几个特区进行了 20 多天的实地调查，还在珠海参加了由国务院特区办主持的有各个特区负责同志参加的特区工作座谈会，与各方面的同志广泛交换意见，从而逐步形成了以下一些有关特区建设的看法。

一

创建和发展经济特区，是我国社会主义改革开放和现代化建设的重大举措，是党中央和国务院的重大决策，是邓小平同志建设有中国特色社会主义理论的重要组成部分。特区改革与建设的实践，为在经济文化比较落后的发展中国家建设社会主义提供了新鲜经验，丰富和发展了马克思主义的理论。我们是否可以这样说，在我国建设有中国特色社会主义的整个历史过程中，至少在我国还没有基本实现社会主义现代化的历史任务之前，经济特区就应该进一步加强建设，不断向前发展，继续发挥它们的重要作用。因此，认为在我国已经形成全方位对外开放新格局的情况下，特区的地位和作用也就会相应削弱甚至逐步消失的看法，是没有根据的，也是不对的。国家主管特区建设的部门和其他有关部门，应当更好地关心和支持特区的发展，尽可能为它们创造更好的外部环境；

特区的领导和广大干部要充分认识特区的改革和建设是长期的光荣而又艰巨的历史使命，任重而道远。

二

对经济特区已经作出的历史性贡献，应当予以充分肯定，甚至可以说怎么高度评价也不过分。在我国这十多年来的改革开放和现代化建设中，特区很好地发挥了“窗口”作用、“试验”作用、“示范”作用和“排头兵”的作用。具体来说，一是特区经济发展快，效益好，十多年来经济效益综合指标都高于其他地区，初步走出了一条速度与效益同步增长的快速发展道路。二是特区着力转变政府职能，积极培育和发展各级各类市场，建立符合市场经济发展要求的企业制度和社会保障体系，是我国经济体制改革的“试验场”和“示范区”，特区一系列改革的成功经验已在全国其他地区得到推广和开花结果。三是特区是我国对外开放步伐迈得最大和利用外资、引进先进技术与管理经验最集中的地区，是发展开放型经济以及我国同国际经济沟通和接轨的主要“桥梁”和“窗口”。1993 年，深圳出口额已达到 83.35 亿美元，跃居全国城市首位，其他几个特区这方面的发展情况也大大高于全国水平。四是特区的建设和发展不仅对内地经济起了很好的带动作用和辐射作用，而且对保持港澳的繁荣稳定，增强港澳同胞回归祖国的信心，以及对促进包括台湾在内的祖国和平统一大业，已经作出了还必将作出更大的贡献。现在，深圳已经从一个毗邻香港的边陲小镇发展成为一个崭新的现代城市，珠海的经济实力与生产水准已与澳门不相上下，厦门已成为台商踊跃投资的热点地带。随着各个经济特区建设的进一步发展，它们对我国社会主义现代化与祖国和平统一大业的实现，必将发挥越来越大的作用。因此，充分肯定特区的辉煌成就，深刻阐明它们的地位和作用，对于进一步推进特区的改革和建设，是十分必要和很有意义的。

三

经济特区完全应该也一定能够办得更好。十多年来特区所取得的辉煌成就已为世人瞩目和公认，现在它们进一步发展的条件比过去更是好得多了。从外部条件看，邓小平同志建设有中国特色社会主义的理论、党的基本路线和十四大精神越来越深入人心。十四届三中全会为我国的社会主义市场经济体制勾画出了可操作的蓝图，全国经济体制改革进入了整体推进、重点突破的新阶段。我国经济发展，政治稳定，民族团结，社会进步，总的形势很好。国际环境有利，机遇难得，经济特区仍然是外商投资优先考虑的地方。从内部条件看，经过十多年的改革和建设，各个特区的综合经济实力有了很大的增强，现代城市的功能正在日臻完善，市场经济体制在许多方面已优先于全国形成初步框架，引进外资和先进技术的环境不断得到改善，经过多年努力已积累了许多改革和建设的经验，拥有了一大批具有现代化和市场经济知识的人才。抓住机遇，充分运用好这些外部和内部的有利条件，经济特区的改革和建设就一定能够不断登上新的台阶。

四

这里，有一个怎样分析和认识所谓特区不“特”的问题。近年来，随着全国多层次、多形式、全方位对外开放形势的逐步出现和发展，原来在特区实行的某些优惠政策和做法逐步推向内地，并且已经在全国许多地方取得显著效果。因此，在特区领导同志和相当一部分干部群众中，产生了所谓特区已经不“特”的议论。对这种议论，需要从两个方面作点具体分析。一个方面是，特区实行的优惠政策和实践经验在全国逐步推广，取得积极效果，这是一件大好事，各方面的同志包括特区的同志，都应该持热烈欢迎态度，因为我们办特区的目的正是为了让它们在全国的改革开放和现代化建设中发挥重要的窗口和示范作用，而全国改革的深化，开放的扩大，经济的持续发展，更将为特区的发展提供必不可少的良好的宏观环境。因此，特区的领导同志和干部群众决不应在所谓特区不“特”的感慨中产生消极情绪，从而不利于进一步加强特区建设。另一方面，既然特区还要办得更好，不断发挥更大作用，特区总还应该拥有它的某些“特”点，使之继续保持一定的政策优势。考虑这方面问题和作出相应决策的原则应该是，以服从于和有利于国家宏观调控为前提，以既有需要又有可能为条件，尽量帮助特区解决一些迫切需要解决的问题，制定一些政策措施，以利于特区改革和建设的进一步发展。

五

与前一点相联系，还有一个再造经济特区优势的基本立足点问题。这次去几个特区，所见所闻，一个热门话题是如何再造特区优势。上上下下，方方面面，大家都在议论。这是一种很可贵的积极因素，关键在于正确引导。我们认为，除了政策优势外，各个特区本身都具有许多优势，包括地缘优势，体制优势，人才优势，海外华侨和华裔多的优势，以及日益增长的现代城市的多功能优势，等等。这些优势是全国许多地方所不及的，而且它们还在不断地积累和扩展。因此，再造特区优势，最重要的是如何把特区自身的优势更充分地发挥出来，这应该是基本的立足点。依据这个看法，我们完全有理由希望各个特区都能更好地集中精力深化改革，扩大开放，进一步率先建立社会主义市场经济体制，改善投资环境，积极参与国际市场竞争和向国际惯例靠拢，争取在这方面取得更加优异的成绩，并为各地继续提供有益的经验。这将更有利于促进特区的改革和发展，并将更有利于促进全国的改革和发展。

六

要进一步加强特区建设的总体规划。现在，或粗或细，各个特区都有了各自的建设和发展规划。这次到几个特区听了听，看了看，深感它们的规划都有新思路，也很宏伟，而且正在按规划付诸实施，不断涌现许多新的建设成就，令人振奋不已。这里，也许是多余但又不能不讲一讲的一点是，特区建设的规划应该更好地注意科学性和可行性，真正从各自的实际出发。在确定建设目标和城市功能时，应更多地考虑客观实际，诸如资源禀赋、地缘条件、经济基础、人才结构等条件，还应该充分考虑到发展的腹地或辐射地区的可能性，以便充分发挥自己的优势，搞出自己的特色，有效发挥自身的潜力。建设规划当然要有长远目标，但实施时都以采取滚动式前进的方法为宜，因为有些更长远的事情可能一时还看不那么清楚。特区与特区之间，特区与毗邻地区之间，特区与内地之间，在建设规划中还有一个总体协调的问题。充分研究和认真解决好这个问题，才能在充分发挥各自优势的基础上，做到分工协作，达到优势互补。尤其是重大基础设施项目的建设，更应重视总体协调，踏踏实实做好可行性论证，综合考虑经济效益、社会效益和环境效益。重大基础设施投资大，建设周期长，影响深远，如果搞得不好，比如布局不合理和重复建设严重，这比一般加工工业建设造成的损失会巨大得多，危害严重得多。对此，决不能掉以轻心。

七

经济特区要继续抓好经济结构的调整。就全国来讲，结构调整是一个很重要、很突出的问题；从经济特区来看，同样也是一个很重要、很突出的问题。根据经济发展的现实水平和进一步发展的要求，及时调整结构，逐步实现经济结构的合理化、高度化，在全国和特区恐怕都要放在经济工作的重要日程上，丝毫也不能放松。从经济特区当前的情况看，经济结构的调整是否应该更多地注意这样几点：一是要根据邓小平同志“发展高科技，实现产业化”的要求，更多地发展高新技术产业；二是要进一步下大力气发展外向型经济，不仅是量的扩大，尤应以质取胜，狠抓高技术含量、高附加值的拳头产品；三是要积极发展同总体经济水平相适应的第三产业；四是要特别重视发挥规模经济效益，无论是发展工业，还是发展第三产业，都有一个规模经济效益的问题。

八

更好地促进经济特区与内地的横向联合。过去，全国许多地方的资金和人才往往是单方面地向东南沿海地区尤其是特区流动。近年来，逐步出现了另外一种情况，就是一些特区的资金开始向内地流动。据当地初步估算，仅深圳去年就有 40 多亿元。有关方面的人士预测，今后这种趋势还会发展。应该说，这是一个好现象。特区是全国的特区。特区实行外引内联的方针，在过去的发展中更多地借助了内地的支援，今后特区更加发展了，应该也能够更多地带动内地经济的发展。今年初我们到东北调查，辽宁的同志就着重讲到他们那里的国有企业要实行“四个靠拢”，即向国内的大型企业集团靠拢，向有实力的外贸企业靠拢，向东南沿海和特区靠拢，向利用外资嫁接改造靠拢。因此，经过认真研究，采取必要措施，更好地促进特区与内地双向的经济合作与联合，对于特区乃至全国的经济发展，都将是一件十分有利和大有可为的事情。

九

积极探索对外资企业实行规范化管理的路子。经济特区外资企业比较多，比较集中，在过去的十几年里对特区的繁荣发展，起了不可替代的重要作用，这一点必须首先予以充分肯定。同全国许多地方一样，特区的外资企业在发展中也存在一些问题，例如不同程度的偷税漏税，部分企业职工的生产安全、劳动保护和合法权益得不到应有的保障，企业党团工会组织的建立及其活动还受到不应有的限制，以及劳资纠纷时有发生，等等。已经颁布的一些有关外资企业的法律法规，还没有得到很好地贯彻执行。如何重视这方面的制度建设，完善管理法规和加强监督管理，通过总结实践经验，走出一条对外资企业实行规范化管理的路子，似乎已经到了应该认真研究和解决的时候了。当然，加强和完善管理绝对不意味着限制外资企业的发展，而是要更好地发挥它们的积极作用。各个特区在改革开放先行一步的实践中，如果能够通过积极探索，在这方面也能率先为内地提供有益的经验，将是特区对全国改革开放的又一重要贡献。

十

各个特区都应该进一步重视经济和社会的综合管理，坚持两个文明一起抓，两手都要硬。在这次重去特区的调查中，在特区工作座谈会上，听到特区的负责同志都很强调这一点，但仍觉得对这方面问题重视不够或系统研究不够。各个特区业绩辉煌，应该热情讴歌，这无疑是谁也不能否定的主流，但各地也或多或少存在一些问题。就这次调查得到的印象，主要有这样几点：一是权钱交易现象仍比较突出；二是一批暴富户有引导社会畸形高消费和向食利者层发展的迹象；三是卖淫嫖娼现象还相当严重，并非靠一两次或几次集中打击所能解决的；四是社会治安还不如人意，刑事犯罪的猖獗和境外黑社会势力的渗透不容忽视。这些情况，不仅特区有，内地也有，有的地方也比较严重。高度重视这些问题，采取坚决措施，治标治本兼施，使两个文明同步发展，无疑是特区建设和整个有中国特色社会主义建设的迫切需要。

玉林地区经济振兴之路

（1996 年 2 月）

第八个五年计划（1991—1995）期间，广西玉林地区的经济发展明显加快，出现了全面振兴的喜人局面。“七五”期末，这里的经济状况大体相当于全广西的平均水平，有些经济指标还要略低一些。到 1994 年，这个地区的国民生产总值按 1990 年不变价达到 210 亿元，比 1990 年增加 134 亿多元，年均增长 28%。1995 年仍继续保持着前几年的发展势头。现在，这个地区所有县（市）的综合经济实力，均已进入全广西 81 个县（市）的前 12 名。不久前，我们到这里做了实地调查，所到之处一派兴旺景象令人振奋，倍受鼓舞；尤其是玉林振兴经济所走的路子，使我们深感对内陆农业地区也很有借鉴意义。

一、牢固树立以农为本的指导思想，不断巩固农业的基础地位，坚持不懈地保护、支持和强化农业

玉林地处广西东南部，是东部沿海地区与中西部地区的中间过渡地带，既不沿海，也不沿边。全地区 8 个县（市），960 万人，80% 以上是农民，工业基础薄弱，历来是一个以农业为主的地区，与内陆农业地区的情况大体相类似。

经过对区情的认真分析，玉林地区党政领导清醒地认识到，玉林经济发展的重点和难点都在农村和农民。如果农业不发展，农民不富裕，农村经济水平不提高，地区经济的全面振兴就根本办不到；如果以削弱农业为代价而去片面

地抓二、三产业的发展，这样走的是“扬短避长”的路子，整个经济的发展就会失去有力的支撑，二、三产业不仅发展不起来，甚至会造成巨大的损失。在这样的认识基础上，他们坚持把加强农业作为全面振兴经济的立足点，从政策、资金、科技和领导精力等方面采取很多措施，对农业给予了重点支持和保护。

玉林地区加强农业不是停留在口头上，而是有实实在在的行动。他们提出并坚持了“五靠”和“五不动摇”：即发展农业一靠政策，二靠科技，三靠投入，四靠服务，五靠领导；坚持把发展农业放在一切工作的首位不动摇，坚持建立切合本地区实际的农业领导和服务体系不动摇，坚持增加对农业的投入不动摇，坚持对农业给予政策倾斜和优惠不动摇，坚持稳定农村干部和科技队伍不动摇。在实际工作中，他们不断地强化了四个重点：一是把农业作为保护的重点，采取了一系列经济的和行政的保护措施；二是在基本建设中，始终把农业作为重点扶持和帮助的对象；三是在农业内部，坚持把发展高产、优质、高效农业和优化农业结构作为支持重点；四是狠抓农产品的流通和加工，把建立市场体系和发展乡镇工业为反哺农业、建设农业的重点。

经过几年的努力，到 1994 年，玉林地区的农业总产值达到 83.48 亿元，比 1990 年增加 24.11 亿元，年均增长 10.47%；农民人均收入由 596 元提高到 1369 元，增长 1.3 倍，年均增长 23.1%。这两个方面的年均增长率均高于广西和全国的增长水平。实践证明，在以农为本的基础上，玉林地区的确取得了全面振兴地区经济的卓越成果。

二、坚持把粮食生产作为安天下的产业来抓，千方百计确保粮食稳产增产

玉林地区人均耕地 0.62 亩，其中人均水田只有 0.49 亩，低于广西和全国的平均水平。但是，这个地区自 1990 年以来，除 1994 年因遭受特大水灾略有减产外，连续 5 年粮食增产，五年累计增产粮食 22.5 亿公斤，增产量占全广西的 40%。1995 年粮食总产量达到 36.5 亿公斤，比历史上最高的 1993 年还增加 8600 万公斤，人均占有粮食达到 380 公斤以上。玉林地区以占广西十分之一的国土面积和七分之一的耕地，生产了占广西约四分之一的粮食，养活了占广西五分之一的人口，在自求平衡的基础上每年还调出 2.3 亿公斤左右的商品粮，两

次获国务院表彰的“全国粮食生产先进单位”称号。玉林地区人多地少的矛盾可能不次于全国许多地方甚至更加尖锐一些，但他们却取得了连续多年保持粮食稳定增产的优异成就，这使我们更加坚定了中国人一定可以依靠自力更生长期解决十多亿人吃饭穿衣问题的信心，看到了这方面的前途与希望。

玉林地区始终认为粮食是稳定天下和保证整个经济持续发展的支柱产业，他们从实践中积累了确保粮食稳定增长的可贵经验。

第一，必须强化正确的行政干预。粮食生产目前仍然是弱质产业，经济效益较低，但社会效益很高，决不能只从经济利益的角度去看待粮食生产，不能放弃对农民行为的指导。经验证明，政府一放松，粮食就减产；政府一抓紧，粮食就上去。行政干预主要抓政策的落实，抓科学技术和良种的推广应用，抓确保粮食种植面积并按季节超前安排，每年都把保证粮食种植面积的任务分解到县市、乡镇、村，只许增加，不许减少。

第二，切实减轻农民负担。这项工作抓得实，抓得好，农民种粮积极性就会提高。1994 年，玉林地区农民人均负担 26.5 元，只占上年农民人均纯收入的 2.6%，大大低于国家规定不超过 5% 的标准。减轻负担，放水养鱼，藏富于民，农民对农业尤其粮食生产的投入力度就加大了。这些年来，玉林农民投入粮食生产的资金以年均 9.1% 的速度递增。

第三，落实领导责任，实行“一票否决”。在这个地区，不论哪个县市、乡镇的工作做得多好，只要粮食生产任务完不成，政绩就算不及格，党政领导就会受到处罚甚至被免职降职。

第四，尽力增加投入，规定各级财政对农业投入每年要增加 10% 以上，主要用于农田基本建设。北流从 1991 年以来，对农业的各种资金投入年均以 30% 的速度增长，于 1993 年在广西第一个实现了“吨粮县”的目标。

第五，大力保护耕地面积，努力提高单产。玉林地区是广西第一个完成基本农田保护区规划和规范管理的地区。他们严格控制非农用地，基本做到了不乱占耕地，不闲置耕地，确保耕地面积的稳定。在粮食种植中大力普及和推广先进技术。他们改造了中低产田 90 多万亩，建立了四大良种培育基地，其中有两个是国家级良种繁育基地。良种覆盖率在全地区达到 80% 以上，1995 年两造水稻平均亩产达到 823 公斤。

三、在确保粮食增产的前提下，以市场为导向，因地制宜，采取多种形式大力发展多种经营，一手抓粮食，一手抓钱

从一定的意义上说，根本改变农村面貌的关键在于不断增加农民收入。在农业比重较大的地区，农民增收的任务更加艰巨。根据我们党当前要在全国实现小康进而最终实现共同富裕的战略目标，我们必须把促进农民增收摆在农村工作的突出地位，在确保粮食稳定增产的基础上积极发展多种经营，广开致富门路，这样才符合农民的眼前利益和长远利益，农民群众对我们党的农村政策才满意、才高兴、才赞成、才拥护。这些年来，玉林地区在这方面工作中的主要经验有以下五条。

一是发展多种经营，调整和优化农村经济结构，必须坚持三个前提。首先是确保粮食种植面积，确保粮食持续增产，决不能以削弱和牺牲粮食生产作为调整结构的代价。其次是强调因地制宜，形式多样化。各地土地资源、农副产品资源、气候条件、运输条件以及农民的商品意识水平都大不一样，必须因地制宜，充分发挥本地区的优势，采取多种多样的形式发展多种经营。再次是必须以市场为导向，不断提高适应市场、占领市场和开拓市场的应变能力。农副产品的市场需求经常波动，有时波动很大，这就必须解决好建立健全产供销服务体系的问题，把广大农民与市场紧密地联结在一起。坚持好了以上三个前提，调整的步伐越大越快就越有利，否则就会在调整结构这个动态过程中使农民利益招致很大的损失。

二是根据耕地资源和粮食供求平衡的需要，合理确定粮食作物与经济作物、饲料作物之间的比例，建立“粮食——饲料——经济作物”三元种植结构。在玉林地区整个耕地种植面积中，目前大体上是粮食作物占70%，经济作物占18%，饲料作物占12%。这样的结构在现阶段可以基本上保证包括人口增长在内的人均粮食需求，基本上保证畜牧业生产的饲料供应，同时也使农民有一定的耕地可以用于种植蔬菜、花生、香蕉、甘蔗等效益较好的经济作物。

三是在广大农民自觉自愿的基础上，促使一家一户的小规模生产方式向相对集中的专业村、专业乡转变，重点加强种养加各业的专业乡、专业村、专业户的发展，初步形成了粮食、龙眼、荔枝、菠萝、八角、玉桂、生猪、鸡鸭鹅、水产品、瓜菜等一村一品、一乡一业的专业化生产格局。全地区已涌现出80多个专

业乡镇和172个专业村，15.1万个专业户，成为农村商品经济发展最快的生长点。

四是加强区域化农副产品商品生产基地的建设。全地区在荒山、荒地、荒坡、荒水普遍建立起了水果经济林生产基地、畜牧水产生产基地，有5个县（市）成为全国商品粮食生产基地。

五是注重抓好农副产品的加工转化。在积极发展生产的同时，从本地实际出发，大力发展农副产品加工业，努力增加加工工业产值。目前，全地区以农副产品为原料的加工工业产值已占全部工业产值的34.8%。

四、放宽政策，充分调动各种社会力量，发挥规模经营的优势，大搞农业综合开发，向农业的广度和深度进军

农业经济的进一步发展，必须以高产、优质、高效为目标。而大搞农业的综合开发，就能够使国土资源、气候资源和人力资源实行有效结合，使农业在延长的产业链中提高效益，这对于人多地少而荒坡、荒山、荒地较多的地区意义尤为显著。玉林地区人均耕地只有0.62亩，但人均荒山、荒坡有1.95亩，发展潜力很大，可以说是潜力在山上，优势在山上，希望也在山上。他们这些年致力于农业综合开发，在战略上实行长、中、短结合，长抓林、中抓果、短抓畜牧生产和冬种，根据本地优势，发展主导产业，形成富有本地特色的农业开发格局。尤其是在发展水果经济林方面，实施山上种果种林，发展养殖业，山下搞加工，提出了再造一个果丰林茂、猪鸡成群的“山上玉林”，到本世纪末实现农民人均一亩水果经济林的战略目标。目前，全地区已有经济林135万亩，水果270万亩，其中1994年水果投产面积100万亩，总产量42万吨，总收入15.3亿元，比1990年增长4.4倍；经济林总收入2.05亿元，比1990年增长2.7倍。在畜牧水产养殖业方面，大力发展名优特珍稀动物和节粮型动物养殖，建立了一批具有地区特色的畜牧业商品生产基地，如瘦肉型猪商品基地，杂交猪仔生产基地，三黄鸡生产基地，肉鹅生产基地。这些基地已初步实现生产规模化，经营集约化，商品社会化，1994年外销活猪750万头，其中瘦肉型猪149万头，猪仔610万头，外销三黄鸡2000万羽，肉鹅40万羽，基地农民增加纯收入约5亿元。全地区畜牧业产值达到36亿元，比1993年增长25%，占农业总产值的35%，形成了三分天下有其一的局面。

真正把农业综合开发搞上去，关键是政策要对头，要放宽，着眼于把各方面的力量充分调动起来。玉林地区这几年在开发形式上灵活多样，在统一规划、连片开发、分户经营的前提下，放宽政策，鼓励各种经济能人搞承包，鼓励搞二、三产业的农民企业家兴办“绿色企业”；支持机关企事业单位带头搞开发，干部留薪停职或停薪留职搞开发都可以，从而很快形成了各种力量参与开发的高潮。据不完全统计，全地区经济能人承包开发水果面积达 11.4 万亩，自筹资金投入 5080 万元，去年果园收入在 10 万元以上的就有 7 个。全地区参与水果开发的机关企事业单位共 553 个，开发总面积达 5.9 万亩，投入资金 1.3 亿元。

为了促进农业综合开发的规模经营，玉林地区实行了荒山使用权制度的改革，具体做法是：在明确承包权属和坚持山地集体所有以及不改变用途的前提下，经发包方同意，允许使用权有偿转让，可以转包、租赁和抵押，实行使用权、收益权和处置权的三统一。通过这样的改革，农民可以用山地入股，承包者获得成片山地搞规模开发。水果开发已由过去单家独户的几分几亩，发展到几十亩甚至成千上万亩连片规模经营，全地区各种形式开发 50 亩以上的连片果园已有 5600 多个，面积 62.7 万亩，其中千亩以上的果园有 70 多个，面积达 9.3 万亩。

玉林地区较好地解决了农业综合开发的产业化问题。他们以企业为龙头，市场为纽带，确立种养加、贸工农一体化、产供销一条龙的经营方向，主要采取了“公司＋基地＋农户”、能人带农户和股份合作等生产经营模式。容县永兴实业总公司，集养、种、加工、贸易于一体，公司向农户提供仔猪、饲料、饲养技术和防病措施，并保价收购，让利于民，取得了很大成功。1995 年销售收入 1.56 亿元，利润 1404 万元，出口创汇 280 万美元。贵港龙宝集团公司是“公司＋基地＋农户”模式，从兴办龙眼公司开始起步，逐步建立了包括龙眼种植和加工、养殖、第三产业在内的十大实业公司，形成科工贸农一体化的企业集团，通过种养、服务、产品收购，吸纳全市 8 万多农户开发，去年公司总收入达 9500 万元，创税利 2088 万元。

五、多轮驱动，多轨运行，充分发挥各种经济能人的作用和本地资源优势，实现乡镇企业的跨越式发展

“七五”期末，玉林地区乡镇企业的营业总收入只有 31 亿元，到 1994 年已

达到526亿元，今年将超过850亿元，发展之快令人瞠目，的确称得上是跨越式发展。1994年，全地区乡镇企业总产值占社会总产值的比重已由1990年的14.5%上升到50.9%，上缴税金已占地区财政收入的66%，占乡镇财政收入的70%多；农民人均纯收入的43%来自于乡镇企业，乡镇企业吸纳的就业人员已占农村劳动力的34%。玉林地区乡镇企业所以能迅速发展成为地区整个经济的重要支柱，他们的主要成功之处大体上可以归纳为以下几条：

一是坚持多轮驱动，多轨运行。他们从本地实际出发，适宜兴办集体经济的就大力鼓励其发展；适宜户办、联户办或股份合伙合作的就积极支持各主参与；对个体或私营企业都支持其积极发展。他们不搞“一刀切”，坚持“四不限”（不限性质、不限比例、不限规模、不限速度）和“四放开”（放开登记、放开经营范围、放开地域限制、放开从业人员限制）的做法，从而迅速形成公有制为主体和多种经济成分与多种经营方式共同发展的格局。在产业发展上，最重要的是认真研究和预测市场需求，以市场为导向，能发展什么就发展什么，能搞多大就搞多大，能搞多快就搞多快，没有市场需求的决不盲目发展。在税收政策上，实行养鸡下蛋，蓄水养鱼，先予后取。在资金安排上，优先扶持乡镇企业。在干部和人才政策上，鼓励大中专毕业生、机关干部到乡镇企业工作，档案可放在原单位或地区人才交流中心，同时重奖和提拔对发展乡镇企业有功的人员。

二是不拘一格用人才，充分发挥经济能人的作用。发展乡镇企业，人才是关键。人才是一个广泛的概念。有些善于搞经济的能人是经过正规教育、培训的经济师、会计师、工程师、技术员，有的就是土专家，文化不高，更无文凭，但有一两手绝招，一甩就能致富。这样的能人各地多少都有，就看你敢不敢和善不善于使用。玉林地区对凡有一技之长的人都不拒绝使用，而且尽力在政治上、经济上和社会上积极培育宽松的环境，创造各种条件让他们能充分发挥各自的能量。这些经济能人有的参与国有经济的经营管理，有的承包经营集体经济，有的兴办个体、私营企业，大都能搞活一块，带动一方，致富一批人。由于不拘一格用人才，路子就越走越宽。

三是充分发挥本地区资源优势，努力创造具有本地特色的产品，不断提高适应市场、占领市场、开拓市场的应变能力，只有这样乡镇企业才有活力。玉林地区这些年发展乡镇企业，积极开发本地资源，把资源优势转化为经济优势，形成了以建筑、建材、烟花爆竹、五金机械、罐头食品、芒竹编、塑料制品等11大优势行业和一批拳头产品。这些行业的销售收入占了全地区乡镇企业销售总收入的80%以上。在立足开发本地资源的基础上，实行生产要素重组，优化资源配置，组建企业集团，使乡镇企业形成规模经营，不断提高市场竞争力。全地区共组建了广西黑色食品集团、广西皇龙水泥集团、贵港羽绒集团、博白烟花爆竹集团等35个乡镇企业集团。有些集团虽是半紧密型或松散型的，但也发挥了规模效益。以广西南方儿童食品厂为骨干组建的广西黑色食品集团，已成为全国最大的儿童食品企业和广西最大的乡镇企业之一。皇龙水泥集团年产量120万吨，在全国也不多见。

四是依靠科技进步。玉林地区乡镇企业，起步较晚，只有走依靠先进科学技术加快发展的路子，才有可能迎头赶上。他们不惜重金引进人才，购买技术专利，发展专利经济，推动企业向高起点、高科技、高附加值、高税利的方向发展。到目前为止，全区共引进各类人才8000多人。去年投入13亿元，开发新产品65种，购买技术专利120项，上高科技、高附加值项目180项，新发展科技型龙头企业40家，组建科技型企业集团5个。地处山区的桂平市中沙镇，依靠科技型企业发展起来，1994年乡镇企业销售总收入达4.05亿元。玉林市去年乡镇科技型企业收入达30.5亿元，占乡镇企业总收入的29%。

五是采取多种形式和通过各种渠道筹集资金。乡镇企业要发展，当然也离不开必要的投入。玉林地区除了银行信贷资金的必要支持和积极利用外资以外，还采取了企业自我积累、职工以劳代资、职工入股、吸收社会资金入股、私营企业主自筹，以及鼓励国有企业入股乡镇企业等办法积极筹措资金，同时坚持一切投资行为以企业为主体。这样既开拓了投资渠道，又增强了对投资的约束机制。1993年至1994年这两年他们共投入近100亿元，是1979年至1992年总投入的3.2倍，投资效果大都也比较好。

六、把多种经营、农业综合开发、发展乡镇企业同小城镇建设紧密结合起来，加速农村劳动力向小城镇和非农产业转移，逐步实现城乡经济一体化

农村多种经营、农业综合开发和乡镇企业经过一段时间的发展，逐步形成

产业化、规模化、专业化和社会化的生产经营，迫切需要把扩大小城镇规模和增强配套功能作为转移点、生长点和支撑点。以加强小城镇建设为依托，可以从深度和广度上带动多种经营和农业综合开发进一步向规模化、产业化、集约化、商品化方向发展，也可以在地域上相对集中连片地发展乡镇企业，改变那种“村村点火，户户冒烟”的过于分散的状况，形成产业群体优势，创造出集聚效益和规模效益，而小城镇建设也就获得了必要的经济依托、产业依托、人力依托，能有效地解决小城镇建设所需的资金投入，进一步加快自身建设。这种结合，是经济发展和城镇建设的双向需要，是培育农村经济新生长点的重要方式，是农业地区实现城乡经济一体化的必然要求。现在，玉林地区城镇面积比 1990 年增加了 1.12 倍，城镇居民增加了 49％，农村居民有 18.1％已转移到小城镇务工经商，农村城镇化程度提高了 12 个百分点。与 1979 年相比，玉林地区的建制镇已由原来的 9 个发展到现在的 147 个。

玉林地区小城镇建设设有以下几种模式：一是“以工兴城”，即以乡镇企业小区为龙头带动小城镇发展。如作为“全国乡镇企业示范区”和“全国小城镇综合改革试验点”的石南镇，通过投资 3.2 亿元兴办 3 个工业小区，发展了机械、水泥、食品、饲料等企业 2507 家，39％的农村人口已进入城镇务工经商。二是“以农兴城”，既以大量农副产品资源作为依托，通过兴办二、三产业和农副产品专业市场，推动小城镇发展。三是“以工商兴城”，即以乡镇企业和商业为依托，发展小城镇。如桥圩镇兴办了全国有名的“羽绒城”，形成以羽绒制品生产、加工、销售为主的产业群体，去年营业收入超过 3 亿元。

为了促进这种结合，玉林地区逐步进行了对小城镇户籍管理制度的改革。对于凡是在小城镇有固定居所、稳定职业和经济来源、生活保障的农民，允许迁入小城镇成为城镇居民。他们还采取积极措施，引导和鼓励富裕起来的农民进入城镇建房、经商、办企业，在解决土地征用、开业办证办照、子女入托就读和就业等方面，让他们与原城镇居民享受同等待遇。对于进入城镇的农民，赋予其自主择业的权利。在小城镇建设上，他们比较注意执行科学规划、严格管理、规范建设的原则，着眼长远发展，避免短期行为。总的原则是要有利于农村经济的全面发展，有利于保护地方特色和逐步实现城乡经济的一体化。

七、继续深化农村体制改革，充分重视和加强农村商品流通、供销合作社和农村金融体制的改革，为农村经济的发展不断注入新的活力

改革是促进发展和保持稳定的根本动力。这些年来，玉林地区从当地实际出发，不间断地狠抓农村体制的全面深化改革，是这个地区经济得以全面振兴的最重要的保证。这里，着重讲一讲他们近年来在农村流通体制、供销社体制和农村金融体制改革方向的情况和取得的成就。

市场体系的发育完善，商品流通的发达畅通，是发展农村社会主义市场经济的重要保证。他们以市场为导向，打破旧的流通格局，在坚持发挥国有商业主渠道作用的同时，大力培育新的市场主体，积极发展个体、私营、联合体商业，积极引导农民投入流通领域，鼓励农民组织起来，或组成各类经营实体与国有商业企业、外资企业和供销社联合经营，逐步形成了一批农工商一体化的商业组织。现在，这个地区从事商品流通的个体、私营工商户达 14.2 万户，从业人员 31.2 万人，各类流通中介组织 151 个，农民运销联合体 8100 个，为搞活商品流通起到了很好很重要的作用。他们加强以商品专业批发市场为中心的市场网络建设，有力地促进了农村市场体系的发育。培育农村市场如果不考虑当地产品特点、商品流量和流向、消费习惯和消费结构等因素，盲目追求市场建设尤其是大中型批发市场建设的数量，搞一哄而上的形式主义，必然会造成“有场无市”，浪费人力、物力和财力。玉林地区在商品市场建设上一直比较注意这个问题，基本上做到了科学规划、合理布局和规范化建设。他们以农村商品生产基地为依托，有领导、有步骤地加强农村集贸市场的建设。在流通领域中，初步形成了以商品专业批发市场为龙头，以农贸、生资市场为主体，以专业乡（镇）、专业村、专业户为依托的具有地方特点的开放市场体系。目前，全地区建有各类商品市场 413 个，比 1990 年增加 1 倍多。其中成交额 5000 万元至 1 亿元的市场 16 个，超 1 亿元的市场 9 个。玉林市龙船市场、中药材市场分别居全国同类市场的第三位、第五位，工业品服装市场是广西同类市场中最大的批发市场。1994 年，全地区社会商品零售额达 71.6 亿元，比 1990 年增长 66%。

农村供销社的改革完善和壮大实力，对于发展农村经济具有极为重要的意义。玉林地区的供销社改革在全国早走一步，取得了在全国处于领先地位的

显著成果。他们改革的做法主要是：在组织制度上，采取多种形式吸引农民入股，扩大社员股金在供销社自有资金中的比重，明晰内部产权，强化群众性和民有民办性质，恢复社员代表大会制度，民主选举领导机构和领导成员，建立起农民社员直接参加民主管理的新制度；在经营机制上，大力推行生产、加工、销售一条龙，贸工农一体化等农商联营，以农村市场为导向，向一、二、三产业的各个领域开拓，积极发展交通运输、加工、贮藏、文娱业、房地产业，参与培育农村金融市场，为农民提供生产流通资金，扶持农业生产，保护农民免受高利贷盘剥；在服务体系上，进一步巩固和完善县、乡、村三级为农民服务的体系，在保证农用生产资料供应的同时，通过“公司＋基地＋农户”的形式，组织农副产品生产、加工、深加工、销售，形成规模化生产经营和服务，带动农民进入大市场、大流通；在管理机制上，全面实行自负盈亏承包责任制；在人事、劳动、分配制度上，采取了领导选举制、中层聘任制、职工合同制、多劳多得工资制等管理制度，使内部管理逐步走上科学、规范的轨道。通过恢复“三民”（民有、民办、民享），围绕为“三农”（农业、农村、农民）服务，供销社改革取得突破性成果。到1994年底，农民社员股金累计达3.04亿元，占社有资金的41.16%，入股农民占农户的70%；农民代表占社员代表总数的52.8%；管理成员中农民代表占38.5%，初步实现了“民有、民办、民享”。1994年，该地区供销社系统5040个门店有95%盈利，综合经济效益比上年增长1.06倍，利润增长6.2倍，农民社员获股息分红、联营利润等4300多万元，并通过扶持农民发展多种经营使农民从中增加收入15.77亿元。

深化农村金融体制改革，创建农村合作基金会，是积极引导农村资金投入扩大再生产的有效途径。农村合作基金会是社区范围内的农民合作组织，是对国家银行的有益补充。适当壮大农村合作基金会，有利于搞活农村资金的融通，增加发展农村经济的投入。玉林地区从1992年开始兴办农村合作基金会，现在95%的乡镇已经建立，基金余额超过7亿元。从这个地区的情况和经验看，农村合作基金会要保证健康发展，应当在不搞存贷业务的前提下坚持以下几条原则：一是把握正确的办会方向，坚持为农业、农村和农民服务，坚持社区性、内部性、民主性、互助性、群众性、合作性和灵活性。二是严格执行国家金融政策，业务活动接受人民银行的监督，基金会不设“小金库”，资金存入银行。三是资金筹集要立足于当地农村，重点放在挖掘集体资金和农民闲散基金。四是资金融通要坚持以短期、小额、流动资金为主，不用于固定资产投资，投入重点要向农业倾斜，优先满足农村和养业的资金需求，同时兼顾农村产业。五是不断强化风险机制，基金会要提足准备金、风险保证金，在地区范围内形成合力、调剂应急，共担风险。

八、坚持“能者上、庸者下”和德才兼备的用人原则，培养和造就一支年富力强、朝气蓬勃和有开拓进取精神、务实工作作风、较强工作能力的干部队伍，积极加强基层组织建设

这次玉林之行，所接触到的地区、县市、乡镇干部，一般都给我们留下了比较好的印象。他们大都很年轻，有朝气，思想开放，精神状态比较好，对本地情况相当熟悉，上下级关系和干群关系也比较融洽。这是玉林地区经济发展比较快的很重要的一条。他们根据德才兼备的原则，着力选拔了一大批政绩突出、群众公认的年轻干部到各级领导岗位上。全地区八个县市委书记和县市长，年龄都在30多或40岁左右。204个乡镇党委书记和乡镇长，平均年龄35岁。他们强调各级干部必须在实践中不断得到培养、教育和提高。这些年来，他们一直提倡东学广东改革开放经验，西学桂西北艰苦创业精神，要求大家解放思想，转变观念，加强党性锻炼，树立正确的世界观、人生观和价值观，提高自己的政治思想素质和工作能力，在关系全局的重大问题上一定要同中央保持高度一致。地方的各项工作要做出成绩，必须做到既要不折不扣地贯彻中央精神，又要实事求是地创造性开展工作。

农村工作的好坏，关键在于乡镇党委和村党支部。玉林地区农村经济之所以搞得活，发展快，主要因为乡镇党委和村党支部基本上是比较好的。他们能从本地实际出发，带领群众走出一条比较正确的发展路子，步伐也比较实在。在全广西的百强乡镇中玉林地区占44%，有6个乡镇是广西十强乡镇，广西的十强村全部在玉林地区。玉林镇被评为中国乡镇之星——全国最佳乡镇之一。广西十强乡镇之一的北流市松花镇，先后获“全国先进基层党组织”、“全国先进基层党校”、“全国计划生育宣传工作先进单位”称号，1994年工农业产值16.44亿万元，村办集体企业超100万元的有5个村，超亿元的村有3个，全镇农民人均纯收入达1985元。

玉林地区在用人问题上从实践中总结出了“四用四不用”，我看对一些地方颇有参考意义。这就是：用有商品经济观念，有开拓创新精神，敢于致富又能带领群众致富的能人，不用胸无大志、碌碌无为的庸人；用有甘愿牺牲个人利益的远见卓识者，不用只打个人小算盘，患得患失，鼠目寸光的人；用敢于承担风险，坚持原则的无畏者，不用遇到困难一推二避三开脱的懦夫；用能顾大局，识大体，胸怀宽阔的贤才，不用心胸狭窄，品质低劣，投机取巧的钻营者。他们还特别强调农村党支部负责人必须具备“四心一领”的条件，即忠心（对党忠诚，忠于党的事业）、公心（办事公道，作风正派）、热心（有为群众办实事的热情，乐于奉献）、齐心（团结协作，同舟共济）和本领（带领群众共同致富的本领）。他们就是按照这样的要求，努力选拔能胜任工作的党员来担任村党支部书记的。

总起来看，玉林地区的工作远非十全十美，他们还有不少困难，存在若干问题，工作中还有许多缺点或不足之处。有些正确的主张和要求，实际工作中也还没有做到或没有完全做到。但是他们走出的一条以农为本，确保粮食稳定增产、积极发展多种经营、农业综合开发和乡镇企业，并把它们与小城镇建设紧密结合起来的经济振兴之路，的确很值得许多内陆农区加以借鉴。因此，我们乐意为此而郑重地加以推荐。

关于建设有中国特色社会主义的实践考察

——张家港市调查札记

（1996年4月）

张家港的建设成就和经验正在全国产生着越来越广泛的影响。近几年来，外地前往参观考察者络绎不绝，仅1995年就有60多万人。大家交口称赞这里"真像个干社会主义的样子"，称赞它"不愧为实践邓小平建设有中国特色的社会主义理论的成功典型"。我们连同不久前的一次已四次去过张家港调查学习，深感这里经济和社会发展的历史性巨变令人无限鼓舞，这里的实践经验确实对许多地方都有相当普遍的借鉴意义。

一

张家港市原为沙洲县（1986年撤县建市），原来的经济状况曾处于所在地区的末位，素有"苏南的苏北"之称。改革开放以来，尤其是1992年以来，情况起了根本性的变化。邓小平同志在论述社会主义本质时首先强调的是解放和发展生产力，张家港在这方面所取得的卓越成就，无疑是社会主义在这里拥有巨大号召力、吸引力和凝聚力的基础或首要因素。

1995年与1979年相比，张家港国民生产总值从3.2亿元增加到191亿元，增长58倍，年均增长27.1%；人均国民生产总值从442元增加到2.33万元，增长 51.7 倍，年均增长 26.3%；城乡居民收入分别从 507 元和 177 元增长到 7374 元和 4726 元，分别增长了 13.5 倍和 25.7 倍。这种增长速度在江苏乃至全国都是很快的。高速度的经济增长，使张家港的综合经济实力跃居江苏乃至全国前列。1991 年张家港在全国百强县（市）中名列第七位，1992 年上升至第四位，1994 年又升至第二位。

张家港的经济发展如此之快，自有其独特的主客观条件，各地切不可在速度上盲目攀比。真正值得推崇的是，张家港在发展过程中所体现出来的几个具有本质意义的鲜明特征。

一是张家港干部群众对邓小平同志讲的“发展才是硬道理”有着深刻的理解，全市上下具有强烈的发展意识和竞争意识。他们说，“市场经济不让人，不争不抢是庸人，错过时机是罪人”。正是根据这样的认识，他们把自力更生、艰苦奋斗和改革开放紧密结合起来，在任何时候、任何情况下都努力抢抓机遇，坚持发展生产力从不动摇。

二是力争效益与速度相统一的发展。张家港不断调整经济结构，积极进行技术改造，提高经济增长的质量和效益，基本上做到了劳动生产率的提高与经济总量的增长保持同步。1995 年与 1979 年相比，全市工业全员劳动生产率从 2900 元增加到 43800 元，增长 14 倍，远远高于同期全国的平均水平。

三是力争经济结构不断优化的均衡发展。张家港不仅工业增长速度比较快，农业的现代化进程也在加快，综合生产能力不断提高，粮棉亩产在江苏全省均名列前茅。第三产业和服务业，也得到了比较快的发展。第三产业占国民生产总值的比重，已从 80 年代末的 15% 增加到 1995 年的 34.7%。

四是力争经济与社会的协调发展。在经济高速增长的基础上，张家港的教育、科技、文化、卫生、体育等社会事业全面发展，城镇建设日新月异，正经日趋现代化的姿态屹立于长江之滨。从 1992 年到 1994 年，它连续被评为全国卫生城市和环境综合整治优秀城市，1995 年被江苏省和国家建设部列为“城市现代化、乡村城市化”建设试点市，最近又被命名为全国环境保护模范城市。城乡差别在这里正日益缩小。

五是力争有后劲的可持续发展。张家港在经济发展过程中，既注意抓紧时机，保持当前一个时期的增长速度，又注意积蓄力量，为下一时期的经济增长打好基础，并且在控制资源过高消耗、实现计划生育和保护生态环境等方面做了大量卓有成效的工作，从而保证了经济建设每隔几年上一个新的台阶。这个市“六五”期间国民生产总值平均每年增长24.3%，“七五”期间为16.8%，“八五”期间达到47%。现在他们制定的“九五”计划和2010年远景规划，又提出了要在全国率先基本实现现代化的奋斗目标。

二

张家港高速度、高效益的经济发展，是在坚持公有制为主体的条件下取得的，或者说主要是由公有经济所创造、所支撑的。他们的实践证明，公有经济并不像有些人所说的那样天生的缺乏活力，而是充分显示出了它们的巨大优势和威力。

在全市工业产值中，目前张家港属于地方国有性质的市属企业占18%，乡镇集体企业占78%，二者合计占96%。在农业中，张家港在坚持土地、农业机械等主要生产资料归集体所有，不断完善多种形式的联产承包责任制的同时，积极稳妥地发展以集体农场为主的适度规模经营。目前全市粮田实行规模经营的面积已占到总面积的20%左右。在第三产业中，公有经济也占据主要地位。如商品零售总额，国有占30%，集体占54%，二者合计占84%；商业批发网点，国有占15%，集体占79%，二者合计占94%。在坚持公有经济占主体地位的同时，这里的个体、私营经济和“三资”企业也获得了很大的发展。目前全市已拥有个体、私营经济从业人员2.6万人，累计创办三资企业1200多家。

“如果不是靠公有经济的力量，就不会有张家港的今天”。这里的市、镇、村三级干部和广大群众，在向我们介绍张家港的建设成就时，几乎所有的人都是这样说。他们曾列举许多事例来论证公有经济的优势，就经济和社会发展的角度而言，概括起来主要在以下四个方面：

——有利于充分动员和组织本地区的人力、物力、财力和各种资源，集中力量办大事，创造经济和社会发展的高速度。1992年张家港在创办保税区时，一个半月拆迁了1284户农民住房，20个昼夜构筑了总长8公里的铁丝网隔离带，90天建成了一幢8000平方米的港务局大楼，150天建成了60幢20万平方米的拆迁户安置住房，8个月建成了万吨级化工码头。为了从整体上改善港城的交通状况，他们只用了一年半的时间就修建了一条长达33公里的沿江高等级公路。

诸如此类的建设成就，如果离开了充分依靠和发挥集体的力量，是根本不可想象的。

——有利于促进产业结构调整和资产的优化组合，发展企业集团和规模经营，使资源得到比较合理的有效配置，提高经济的整体竞争能力。目前，张家港全市已形成一批规模较大、市场竞争力较强的乡镇集体企业和市属企业，其中销售收入超亿元的有 96 家，超 3 亿元的 36 家，超 5 亿元的 4 家，超 7 亿元的 4 家。1994 年全国 500 家最大的乡镇集体企业中，张家港就有 47 家。在公有经济不断发展壮大和资产合理重组的基础上，张家港的企业集团也迅速发展，目前已有企业集团 92 家，其中省级集团 64 家，全国性集团 19 家。1995 年，这些企业集团的工业产值、销售收入、利税总额和外贸出口额均已占到全市的一半以上。

——有利于支持农业的稳定发展。在经济高速增长的过程中，张家港依靠公有经济的力量，建立了“以工补农”、“以工建农”的支农机制，保证了农业投入的不断增加。他们坚持不懈地大搞农田基本建设和水利建设，改善了农业生产条件。他们积极推广先进的农业科学技术，逐步建立健全了农业社会服务体系。1986 年以来，张家港每年投入农业的资金都在 5000 万元以上，1995 年达到 1.4 亿元。1991 年到 1994 年，张家港水稻亩产连续 4 年超千斤，1995 年达到 601 公斤，在江苏省和全国均名列前茅。

——有利于不断扩大对外开放。张家港的乡镇集体企业和市属企业具有比较雄厚的经济实力，有着比较高的经营管理水平和良好的信誉，对外商具有比较强的吸引力，是全市扩大出口和引进外资的主体。1995 年全市完成出口供货值 190 亿元，外贸自营出口 5.6 亿美元，已连续三年居全国各县（市）之首。全市创办的一千多家三资企业，合同利用外资 38.25 亿美元，实际利用外资 19.22 亿美元。对外开放的不断扩大，反过来又有力地促进了公有经济的发展壮大和全市整体经济水平的不断提高。

公有经济无论是从理论上还是从实践上看，都确实具有其内在的优越性。但这种优越性能否得到充分发挥，使之变成活生生的现实，关键还在于适应发展社会主义市场经济的需要，坚持从实际出发，自觉地对它进行改革、改组和改造，不断加强管理，提高它的整体素质。张家港公有经济所显示出来的优势和威力，也不是从天上掉下来的，而是广大人民不断更新观念和努力探索的结果。

张家港乡镇集体企业的经营机制从开始创建时就比较灵活，企业在人事、用工、分配等方面拥有比较大的自主权，但他们仍然根据不同时期的形势任务和实际情况进行不断的调整和完善，积极寻求公有经济的最佳实现形式。八十年代，先后普遍实行了承包经营等多种形式的责任制。九十年代以来，在坚持完善承包责任制的同时，分别情况对企业采取了股份制、股份合作制、租赁经营、风险抵押承包等改革试验。到1995年，在镇村两级企业已有43家改建成股份合作制，有21家实行租赁经营，57家实行风险抵押承包，34家被兼并，6家被拍卖，较好地盘活了存量资产。国有性质的市属企业也积极转换经营机制，探索搞活的路子。从1992年起市属企业学习和借鉴乡镇企业的经营机制，比较早地进行了人事、用工、分配三项制度改革，收到了良好的成效。目前全市公有企业实行股份制、股份合作制的已有400家。在积极深化企业内部各项改革的同时，张家港大力调整企业组织结构，对存量资产进行合理重组，扩大优势企业的规模。1995年，张家港市村以上工业产销率达到97.67%，全市乡镇集体企业、市属企业亏损面只有7.9%，销售收入在5000万元以上的骨干企业没有一家亏损。

张家港为了迅速改变企业装备落后的状况，坚持把投入的重点放在了对企业实行技术改造方面。从1992年以来，全市用于工业技术改造的资金共达94亿元，占全部投入的58.3%。他们引进国外先进设备3000多套，用汇4.5亿美元。1995年全市工业固定资产总值达到143亿元，比1990年增加了5倍。目前，全市工业企业的技术装备，达到80年代水平的占56.7%，90年代水平的占31.1%。先进技术设备和投入的不断增加，大大增强了公有制企业的竞争力和发展活力。

张家港无论是市属企业还是乡镇企业，在实践过程中都充分认识到了加强企业管理的重要性。他们认为，加强企业管理是一个永恒的主题，任何时候都不能放松，企业管理工作抓与不抓效果大不一样，突击抓与经常抓效果大不一样，单项抓与全面抓效果大不一样，因此对企业的管理工作必须抓得紧，要求严，标准高，而且一以贯之。要狠抓管理，苦练内功，使企业素质不断提高。张家港从1994年起在乡镇企业中开展创建“管理示范企业”和“综合管理合格企业”的活动，经过严格的考评验收，评定出8家“管理示范企业”和78家“综合管理合格企业”，它们在提高全市公有经济的整体素质方面起到了重要的示范和推动作用。

三

近几年来，社会分配不公已成为人们普遍关注的热点问题。但是，这个问题在张家港城乡居民中却议论较少，反响不大。工人农民说，我们这里基本上既没有暴富户，也没有贫困户，大家基本上是小康户，追求的是共同富裕。张家港市在分配问题上把握住了三条原则：一是坚决打破平均主义，适当拉开分配差距；二是提倡奉献精神，防止收入差距过分悬殊；三是提倡先富帮后富，坚持走共同富裕之路。

由于公有经济在张家港始终处于主体地位和占据绝对优势，解决好了公有企业内部职工的分配问题，也就从总体上解决好了整个社会的分配问题。自1991 年以来，张家港经过总结前些年的实践经验，从当地的实际情况出发，在公有企业职工分配问题上作出了两项重要决定。一是公有企业厂长（经理）等经营管理者的收入既与企业经济效益挂钩，也同企业职工平均收入挂钩，挂钩系数由主管部门根据企业的经营实绩确定，但厂长（经理）的收入最高不得超过职工平均收入的 3 倍，其中极少数可越过 3 倍的特殊贡献者，需报请市级领导逐个批准。二是进一步完善职工岗位技能工资制，继续向生产第一线倾斜，有特殊技能和突出贡献的工人工资也可以超过厂长（经理）。这几年来，张家港一直是坚持这样做的。以 1995 年为例，全市职工年均收入 7374 元，经济效益比较好的企业的厂长（经理）一般收入为 2 万多元。几年来，经市里批准获得高于职工平均收入 3 倍的特殊贡献的厂长（经理），全市每年只有五六人。

对张家港在分配问题上的做法，特别是关于厂长（经理）收入不得超过职工平均收入 3 倍的规定，外界评说不一，有说好的，也有不以为然的。对此，张家港的干部群众是怎么认识的呢？

我们与厂长（经理）们交谈，他们普遍表示愿意接受这种分配规定。他们认为，3 倍左右已经与职工拉开了一定差距，再加上厂长（经理）们还享受一般职工享受不到的其他一些物质待遇。实际差距有些还会超过 3 倍，基本上体现了经营者的劳动价值。厂长（经理）收入与企业效益和职工平均收入挂钩，挂钩系数由主管部门根据经营实绩确定，水涨船高，打破了平均主义，符合多劳多得原则。公有企业的厂长（经理）们绝大多数是共产党员。他们还都强调指出，共产党员更要讲奉献，顾大局，他们的收入同职工收入差距不拉得过大，有利于调动广大职工群众的积极性，把企业搞得更好，这正是共产党员人生价值的追求和实现，而不是几个钱能够换得来的。

工人农民积极拥护这种做法。他们认为，厂长素质高，责任重，适当多拿一些理所应当。厂长的积极性调动起来了，企业搞好了，我们工人才能相应地增加收入。乡镇集体企业的厂长们获得职工平均收入3倍的工资，这样的差距工人和农民们是能够接受的。

张家港市委、市政府领导认为倡导这样的分配原则完全应该理直气壮。他们说，在实行厂长负责制的条件下，作为公有制企业所有者的代表，政府有必要规定厂长的工资水平，减少随意性；必须充分肯定厂长在企业经营中的重要地位，坚持多劳多得原则，但公有企业的厂长毕竟不同于个体经营者、私营企业主，他们收入与职工不能过于悬殊；坚持共同富裕决不只是遥远的将来的事，不能只停留在口头上，尤其在经济比较发达的地方，现在就要采取措施逐步落实，避免两极分化。

市委、市政府经过对实践情况的总结，认为实行这样的分配方法有以下的好处。一是有利于调动经营者和职工两个方面的积极性，密切干群关系，提高干部威信，增强企业内部凝聚力；二是有利于弘扬艰苦创业精神，抑制社会腐败和奢靡之风，端正社会风气，培养一支廉洁自律、乐于奉献的企业家队伍；三是有利于扩大企业积累，增强发展后劲，促进国有和集体资产保值增值；四是有利于培养团结互助、平等和谐的人际关系，促进社会稳定和精神文明建设。

在张家港，企业干部的收入是下不保底、上要封顶，而教师的收入却是下要保底、上不封顶。为此，市里根据当地的经济和社会发展水平，对教师年终奖金的最低限额每年都要做出明确规定。1995年，全市中学教师的平均收入约为9000元左右，在各行业中居于中上水平，再加上他们的住房、煤气供应、子女入托、入学和就业等后顾之忧均可优先解决，从而使教师进一步成为令人羡慕的职业。

到1995年，张家港全市农民的人均纯收入已经达到4726元，在这里已经不存在按国家规定的指标未解决温饱问题的贫困村、贫困户。但是，他们为了更好地贯彻先富帮后富、实现共同富裕的方针，早在1991年就把少数工业产值不足100万元、纯利润达不到10万元的村列为集体经济薄弱村，并且把扶助它们改变后进面貌的任务落实到市级党政领导机关。他们要求市委和市政府局、部、委、办等单位的一、二把手亲自负责，派本单位的干部下去，经过三年努力，帮助集体经济薄弱村赶上来，如果到时候不能完成任务，主要负责人就要被免除职务。由于采取了一系列的帮带措施，集体经济薄弱村的面貌迅速改变，有些甚至后来居上，成了富裕村。到 1995 年，全市 90%以上的农户已经住进新盖的楼房，人均住房面积达到 49 平方米；农村初级卫生保健已提前 5 年达标，98%的村有医疗室，85%以上的村民用上了自来水，千人医生比、病床比接近发达国家水平，农村居民的生活条件和水平在许多方面已经赶上或超过城市。

早在 1985 年，邓小平同志就曾强调指出："一个公有制为主体，一个共同富裕，这是我们所必须坚持的社会主义的根本原则。我们就是要坚决执行和实现这些社会主义的原则。"张家港在贯彻小平同志指出的根本原则方面所采取的若干具体做法自有其本地的实际条件，各地当不可照搬，某些做法是否适当甚至还可以探讨，但他们坚持按劳分配为主、提倡奉献精神、走共同富裕道路的方向无疑是完全正确的。就其实践经验的普遍意义而言，我们认为从中可以得到深刻启示的至少有以下三点。

其一，必须充分认识所有制性质对分配关系的决定作用。张家港之所以能够坚持按劳分配为主、促进共同富裕的政策，关键是公有经济占据主体地位和绝对优势，这是根本前提。如果公有经济失去了主体地位，就谈不上按劳分配为主，谈不上逐步实现共同富裕。从全国来说，坚持走社会主义道路，坚持共同富裕的方向，首先是要把主要精力放在搞好公有经济特别是国有经济上，千方百计巩固和壮大公有经济。

其二，必须充分认识分配关系对所有制关系的反作用。张家港实行按劳分配为主、促进共同富裕的政策，极大地调动了全体人民的积极性，促进了公有经济的巩固和壮大。如果分配政策不当，收入悬殊，私欲横行，就会涣散人心，腐蚀乃至搞垮公有经济，我们必须警惕和防止这种局面的发生。

其三，必须正确处理一部分人先富与共同富裕的关系。鼓励一部分人通过诚实劳动和合法经营先富起来的方针，无疑是正确的，今后还要继续执行。但是，一部分人先富起来并不能自动地带来共同富裕，需要运用法律手段和分配政策来协调、引导和规范。共同富裕既是一项长期的目标，也是一项现实的任务，不能把一部分人先富起来与共同富裕人为地对立起来。要从实际出发，尤其在经济比较发达的地区，倡导先富帮后富，逐步缩小过于悬殊的分配差距，促进共同富裕。

四

在张家港考察过程中我们深切地感觉到，张家港经济与社会的迅速发展，是同这里的各级党政领导强有力的组织、协调和推动分不开的，甚至可以说正是这种组织、协调和推动卓有成效的结果。在由过分集中的计划经济体制向社会主义市场经济体制转换的过程中，过去那种政府对企业无所不管、直接介入的推动方式必须抛弃，政府职能必须转变，但同时也要采取符合社会主义市场经济发展规律的正确方针和措施，以保证实现国家对整个经济生活的有效宏观调控，以及对各类企业特别是公有制企业的政策引导和依法监管。这一点不应动摇，问题只在于做什么和怎么做。张家港的实践，在这方面也为人们提供了可资借鉴的有益经验。

第一，正确认识和处理政企关系，发挥政府与企业两个方面的积极性，使二者之间形成共同搞好改革与发展的强大合力。张家港人认为，政企分开就是政企职责分开，决非政不管企，企不听政，而是政企各司其职，各负其责，责权分明，使企业真正做到自主经营，自负盈亏，自我发展，自我约束。实行政企职责分开，矛盾的主要方面在政府。在发展社会主义市场经济的条件下，企业是市场竞争的主体，政府决不可再像过去那样越俎代庖，必须把企业应有的自主权不折不扣地落实到企业。从政府应该和能够做好的事情来说，张家港主要抓了这样几件事。一是管好企业领导班子，主要是一把手，逐步形成优秀人才能够脱颖而出的用人制度，对企业领导者既要有激励机制，也要有监督机制。缺乏监督的权力必然导致腐败，政府机关如此，公有企业同样如此。二是在决不具体干预企业内部经营管理业务的条件下，指导企业根据宏观形势、国家政策、市场状况和自身条件，制定正确有效的经营战略，不断提高经济利益、管理水平和企业素质。三是在坚持企业作为投资主体的条件下，帮助它们进行重大投资和建设重要工程时把好关，从多方面充分论证，减少乃至避免决策失误；一旦作出决策，市里还从多方面帮助建设，集中力量搞会战，提高工程质量，加快工程进度，保证尽快投产，提前取得效益。四是依法对企业进行严格审计，加强监管，确保国家和集体资产的保值增值，同时坚决保护企业的合法权益。

第二，不遗余力地维护公有经济的主体地位和积极支持它们的健康发展。张家港的党政领导认为，公有经济的不断发展是社会主义制度赖以存在和巩固的基础。只有从整体上搞活搞好公有经济，党和政府才能在广大干部群众中享有威信和保持强大的凝聚力。他们对搞活搞好公有经济具有强烈的责任感和坚定的信心。他们对坚持公有制的主体地位决不只是停留在会议上、讲话上和文件上，而是采取了各种实实在在的有效措施，坚决制止任何损害公有经济的现象和行为。他们对那种名为集体、实为私有的所谓“戴红帽子”的做法，不是像有些地方那样采取宽容的态度，而是采取“发现一个，清理一个”的坚定方针，因为他们认为不这样做就会败坏公有经济的声誉，涣散人心，影响它的健康发展。他们针对某些乡镇集体企业出现的主要负责人和经营管理人员的“家族化”现象，及时制定了亲属回避制度。他们明确规定公有企业的经营管理人员不能随便“跳槽”，其亲属不能从事同一行业的个体经营或办私营企业。在张家港，合法的个体经营和私营企业都会得到应有的保护和鼓励，但同时他们要求在公有企业工作的职工特别是主要负责人一定要全心全意，不能三心二意，不能“身在曹营心在汉”，更不能利用工作之便为自己或亲友谋取私利。他们认为，公有企业的厂长、经理要把工作做好，全心全意尚且不容易，更何况三心二意呢？因此，在张家港对公有经济负责人的政治和业务素质的要求是比较严格的。

第三，积极促进公有企业实行联合、兼并和资产合理重组，推进经济增长方式逐步向集约化经营的方向发展，逐步实现资源的有效利用与合理配置。解决资源的合理配置问题，当然应该和需要充分发挥市场调节的作用，但如果只依赖这一条而忽视乃至排斥宏观调控和政策引导的作用，其结果就会花费很长的时间和付出巨大的代价，只有把两者很好地结合起来，才能取得事半功倍的效果。比如，过去张家港有七家工厂生产或装配汽车，都是小而全，效益比较低，去年在市里的推动下，打破所有制和隶属关系的界限，以资产为纽带组成集团公司，形成专业化分工，很快就使整体生产能力提高20%，劳动生产率提高18%。张家港为使几家集团企业迅速形成规模，降低成本，打出名牌，市政府曾集中一批资金用于引进先进设备，帮助企业建成比较大的企业时，企业的领导同志都一再表示，如果没有政府强有力的支持，他们企业的规模优势和效益决不可能发挥得像现在这么快。

第四，充分调动各方面的积极性，动员和组织社会力量，加快基础设施和其他社会公用设施的建设步伐。邓小平同志指出的社会主义社会能够集中力量办大事的优越性能否从这个方面体现出来，关键在于决策必须符合实际，最重要的问题是防止按长官意志行事，不能个人说了算，以减少盲目性和决策失误，否则不仅办不成大事，反而会造成大量人力、财力、物力的浪费。张家港市近几年在经济社会发展、重要基础设施和其他社会公用设施建设中基本上没有发生什么大的失误，许多建设工程都能保质保量地提前建成，主要是由于形成了一个比较科学的决策机制，每项重要工程都请专家进行科学论证，并经过集体讨论研究决定。

第五，大力支持农业发展。经济比较发达地区的农业一般有两种情况。一种是，粮食等主要农产品稳定增长，农业经济不断得到新的发展；另一种是，粮食滑坡，农业萎缩。这里的关键取决于地方政府对农业是否真正重视，措施是否过硬，投入是否到位。张家港市委、市政府强调，不重视农业的领导是不合格的领导，以牺牲农业为代价发展经济是不懂经济规律的表现。他们这里从市到镇到村，涉及农业发展的重大问题都由一把手亲自抓，日常工作均有专人负责，并建立有严格的考核、奖惩制度。他们在考虑国民收入分配、制定经济发展计划和确定当年投资总规模的时候，都优先保证农业的发展需要，宁可少上几个工业项目，也决不挤占、挪用农业投入。确定下来向农业投入的资金，都能确保按期足额到位。他们还动员社会各方面的力量，建立了农业合作发展基金和蔬菜开发基金，使农业建设有了一个比较稳定的资金来源。

五

人们来到张家港，到处可见被称作“张家港精神”的大幅标语：团结拼搏、负重奋进、自加压力、敢于争先。去年江泽民同志到这里视察时，亲笔题写了这16个大字，表示肯定和赞誉。现在许多地方、部门和企业都提有大体类似的要求，问题在于是否真正做到了使精神力量变为巨大的物质力量。在这里，张家港精神的确成了激发广大干部群众巨大创造力的旗帜，使之产生了张家港速度，创造了张家港效益，塑造了张家港形象，铸就了张家港今日的辉煌。许多外地来这里考察过的同志往往充满感情地评论说，“张家港全市上下充满朝气，充满活力，充满干劲，广大干部群众都具有争先意识，都在自己的岗位上艰苦创业，此情此景是这里最美的风景线”。张家港的实践表明，在发展社会主义市场经济的条件下，完全应该和能够做到把物质文明建设和精神文明建设作为统一的奋斗目标，促进经济与社会协调发展和全面进步，显示出有中国特色社会主义的优越性。

在张家港，一些地方没有做到甚至没有想过要做的事情，这里却实实在在地做到了。在这里，刑事发案率比较低，社会治安状况比较好；在这里，基本上不存在卖淫嫖娼、“黄毒”泛滥、聚众赌博等丑恶现象，偏僻农村也很少有封建迷信活动；在这里，交通井然有序，城市整齐清洁，只有刻意寻找才会在个别街道角落发现被丢弃的废物或烟蒂。诸如此类的事实，不少报刊作过报道，这里就不去多说了。我们想着重探寻的是精神文明建设在这里同样取得显著成果的主要原因。

张家港的实践告诉我们，要把精神文明建设搞上去，首先必须解决好思想认识问题，坚决从一度出现的“代价论”、“先后论”和“自发论”的认识误区中摆脱出来。所谓“代价论”，就是认为既然要充分发展市场经济，精神文明的滑坡就是不可避免地必然要付出的代价；所谓“先后论”，就是认为既然首先要集中力量把经济建设搞上去，只能等经济上去之后再腾出手来抓精神文明建设；所谓“自发论”，就是认为只要把经济搞上去了，精神文明自然而然也就会上去了。张家港人没有误入这类歧途。他们通过对邓小平理论的学习，理解其精神实质，并且用富有自己实践体会的有特色的语言，道出了精神文明与物质文明之间深刻的内在联系。他们说：“就经济抓经济，是不懂经济的表现”；“经济和社会的发展，都离不开精神文明为它们提供强大动力、智力支持和思想保证”；“没有一定的物质文明作基础，精神文明建设只能是空中楼阁，但如果精神文明搞不好，即使物质文明取得一定成果，也迟早会‘塌方’”；“物质文明建设是填‘口袋’，精神文明建设是装‘脑袋’，一手硬一手软，只能是鼓了口袋空了脑袋”。他们正是根据这些从实践中得出的深刻认识，坚定不移地执行“两手抓，两手都要硬”的方针，创造了“一把手抓两手”、“两个成果一齐要”的经验，在实现两个方明“一体化”发展方面为人们提供了重要启示。

张家港的实践还告诉我们，经济基础决定包括意识形态在内的上层建筑，只有坚持公有制经济为主体，才能为确立集体主义、社会主义的价值取向提供基础。反过来也才为这种价值观对经济基础发挥保护和支持作用提出自觉的迫切要求。公有经济是张家港经济的主要支柱，与这种经济天然相联系的是要求为集体事业做出积极奉献的精神，这是建设社会主义精神文明的基础条件和先天优势。在发展市场经济的条件下，这种价值观念和取向也是需要不断培植和强化的，是要排除各种诱惑和干扰的。它有时是很不容易的，但又是经过坚持不懈的努力可以做到的。张家港常年不断地对广大群众首先是各级干部进行“致力于集体，奉献在岗位”的主题教育，终于取得了精神文明之花盛开的好效果。我们访问过的一些乡镇集体企业的农民企业家曾对我们说，“现在国家政策放得很宽，我们这些人搞经济是好手，办个体、私营经济可能自己更能赚大钱，但走集体富裕这条路天地更宽，更能造福于广大乡亲，更能体现自己的人生价值！”听了这样的话，不有不使我们油然产生钦敬之情，并从中受到很大的鼓舞。

张家港人从实践中还深刻地体会到，物质变精神，精神变物质，精神对物质具有能动的反作用，这个辩证唯物主义的原理一旦为广大干部群众所掌握，就会变成改造客观世界的巨大物质力量。张家港正是由于不断运用这样的道理深入地宣传群众和组织群众，提高人们的政治觉悟和思想道德素质，使广大人民处于一种团结拼搏、敢于争先的精神状态之下，变“要我发展”为“我要发展”，从而为物质文明建设和社会全面进步提供了精神动力，这才使张家港在短短几年内创造出经济和社会发展的奇迹。他们还大力加强教育、科学、文化、卫生和体育事业的建设，提高人们的科学文化素质，在全社会树立尊师重教的良好风尚。现在张家港的教师不仅不再“跳槽”，已改做其他工作的还纷纷要求重新回到原来的岗位。从张家港出去上大学的，毕业后都急着回来做贡献。他们不拘一格地吸引人才，建立了各种奖励出人才、出成果的机制，为物质文明建设提供强有力的智力支持。正如张家港市委所总结的那样，“我市精神文明建设坚持以人为本，着眼于解放人的思想，更新人的观念，振奋人的精神，提高人的素质，凝聚人的智慧，从而加快解放和发展生产力”。张家港人如今已认识到，精神文明也是一种间接的生产力，精神文明也能出效益，这是他们对精神变物质的一种实践总结。张家港的创业精神正培育着一代有理想、有道德、有文化、有纪律的社会主义新人，他们将在物质变精神、精神变物质的伟大实践中发挥重要作用。

精神文明重在建设，贵在落实。怎么建设、怎么落实？张家港要求这种建设和落实要形成全方位、多层次、系列化的格局，走上制度化、法制化轨道，切实做到一靠教育、二靠管理、三靠制度。我们手里有一本《张家港市精神文明建设活动资料汇编》，它完全是张家港人自己实践经验的总结，很有特色，在全国并不多见。《汇编》集中了张家港近年来进行精神文明建设的全部规章制度和实施细则，其特点是从实际出发把全部活动分为“普及型”与“提高型”，对党员干部和一般群众应该具有的个人品德、社会公德、职业道德和家庭伦理等方面，都分别提出了不同的要求，并且经常分层次开展评比活动，制定有标准明确的奖优罚劣制度和方法。他们提出和实施了精神文明建设的“五大工程”，这就是以领导机关为重点的“龙头工程”，以基层单位为重点的“基础工程”，以窗口行业为重点的“窗口工程”，以创造高标准先进典型为重点的“示范工程”，以及涵盖家庭、职工、学生和市民的“细胞工程”。他们通过树立典型和样板，引导着群众性精神文明活动的方向，贯穿其中的一个显著特点是“热情教育、严格管理”，要求真正做到家喻户晓，令行禁止。在常年开展活动之外，他们还适时开展大型全民宣传教育活动，如“全市文明市民教育”、“全市法制宣传教育”，等等。今年开展的法制教育已经是第二轮，比以前更深入了一步。通过艰苦细致的工作，张家港人初步完成由农民向市民、由市民向文明市民的过渡，也促使张家港市建设成为初步现代化的新兴城市。

张家港的经验证明，一方面抓住机遇加快解放和发展生产力，另一方面抓紧建设健康向上的精神文明，就一定能够增强社会主义的吸引力和凝聚力，使人们更加坚定社会主义的理想和信念。在建设有中国特色社会主义理论的指引下，我们完全能够建设起一个富强、民主、文明的社会主义现代化国家。

六

同两个文明建设尤其是精神文明建设紧密相联系的，还有一个非常重要而又往往被有些人们所忽视的问题，这就是在改革开放的新的历史时期和各项工作中如何对待党的优良传统的问题。

我们党在领导全国人民进行革命和建设的长期实践中，一贯坚持全心全意为人民服务的宗旨，一贯坚持深入细致的思想政治工作并充分发挥其优势，一贯坚持理论联系实际、密切联系群众、批评与自我批评三大作风，创造和形成了一系列永葆旺盛生命力的优良传统。这是全党和全国人民最为宝贵的精神财富。但一段时间以来，也确实有人把这些优良传统斥之为过时的、保守的“正统”观念，在思想上和行动中采取排斥或丢弃的错误态度。张家港人用自己的实践证明，在改革开放和发展社会主义市场经济的条件下，党的优良传统不仅没有过时，而且完全应该和能够结合新时期的新情况加以继承和发展，使之在实践中发挥更为重要的作用。

一是在新的历史时期，继续坚持全心全意为人民服务的宗旨，仍然是凝聚全体人民共创现代化大业的法宝。全心全意为人民服务，是我们党密切联系群众和克服一切困难的力量源泉。这个曾使我们党战无不胜的法宝现在也被一些人忽视了或淡忘了，甚至被认为是所谓不符合社会主义初级阶段国情的过高要求。张家港人针对这种错误观点鲜明地提出，对于共产党员来说，全心全意为人民服务不是什么过高的要求，而是必须努力做到的基本义务。共产党人必须要有社会主义、共产主义的理想和信念，要有无私奉献和吃苦在前、享受在后的思想道德，要有大公无私、助人为乐的高尚品格。张家港有许多党员干部是全心全意为人民服务的模范。他们“不求什么官，不图什么级，只求有生之年为老百姓多办点实事”。他们当中有不少人每天工作十几个小时，从来没有节假日、星期天，收入不高，付出却是巨大的；他们无暇顾及自己的身体和家庭，超负荷工作，有些人累倒在工作岗位上；有的干部为了不耽误工作，把必需进医院做手术的时间选在除夕之夜，春节假期一过立刻又去上班；不少干部严格要求自己，对工作要求很高，对待遇却知足常乐。人们感到他们太累、太辛苦了，他们却感到现在一般城市人的生活太正常，节奏太慢了。他们说，世界上新兴工业化国家都是像我们这样干过来的。对这样的干部老百姓心服口服，也愿意听招呼。他们说，“张家港许多干部实实在在为老百姓办事，咱老百姓也得给干部争光”。干部们则认为，老百姓的夸奖、老百姓对工作的支持，就是对自己最大的酬劳。这样一种氛围，产生了巨大的吸引力和凝聚力，大家团结一心，共同把张家港的事情办好。

二是在新的历史时期，进一步发挥加强思想政治工作的政治优势，仍然是保证各项工作顺利推进的有力武器。思想政治工作，既是精神文明建设的重要内容，又是物质文明建设和精神文明建设的有力保证。新时期一开始，邓小平同志就告诫全党：“我们一定要把思想政治工作放在非常重要的地位，切实认真做好，不能放松。这项工作，各级党委要做，各级领导干部要做，每个党员都要做。”后来他又指出，“全党要研究如何适应新的条件，加强党的思想工作，防止埋头经济工作、忽视思想工作的倾向”。这些话大家可能都学习过，可又有多少地方像张家港那样认真地去做呢？他们不是在口头上而在是行动上，真正地把思想政治工作渗透到经济工作中去，深入细致地做好这方面的工作。各级党员干部更是责无旁贷。市委、市政府每一项重大决策出台前后，甚至每一个具体的维护市容环境的措施公布前后，都伴随着大量艰苦细致的思想工作。“热情教育在先”是他们工作的一条准则。而政令一出，一呼百应，令行禁止，每战必胜。张家港近年来没有过什么重大的决策失误，也没有过实现不了的预定目标，这是很了不起的事情。

三是在新的历史时期，继承和发扬党的三大作风，仍然是实现科学与民主决策，促进现代化事业健康发展的重要保证。理论联系实际、密切联系群众、批评与自我批评，是党的优良传统的重要组成部分。随着这三大作风在一些地方、部门和单位被严重削弱，甚至出现某些背道而驰的现象，老百姓对此曾讽刺为所谓的“理论联系实惠、表扬与自我表扬、密切联系领导”。张家港人认真对待这种群众反映，深刻地引以为戒，一直坚持在改革开放和现代化建设中踏踏实实地运用党的三大作风。

在理论联系实际方面，张家港人是有创造性的，张家港从市到镇到村，各级干部的定期学习制度雷打不动。从市委书记、市长到基层干部，任何人因事因病缺席都必须事先请假，无故迟到或缺席都要受到严肃的批评。他们的学习是和实际工作紧密相联系的。他们把邓小平同志建设有中国特色社会主义的理论与张家港的实际结合起来，成功地实践着这一理论，证明有中国特色的社会主义道路不但行得通，而且具有强大生命力。他们把国家“九五”计划和2010年远景目标规划具体地分解和落实到张家港的一村一镇，订出了目标明确、切实可行的实施规划。他们把江泽民同志提出的64字创业精神，凝聚成与本地实际相结合的张家港精神，等等。他们确实是坚持一切从实际出发，实事求是，不跟风，不盲从，以科学理论指导创业实践，不断提高思想水平和科学决策水平。

在密切联系群众方面，张家港许多党员干部受到群众的交口称赞。从市委一班人开始，他们提倡不要把职位当作“官”，要做小平同志提出的“领导就是服务”的忠实实践者。他们牢固树立群众观点，摆正自己与群众的位置，处理好与群众的关系，一心一意做人民的公仆。他们“为事业，敢于争先，不留后路；干工作，勇于拼搏，不讲困难；用干部，任人惟贤，不搞亲疏；论是非，旗帜鲜明，不计恩怨；对民情，时刻挂心，决不怠慢”。这构成了他们取信于民、密切联系群众的基础。张家港的干部大都是从基层来的，上来后又保持本色经常回到基层去，回到老百姓中间了解他们的愿望和要求，保持同群众的密切联系。在张家港，群众想什么，领导都知道；领导想什么，老百姓也清楚。密切联系群众，成为张家港党员干部带领群众创大业的重要基础。

在批评与自我批评方面，张家港也很有特色。他们从1992年起，每年两次在市直机关中开展“思想作风建设周活动”。通过领导谈话、召开座谈会、听取基层反映等方式，找出机关存在的突出问题，在机关干部大会上公开亮相。好的单位上台介绍经验，成绩平平的单位上台对照自找差距，差的单位由一把手上台作检查、挖根源、下保证。此举一出，机关上下震动强烈，机关工作作风有了很大改变。张家港党员干部的民主生活会不走过场，认真开展批评与自我批评，有话摆在桌面上，促进大家以诚相待、知错即改和团结互助。从市委一班人开始就是这样做的，带动了批评与自我批评良好风气的形成。党员负责干部带头公开作自我批评，不仅没有损害形象，反而取得了大家的谅解和好评。张家港许多干部能认真地开展批评与自我批评，自觉置于党组织与群众的监督之下，对于端正党风和社会风气，形成新型的人际关系和良好的社会环境发挥了重要作用。

七

毛泽东同志说过，“政治路线确定之后，干部就是决定的因素”。在改革和发展中，张家港很重视干部队伍的建设，培养和造就适应新形势新任务的高素质的骨干队伍。在干部问题上，张家港提出和坚持了“弘扬创业者、保护改革者、鞭挞空谈者、惩治腐败者、大胆启用开拓者”的用人原则，并着重抓住了以下的主要环节。

第一，搞好领导班子建设，选准选好“一把手”。这在张家港被称作“一把手工程”。这里的大多数干部有威信，工作起来一个声音喊到底，首先是领导班子自身过得硬，领导班子一条心。市委认为，领导班子内部有不同意不要紧，关键是要把问题摆到桌面上来，讲党性，讲大局，讲原则，提倡互相尊重、互相支持，互相谅解，用民主集中制、批评与自我批评的办法解决矛盾。班子强不强，关键看班长。张家港重视在各行各业、各个层面上选拔和培养过硬的一把手，选准一把手，配强一把手，在实践中锻炼和考察一把手。市委、市政府主要负责同志务实奋进，廉洁自律，敢抓敢干，为全市干部做出了表率。正是依靠这些从上至下、各个方面都比较强的一把手，带出一支坚持团结、具有强烈事业心、责任感的干部队伍。

第二，建立能者上、平者让、庸者下的竞争和激励机制。杨舍镇一位30多岁的村支部书记，懂经济，有干劲，村办企业搞得好。市委果断提拔他到一个经济相对落后的镇任农工商公司总经理，三个月后任命为镇党委书记。他带头苦干，内引外联，镇经济很快出现了新的起色。像这样敢于起用能人，依靠群众发展壮大一块集体经济，富裕一方百姓的事例，在张家港是比较多的。近几年来，张家港先后提拔副局、副镇以上干部500多名，调整使用1100多人次，降职、免职的60多名。干得不好下，干好了就上。有一位镇党委书记，因这个镇一度经济发展迟缓被降职使用，在新的岗位上干得出色，后来又提拔为市里的局长。这样的机制增强了干部的责任心和危机感，不敢懈怠，力求争先，鞭策着他们改革创新，努力工作，刻苦学习，不断创造新业绩。

第三，加强对干部的制约监督，旗帜鲜明反腐败。塘桥镇有位集体企业的厂长经常赌博，赌资较大，被公安部门收审。有人认为他是个年创税利超千万元的较大企业的厂长，工作中做出过较大贡献，处理他会影响本企业和其他企业的发展。市委在收到数十封求情信的情况下明确表态：“发展经济需要各种能人，但不能容忍腐败者当道。”政法部门依法处理了这位厂长，在全市震动很大。有个副镇级干部在外地嫖娼，被发现后按规定开除党籍，撤销行政职务，通报到全市每个党支部。镇党委书记负有领导责任，在千人干部大会上作了检查。有个局长因干部调动连续吃请，违反了廉政规定，在全市干部大会上作检查，在本系统检查了5次，全市通报。市委反腐败顶真碰硬，节奏快，力度大，对干部的廉政监督到位，促使大多数干部自觉防腐拒变，保持清正廉洁。

第四，加强党的组织建设，充分发挥共产党员的先锋模范作用。市委组织部的同志认为，不抓公有经济的发展，党的建设和精神文明建设就没有基础；只抓经济发展不抓党的建设和精神文明建设，经济迟早要垮台。去年全市共发展新党员1448名，其中35岁以下的青年占68.4%，妇女占26%，有高中以上文化程度的达到70%以上，在生产建设一线的占82%。鹿苑镇巨桥村在70多名党员中开展“当初入党为什么？现在为党干什么？今后为党留什么？”的讨论，增强了党组织的凝聚力和战斗力。近几年来，市委先后树立了400多位弘扬张家港精神的标兵模范，重点宣传了其中的50多位。在张家港，正是依靠这样一批献身于社会主义集体事业的党员和党员干部，团结和带领广大群众，积极投身到建设有中国特色社会主义的伟大事业中来。

张家港和许多地方的实践表明，建设有中国特色社会主义事业的顺利发展，跨世纪宏伟目标的顺利实现，在很大程度上取决于能否形成一种使社会主义事业后继有人、人才辈出的机制，取决于能否造就一支与改革开放和现代化建设相适应的高素质的干部队伍。这是经济体制改革的迫切要求，政治体制改革的重要课题，也是摆在全党面前一项刻不容缓的重大任务。

八

邓小平同志1992年在视察南方的重要谈话中指出，“社会主义的本质，是解放生产力，发展生产力，消灭剥削，消除两极分化，最终达到共同富裕”。他还指出，“广东二十年赶上亚洲‘四小龙’，不仅经济要上去，社会秩序、社会风气也要搞好，两个文明建设都要超过他们，这才是有中国特色的社会主义”。张家港正在成功地实践着小平同志这些科学论断。他们在坚持抓住机遇加快发展经济方面，在坚持公有制、按劳分配为主体和逐步实现共同富裕方面，在坚持物质文明与精神文明建设一齐抓和促进社会全面进步方面，在坚持政企职责分开和正确履行政府职能方面，以及在加强党组织的建设和培养高素质的干部队伍等方面，都正在和继续做着有系统的、富有创造性的工作。他们的实践经验还有待于进一步总结，各地对他们的具体做法当然也不可照抄照搬。他们的工作远非十全十美，工作中还有这样那样的不足或缺点，前进中还有不少的困难和问题。我们衷心希望张家港人在成绩面前保持清醒的头脑，在赞扬声中更加谦虚谨慎，戒骄戒躁，在建设有中国特色社会主义的道路上永葆青春。

从吴江看苏南经济发展的若干问题

（1996年6月）

苏南是我国重要的经济发达地区。新中国成立以来，尤其是改革开放以来，苏南经济迅猛发展，取得了巨大成就，为国家做出了重要贡献。苏南加快经济发展的经验，以公有制经济为主体的“苏南模式”，对推动我国整个经济的发展起到了重要作用。吴江的经济发展居于苏南的中上水平，在苏南具有一定的代表性。1996年5月，我再次来到这里做了一段时间的调查，着重研究了苏南地区经济和社会发展中遇到的一些新问题。这些问题，可能对于我国整个东南沿海经济发达地区都有一定的借鉴意义。

一、关于“苏南模式”的改革取向问题

所谓苏南模式，是指在坚持公有制经济为主体的前提下，主要依靠乡镇集体企业加快经济发展的一种方式。70年代以来，尤其是党的十一届三中全会以来，依靠“苏南模式”，苏南经济持续快速发展，取得的成就令世人瞩目。以吴江为例，1979—1995年，国内生产总值从4.21亿元增加到132亿元，增长30倍，平均每年增长24%，远远高于同期全国平均水平。包括吴江在内的苏南地区，成为全国经济发展速度最快的地区之一。在经济发展的基础上，苏南的社会发展和精神文明建设也蒸蒸日上。实践证明，“苏南模式”为苏南的经济发展和社会进步做出了历史性贡献，为全国提供了搞好公有制经济的成功范例。对“苏

南模式”的历史性成就，即使对公有制经济怀有某些偏见的人也都难以否认。

但是，“苏南模式”在发展过程中也存在着一些问题，如经济总量迅速扩大，经济效益没有相应增长；工业持续增长，农业发展相对滞后；工业化进程加快，环境污染严重等。乡镇集体企业的发展也面临着新的挑战，如部分企业规模相对较小，企业管理相对落后，原有优惠政策已不起什么作用，原有劳动力成本低的优势已逐步消失，有些企业经济效益滑坡。面对这些问题，有些人忧心忡忡，有些人甚至提出“苏南模式”到底还能坚持多久的疑问。

通过在吴江的调查，我们深切感到，苏南地区经济发展还有潜力，“苏南模式”还有生命力。但在新的历史条件下，“苏南模式”要再创辉煌，经济要进一步发展壮大，必须坚持深化改革。

对于如何改革，有两种思路。有人认为，“苏南模式”已经过时，集体所有的乡镇企业已染上了国有企业的弊病，优势已经丧失，潜力已经挖尽，只有改变所有制，才能走出困境，进一步得到发展。

另一种意见认为，苏南乡镇集体企业在发展中确实存在一些问题，需要对不适应社会主义市场经济的运行机制进行改革。公有制经济的具体实现形式可以因地制宜，多种多样，但无论如何坚持公有制为主体这一条不能改变。我是赞成后一种意见的。

吴江市和乡镇两级负责同志以及基层许多党员干部，曾向我从多方面谈到他们坚持后一种改革意见的理由，概括起来主要的是：以公有制为主体，以按劳分配为主体，是建设有中国特色社会主义不可动摇的根本原则。改革的目的是要在总体上搞活搞好、发展壮大包括国有经济、集体经济在内的公有制经济，坚持公有制的主体地位，而不是相反。个体、私营、外资等非公有的多种经济成分，是我国社会主义初级阶段经济的必要的有益的组成部分，应当积极鼓励它们发展，但决不能动摇公有经济的主体地位。包括吴江在内的苏南地区，只能因势利导，促进公有制经济不断发展壮大，而绝对不能让它们垮下来，否则整个经济就会出现大的滑坡，社会就会出现大的动荡。坚持公有制为主体决不仅仅是由共产党人的政治理念所决定的，而且是促进经济持续快速健康发展的需要。吴江人还从自身的实践中总结出了以公有制为主体的“苏南模式”的六大优越性。一是有利于解放和发展生产力，加快经济发展；二是有利于增强党政组织的号召力和凝聚力，保持政令畅通，上下形成合力；三是有利于增强抗御各种自然灾害的能力；四是有利于集中必要的财力、物力推进各项社会事业的全面发展；五是有利于培育一支忠诚于社会主义事业、战斗力强的干部队伍；六是有利于贯彻按劳分配原则，调动广大人民群众的积极性，防止两极分化和最终实现共同富裕。

实行股份制特别是以劳动者劳动联合和资本联合为特征的股份合作制，是乡镇集体企业深化改革中可供选择的企业组织形式。对股份制和股份合作制，既不能简单化地等同于公有制，也不能简单化地等同于私有化，关键在于股权控制在谁手里。除极少数确有必要者可作为例外，一般应坚持由集体或职工大多数人控股，而不能搞成由少数经营者控股，后者就不是公有性质的企业而变成少数人合伙经营性质的私营企业了。实行股份制或股份合作制改造也不能刮风，不能一哄而上，不能用行政手段下命令、定指标、硬性推进，应充分听取广大职工的意见，尊重他们的选择。决不能有“一股就灵”的简单化想法，而要把实行股份制或股份合作制改造，同转换企业经营机制，提高企业管理水平，加强企业技术改造，以及加强企业领导班子建设等配套进行，并且要强调和实行规范运作。

二、关于加快培养企业家队伍的问题

在苏南经济的蓬勃发展中，一大批善于经营的乡镇企业家起到了至关重要的作用。像吴江几个规模比较大的乡镇集体企业，如永鼎电缆集团、吴江除尘设备厂等，都是由一两位或几位比较优秀的企业家，在地方党政领导的支持下，带领全体职工经过几年、十几年的艰苦创业发展起来的。今后苏南要进一步发展壮大公有制经济，必须有一支数量更多，素质更高，既忠诚于社会主义事业，又懂得市场经济和现代化经营管理的宏大的企业家队伍。

从苏南现有的情况看，与上述要求还有相当的距离，培养造就更多的企业家已成为苏南地区的当务之急。目前作为苏南经济主体的乡镇集体企业经过起步阶段、发展壮大阶段和更新改造阶段，现在已进入新的腾飞阶段。许多企业规模越来越大，经营范围和领域越来越广，有的已成为跨区域、跨行业的全国性集团。原有的一些乡镇企业家由于年龄偏大，文化水平和科技素质偏低，很难适应新的形势需要。针对这种情况，一方面要通过各种方式，提高现有乡镇企业家的科学、文化、经营管理等方面的素质，使其适应新的形势；另一方面要加快培养、选拔新生力量。在选拔、培养企业家时，既要注重从本地选择，也要注意打破地域观念，从外地引进优秀人才。

企业家的成长离不开市场，要在市场竞争中涌现，但这同各级政府有计划有步骤地加强培养和选择工作并不矛盾。从苏南的实际情况看，现有的一大批优秀企业家，大都是由政府培养选拔，并在激烈的市场竞争实践中成长起来的。吴江市委、市政府充分认识到企业家的重要作用，重视企业家队伍的建设，把企业家的培养、选拔列入市、镇两级党委、政府的重要议程和经常性工作，常抓不懈。市委、市政府领导和有关部门都建立了同企业家的联系制度，通过多种形式与企业家保持经常联系，了解他们的思想工作情况，适时帮助他们解决工作中遇到的困难，并引入竞争机制，择优汰劣，不拘一格选人才，使后起之秀不断脱颖而出。

培养和选拔企业家要遵循企业家的成长规律，创造有利于企业家成长的社会环境，并为他们提供必要的条件。首先要有激励机制。一位有成就的企业家要把企业从小到大地建设起来，发展壮大起来，必须付出艰辛的创造性劳动，是很不容易的。作为政府和全社会，应当承认和尊重他们的劳动，给予同他们的创造性劳动相适应的报酬和应有的社会地位。吴江按照“论绩行赏”的原则，从本地的实际情况出发，制定了一些在当地行之有效的政策。比如，一是年终分配与企业经济效益挂钩，企业领导的报酬严格按责任制合同兑现，不搞平衡和临时动议；二是全市每年划出一定的农村户口转为城市户口的指标，用于奖励有突出成就的镇、乡企业负责人；三是对经济效益突出、工作实绩显著及具有领导才能的非国家干部身份的厂长、经理，根据他们的意愿，优先录用为国家干部；四是把一些知名度较高、参政议政能力较强的企业家优先推荐担任各级党代会代表、人大代表以及在人大、政协中兼任相应的职务。另外，吴江还运用多种形式宣传企业家的先进事迹，弘扬企业家的创业精神，在全市企业干部队伍中形成了一种不甘落后、勇争一流的竞争态势。

对企业家也要有监督制约机制。没有制约的权力必然导致腐败，会毁掉一大批干部，党政机关如此，包括国有企业、集体企业在内的公有制企业也是如此。在苏南已经出现一些有才干的企业家因以权谋私而受到法律惩处的事例。针对这种情况，吴江市强调，一要完善生产经营责任制，防止和克服生产经营中的短期行为，确保集体资产增值。二要建立企业审计制度。特别是对结算利润500万元以上或镇级前三名的骨干企业，每年都要由市委农工部和农村审计事务所组织力量进行审计，并将审计情况同企业分配和企业领导报酬结合起来，未经审计的不得进行分配。三要制定各项廉政建设制度，并严格执行。

作为经营社会主义公有制企业的企业家，既要懂得和掌握组织社会化大生产的规律，懂得和掌握市场经济的知识和运营，同时要自觉地为巩固和发展社会主义基本制度而努力奋斗，因此，对他们在政治素质方面还应该提出比较高的要求。

第一，要有坚定的社会主义立场。作为乡镇集体企业的负责人，大多数是共产党员，应当认清自己担负着发展壮大公有制经济，巩固发展社会主义基本制度的重任，应当牢固树立社会主义的坚定立场。

第二，要有奉献精神。企业家要正确认识自己的地位和作用，即使自己的工作取得了很大的成绩，也不可居功自傲，把企业的所有成就都归功于自己。在一些地方、一些企业中，尤其是一些规模比较大的乡镇集体企业，有些主要负责人往往认为企业是个人从小到大搞起来的，在对自己的报酬方面，甚至在对企业的资产方面，提出了不切实际的要求。对这些同志要教育，提高他们的觉悟，要使他们认识到自己是企业的经营者，在资产属于公有的企业中，在个人收入方面不能强调要向个体、私营企业的老板看齐。身为共产党员的经营公有制企业的企业家，更要按照党员标准严格要求自己，多讲无私奉献。

第三，要全心全意依靠工人阶级。这是作为一个社会主义公有制企业家所必须具备的基本素质，不是可有可无的，过去在这方面强调得不够。公有制企业的职工，不是雇佣劳动者，而是企业的主人，搞社会主义市场经济并没有改变这一点。因此，经营公有制企业的企业家要牢固树立相信和依靠广大职工群众的观念，把全体职工的积极性充分调动起来，组织起来，发挥出来。要充分发挥企业职代会和工会的作用。

三、关于加强农业基础地位的问题

对农业在国民经济中的基础地位问题，从上到下都反复强调，但在一些地区，尤其是在部分经济发达地区，并没有真正得到落实。有的地方工业经济上去了，国内外贸易发展了，但同时出现了粮食产量下降、农业滑坡的局面。有人认为这种现象是经济发展过程中不可避免的。而包括吴江在内的苏南一些地方在经济发展过程中，依靠集体经济的力量，不断强化农业的基础地位，推进农业的现代化进程，农业同时取得了比较快的发展。这些地方的农业已基本实现机械化，科技水平和劳动生产率都居全国前列。实践经验表明，经济发展完全可以做到不牺牲农业，一、二、三产业完全可以协调发展。关键是看领导上对农业是否真正重视，措施是否真正得力。

吴江市委、市政府提出农工贸三业协调的经济发展战略，把农业放在经济发展的首位，农业保持了比较快的增长势头。1979—1996 年，农业年增长速度为 3.8%，高于同期全国平均水平。全市主要农副产品产量保持稳定增长，粮食总产量连续 10 多年基本稳定在 5 亿公斤左右，除去满足本地需要外，每年可以向国家提供 1 亿公斤左右的商品粮。

第一，加强农村工作的制度建设，健全强有力的农业领导体系。吴江市的领导认为，在经济发达地区，由于农业的比较效益远低于二、三产业，完全听凭市场机制发挥作用，农业不可能得到稳定发展，必须依靠党和政府强有力的领导力量进行持续不断的推动。吴江从 80 年代以来就逐步建立健全农村工作制度，强化农业的领导体系，除去像其他一些地方一样在各级都有领导同志分管农业外，还采取了一些行之有效的措施，如市委、市政府领导分片负责制、农村工作分片责任制、农口部门分片包干制和市直机关与农村挂钩责任制，在市、镇、村、组四级做到层层有人抓，事事有人管。这些制度建设改变了过去长期存在的农业工作时松时紧的局面，使农业和农村工作逐步规范化。

第二，建立健全农业投入积累机制，加强农业现代化建设。多年来，吴江市除了市、镇两级财政每年对农业增加投入外，还多渠道筹集农业发展资金。乡镇企业除按规定每人每年上交 120 元建农资金外，每年还必须拿出结算利润的 1%—2% 作为农业发展基金。目前全市筹集的建农基金已累计达 3 亿元。从 1991 年以来，吴江市各个渠道用于农业的投入已达 6.65 亿元，其中用于水利建设的有 3.4 亿元。总起来看，在苏南地区应该进一步加大农业现代化的力度，争取在全国率先实现农业现代化。

第三，建立健全社会化服务体系。农村实行联产承包责任制以来，吴江市根据宜统则统、宜分则分的原则，不断完善农业社会化服务体系，为农民提供优良服务，切实帮助农民解决一家一户办不了或办不好的事情。一是由集体兴办各种农业专业队，对农业生产实行“六统一”的全程服务，即统一计划布局、统一机耕、统一管水、统一植保、统一良种和统一肥药供应。二是做好生产资料供应，有关部门采取让利措施，确保电力、化肥、农药、柴油、饲料、资金、农机和小农具等“八大硬件”的优先供应。三是提供科技服务，目前全市农业先进技术覆盖率达92%，优良品种覆盖率达98%，农业机械化等农业现代化综合指数平均值远高于全国平均水平。

第四，逐步改革农业的经营方式，发展农业适度规模经营。邓小平同志指出，农村有两个飞跃，废除人民公社，实行家庭承包制是一次飞跃，要长期坚持不变。将来还有一个飞跃，是实行适度规模经营，在新的条件下，发展更高水平的集体经济。目前苏南等发达地区非农产业已成为农村经济的主体，农村中的大部分劳动力已转向乡镇企业，农民愿意把自己承包的责任田转移出去。总起来看，在苏南这样的发达地区已基本具备进行农业适度规模经营的条件。吴江市在尊重农民意愿的前提下，因势利导，运用大户承包、兴办集体农场等多种形式，推进农田适度规模经营。目前全市有村办农场14个、厂办农场2个、种粮大户290个。梅堰镇双浜村乡镇企业比较发达，绝大部分劳动力已转向非农产业，大部分农民感到再继续经营责任田有困难，希望村里帮助解决。1992年村委会经过反复研究决定搞集体农场，为了充分发扬民主，举行全村投票，结果是98%的人赞成，2%的人反对。双浜村根据自愿的原则，先把赞成户的责任田集中起来搞村办农场，不愿搞的可以维护现状。结果一年后，那些原先不愿搞的人也加入了村办农场的行列。目前全村993亩粮田全部由村办农场集中种植，取得了比较好的效益。1994年农业年产值超100万元，人均创产值10多万元；纯收入40多万元，平均每人创利润达2.6万元，村办农村职工仅种粮田的年收入达9200元，高于从事村办工业务工人员收入，整个农场收支有余。去年吴江全市责任田规模经营面积约占31.5%，今年年底可达35以上。

第五，加快农业的产业化进程。按产业化来组织农业，使农产品的生产、加工、销售等环节有机地结合起来，提高农副产品的附加价值，以增强农业自身的经济效益和活力，这是全国农业尤其是发达地区农业的发展方向。吴江从当地实际出发，积极按产业化的要求组织农业生产，形成了具有自身特色的“八条龙”的发展格局：茧丝绸服装一条龙；养兔毛纺针织一条龙；畜禽制革革制品一条龙；养鱼冷冻腌制一条龙；禽蛋加工绒制品一条龙；蔺草种植纺织品出口一条龙；蔬菜种植加工销售一条龙；特种水产养殖加工销售一条龙。每条龙都有一批有实力的龙头企业来带动。值得指出的是，目前在吴江、苏南乃至全国各地已出现了一些工商企业进入农业.非农产业资金流入农业的现象，这是值得重视并应当加以鼓励的。如，吴江八都镇华鑫集团现在已形成了年产100万只商品鳖、20万只种鳖的生产能力，在此基础上延伸开发了特种水产饲料、鳖制品系列营养滋补品。形成了产加销一条龙、贸工农一体化的格局。去年实现销售额1.2亿元，利润4062万元，被农业部评为“中国最高利税总额乡镇企业”之一。再如，梅堰玉堂村集农、果、桑、林、渔为一体的生态农业，以及八坼、菀坪、屯村的“一镇一品”的特色型农业等，都是充满生机与活力的新型农业经济。

第六，重视保护耕地。在苏南等经济发达地区，人多地少的矛盾越来越突出，如何保护耕地已成为目前以至今后相当一个时期保持农业持续发展的关键问题。吴江市高度重视耕地保护工作，采取了一系列措施，初步走出了以科学规划为导向节约用地、以基本农田保护区为手段保护耕地、以复垦开发为途径增加耕地三者相结合的保护耕地的路子，努力做到耕地占用与耕地复垦整治相平衡。它们的具体做法是，首先做好规划，把好源头，实行农田保护区、工业小区和村镇规划区合理布局，相对集中。既保证必要的建设用地，也使基本农田保护区能真正得到保护。对于交通、工业用地从严掌握，防止贪大求全，而且尽可能立足于现有非耕地存量的再利用。第二，严格执法。对划定的基本农田保护区，逐级签订保护责任书；对必须占用的建设用地，必须有报批手续，并征收征地费2至3倍的造地补偿费，专款用于农业。第三，大力做好土地复垦开发。自1988年以来，吴江市投入资金3284万元，完成土地开发项目21个，开发土地20873亩，复垦零星闲散土地15365亩，创造了造地超过建设用地的成功经验。1991年，吴江市被国家土地管理局评为“全国土地开发复垦先进县”。

四、关于自觉接受上海经济辐射的问题

在我国经济发展过程上，存在的一个突出问题是，各个地区之间缺乏合理的分工协作，都搞“大而全”、“小而全”，使区域之间产业结构趋同、低水平重复现象日趋严重，造成巨大的浪费。如何根据经济规律，通过区域之间的分工

与协作，在充分发挥各地优势的基础上，促进区域经济协调发展，实现全国范围内生产力的合理布局，是经济发展过程中一个具有战略意义的大问题。解决这一问题，要按照统筹规划、因地制宜、发挥优势、扬长避短、分工合作、协调发展的原则，既需要加强全国经济发展的总体规划与协调，打破行政区的界限，也需要各个地区在国家规划和产业政策指导下，从发挥自身的优势出发，发展具有特色的优势产业，实现地区间的优势互补、合理交换和经济联合。

上海是我国最大的工业基地和经济中心，也是长江三角洲以及整个长江经济带的“龙头”。随着浦东的开放开发，上海作为区域乃至全国经济中心的功能将更加完善。上海要进一步发展，必须按照党的十四届五中全会通过的《中共中央关于制定国民经济和社会发展“九五”计划和2010年远景目标的建议》精神，建设“以上海为龙头的长江三角洲及沿海经济带”这一重大决策，加快形成“一个龙头，三个中心”，大力推进产业结构和各产业内部结构战略性调整的力度，从而优化生产力布局和城市功能，促进产业结构向合理化、高级化和现代化发展。要实现这一目标，上海必须以长江三角洲作为腹地和合作伙伴，需要这一地区的农副产品、原材料和劳动力；而苏南等其他地区也只有以上海为中心，充分借助于上海的人才、技术、市场、资金等方面的优势，才能更好地发挥自身的优势。总之，只有双方互相协作，才能形成合理的区域经济结构，既使双方得益，也在宏观上取得比较好的经济效果。

过去苏南地区的经济尤其是乡镇企业的发展，在很大程度上得益于与上海的协作，依靠上海的人才、技术优势，并在发展过程中与上海形成了比较强的优势互补关系。在新的形势下，苏南以至整个长江三角洲地区与上海的这种经济关系应当在更高的层次上和更广的领域内得到发展。吴江市东与上海相邻，在与上海的协作中，吴江主动当配角，接受上海的经济辐射，把自身的经济发展纳入上海市的整体经济体系中去。双方的合作已从原来侧重于第二产业的合作，向着一、二、三产业全方位合作的方向发展；从原来比较单一的技术合作，转向既有生产环节的、也有生产要素方面的综合合作；从原来以松散型合作为主，转向松散型的、半紧密型的和紧密型的多种形式并存的合作发展方向；从原来以单个企业自发的合作行为为主，转向在政府倡导下众多企业有组织地进行，形成了跨行业、跨部门、跨所有制的具有自身特色的合作形式。目前吴江市23个乡镇与上海的企业、科研部门、大专院校有协作配套的横联关系，有横向联系的企业有120家，其中一些实行横向联合的企业既是吴江市的骨干企业，也是上海的科研、开发基地。上海一大批名牌产品是在吴江生产的。1995年，吴江市23个镇的乡镇企业中与上海实行横向联合的企业，实现产值达29亿元，利税约1.9亿元。

除去继续发展与上海的经济协作外，苏南地区也要注意发展同经济相对落后地区的合作。目前苏南地区的劳动力成本已比较高，一些传统的劳动密集型产业已失去竞争优势，应通过与其他地区多种形式的经济合作，向其他地区转移，以保持经济的整体优势和活力。吴江利康集团是一个生产纱布出口的企业，棉纱的原料基地在苏北，随着吴江当地劳动成本的提高，经济效益不断下降，1994年该集团把医用纱布生产转移到苏北，本地的工厂开发了一些科技含量高、附加价值高的新产品，结果企业的经济效益大幅度提高，当年增加销售额8000多万元。

在区域之间进行经济协作和联合的过程中，既要充分发挥各地的积极性，国家也要加强宏观上的协调和产业政策的引导。

五、关于不断扩大对外开放问题

苏南地区经济之所以能迅速发展壮大，与苏南地区充分发挥区域优势，不断扩大对外开放是分不开的。通过对外开放，苏南地区的乡镇集体企业、国有企业从原来只依靠国内资源和市场，转变为充分利用国内外两种资源、两个市场，企业的技术水平不断提高，规模不断扩大，参与国际竞争的能力不断增强，国有经济、集体经济的实力得到发展壮大，反过来又进一步推动了扩大对外开放的程度和规模。加快对外开放与巩固集体经济之间形成了良性循环。吴江市外贸收购额1984年以来连续12年在江苏保持领先地位，1995年达到150亿元。乡镇集体企业、国有企业的自营出口也有较大的增长，1995年达到2400多万美元。“八五”期间，全市共批准兴建三资企业989家，累计合同外资10多亿美元。吴江利用的外资，95%以上都是由乡镇集体企业或国有企业引进的。1995年，全市进出口总额达5.3亿美元，占国民生产总值的34.5%。

吴江市在对外开放的过程中，坚持以我为主，坚持有利于我国经济的发展和公有制经济主体地位的巩固，真正做到利用外资而不是被外资所利用，牢牢掌握对外开放的主动权，不断提高对外开放的质量和效益。在具体的工作中，他们注意把握以下几点。

第一，有选择地利用外资。吴江在引进外资时，不是来者不拒，而是在要符合当地经济发展规划的前提下有所选择。吴江市制定了利用外资的一些具体规定，对符合国家产业政策、科技含量高、有利于当地产业结构优化的项目积极鼓励；对一些产品档次不高、技术含量低的一般性小型项目适当限制；对环境有污染的项目等则坚决禁止。合资过程中，在一些重点行业的企业保持中方的控股地位。

第二，逐步调整引进外资的策略，不断改善利用外资的质量和提高水平。近年来吴江三资企业的数量增加不多，但引进外资的规模不断扩大，平均每个外资项目投资规模从 1993 年的 323 万美元增加到 1995 年的 543 万美元。目前总投资超过 1000 万美元的项目有 36 个。同时，引进外资的质量也不断提高。从前吴江引进的外资主要集中于轻纺、服装方面，大约占到 70%左右，现在这一比例已降到 15%，而机电等行业则上升到 40%以上，能源、交通等方面也占了比较大的比例。

第三，加强对三资企业的管理。既要促进三资企业不断得到发展，同时也要注意维护中方的合法权益。吴江市一手抓对三资企业的服务，一手抓加强对三资企业的宏观管理，收到了良好的成效。1995 年，吴江有 12 家三资企业被对外经贸部评为优秀企业。

六、关于小城镇建设问题

随着经济的发展，城市化水平将逐步提高，将会有越来越多的农村人口迁移到城市。由于各个国家国情不同，城市化的道路也各有侧重，有的国家侧重于发展大城市，有的则以中小城市为主。从我国人口众多的基本国情出发，我国城市化的道路恐怕要大、中、小城市和小城镇同时并举，使分散居住的农村人口适当集中，以提高居民素质和生活质量。

对苏南地区来讲，加快小城镇建设具有紧迫性。由于种种历史原因，苏南地区农民居住一直比较分散，不仅占用了大量耕地，也给水、电、路等基础设施的改善带来了很大困难。现在苏南一些地方农民的住房越盖越好，投资越来越大，而分散的问题还没有太大的改变。因此，如果不从现在起加强小城镇建设，逐步向小城镇适当集中，越往后难度会越大，也会造成更大的浪费。现在苏南很多地方已经注意到这个问题，并着手在抓。从吴江以及其他地方我们了解到的情况看，在加快小城镇建设时应强调以下几点：一要切实搞好小城镇建设的科学规划，减少建设的盲目性；二要突出重点，逐步推进；三要强调对土地资源的保护，节约耕地；四要引导乡镇企业向小城镇逐步集中，提高规模效益；五要加强户籍等管理制度的改革，为人们进入小城镇提供方便。

七、关于精神文明建设问题

苏南地区经济之所以不断得到发展壮大，公有制经济的主体地位之所以得到不断巩固，各项社会事业之所以蓬勃发展，是同苏南地区一直坚持加强社会主义精神文明建设分不开的。吴江市在精神文明建设方面取得了显著成效，在科技、教育、文化等方面被评为全国先进县（市）。从我们在吴江以及苏南其他地区调查的情况来看，在精神文明建设方面，有以下几点很值得注意。

第一，必须把坚持和巩固公有制经济的主体地位作为加强社会主义精神文明建设的出发点和落脚点。经济是基础。经济基础决定上层建筑，同时上层建筑又会对经济基础产生巨大的反作用。社会主义精神文明是在公有制经济基础之上产生和发展并为之服务的。如果公有制经济不能发展壮大，公有制的主体地位不能坚持，如果私有化成为全社会的主导思潮，私有制经济在全社会范围内占据了主导地位，社会主义精神文明建设就失去了它的根基。因此，必须把支持、保护、捍卫公有制经济的主体地位作为社会主义精神文明建设的出发点和落脚点，必须旗帜鲜明地反对任何形式的私有化和其他有损于公有制经济主体地位的社会思潮。苏南地区在社会主义精神文明建设中，突出坚持社会主义、集体主义教育，收到了良好的效果。1993 年开始，吴江市针对社会上一些带倾向性问题，在全市范围内开展“致力于集体，奉献于事业”的主题教育，并在各个不同阶段赋予各自不同的内容，逐步把这项活动引向深入。1993 年开展的是“岗位做奉献”活动；1994 年上半年又在全体党员干部中倡导和开展了以“敬业创业兴吴江，勤政廉洁为人民”活动，下半年开展了“讲精神、讲发展、讲奉献、讲合力、讲大局”的“五讲”活动；1995 年开展了“立足本岗，无私奉献，心系人民，报效祖国”的教育。通过主题教育，使广大人民群众尤其是广大党员干部提高了觉悟，全市上下逐步形成了“致力于巩固发展集体经济，共创集体大业”的社会风尚。

第二，在社会主义精神文明建设中必须从理论与实践上划清一些基本界限，明确是与非。建立社会主义市场经济体制是一场深刻的社会变革，必然对上层建筑和意识形态各个领域，对人们的行为规范、行为方式、精神状态、价值观念产生深刻的影响。在这一过程中，有些人以各种形式把一些本来正确的社会主义思想观念当作过时的、错误的东西来嘲笑批判；有些人在解放思想、更新观念的旗号下把西方许多与社会主义制度格格不入的思想观念照搬过来，导致人们的思想混乱。我们在调查中，很多同志反映，现在我们这个社会里面，提倡什么、反对什么、允许什么、限制什么，有时并不是很清楚，是非标准也不很明确；有些大原则清楚，但联系到一些具体问题又不很清楚，使地方和基层在实际工作中很难办。如果这种状况不改变，社会主义精神文明建设就难以深入开展和健康推进。因此，必须从理论与实践的结合上划清是与非、真理与谬误的界限，并具体落实到政治、思想、文化等社会主义精神文明建设的各个具体领域。必须大力弘扬正确的东西，批评错误的东西。从吴江等地的实践看，必须在全社会深入进行爱国主义、集体主义、社会主义教育；大力弘扬自力更生、艰苦奋斗的思想作风，坚决反对萎靡奢侈、铺张浪费之风。我们搞的是社会主义市场经济，必须倡导在社会主义公有制经济为主体的基础上产生又为之服务的意识形态和价值观念，倡导与市场经济一般规律相适应的观念如竞争观念、效率观念等，同时坚决反对在资本主义私有制基础之上产生并为之服务的意识形态、价值观念。

第三，必须最大限度地吸引、动员广大人民群众参与。社会主义精神文明建设并不是强加给人民群众的一种外在的东西，也不是哪一个部门、哪一个人的事，而是与亿万广大人民群众切身利益密切相关的。因此，在社会主义精神文明建设中，应当采取各种行之有效的手段和方法，采取易于为广大人民群众接受的方式、方法，去引导和教育人们，同时也不能排斥必要的正确的理论灌输。吴江市根据职工、家庭、企事业单位等不同层次的特点和要求，广泛展开争当“文明职工”、“文明企业”、争创“新风户”和“五好家庭”等活动，并不断引导它们向规范化、制度化方向发展，效果是显著的。当然，看一个地方精神文明建设是否真正得到加强，主要并不在于提出了多少口号，搞了多少活动，评了多少典型，关键还是要看是不是真正收到了实效，人民群众的思想认识是不是有了提高，社会主义和集体主义的观念是不是深入人心。

第四，必须加强对精神文明建设的领导。现在，中央关于加强精神文明建设的大政方针已经有了，各地也都提出了不少落实措施和创造了一些好的经验。从吴江和苏南各地实践看，精神文明建设能不能进一步加强，能不能真正搞上去，关键还在于领导。如果从上到下各级领导班子都充分认识到加强社会主义精神文明的重要作用，真正地而不是虚假地、切实地而不是表面地、持之以恒地而不是时松时紧地采取措施来抓，党员干部都能够以身作则，社会主义精神文明建设完全可以取得较大较快的进展，以保证我国社会主义改革开放和现代化建设不断取得新的胜利，保证建设有中国特色社会主义的伟大事业取得圆满成功。

太行纪行

（1996年12月）

艰苦奋斗是中华民族的传统美德。我国中西部山区农村生产力水平低，许多地方自然条件十分恶劣，要想发展经济，没有吃苦耐劳、艰苦奋斗的创业精神，是万万不行的。但在市场经济条件下，这种精神如果不同从改革开放中获得的市场意识和驾驭市场的能力紧密结合起来，赋予它以新的时代内容和特征，又是远远不够的。

近年来，山西省根据自身的条件，提出了要在邓小平建设有中国特色社会主义理论和党的基本路线指引下，高举艰苦奋斗和改革开放两面旗帜，积极发展农村集体经济，实现兴晋富民的发展思路。实践表明这样的思路是正确的。今年下半年我们曾到地处太行山区南部的地级市晋城调查，走访了一些村庄和农户，看了一些脱贫致富奔小康的典型，深受鼓舞和启发。

四角八分钱起家

阳城县神南村位于同太行山南端交汇的王屋山北麓，相传为古代愚公移山之地。这里山大沟深，石厚土薄，植被稀少，资源奇缺，水贵如油。直到1985年，这里还是出了名的穷山庄，集体账面上只有4角8分钱。“神南神南，神仙来了也犯难”，这是过去神南的真实写照。

从1985年开始，以村支部书记李揪呆为代表的村支部和村委会，瞄准国内衡器市场需求和本县旺盛的生铁市场，带领村民历经千辛万苦，用不到十年的时间，建起了相当规模的衡器铸件生产基地和其他一些企业，年产衡器铸件1万吨，销往全国各地18个省市、85个厂家。1995年全村总产值突破5000万元。人均纯收入2800元。神南由昔日闻名的贫困村跨进了小康村行列。

百闻不如一见。沿着曲曲弯弯的盘山公路进入神南村，我们才充分感受到这里发生的巨变。绵延起伏的四座山头已被削平，炼铁厂、修造厂、金属镁厂以及三个铸造厂在上面一字排开，形成一条两公里的工业长廊。走进铸造三厂1800平方米的钢筋混凝土车间，里面机器轰鸣，巨大的天车在头顶隆隆驶过，颇有点现代化的气派。漫步街头，只见各种衡器铸件沿街整齐码放，待运山外。山腰间的机井把地下水抽上来，再由扬水泵送到山顶巨大的蓄水池，清澈的池水沿着管道流入每家每户，流向层层梯田，流过村办工厂。神南村办企业的发展不仅为本村居民提供了充分的就业机会，大大增加了收入，而且还吸引了600多劳动力到这里来务工。

在这翻天覆地的巨变中，神南人“拼着穷命刨穷根”，写下了一部自力更生、艰苦奋斗的创业史。过去神南穷得叮当响的时候，从来没有向县里、乡里叫过困难喊过苦，他们的事业全是靠自己苦干出来的。单说神南人用自己的双手搬掉山头建厂房，他们开挖的土石方如果垒成一米高一米宽的坝，就有50多公里长。如今神南集体经济发展了，相对来说家大业大了，但神南人事事精打细算，艰苦奋斗的精神没有丢。神南村办企业总公司会计每年经手资金成千上万，使用的计算工具还是用了十多年缠着铁丝的旧算盘。村干部和业务人员外出办事，大都搭乘拉货的汽车，即便需要坐火车，路途再远也是买硬座票。

神南人如果守在深山，足不出户，只在几亩瘠薄的山地上埋头苦干，恐怕再过许多年也改变不了原来的贫困面貌。他们把艰苦奋斗的优良传统和改革开放的时代精神有机结合起来，勇敢地走出大山闯市场，才使神南发生了奇迹般的变化。创业之初，村干部循着本县生铁的销售渠道，走河南、闯浙江，看人家从阳城县拉走一批又一批的生铁去干什么。经过市场调查分析，勤劳的山里人终于冒出了智慧的火花：难道咱们守着生铁就不能上铸造吗？干起来以后，当遇到技术难题的时候，他们不是蹲在大山里发愁、苦恼，而是捧着山里人的赤诚之心，走出山外，到处找技术、找人才。如今神南人把握市场的能力正在实践中不断提高。他们原来是靠生产机械磅秤铸件起家的，后来又新建铸造厂生产健身器材铸件，还准备生产球磨机铸件和机床铸件。一座年产200吨的金属镁厂也已经于去年建成投产。他们还在北京理工大学科技人员帮助下建起了一座开发高科技新产品的生产车间，虽说这方面的成果还有待于实践检验，但他们艰苦的创业精神和强烈的市场意识实在感人。神南人已经从自己的实践中深切地体会到：只要勇敢地去闯市场，没有资源，可以引进资源；没有技术，可以引进技术；没有人才，可以引进人才、培养人才。

出现如此神奇的变化，关键在于神南村有一个好的领导班子，有一支好的队伍。在创业过程中，无论是到山外找项目、引技术、筹资金，还是在村里削山头、建厂房、搞生产，共产党员和村干部都走在前头。1985年，为筹集办铸造厂的起动资金，支部书记李揪呆连续一个星期跑了4个乡镇、18个村庄、半个县城，敲开了29家亲戚朋友的门，以自己个人的名义借来三万元现金。为了打消群众的顾虑，他当着支委们的面说："咱神南背不起这么多债，干成了全村人人有份；干砸了，我李揪呆卖房、卖血、砸锅卖铁，去亲友门上磕头还钱，也不让大伙儿赔！"一次，炼铁炉出了事故，熊熊火焰喷出七八尺远，李揪呆闻讯来到现场，二话不说，立刻端起泔泥，登上铁梯补裂缝，头发烧焦了，胶鞋烧化了，他仍在坚持战斗。村民们就是在这种精神的感召下，齐心协力，一步一个脚印走出困境。

神南的党员干部加强自身建设有一套实实在在的办法。他们建立了各项管理制度，其中有两条特别过硬：一是党员评议干部，如果哪个干部得不到90%的信任票，他就要主动辞职卸任；二是群众评议党员，如果哪个党员得不到90%的赞成票，他就要主动提出退党。全村党员干部都有一种崇高的使命感，就是让乡亲们尽快摆脱贫困，走向共同富裕。神南的群众说，我们村里吃苦最多的是党员干部，出力最大的是党员干部，但享受在最后的也是党员干部。翻开神南村工资发放表可以看到，村干部工资低于企业干部，企业干部又低于一线有突出贡献的工人。神南村正在分批修盖新住宅楼，有的村民已经搬进新居，而支委们住的仍然是旧房、老房、破房。那天，我们来到支书李揪呆家，只见小土院四周残垣断壁，几间土坯瓦房低矮狭窄，屋里仅有的几件家具也陈旧斑驳。望着衣着极其俭朴，因长年劳顿而面庞清瘦黝黑的李揪呆，我们不禁肃然起敬。

靠山“吃”山

横亘于晋城市郊区陈沟乡的普西山，往日是一座苍凉的大山，山耳东村就坐落在普西山的脚下。1980年，全村农民人均纯收入只有90元，村集体穷到连一根井绳也买不起，多年拖欠民办教师的工资就达数万元。穷愚共生的历史使人们提起山耳东来，除了摇头，就是发愁。

凡贫困的山区都有这么一些共同的特点：缺资金、缺技术、缺人才、缺信息。总之，凡是现代社会发展所需要的条件都缺乏。但是山耳东支部书记阎炉却认为，贫困山区长期习惯于消极的靠山吃山和听天由命，最要紧的是不知道自己的优势到底在哪里，不知道自己的潜力到底有多大。从80年代中期开始，山耳东村在党支部带领下，重新认识自己并迈开了奔小康的步伐。山耳东有粮田1285亩，人均不到1.5亩，山地却有1800亩，人均2.1亩。过去由于缺乏正确的发展思路，村里抓粮食生产抓了几十年，1.5亩贫瘠的粮田没有抓好，却丢掉了2.1亩本可大有作为的山地。经过反思，一场向荒山进军，建立山地果园，发展生态农业的战斗在山耳东拉开了序幕。经过5个冬春的艰苦努力，山耳东人在1800亩荒山上栽下了苹果、山楂、桃、梨、核桃等各种果树4万余株，栽下了松树、杨树、柳树、槐树等成材树21万余株，并在5条山沟里垒起43道防洪坝，有效地控制了水土流失，使整个荒山得到治理。1995年仅果品一项全村人均收入突破800元，全国绿化委员会授予山耳东村“全国造林绿化千佳村”称号。

我们到山耳东村的那天，头天夜里刚下过一场透雨。沿街村民家的院墙上，爬山虎挨挨挤挤，郁郁葱葱，远远望去，像一条绿色的走廊。山耳东人自己修筑的弯弯曲曲的盘山石子路，可以坐汽车直达山顶。山上满目葱茏，空气特别清新。站在高山之上，极目远眺，只见“山顶松柏盖帽，山腰果树环绕，山下杨柳坐底”，多么动人的一幅山乡美景啊。村干部告诉我们，为了加强管理，他们实行了分户承包管理和集体统一服务的办法，将每片林地承包给各家农户，集体则负责提供农药、剪枝培训、储藏运输、栽培示范等一系列社会化服务；同时还建立了严格的护林制度，严禁各种农畜及羊群进入果林，使各种果树茁壮成长。

荒山治理的成功，不仅为全村经济的发展提供了原始积累，更重要的是坚定了山耳东村民奔小康的信心。他们先后办起农副产品系列加工厂、建材厂、耐火材料厂、冶炼厂、机砖厂、瘦肉型养猪场、养鱼场、煤矿等八个企业，发展起拥有 20 部汽车的运输队。村办工业的兴起又为发展农业提供了资金保证，村里重建土地使用制度，创办了拥有耕地面积 320 亩的农场，集体出资购置了大型联合收割机、拖拉机、悬耕机、脱粒机、播种机等农业机械。全村粮食亩产连年超过 300 公斤。更为可喜的是，山耳东村民同神南村一样改写了祖祖辈辈流传下来的靠天吃饭的历史。参观途中，阎炉指着山顶一座巨大的蓄水池说：“这几年我们积累了一些钱，就拿出一部分在山上建起这座蓄水池，蓄起煤矿排出的废水，架起管道，现在已经有 300 亩果园实现了滴灌化。”说这话时，阎炉的脸上闪现出非常自豪的神情。

如今山耳东村已经有 2500 多万元的工农业总产值，1995 年人均纯收入达到 2880 元。当年为了上山种树，在干部们的带动下，全村 400 多名劳力齐上阵，硬是从山上挑下 4.8 万多立方的碎石，又把 10 多万担土从山下挑到山上，保证了 4 万株果树的成活；如今，他们仍然没有忘记通过艰苦奋斗实现共同富裕。他们将每年获得利润的绝大部分用于扩大再生产和兴办集体福利事业，使集体固定资产由 1988 年的 5000 元增长到 1995 年的 3300 万元。集体经济实力的发展壮大，进一步加快了全村奔小康的步伐。

粗梨细做

高平是历史上著名的黄梨之乡，有三千多年的黄梨种植历史，隋朝时高平黄梨就被列为皇室贡品。这个县级市的 25 个乡镇，有三分之一的地方是产梨区，黄梨年产量达到 4000 多万斤，往年以个大、味甜、耐贮运等特点行销全国各地。但是，近年来随着人民生活水平的提高，这里的黄梨却因皮厚、肉粗、口感不好而失去众多市场，于是每年黄梨严重积压，到 1990 年、1991 年，每斤黄梨 6 分钱都卖不出去。面对成堆成堆烂掉的黄梨，梨农们看在眼里，急在心头。为了保住高平梨在果品市场中的传统地位，当时的高平县委、县政府曾多次号召改造黄梨品种，但因现有的树木大多是百年老树，改造难度太大而受阻。有一些乡镇企业也曾试着搞过一些粗加工，但终究解决不了根本问题。

黄梨的出路究竟在哪里呢？1992 年秋天，马村党总支书记田晚红带着这个问号南行考察。在南方，各式各样的饮料启发了他，他对同行的人说：“南方人能把水果做成饮料，我们为啥不能把黄梨也做成饮料呢？”

说干就干。这年冬天，在山西省食品工业研究所的支持下，由高平县委、县政府牵线，马村与一家台商合资，办起了山西省最大的饮料生产企业——黄梨饮料厂。1993年10月，黄梨饮料厂正式投产。产品刚一投放市场，就荣获山西省首届农业博览会金奖。

如今，马村的黄梨饮料厂已先后推出了五大类十几个品种的黄梨系列饮料。1995年生产能力达1万吨，实现产值1亿元，创利税2000万元，年转化黄梨能力达1600万斤。由此高平黄梨的收购价迅速攀升。仅此一项，就给高平果农增加收入500万元。果农高兴地说："饮料厂是个宝，帮带战略搞得好，栽下一棵大梨树，小康日子早来到。"

在饮料厂洁净的车间里，昔日满身泥水的青年农民如今穿上干净整洁的工作服，正忙碌而有序地操作着现代化设备。车间负责人向我们介绍："为了保证质量，我们常年聘请三位专家教授，随时请教，解决技术难题。我们还装配了目前国内最先进的自动无菌罐装流水生产线，并配有现代化的电脑监控检测系统，从原料选购，到生产的每一个环节，都要进行严格检查，跟踪化验，决不允许不合格的产品走出车间。经国家有关部门鉴定，我厂饮料各种理化卫生指标都达到或好于国家标准。"严格的管理，也为企业增强活力提供了保障。饮料厂实行董事会领导下的总经理负责制，层层建立岗位责任制，人人头上有指标。

马村人从开辟市场、培育市场到占领市场的实践中，改变了沿袭千百年的好酒不怕巷子深的传统观念，增强了市场意识。他们通过各种宣传媒体树立自己的形象，收到了可观的经济效益。他们在外地设了12个销售点，并且把产品打到了东南亚饮料市场。现在产品供不应求，基本上做到了当天出厂当天就装车外运。

黄梨饮料厂的诞生和壮大，还促进了当地种植业、运输业、包装业的发展，形成了龙头带基地、基地连农户的系列化生产体系。依托饮料厂直接受益的乡村有10多个，马村的受益就更为明显了。1995年，这个村人均纯收入达到1970元，马村黄梨饮料厂获得了山西省人民政府授予的"最佳经济效益乡镇企业"称号。

离开马村的时候，站在饮料厂门口那尊巨型黄梨汁饮料罐前，田晚红满怀信心地向我们描绘了正在兴建的二期工程的前景。他说，二期工程投产后，年生产能力可达5万吨，高平市大部分黄梨可以从这里得到转化增值。

家家都是小康户

东四义村位于晋城市郊区巴公镇，全村共有2397人，是巴公镇数得着的大村。1952年这个村就获得“全国卫生模范村”称号，四十多年来，村民们一直保持着讲卫生、爱清洁的习惯，吸引了许多慕名前来参观的中外客人。但是，由于种种原因，这个村也曾经穷得出了名。直到1982年，村集体欠外债50多万元，村民家家户户的家底薄得可怜。

传统的卫生荣誉和薄弱的经济基础形成的反差使村干部认识到，东四义要由一个卫生村建设成为小康村，必须大力发展经济。如果全村经济发展停留在很低的水平上，人们连温饱都解决不了，即使保住了卫生荣誉也没有意义。那么发展经济从哪里入手呢？当时土地已承包到户，村集体只办有一个煤矿，还因管理不善而亏损，不少人要求把煤矿承包给个人。在这种情况下，村党支部和村委会组织全体党员和村民以“东四义向何处去”为题展开大讨论。讨论中，大家认识到：现在土地承包到了户，如果再把煤矿承包给个人，由着个人干，明摆着先富起来的无非是党员干部，那么其余的乡亲怎么办？村里的公共福利怎么办？村里的卫生工作怎么办？最后，大家一致通过支部提出的决议：党员干部要富在群众之中，不富在群众之前；集体企业集体办，集体办厂为农户，坚定不移走共同富裕之路。

在发展集体经济过程中，东四义经历了两个阶段。第一阶段从1982年至1992年，发挥地下煤炭资源优势，靠资源完成了经济起步的资金积累。第二阶段从1993年到1995年，兴办规模较大和附加值较高的地面企业。目前，全村已经陆续办起煤矿、冶炼、铸造、建材、养殖、水泥、彩印和食品加工等13个企业。工业的发展推动了农业现代化的进程，全村已拥有农田作业、运输、农副产品加工等机械105台（辆），耕、种、收基本实现机械化。1995年，粮食亩产由1978年的320公斤增长到400公斤，总产由85万公斤增长到219万公斤，工农业总产值6500万元，全村人均纯收入达到2700元。

依靠集体经济实力，东四义村由卫生模范村向新型的都市化新农村迈进。经过有规划的改造和建设，村里有了具有江南特色的人工湖和街心花园，办起了农民幼儿园，兴修了农民文化楼、影剧院、图书馆、体育场、人民浴池等活动场所和服务设施，建起了全省第一家村办电视台，为农户安装了有线电视。

近十多年来，东四义没有发生过一起刑事案件，没有出现过打架斗殴、酗酒闹事、聚众赌博、封建迷信活动等不良现象。计划生育率达100%，文明户达标率达100%。几年来，东四义村先后荣获“全国造林绿化千佳村”、“全国村镇建设先进村”等称号。村里逐年对旧村进行改造，全村已有230户搬进新居。在村边，看到一座座漂亮的住宅楼，我们随意走进一户人家，当时临近中午，正准备做饭的一对中年夫妇热情地把我们迎进宽敞的客厅。这是一个三口之家，居住面积七十多平方米，室内的装修和陈设一应俱全，丝毫不比城市居民逊色。村民说：“我们村没有暴富户，也没有贫困户，家家都是小康户。去年中央一位领导同志到东四义考察后说，‘什么叫小康村？这里就叫小康村。’”

“家家都是小康户”离不开集体经济，而发展壮大集体经济必须要有坚强得力的农村基层组织。这个村现在的党支部书记田真炉和村委会主任杨春法都是1984年上任的。令人想不到的是，上任伊始他们俩合计的第一问题却是“如何下台”。他们设想了三种结果：一种是干好了自己体面下台，一种是干不好被迫下台，一种是干得民怨沸腾，被群众撵下台。他们毅然决然选择第一种，并向全体党员和村民公布了自己的约法三章：一是抛弃个人和家庭利益，以集体为家，每天坚守工作岗位；二是不沾公家半点便宜，不搞特殊，不谋私利；三是支部、村委联合办公，密切合作。田真炉和杨春法过去爱抽烟喝酒在村里是出了名的，当干部前抽的、喝的都是自己的，当干部以后外边来洽谈工作的人多了，陪客人抽烟，是抽还是不抽？陪客人喝酒，是喝还是不喝？为了分清公私，他俩下决心戒烟戒酒，一戒至今就是十多年。

党员干部个人的自律和完善的约束监督机制相结合，才能保持领导班子长久的影响力。分宅基地盖房对农民来说是件大事，在一些农村，有的干部盖房往往是最好的位置，最大的院子，最大的房子，许多农民为宅基地闹意见。东四义则明确规定，宅基地一律三分地，干部群众一个样，轮到哪块算哪块，谁也不能挑剔。为了加强对干部党员的监督，村里实行财务公开、宅基地审批公开、计划生育公开等一系列公开办事制度。每月的3日、13日、23日，村办企业会计都要带上账簿到村委财务审计小组按时接受审计，并把审计结果向全体村民公布。为保证决策的科学性和可行性，村里规定基建投资万元以上，非生产性投资2000元以上的项目要交两委会讨论，十万元以上的项目要经党员代表和村民代表讨论决定。村里的权力处于全村村民的监督之下，这就为村支部和村委会的领导行为提供了制度上的约束。

结 语

晋城位于山西东南部，属于黄土高原大区中的晋东豫西丘陵山区，太行、太岳、中条三大山系的脊峰和支脉在这里纵横绵延，自然条件并没有给发展经济提供多少有利条件。近年来晋城市紧紧抓住小康建设这个“牛鼻子”，促进了全市农村经济和社会的协调发展。他们坚持由易到难、由点到面、循序渐进、重点突破的方针，依托市场和当地资源，积极发展乡村集体经济，引导农民走共同富裕的道路，涌现出了一批先进典型。总结晋城山区农民奔小康的经验，大致有以下几种类型：

1. **“两头在外”兴工致富型**。即“原料从市场上来，产品到市场上去”，依靠发展乡村工业振兴经济。神南村就是这方面的代表。

2. **农业产业化带动型**。即按照“山上搞开发，山下搞加工，山外闯市场”的思路，在一定区域内连片开发主导产品。实行产、加、销一体化经营。山耳东就是这方面的代表。这是晋城农村奔小康受益面最大的一种模式。目前，全市已初步形成肉类、果品、蚕丝、小杂粮、蔬菜、水产、蜂蜜等 7 条生产、加工、销售的经济产业链，覆盖 70 个乡镇、900 多个山区村、近 20 万农民。

3. **发展三产致富型**。即依托某一优势，在发展为工矿企业配套服务的运输业、服务业上大做文章，广开财源。地处太行山之巅的晋庙铺镇，共有 29 个行政村，93 个自然村庄，人口 1.85 万人，是一个自然条件较差的山区镇。但他们充分利用扼守晋豫两省交通要道的地理条件，把“宝”押在发展运输业上，到去年底，全镇各类运输汽车发展到 3200 辆，平均 1.5 户 1 部汽车，85%以上的劳动力从事运输业。1995 年，全镇农村经济总收入 2.88 亿元，其中运输业收入占 86%，人均纯收入 1725 元。他们自称是“车轮转出小康镇”。

4. **发挥资源优势型**。即依托当地的自然资源优势，采用集体“搭台”，群众“唱戏”的办法，自我投入，自我积累，双层经营，科学管理，滚动发展，同时走出大山和市场接轨，变资源优势为商品优势。马村在这方面表现得较为典型。

此外，还有依靠科技致富型和贫富结亲优势互补型等。事实上，各种发展类型都是互相交叉渗透的，只不过是某个乡村在某些方面有所侧重而已。但不管哪种类型，都离不开自力更生、艰苦奋斗的精神和改革开放、开拓市场的能力相结合，离不开集体经济的发展壮大和一个好的领导班子。

当然，典型并不等于全部，但它们具有极大的示范作用和带动作用。晋城市在这些年来的工作中积极创造典型，运用典型引路，在农村小康建设中取得了较好的成绩。到 1995 年，全市农村已有一半以上达到小康水平，贫困人口已由“七五”期末占全市人口的 45.8％下降到 12.6％。晋城具有我国中西部地区的一些共同特征，有一定的代表性，他们的创业精神、发展思路和发展趋势，无疑对我国中西部地区广大农村脱贫致富奔小康是会有所启示的。

金川纪事

（1997 年 1 月）

腾飞的镍都崛起于戈壁荒漠

从兰州出发，继续西行数百公里，才到达金川有色金属所在地金昌市。位于市中心的金川广场上，赫然矗立着江泽民同志 1992 年来视察时题写的“腾飞的镍都”五个大字。我想，这五个字既是江泽民同志对金川人为国家艰苦创业作出巨大贡献的充分肯定，也寄托着他对我国大型国有企业的无限期望。

金昌市是依托金川公司的开发而建设起来，并为它的发展服务的。市区人口十几万，大都是金川公司的职工和家属。金昌街道整齐，市容清洁，新建筑鳞次栉比，颇有点现代化气息。金川公司 1959 年开始创建时，这里满目戈壁荒滩，几乎没有人烟，“山上不长草，风吹石头跑”。30 多年来，来自全国各地的建设者们在十分艰苦的自然条件下，克服了生产、生活中的种种困难，发扬自力更生、艰苦奋斗的精神，终于建成目前已拥有总资产 44 亿多元的大型有色冶金化工联合企业，成为享誉中外的“镍都”。

金川镍矿是世界著名的多金属共生的大型硫化铜镍矿之一。在同类矿床中，储量仅次于加拿大的萨德伯里矿，镍储量占国内已探明储量的 70%，铂族贵金属储量居全国第一，铜、钴储量居全国第三，此外还伴生有硒、碲等其他有价元素。目前金川有色金属公司已建成 4 万吨镍的生产规模和与之相配套的综合生产能力，镍和铂族金属产量分别占全国的88%和90%以上，另外还生产大量的铜、钴、金、银、铂、钯、铱、锇、铑及硫磺、盐酸、烧碱、硫酸等化工产品和相应的系列深加工产品。从60年代投产以来，已累计产镍37万吨，产铜18万吨，完成工业总产值200多亿元，实现利税50多亿元。金川的发展，彻底改变了我国镍、钴及铂族金属长期依赖进口的局面，为国家合金钢、特种钢以及机械、化工、轻工、电子、国防等行业的发展做了重要贡献。1996年虽然主要由于有色金属价格波动的原因而使企业盈利水平有所下降，但仍为国家创造利税5.25亿元，共中利润2亿元。

就在我们前往金川调查时，看到一位被称作“著名经济学家”的演讲稿，其中理论分析不多，实证材料更少，却断言我国老国有企业已患“老年痴呆症”，新国有企业已患“小儿麻痹症”，非在改变所有制上动大手术不可。面对金川公司以及我曾调查过的许多搞得很好的国有企业的创业成就，面对许多尚未走出困境但仍在坚持深化改革、克服困难、再创辉煌的国有企业的广大职工，对于上述论断甚至可以说是诋毁之词，我又能够和应该说些什么才好呢？！

“金川模式”与方毅八下金川

金川人从自己的实践中，对邓小平同志关于“科学技术是第一生产力”的论断体会很深。

公司1964年产出第一批电解镍，1996年建成一万吨生产规模的一期工程，但由于一些关键性技术难题得不到解决，产量一直在六七千吨左右徘徊，长期未能达到设计能力。而且金属流失相当严重，镍的选冶综合回收率只有50%。

1978年，金川被列为全国矿产资源综合利用三大基地之一。此后，来自全国50多个科研、设计、大专院校和生产建设单位的数百名专家、学者打破行业界限，紧紧围绕长期困扰金川采矿、选矿、冶炼等方面的难题，锲而不舍地进行跨系统、跨行业、多层次、多学科的科技联合攻关。近20年内，共开展542项专题研究，取得重大科技成果160项，其中9项达到国际先进水平，5项获国家科技进步奖。这些科技成果在生产中的推广应用，提高了公司的综合生产能力和经济效益，加快了公司的发展。1983年，镍产量首次突破万吨大关，1985年突破2万吨，1995年达到3.3万吨，1996年超过4万吨，目前产量已比设计能力提高32%。据测算，金川公司自开展科技联合攻关以来，依靠科技进步产生的经济效益占同期实现利税总额的45%以上。金川人回顾自己的发展道路，把它称之为“科技先导，联合攻关，综合利用，增进效益”的“金川模式”。

谈到“金川模式”，许多干部都会很自然地讲起国务院方毅同志当年曾为此而八下金川。自1978年至1996年，方毅亲自主持金川科技联合攻关事宜，协调组织国家科委、国家计委、冶金部、中国有色金属工业总公司和甘肃省政府等方面的力量，先后八次到金川指导工作。他每次来，时间或长或短，但都亲临现场，组织专家深入讨论，实际解决一些难题，为联合攻关创造有利条件。从金川人涉及此事的谈吐中，使我不难听出某些弦外之音。这就是希望各方面的主管负责同志少一些“一阵风”、“一窝蜂”式的视察，多一些真正深入的调查研究，坚持务实求真、解决问题、一抓到底的作风，并加以发扬光大。

邓小平同志多次说过，社会主义制度的优越性之一就是能够集中力量办大事。当年我们在极其困难的条件下，“两弹”试验成功，卫星腾空翱翔，取得一批赶上国际先进水平的科技成果，建成一批具有长远意义的重大工程，就是这种优越性的具体体现。在改革开放和发展社会主义市场经济的新时期，我们依然需要充分发挥这种优越性。目前在关系我国经济全局的一些支柱产业的发展中，研究和开发力量本来就不足，又缺乏必要的组织与集中，各自为战和低水平重复建设现象严重。建议国家有关部门针对这种情况，认真研究，加强规划，抓住关键，适当集中必要的力量进行攻关，以期尽快取得突破，促进国民经济的持续快速健康发展。

引进先进技术与自主创新开发

金川公司把赶超世界先进水平作为自己的奋斗目标，为此而不间断地进行了技术改造。他们在组织国内科技力量联合攻关的同时，也积极引进国外先进技术，而且比较注重批发引进与自主研究、开发和创新结合起来。1992年金川公司建设的具有国际先进水平的镍闪速炉，只从国外引进了其中的关键性设备，其他都是依靠自己的力量进行研制的。如果全盘引进，需要花费20亿元，而他们只用了3亿多元。更为重要的是，他们这样做，不仅为国家节约了大量投资，而且加速培养和锻炼了自己的队伍，提高了自身的技术水平和自主开发能力。

先进的闪炉投产后，较快地达到运转正常，充分发挥出设备效益。

当然，我们并不能以此为例而绝对地排斥从国外引进成套设备或整条生产线，应该引进的还要引进。但从目前全国的情况来看，金川公司的做法很值得许多地、部门和企业效法和重视。如果只注意引进现成的成套设备和生产线，而不重视自主研究、开发和创新，将来引进的设备老化了或者国外又推出技术更先进的设备，我们又不得不再次引进，既要花费大量非常宝贵的外汇资金，也难以加速培养自己的科技力量，不能更好地参与国际竞争。实行对外开放和引进国外先进技术，更为重要的目的还是为了提高自己的科技水平和创新能力，最终赶上以至超过世界先进水平。我们必须把技术引进同自己的消化、吸收和创新结合起来，着力提高自主开发能力，以免长期受制于人。

有我国特色的企业管理经验不应丢弃

新中国成立以来，我国国有企业广大干部职工在实践中创造了许多很好的企业管理经验。比如被称之为鞍钢宪法的“两参一改三结合”，大庆人的“三老四严”、岗位练兵和加强“三基工作”（基层建设、基础管理、基本功），以及旨在激发广大职工当家作主、积极参与的劳动竞赛、合理化建议和技术革新运动，建立和完善职工代表大会等民主管理制度，等等，这些都是我们自己创造的行之有效的成功做法，并且过去和现在都曾引起一些发达国家的充分重视和广泛借鉴。金川公司的同志们认为这些管理经验是我们的宝贵财富，体现着我国国有企业的优势和特点，在改革开放新的历史条件下不仅不该丢弃，而且应当继续坚持、发展和完善，并同学习、借鉴国外的先进企业管理结合起来，从而创造符合科学规律、具有时代特点和中国特色的国有企业管理模式。金川公司的同志们还认为，在加强和改善我国国有企业管理的过程中，必须全心全意依靠工人阶级，充分发挥广大职工的主动性、积极性和创造性，使他们真正关心企业的兴衰，自觉参与管理，加强和改善管理。不论采取国内外什么样比较先进的管理方式和方法，这是最重要的一条。只有坚持这样做，才能使企业管理从局部优化向整体优化转变，从粗放式向精细式转变。学习邯钢“模拟市场核算，实行成本否决”的管理经验，也只有坚持这样做，使广大职工都树立起强烈的市场竞争意识，才能把企业的管理水平推上一个新的台阶。金川公司坚持把优秀的传统管理经验与现代管理方式相结合，提高了企业的整体素质和市场竞争能力，特别在提高产品质量和增进经济效益方面收到了良好的成效。

目前该公司有21种产品获得省、部级以上优质产品称号，优质产品率达到96.6%，其中1号电解镍和海绵铂获得国优金奖，产品还出口到美国、日本、英国、法国等国家和地区。改革开放以来，尽管金川公司遇到各种困难，但企业连续17年保持稳定发展势头，经济效益一直处于全国有色金属系统领先地位。近几年由于能源和各种原材料大幅度涨价，可比产品成本呈逐年上升趋势，1991年上升率为14.4%，1992年为14.33%，1993年为34.07%。1994年，通过推行模拟市场核算，有效遏制成本大幅度上升势头，使当年可比产品总成本下降1.2亿多元，降低率达10%，1995年又比上年降低2147万元，从而使公司利润总额达到3.6亿多元，比上年增长148.2%，创历史最高水平。1996年由于缺电和国内外市场镍价下跌，企业困难比较大，但可比产品总成本按同口径比较仍然降低3134万元。

坚持和发扬艰苦创业精神

如前所述，金川公司是在极为困难的条件下建设起来的。广大干部职工艰苦创业，无私奉献，写下了一部可歌可泣的创业史。如今，在这里依然可以比较强烈地感受到这种优良传统和作风。这是金川公司之所以能克服困难和不断取得发展的重要原因。这些年来，每当公司生产建议的紧张关头，各级干部分期分批参加劳动，顶岗轮班，往往几天几夜吃住现场，边劳动边指挥；许多职工主动放弃休息时间，积极参加义务劳动。每当生产中和技术上遇到难题，公司张榜招贤，工程技术人员积极揭榜攻关，职工踊跃提合理化建议。始于1988年的金川二矿建设，其难度之大为全国有色矿山建设所罕见，外国人实地考察后望而却步，金川公司的施工队伍迎难而上，不计报酬，不讲条件，在700多米的地层深处，冒着40多度的高温，长时间坚持作业，以惊人的毅力和干劲，终于建成了具有世界先进水平的矿山。

在不断变化的经济和社会条件下，长期保持艰苦创业精神是一件很不容易的事情，金川公司为什么却能够基本上做到了呢？

第一，充分认识新时期保持和发扬艰苦奋斗精神对国有企业生死攸关。金川公司的领导清醒地认识到，艰苦创业是宝贵的精神财富和无形资产，无论时代如何变迁，企业怎么发展壮大，这种精神永远不会过时。如果放弃了艰苦创业这面旗帜，尤其对于地处戈壁荒滩的金川公司来说，人心就会涣散，工人阶级的政治本色就难以保持，国有企业固有的优势就难以发挥，企业就会失去凝聚力和战斗力，就会严重影响企业的生存和发展。在发展社会主义市场经济的条件下，艰苦创业绝不仅仅是一种工作方法，一种经济管理手段，而是事关企业存亡的大事。只有始终弘扬艰苦创业精神，才能为企业的改革、发展和两个文明建设提供强有力的精神动力和思想保证。金川公司把新形势下的艰苦创业精神教育，纳入党委思想政治工作目标管理体系，从组织领导、教育内容、制度保障等方面使教育活动落到实处，坚持进行月布置、季考核、年终总结表彰，坚持不懈地抓，收到了良好成效。1987 年以来，公司获得的省部级以上各类荣誉称号 300 余项，并连续 8 年保持了全国思想政治工作优秀企业称号。

第二，根据国内外市场竞争的形势，把艰苦创业精神教育的内涵和形式，同时代的特点紧密结合起来。公司开展“三史两情”（中国近代史、企业发展史、个人成长史、国情、厂情）教育，尤其突出了企业发展面临问题的教育。经过广泛深入的教育，使广大职工认识到，虽然目前金川公司有了比较大的发展，在国内同行业居于领先地位，但企业地处偏远，各种包袱还很重，而且由于矿产资源等方面的原因，产品面临着来自国际上强有力的竞争，企业面临的形势是严峻的。只有继续坚持艰苦创业，在国内外市场竞争的马拉松长跑中，自觉树立优秀长跑运动员的形象，才能取得更大的成就。这样就寓艰苦创业于企业的改革和发展之中，容易为职工所接受，避免流于形式。

第三，党员干部带头，以教育青工为重点。能否保持和发展艰苦创业精神，关键在党员干部能否率先垂范，身体力行。对领导干部，金川公司长期坚持进行以励精图治、勤政廉政为中心内容的创业风范教育，要求干部自觉认识到“在职要尽责、无功便是过”。通过建立干部能上能下的用人机制和廉政制度，保证各级领导干部成为艰苦创业的表率。长期以来，尽管企业经济效益有了较大幅度提高，但公司领导始终保持艰苦朴素的作风。在党员中开展“树理想，讲奉献，比实绩，创效益”活动和“一个党员一面旗”、“党员责任区”等活动，要求共产党员吃苦在前、享受在后、克己奉公、勇挑重担、做艰苦创业、无私奉献的模范。在公司创业中，广大党员的先锋模范行动，深深打动和鼓舞着身边的职工。他们说，我们公司的党员平时能够看得出来，关键时候能够站得出来，危急关头能够豁得出来。党员用实际行动获得群众的信赖和拥护，在公司级以上的劳动模范中党员占 86%。

青年工人占职工总数的 65%，艰苦创业精神的继承、保持、发扬和光大都要靠他们。金川公司根据青年职工没有过过艰苦生活、没有经过艰苦磨炼的特点，对他们进行革命传统和理想的灌输和教育，广泛开展“让理想在本职岗位上闪光”、“青春献镍都、立功在本职”等创业实践活动。广大青年工人围绕着急、难、险、重等任务充分发挥突击队作用，先后有近千名青年职工被授予全国、全省和公司的“青年突击手”、“青年标兵”、“杰出青年”、“岗位能手”等荣誉称号。金川公司的青年岗位能手活动被国家经贸委、劳动部和团中央在全国推广。在艰苦创业方面，金川公司基本上形成了领导干部是领路人、党员是带头人、老职工是传授人、青年工人是接班人的良好局面。

邓小平同志说过：“艰苦奋斗是我们的传统，艰苦朴素教育今后要抓紧，一直要抓 60 至 70 年。我们的国家越发展，越要抓艰苦创业。”目前抓艰苦创业，应首先从党政机关、从国有企业、从领导干部做起，从而带动全社会树立以艰苦奋斗、艰苦创业为荣的风尚、树立勤俭建国、勤俭办一切事业的思想。

正确理解和执行关于国有企业领导体制的“三句话”

这里说的“三句话”，指的是前些年中央针对部分国有企业总是就“中心”、“核心”问题争论不清的情况，曾经明确地指出了三条：一要充分发挥党组织的政治核心作用；二要坚持和完善厂长（经理）负责制；三要全心全意依靠工人阶级。金川人认为，这是关于国有企业领导体制的正确指导方针，符合我国国情，国有企业照此办理是完全可以搞好的。公司党委曾总结过这方面的实践经验，写过长篇专文。他们强调，金川公司之所以长盛不衰，就在于公司领导班子能够正确认识、全面理解、认真落实中央的“三句话”，调动各方面的积极性，创造性地开展工作。用他们自己的话来说，这就是：“全面贯彻‘三句话’，齐心唱好‘一台戏’。”从他们的介绍中，我们感受较深的有以下三点。

第一，金川公司的领导班子认为，中央指出的“三句话”是新中国成立以来探索有中国特色社会主义企业领导体制实践经验的科学总结，是办好国有企业的重要保证。企业要完成自己的中心任务，工作需要多方面去做，只有发挥各方面的积极性，才能形成合力把企业搞好。发挥党组织的核心作用，体现了党对企业的政治领导；坚持和完善厂长（经理）负责制，体现了现代化大工业的特点和客观要求；全心全意依靠工人阶级，体现了社会主义企业的本质特征。“三句话”是一个整体，是互为依存、有机统一、不可分割的，只有妥善处理好“三句话”之间的相互关系，发挥好党、政、工三方面的积极性，才能办好社会主义企业。

第二，正确处理好坚持党对企业的政治领导和坚持厂长（经理）负责制的关系，建立党政领导集体决策制度。金川公司从实践中认识到，企业的重大问题，如经营方针、发展规划、中层干部任免、重大改革方案、机构设置、重要规章制度、收入分配等，应由党政联席会议集体决策，并长期坚持。他们从1989年就制定了党委参与企业重大问题决策的10个方面和20条意见，对参与决策的内容、程序、形式做出具体规定，并一直按规定的制度和程序办事，避免党委参与决策的不确定性和随意性，实现以制度保证职责，以程序规范行为。他们还从实践中体会到，这里的关键在于党政决策共谋，重担共挑，风险共担，利益共享。公司领导班子集体形成的决策，党政共同承担责任，分工负责努力实施；取得成功，同样受奖；出现失误，同时受罚。公司所属单位也采取同样的做法，上下一致实行党政同奖同罚。经过多年实践，金川公司的领导同志认为，这种决策形式可以最大限度地避免重大失误，保证企业的健康发展。

第三，坚持党管干部的原则，建立党政群干部统一管理的机制和制度。金川公司的具体做法是：中层行政干部由经理提名或党委推荐，组织人事部门考察，党政主要领导充分协商交换意见，然后召开党政联席会议讨论确定，由经理任免；党务干部由党委部门考察，听取经理的意见，同样由党政联席会议确定，党委任免；群众组织的领导干部由党组织提名或群众推荐，组织部门考察，经党政联席会议讨论确定，按各自的章程办理。这样，就从体制和制度上，形成了对党政群干部的统一管理。每年公司对干部的考核都由党政各部门参加的联合考察组，从德、能、勤、绩4个方面和10项具体内容进行全面考核，广泛听取群众意见，并进行无记名民主测评，尽力做到对干部的严格要求、严格管理、严格考核、严格监督。实践证明，他们这样做，有利于在干部队伍上实行“五湖四海”，有利于对干部的培养、选拔、使用、教育、管理和监督，有利于行政干部和党群干部实行轮岗和交流，对促进两个文明建设一起抓和提高干部队伍的整体素质，起到了重要作用。

希望之旅

（1997 年 3 月）

1996 年底和 1997 年初，我花了 20 多天的时间，到河南的焦作、新乡、郑州和江苏的徐州等地，专门调查了一批类型不同、情况各异的国有企业。总的看，国有企业希望与困难并存，有的困难仍相当严重，但毕竟还是希望大于困难。因此，我把这次调查题名为“希望之旅”。

来自中原大地的喜讯

河南地处中原，国有经济在整个国民经济中占有重要地位。在全省乡及乡以上的工业经济总量中，国有工业所占份额接近 60%。

近年来，河南全省国有企业的增长速度和主要经济效益指标均高于全国平均水平，亏损面比较小，亏损额比较低，涌现了一大批搞得比较好的国有企业。根据 1995 年的统计，河南地方国有工业企业实现利润 36 亿多元，占全国地方国有工业企业利润总额的 19.6%，在全国排第 3 位（仅低于上海和北京）。国有企业亏损额为 6.89 亿元，约占全国的 2.1%；亏损面为 15.2%，比全国的 33.3% 低 18.1 个百分点。其他各项主要经济指标如销售利润率、总资产报酬率等在全国均名列前茅。

在国有企业的带动下，河南全省工业经济效益不断提高，1995 年全省工业经济效益指数为 94.55%，比全国 90.02% 高 4.53 个百分点，在全国排第 9 位。

河南地处中西部，既不沿边，也不沿海，国有企业更没有享受国家什么特殊的优惠政策，他们能取得这样的成就，颇有些出乎我们的意料。

河南国有企业能取得高出全国平均水平的较好成绩，关键在于坚持深化改革，积极转换经营机制，不断加强和改善管理，还在不少企业采取了由职工民主选举厂长等措施。我想，如果各地的国有企业经过努力都能较快达到河南的水平（这个要求并不算高），全国整个国有企业的面貌就会有较大改观，种种对搞好国有企业缺乏信心乃至悲观失望的论调就会大大减少。

信心和决心仍然是第一位的

当几年前我开始就国有企业改革问题进行调查研究的时候，就从许多地方的实践经验中得出这样一种认识，这就是要按照中央的要求，通过改革搞好国有企业，信心和决心是第一位的。这种信心和决心，应该建立在从总体上看社会主义公有制优越于资本主义私有制的认识基础之上，建立在坚持公有经济为主体、国有经济为主导是巩固社会主义制度必然要求的认识基础之上。这次调查中了解到的大型特困煤矿焦作矿务局三年扭亏目标一年实现的突出事例，使我在深为感动之余，更加坚定了这样的看法。

焦作矿区已有近100年的开采历史，是我国重要的无烟煤生产基地，无烟煤出口量占全国的1/3。50年代这个矿曾连续在安全、效率和成本三个方面名列全国煤炭系统第一位。新中国成立以来，该矿累计生产煤炭1.85亿吨，为国民经济的发展做出了重要贡献。

焦作矿区地质条件复杂，开采难度大，现有矿井全是高瓦斯矿。采一吨煤的排水量，是全国煤矿平均排水量的15倍。70年代后，矿井逐渐衰老，加上投入不足，新井接替不上，连续报废5处矿井，煤产量由原来的600多万吨下降到400万吨，大批富余人员需要转产安置。离退休人员超过2万人，平均每2.7名在职职工负担一人。企业亏损逐年增大，1992年亏损最多时达到1.48亿元，成为全国煤炭系统最困难的8家企业之一。

面对严重困难，曾被毛泽东同志誉为“特别能战斗”的焦作矿务局广大干部职工并没有消极悲观，怨天尤人，而是积极想办法，探索扭亏增盈、振兴老矿区之路。他们千方百计采取措施，使煤炭生产稳定在400万吨左右，并通过科技进步等措施，基本控制住矿区水和瓦斯两大灾害，实现安全生产。1995 年达到产煤百万吨死亡率为零。他们积极发展多种经营，分流人员，1990 年全局多种经营销售收入 1 亿元，占全局收入的 20%；1995 年达到 6 亿多元，占全局收入的 50%；多种经营从业人员达到 2.5 万人，占到全局职工的 40%。通过坚持实行以煤为本、多种经营、综合发展的战略，焦作矿务局在扭亏方面逐步取得较大进展，亏损额从 1992 年的 1.48 亿元降至 1995 年的 4997 万元，平均每年减亏 3200 万元。

1996 年初，他们进一步制定力争 3 年扭亏为盈的规划，并得到上级领导部门的同意。后来矿务局领导班子深入分析了企业形势，认为无论是从企业自身的发展要求看，还是从宏观经济环境看，都应当加快扭亏步伐。如果企业不能迅速走出困境，面临的困难会越来越大，职工的信心会受到严重损害，失望情绪会更加蔓延。他们在认真分析各种有利和不利条件的基础上，决心主要依靠自己的努力，将三年扭亏的目标提前为一年实现。矿务局主动向煤炭部递交了一份“军令状”，表示如果完不成一年扭亏的任务，党政领导班子 13 位主要成员将集体辞职。广大职工热烈拥护和支持，纷纷表示要立足本职岗位，以实际行动为扭亏做出贡献。许多退休老职工还提出宁可一年不领退休工资，也要支持扭亏工作。在为此而举行的全局各级干部和职工代表动员大会上，上千人举手宣誓，许多人眼含热泪，情绪极为振奋，景象十分动人。

为了保证扭亏目标的实现，在煤炭部和河南省、焦作市的支持下，焦作矿务局采取了一系列有效措施：通过科学测算，将各项指标层层分解到区队、班组，并实行了相应的奖罚办法；调整管理模式，把矿井和地面单位分为三类，根据各自情况，提出不同要求，实行分类指导；通过加强生产技术管理、提高资源回收率、强化安全管理等措施，努力稳定煤炭产量；优化产品结构，增加精煤产量，提高煤的附加价值；努力开拓煤炭市场，在稳住传统华南市场的同时，重点开发煤缺价高的华东市场；狠抓减人增效，继续分流人员 3842 人；以财务管理为中心，加强经济核算，严格资金管理，控制成本费用的支出。

通过一年的艰苦努力，1996 年焦作矿务局消化掉上年近 5000 万元的亏损和当年 1.58 亿元的各种增支因素，实现利润 16 万元，一举摘掉了亏损帽子。

焦作矿务局的成功实践告诉我们，国有企业能否通过改革搞活搞好，在很大程度上首先取决于广大职工尤其是企业领导班子的精神状态，只要把我国工人阶级长期形成的艰苦奋斗、能干能拼的传统发扬光大，并把它同在改革开放中形成的市场意识和竞争紧密结合起来，就可以形成促进国有经济发展壮大的强大动力。当然，焦作矿务局要巩固扭亏成果继续发展，在前进中还有很多困难，需要继续付出长期的艰苦努力，但他们团结拼搏的精神和已取得的成果是十分令人鼓舞的。

通过改革加强管理是制胜之道

位于焦作市内的河南轮胎厂通过改革不断加强和改善企业管理的经验，给我们留下了深刻的印象。这个厂在 80 年代初因管理不善、设备老化、能耗大、产品质量差，成为全国轮胎行业三大困难户之一。后来，他们坚持深化改革，转换企业经营机制，改善和加强管理，积极进行技术改造，企业得到迅速发展，由中型企业发展成为国家一级企业，进入全国 500 家最大工业企业和 500 家最佳经济效益企业的行列，连续多年各项主要经济指标居于全国同行业前列。他们围绕加强和改善企业管理这个重点，坚持不懈地抓了以下几个方面的工作。

（一）积极转换经营机制，为加强企业管理奠定基础。主要做法可用“合”、“分”、“包”三个字加以概括。合，就是根据建立现代企业制度要求，合并精简机构，提高工作效率，将企业的处室由原来的 32 个压缩为 10 个，各类管理人员由原来的 456 人减少到 207 人，占职工人数的比例由 17.54％下降到 6.88％。通过合并精简，实现了“一减两增”，即减少了行政管理人员，增加了技术部门和经营部门的力量。分，就是将企业办社会的职能分离出去。从 1992 年开始，他们周密部署，分步实施，将企业的车队、医院、幼儿园、房产公司、职工食堂、招待所等非生产性部门分离出去，在保证完成全厂正常生产经营任务的基础上，面向社会，参与市场竞争，使它们由企业的“包袱”变成为企业创造财富的单位。1992 年到 1995 年，分离出去的单位已向总厂上交 200 多万元。包，就是对所属分厂实行内部承包的办法，理顺总厂与分厂的经济关系，调动各分厂的积极性。过去各分厂是“只嫌活多，不嫌人多”，现在是“只嫌人多，不嫌活多”。他们坚决贯彻按劳分配、多劳多得的原则，通过岗位效能联产计酬责任制，把职工的劳动成果与收入挂钩，实现收入分配向生产第一线倾斜、向苦脏累险等艰苦岗位倾斜、向技术难度大、工艺要求高的技术岗位倾斜，调动职工

积极性。广大职工由过去的“要我干”变为现在“我要干”。总厂对各承包单位不是以包代管，而是在赋予承包单位用工、分配、奖惩等权利的同时，加强对承包单位的管理，从产量、质量、贷款回收、能源消耗、安全生产等多方面严格考核，落实承包合同。通过完善承包制度，建立了层层负责的管理体制，职工的自我管理意识明显增强。

（二）加强产品质量管理。该厂从 1992 年开始贯彻 ISO9000 系列标准，实施全面质量管理，保证每个生产环节都严格按标准进行。从 1996 年 4 月起，他们又实行“产品质量追溯”制度，即对产品生产中出现的任何质量问题，都要找出原因和责任人，按章追究责任和实行处罚。这样就使质量监督由别人监督为主转为自我监督为主、由他律为主转为自律为主，提高了全体职工的质量意识，产品质量不断提高。在全国轮胎行业不景气的情况下，该厂产品始终供不应求，产品质量获得美国 DOT 标准认可，受到外商信赖。

（三）加强市场营销管理。面对激烈的市场竞争，采取灵活多样的营销方式，不断开拓市场，降低成本，提高效益。一是采取“大进大出”的办法，即对销售大户实行预付货款或先提供橡胶等原料然后供应轮胎，既解决了企业流动资金紧张和原料供应问题，又在很大程度上保证了企业产品的销售。二是采取代理制，在全国筛选了十多家信誉好、资金实力雄厚的代理商实行产品销售总经销，既密切了商企关系，又减少了交易费用。三是让利不让市场。他们着眼于提高企业长远的市场占有率，不断强化企业内部的各项挖潜措施，消化各种涨价因素，努力保持产品价格的稳定。四是根据市场需求，不断调整产品结构，增加适销对路产品的生产。五是努力开拓国际市场。该厂产品已先后打入美国、澳大利亚、东欧、北欧等 20 多个国家和地区。1991 年以来，每年创汇都在 1000 万美元以上。1996 年前九个月出口轮胎近 20 万套，创汇 1800 多万美元，分别比上年同期增长 2.01 倍和 2.21 倍。

（四）加强技术改造管理。“八五”计划期间，该厂先后投资 2.78 亿元进行技术改造。由于决策科学、管理严格，六大技改项目顺利竣工投产无一失误，84 项小型技改也较好地发挥了效益，大大增强了企业实力和市场竞争能力。它们的成功之处主要在于：第一，认真做好市场分析预测，反复论证，选准项目。我国普通轮胎市场竞争激烈，但大吨位重型工程车用的巨型轮胎因工艺复杂，技术难度大，基本上依赖进口。该厂瞄准市场空缺，投资上马巨型轮胎，产品价格比进口低一半，在国内市场的占有率已高达60%。第二，对技改项目的全过程进行严格管理，尽一切可能缩短工期和降低造价。他们根据国家有关规定，结合本厂实际，重新修订技术改造的管理标准、工作标准和考核标准，使技改走上规范化管理轨道，程序清晰、责任明确、奖罚分明。他们全面推行施工项目负责人制度，项目施工、验收的每个环节都有明确的责任人，并实行严格考核和兑现奖罚。厂里专门成立招标委员会，对建设所需设备和材料公开招标，既保证了质量，又降低了工程造价。第三，量力而行，不搞无本投资。一般技改项目主要依靠自有资金，重大技改项目自有资金也要占到三分之一以上。

把深化改革同加强管理紧密结合起来，使河南轮胎厂的整体素质不断提高，市场竞争能力增强，生产经营步入良性循环。1996年1月至10月，利税增长66.3%，利润增长2.7倍，出现了效益增长幅度大于产值增长幅度的好势头。据全国轮胎协会统计，河南轮胎厂人均利税在全国同行业居第一位，人均利润、全员劳动生产率和总资产报酬率居第二位，利润率和流动资金周转率居第三位。

集中力量扩大规模优势

河南新乡市的新飞电器有限公司原来是一个濒临倒闭的小型地方军工企业，1984年开始转产冰箱，坐的是全国57家冰箱定点企业的“末班车”。10多年来，新飞电器公司在没有伸手向国家要二分钱的情况下，完全依靠自我滚动发展，不断加大技改投入，连续进行四次大规模技术改造，使冰箱（柜）年生产能力达到160万台，企业的总资产达到11亿元。1990—1995年，生产总量增长503%，产值增长638%，利税增长1013%。企业在国家经贸委、国家统计局“1995年度中国工业综合评价最优500家”排序中名列第17位，在冰箱行业名列第一位。

我国电冰箱行业是在80年代初依靠引进技术和设备起步的。当时国内170多个企业，通过各种渠道引进10个国家、25家公司700多条电冰箱生产线，基本上是仿制国外产品。经过几轮市场竞争，那些没有自主设计、自主开发能力的企业基本上都被淘汰了，到90年代初只剩下57家。在激烈的市场竞争中，新飞公司之所以能够成功地不断扩大规模，最重要的一条是始终根据邓小平同志“科学技术是第一生产力”的科学论断，把推动企业的科技进步放在首位，把引进国外先进技术与企业的自主开发有机地结合在一起，形成了应变能力强、反馈速度快的新产品开发机制，加快了产品更新换代的速度。1989年下半年以来，平均每两个半月就有一种新产品投放市场，目前企业的产品已由原来的一个系列3个品种发展到五大系列近百个品种，成为国内同行业品种最多最全，能满足高、中、低不同消费层次需求的冰箱生产厂家。从1989年开始，新飞在国家有关部门支持下，在国内率先进行氟利昂替代技术的研究，并取得了突破性进展。1996年新飞公司投资4.3亿元兴建了一条具有当代国际先进水平、年产60万台全无氟双绿色电冰箱生产线，产品一投放市场就受到用户热烈欢迎，成为供不应求的抢手货。目前，新飞公司是我国最大的无氟冰箱生产基地。该公司主导产品“新飞”牌电冰箱各项性能指标均居全国同类产品先进水平，无氟冰箱获得国际权威IEC的安全认可。1996年5月新飞通过ISO9001国际标准质量体系认证，取得了进入国际市场的通行证，成为世界级合格产品供应商。这样，新飞公司把企业规模的扩大同技术水平、产品质量的提高紧密结合，随着每一次产品规模的扩大，企业技术水平和产品质量不断提高，成本不断下降，企业市场竞争力不断增强。

资源综合利用战略的成功

如果说新飞电器公司是专业化经营的成功，那么河南登封电厂集团则围绕“电”做文章，走“煤变电、电变铝、灰渣变水泥”的资源综合开发、综合经营的路子，不断延长链条，增加附加值，同样取得了成功。

登封地处豫西山区，煤炭资源丰富，但这个地区严重缺电，制约着当地经济的发展和人民生活的改善。1978年登封县利用丰富的煤炭资源，筹资1000多万元，兴建了登封电厂。后来企业自我滚动发展，规模不断扩大，装机容量从最初的6000千瓦扩大到目前的30.6万千瓦，不仅解决了本地的用电问题，还向大电网输送部分电力，发电成本不仅大大低于全国同类型企业，而且低于大电网。电力工业部对登封电厂取得的成绩给予充分肯定，称之为“地方办电的先行”、“全国小火电的一面旗帜”。

在不断扩大发电规模的同时，登封电厂围绕“电”做文章，积极进行资源的综合利用。为了降低发电成本（煤占发电成本的70%），登封电厂分别于

1989年和1994年兼并了附近两座濒临倒闭的煤矿，经过改造扩建，自备煤矿年生产能力达到30万吨，可满足近一半发电用煤的需要，在全国电力系统率先实现煤电一体化经营，不仅保证了发电用煤需要，而且大幅度降低了成本。1993年他们利用当地丰富的铝土资源，兴办年产2.2万吨的电解铝厂，实现“电铝结合”。为了根除灰渣和废水对环境的污染，他们经过10年的探索，研制出利用粉煤灰的生产新工艺，获得国家专利，并于1991年在全国电力系统首家兴办年产30万吨的粉煤灰水泥厂，走出一条煤渣高值利用的路子。另外登封电厂还兴办了其他一些与电相关的企业，形成了以电力为龙头、多种经营、优势互补的发展格局，成为一个拥有14亿元总资产、20个全资、控股企业的企业集团。1996年登封电厂集团销售收入54366万元，比上年增长116.5%；利税总额10969万元，比上年增长96.6%；利润5176万元，比上年增长74.2%。

新飞电器公司专业化经营和登封电厂综合经营的成功，表明企业的发展不应有固定模式，应当根据企业实际情况和不同产业的特性来确定。一般来说，在冰箱、电视、汽车、机械、钢铁和石化等规模经济效益显著的行业，企业应首先致力于主业产品的扩大，尽快形成具有国内、国际竞争力的规模优势，在此基础上适当搞多种经营；其他一些行业，尤其是资源开发型行业，企业在形成一定的生产规模后应当多搞多种经营，进行资源的综合开发利用，增加资源的附加价值。

农产品加工业具有光明前景

以生产“维维”牌豆奶为主的维维集团，原来是徐州铜山县粮食局所属的一个国有小碾米厂，依靠吃国家计划调拨的政策饭过日子，只有50多名职工，40多万元固定资产，每年利税总额10多万元。随着粮食流通体制的改革，国家给予的粮食加工计划指标越来越少，企业越来越困难。通过反复的市场调查分析，企业领导敏锐地认识到，随着我国人民生活水平的提高和膳食结构的改善，营养丰富、价格低廉的豆奶粉将会成为人们的消费热点，而我国又有比较丰富的大豆原料。1989年他们从北京食品研究所引来“速溶维他豆奶粉”新技术，开始生产“维维”牌豆奶。由于产品经济、方便、营养、可口，品质优良，受到广大消费者欢迎。企业以惊人的速度发展壮大，到目前已成为一个拥有近

2万余名职工、6亿多元固定资产的国有大型企业，生产5大系列20多个品种，其主产品“维维”牌豆奶粉获得全国多种荣誉称号，在全国市场占有率达70%以上。1996年维维集团销售收入达到22亿元，利税3.2亿元，是全国最大的豆奶生产企业，并进入了全国10家最大食品制造企业的行列。

以生产“大地”牌食用油为主的大地集团，原来是铜山县一个校办小油厂，到1988年固定资产才180万元，销售收入500万元。后来，他们积极深化企业改革，进行技术改造，加强和改善管理，产品的质量稳步提高，成为有较强竞争力的名牌产品。企业得到迅速发展，由原来的一个小厂发展成为拥有2.7亿元固定资产、年销售收入达5亿元的国有大型企业。

我国有丰富的农产品资源，发展农产品加工业，提高农产品附加价值，增加农民收入，是我国农村经济发展中的重要战略。同时，随着我国经济的发展和人民生活水平的提高，对加工食品的需求也在呈不断增长趋势，因此农产品加工业具有广阔的发展前景。维维集团、大地集团的成功，使我们更加相信这一点。

面向农业和开拓农村市场

相对而言，我们的企业往往比较重视开拓城市市场，不大注意开拓农村市场。江苏铜山柴油机厂一贯致力于开发农村市场，企业得到了迅速发展。它们生产的小型农用柴油机，从技术含量上看，同为汽车等配套的柴油机相比，技术和工艺都相对简单，但农村使用的范围很广，既可以用于带动抽水机、磨面机等，也可以用于农用小三轮等机动车。在不断开拓农村市场的过程中，铜山柴油机厂不断壮大，从原来一个规模很小的企业到1993年发展成为500家最大机械工业企业之一，综合经济实力在全国同行业中排名第八，1995年创工业产值2.05亿元，利税1123万元。1996年在市场竞争更加激烈的情况下，铜山柴油机厂依然取得一定发展，到11月底创工业产值1.24亿元，实现税利800万元。

在开拓农村市场的过程中，铜山柴油机厂不断开发新产品，力争把优质廉价的产品供应农民。他们积极进行技术改造，从1994年到1996年，三年投入技术改造资金8400多万元，使企业的规模不断扩大。随着规模的扩大，企业技术装备水平不断提高，产品成本也不断下降，目前在国内同行业处于先进水平。

改革开放以来，随着农村经济的发展和农民收入的增加，农村购买力有了比较大的提高。1978年，全国农村社会消费品零售总额517万元，1995年增加到8900亿元，增长16倍。但近年来，由于一些企业不重视农村市场的开拓，在农民收入不断增加的同时却出现了农村市场销售份额下降的趋势。在社会消费品零售总额中，农村所占份额由1985年的53.0%下降到1995年的43.1%。与此同时，很多国有企业生产的产品却大量积压。因此，如何开拓农村市场，生产出更多适应农民生产和生活需要的产品，这是社会主义企业生产目的的所在，也是搞活搞好国有企业的一条途径。

县属国有企业也可以搞好

在国有企业改革中，有一种比较绝对化的片面观点，认为县一级不应搞国有企业，原有的应当卖掉，新的不要再搞。其实有许多地方的县属国有企业搞得相当好。前面我们所讲的维维集团、大地集团和铜山柴油机厂都是江苏省铜山县的县属国有企业。铜山其他一些县属国有企业也搞得很不错，基本上没有亏损。

铜山县有县属工业企业50家，其中国有企业24家，集体企业26家。近年来，铜山县属工业不断转换经营机制，加强和改善管理，取得了迅速发展。1996年全县县属企业产值达到34亿元，销售收入37亿元，利润2.4亿元。与1992年相比，全县工业企业产值增长4.75倍，利税增长6.34倍。县属企业已成为铜山经济的重要支柱，1995年全县工商税收的47%、县级财政收入的40%均来自于县属企业。

据铜山县同志介绍，他们为搞活搞好企业，主要抓了以下几点。

第一，积极转变政府职能，理顺政企关系。首先是政企职责分开，原则是既要充分发挥企业的经营自主权，也要建立健全对企业的制约监督机制。铜山县对县属企业只管四件事，即政府管理好企业的领导班子，税务部门管依法征税，劳动部门管工资总额，财政部门管资产的保值增值和企业的主管会计。对企业内部的经营管理均不加干预。铜山县的领导认为，该由自己管的一定要管住管好，否则就是失职；不该管的坚决不管，否则就是越俎代庖。政府各职能部门要转变工作方式，重点为企业做好服务工作。为了做到这一点，铜山县开展了包括由县属企业厂长经理在内的基层干部评议县直行政管理部门的活动，包括为企业服务和办事效率方面的内容，对评议比较好的，给予奖励；对评议比较差的，通报批评，限期整改。对于企业在发展过程中遇到的各种困难，属于县里职权范围内的尽力帮助解决，超出职权的积极向上反映争取解决。

第二，引导企业正确选择经营项目，鼓励发展农副产品加工业。铜山县依托自身农副产品资源优势，重点发展了粮食、油料、乳品、果品、蔬菜、木材加工等农副产品加工业，1995 年仅食品行业的产值即达到 16 亿元。

第三，鼓励县属企业与城市大工业和乡镇企业搞联营、协作、配套，接受大工业的辐射，共同发展。

第四，积极帮助企业进行技术改造。1992 年以来，县属工业累计投入 20 多亿元，其中 90% 用于技术改造，大多投向规模较大、效益较好、有发展前途的优势企业。通过技术改造，铜山县属企业的技术装备水平有了很大的提高，企业的市场竞争能力大大增强。

第五，努力培育一支事业心强、乐于奉献的企业家队伍。搞好县属企业，离不开政治、业务素质都比较强的企业家。铜山县委、县政府比较重视企业家队伍建设，破除论资排辈，不拘一格选人才。铜山几个发展快、规模大，目前在当地以至全国都颇有名气的企业集团的经理，当初走上领导岗位时都是二十多岁的年轻人。铜山县领导对企业家既给予充分信任、真诚理解和大力支持，同时又对他们严格要求，帮助他们正确认识个人的作用，相信和依靠职工群众，端正生产经营方向，实施科学决策，防止步入歧途。

从铜山的经验看，地方国有企业能否搞好，在很大程度上取决于地方党政领导能否有决心和信心，积极创造外部条件，并切实帮助企业解决各种实际问题。

各级政府还要为创造良好宏观环境多做工作

在我们这次调查过程中，地方和企业的同志都希望能尽快解决国有企业改革和发展过程中普遍存在的一些问题，为国有企业参与市场竞争创造公平环境，不能老让国有企业“背着包袱赛跑”，让国有企业长期处在受多方夹击的地位。概括起来，他们反映的主要问题是：国有企业人员、债务包袱沉重问题；与其他所有制企业实际税负不平等、竞争不公平问题；地区间产业结构趋同，某些行业生产能力过剩问题；某些行业中外资进入过度，一些外国商品倾销问题；国内市场秩序混乱，企业间不正当竞争问题；企业间的相互拖欠问题等。这些带有普遍性的问题，一些是经济体制改革和企业运行机制转变过程中难以避免的，也有一些是宏观调控不力或管理失当造成的。要解决这些问题，人们建议各级政府应在继续深化国有企业改革的过程中，采取引导、支持、保护三位一体的综合性措施。

对国有企业的引导，主要是通过财政金融等经济手段和法律手段，并辅之以必要的行政手段，把国有企业的生产经营方向和技术改造引导到符合国家产业政策的轨道上来；以市场需求为导向，大力调整优化产品结构、产业结构；调整国有企业组织结构，以现有骨干和优势企业为核心，以资产为纽带，以名牌产品为龙头，组建一批跨部门、跨地区符合专业化分工要求又有规模经济效益的大型企业集团，同时加大兼并破产的力度，实现国有企业的战略性改组；减少以至制止各种低水平的重复引进、重复建设，防止出现新一轮的地区间产业结构趋同化，防止某些行业生产能力出现新的过剩。总之，要通过对国有企业的引导，提高国有企业的整体素质和国有经济运行质量，加快经济增长方式的转变。

对国有企业的支持，就是要对国有企业存在的各种困难尽快采取各种有效措施。应当说，像国有企业债务沉重、人员过剩这些问题既是长期存在的老问题，也是搞活国有企业必须解决的问题，各级政府已采取了很多措施，但总起来看尚未很好解决，某些方面还有加重的趋势。一些同志认为，在这种情况下有一部分企业搞活是可能的，但要从总体上搞活国有经济是困难的。随着时间的推移，矛盾越来越尖锐，解决的难度会越来越大。很多企业的同志认为，时不我待，现在是到了采取某些断然性措施，下大力量解决问题的时候了。

对国有企业的保护，主要是做好两方面的工作。一方面，要进一步完善市场法规，整顿市场经济秩序，加大打击假冒伪劣商品的力度，为国有企业创造平等竞争环境。另一方面，要运用国际经济通用规则，合理、适度地保护国内市场，限制部分高档消费品的进口，特别是严格限制国内已能生产的大众消费品和机械设备的进口。对一些重点行业，应严格限制外商通过收购、兼并国有骨干企业或进行控股。

搞活搞好国有企业，企业和政府都责无旁贷。既要对国有企业的领导班子提出明确要求，也要对各级政府及有关部门在引导、支持、保护国有企业方面应负的责任有明确规定，并根据履行情况严格考核，切实改变一些部门在自己的工作中存在的严重脱离实际，乃至某种程度的官僚主义、形式主义等不良现象。

国有企业改革既紧迫又艰难。由于情况复杂多样，不可能有包治百病的灵丹妙药。我们必须在中央的正确方针指引下，不断探索创新，到实践中去总结经验，寻找办法。以上所讲，如果多少有一些值得人们参酌的地方，我就心满意足了。

安徽调查札记

（1997 年 7 月）

不久前，我们带着中部地区能不能和怎样才能加快经济发展的问题，到安徽做了为期半个月的调查。由于时间苦短，掌握材料不足，我们对自己的问题还不能做出比较全面、系统的回答。这里写下的，只是调查中得到的若干印象和断想。

一、总体印象

改革开放以来，尤其是 1992 年以来，安徽经济一直保持快速增长，是全国增长较快的省份之一。“八五”期间，安徽省在战胜 1991 年特大洪涝灾害的基础上，提前实现了国内生产总值比 1980 年翻两番的目标，年均增长 14.1%，比全国同期增长水平高出 2.2 个百分点。1995 年工业总产值达到 2050 亿元，“八五”期间年均增长 28.9%，在全国的位次由第 14 位上升到 11 位；农业生产在五年四灾的情况下，仍取得年均增长 6.3%的好成绩。“九五”开局的头一年即 1996 年，全省经济仍保持快速增长势头，国内生产总值达到 2320 亿元，比上年增长 13.2%，比全国平均增长水平高出 3.5 个百分点，居全国前列；地方财政收入增长 36.7%，增幅居全国第二位，由于收大于支，在全省消灭了各级历年滚存的财政赤字。这是一个很突出的成就。

由于原来的基础差，人口又多，尽管近些年来安徽经济增长速度加快，但目前的人均国民生产总值依然低于全国平均水平。不过这方面的差距不是越拉越大，而是正呈现出逐步缩小的趋势。从1992年到1996年，安徽人均国内生产总值从1254元增加到3844元，占全国平均水平的比例由60.8%提高到69%；农民人均收入从574元增加到1607元，占全国平均水平的比例由73.2%提高到84.6%；城镇居民人均生活费收入从1809元增加到4027元，占全国平均水平的比例由89.1%提高到92.0%。安徽的实践告诉我们，只要坚持一切从实际出发，发挥优势，扬长避短，不过分计较一时的得失、快慢，他们在全国经济的长期发展中就一定能取得更大的成就。随着国家在区域经济发展上逐步向中西部地区倾斜，我们对整个中西部地区的经济发展，恐怕也是应该和可以作出这种乐观估计的。

二、省会建设

作为安徽省会的合肥市，新中国成立初期市区面积仅为5平方公里，人口6万人，工业几乎是空白。与全国其他省会城市相比，这里的经济和社会发展水平相对较低，在全省中所起的辐射作用也比较小。改革开放以来，特别是进入90年代以后，省、市两级领导提出了要把合肥市逐步建设成为现代化城市的目标。合肥市经济增长速度明显加快。“七五”期间全市国民生产总值年均递增7.5%，“八五”期间平均每年递增15.9%，1996年增长17%，总额达210亿元。工业产值从1991年起每以近百亿元的规模增加，1996年达到456亿元。全市综合经济实力不断增强，在全省经济、社会、文化方面的辐射作用逐步加大，并为省内其他城市的建设和发展起到了一定的示范作用。

一是把引进外资与改造国有企业结合起来，形成优势产业，带动城市发展。近年来，合肥市积极引进外资，加速改造国有企业，逐步形成了一批在全国市场具有较强竞争力、较大市场占有率和较高知名度的企业和产品。其中销售收入达1亿元以上的企业有38家，超过5亿元的有10家，美菱冰箱、荣事达洗衣机、矿山机械、锻压机床等已进入全国同行业前3名的行列。在发挥原有轻工业优势的同时，还逐步发展了轮胎、化工、新兴建材等行业。外资的进入给一些老的国有企业注入了新的活力，推动了工业的加快发展。正是工业发展上去了，才为城市的扩张提供了坚实的基础。

二是加强总体规划，把新城的扩建与老城的改造紧密结合起来。随着经济的发展和人口的增加，合肥市原有的老城区显得愈来愈拥挤。为了做好新城的扩建工作，市里通过在城市边缘地带兴建三个开发区发展新城，并以此带动了老城区的改造。目前已初具规模的国家级高新技术开发区选址在大学、科研单位较为集中的西区，位于东区的综合开发试验区主要是围绕新火车站兴建而发展起来，作为国家级体制改革试点的经济技术开发区则崛起于南区。目前，三个开发区不仅成为新的经济增长点，而且是老城区企业和人员分流的重要容纳场所。

三是城市建设与环境改善相结合，形成有特色的园林城市。合肥老城区的护城河，现已改建成为环城公园，形成一条景色绮丽的绿色长廊。占地45万平方米的琥珀山庄住宅小区依岗而建，傍水而营，红瓦、白墙、绿树、碧水、蓝天的“新徽派”建筑独具风格。小区内绿地率达30%，绿化覆盖率达43%，加上兴建中遵循“三分建筑，七分管理”原则，配套服务措施和管理比较完善，因而商品房很快销售一空，取得了良好的经济效益和社会效益。琥珀山庄已成为全国小区建设和管理的示范和样板。合肥市在城市建设与环境改善相结合方面取导的成绩，受到了国家有关单位的表彰，先后获得“全国园林城市”、“全国卫生城市”、“全国社会治安综合治理先进单位”、“全国城市环境综合整治优秀城市”等荣誉称号。

四是以卫生为突破口，全面创建精神文明城市。省会城市的面貌是全省的“窗口”。经过几年的持续努力，合肥已一改过去“脏、乱、差”的局面，形成干净整洁的城市风貌。在此基础上，他们不失时机地将创建文明城市活动延伸到思想道德领域和精神文化领域，着力全面提高市民文明素质，实现物质文明和精神文明的同步发展，并已取得了相当显著的效果。如果全国每个省、区都能着力塑造省会城市的文明风貌，其积极的示范和辐射作用将是巨大的。

合肥人认为，在城市的建设和发展中，也要坚持从实际出发和量力而行的原则，不能一味地贪大求洋，不能盲目攀比，否则会造成巨大的浪费。

三、以农为本

安徽是我国重要的商品粮棉等农产品生产基地，也是我国农村实行联产承包责任制改革的发源地。农业是安徽的优势产业。他们始终把农业放在经济发展的首位，坚持以农为本。“八五”期间，安徽农业在不断克服各种自然灾害的

情况下稳定增长，平均每年增长6.3%。1996年，农业增长速度为6.5%，比全国平均水平高出1.4个百分点。在制定“九五”计划和2010年远景目标规划时，他们提出要进行农业的第二次创业，做好农业现代化这篇大文章，实现农业大省向农业强省的转变。

第一，面向城市食品需求的大市场，调整农业内部产业结构，发展高产优质高效农业，不断增加农民收入。他们根据城市市场供求规律，依靠科技，积极发展早红薯、早玉米、早花生、早棉花、早瓜菜等“五早”品种，既弥补了淡季市场的供应不足，又大大增加了农民收入。以滁州为例，仅此一项就为当地农民增收2亿多元，人均达70多元。作为粮食主产区，为了发挥自身的农业优势，他们还围绕长江流域经济带发展的大市场，积极兴办“菜篮子”、“肉案子”、“果盘子”、“鱼篓子”、“米袋子”等配套工程。据滁州市初步统计，目前每年该市输送到长江经济带各个城市的农产品，生猪有80万头，肉6万吨，家禽2000万只，蔬菜30万吨，水产品4万吨。

第二，积极促进农业产业化。这在全国许多地方已成为农业发展的方向和趋势，在安徽也不例外，而且已经取得了初步成果。合肥市种子公司就是一个有代表性的典型例子。这个公司在1984年成立之初只有15名职工，14.7万元固定资产。12年来，他们紧紧抓住“丰乐牌”杂交西瓜种子这一名牌产品，发展相关产业，已发展成为一家集科工贸于一体的大型种子企业，实力在全国同行业居领先地位。1996年，拥有净资产2亿多元，销售良种约400万公斤，销售收入1.15亿元，创利税3000万元，创汇100多万美元。公司现在拥有10万亩良种繁育基地和遍及18个省（市）的营销网络，带动了一大批农户致富，年创社会效益约10亿元。今年4月初，经过改制后公司股票上市，成为全国同行业中第一家上市公司，筹集资金3亿元，为公司向集团化、规模化、国际化迈进创造了有利条件。合肥市种子公司已被安徽省列为全省32家农业产业化的“龙头”企业。

第三，落实科教兴农，培养新型农民。以滁州市为例，目前全市有2764所各类学校，有71万人不同程度地接受了农业科技知识教育。市里要求，所有初中毕业生在具有文化课毕业证书的同时，还必须有劳动技能证书，从根本上提高大部分回乡学生的务农素质，为农业生产上新台阶提供人才保证。

第四，适应农业机械化、现代化要求，发展适度规模经营。经过在部分乡镇认真试点，在农民自觉自愿的基础上，村里通过调整土地，使小田变大田，圆田变方田，集中连片，初步发挥了规模经济的优势。

四、山口经济

我们这次一到安徽，就有很多人告诉说，霍山县的“山口经济”很有特色，建议去看一看。经过实地调查，我们深感此言不虚。

霍山位于安徽西部，地处大别山北麓，是一个集老区、库区为一体的山区，1986 年被国家定为贫困县。“七山二水一分田”是这个县的基本县情。近几年来，霍山县根据本地实际，充分发挥 10 来个山口集镇的区位优势，狠抓基础设施建设，大力发展山口工贸经济，发挥龙头辐射作用，带动了整个县级经济的发展。霍山人把这种在交通通讯条件较好的山口地区集中发展工商业，以山口地区的龙头企业带动深山区经济发展的路子，称作发展“山口经济”。

（一）集中力量进行基础设施建设。山区经济发展的劣势主要是交通不便，通讯条件差，信息不畅。霍山将经济发展的重点放在交通、通讯、信息条件相对较好的山口，集中力量进行基础设施建设，克服了这一劣势，实行重点突破，带动了整个山区的振兴。山口地带交通等基础设施的改善，为霍山发展创造了新的亮点。在我们的印象里，山区与外界的合作一般比较困难，吸引外资更是难上加难，但霍山这个贫困山区，不仅把外资吸引来了，而且合资企业还办得很好。目前全县“三资”企业已达 10 多家，与县外兴办各类合作项目 200 多个。他们还争取到荷兰政府对我国的第一个无偿援助项目，外援资金约 1 亿元。如果没有霍山山口地带基础设施的改善，霍山不会争取到这么多的项目和资金；如果霍山的基础设施建设不是重点突破，而是全面铺开，霍山也不会有现在的成绩。

（二）利用资源优势发展工业。霍山人均只有七分耕地，但全县有林地 170 万亩，毛竹 120 万亩，茶场 10 万亩，水电资源，铁砂、磁性材料等矿产资源也很丰富。以利用本地林木资源为主的皖西三星木地板厂，年销售收入达 4600 万元，利税 600 多万元。皖西层压板厂每年可加工毛竹 150 万根，相当于全县毛竹年采伐量的近一半，不仅解决了毛竹的销路问题，企业也取得了较好的经济效益。化工冶金厂利用本县石英砂、铁砂资源优势及小水电充足的优势，由铸造起家，进行阀门生产，产品打入欧美、日本市场，年销售收入上亿元，实现利税千万元。

（三）在工业布局上实行重点突破、分层开发的战略。霍山县在发展工业和乡镇企业的过程中，不是搞遍地开花，不是急于消灭“空白村”，而是从重点突破。对各种工业项目的布点，首先考虑城关地区，其次是山口和其他小集镇。所有新上的项目力争安排在山口，对已有的分布在条件不好的偏僻乡村的企业，鼓励其向山口地区转移。工业的相对集中布局，将全县分散无序的劳动力、原料、资金、技术、信息等生产要素重新配置，集中在山口地区优化组合，形成了新的生产力。我们看过的霍山有林光源集团、三星木地板厂、化工冶金厂等都是从比较偏僻的乡村起家，搬到山口以后发展壮大起来的。据介绍，霍山县已形成 30 华里长的山口经济带，其经济总量占到全县的 60%以上。

（四）不忘夯实林粮基础。霍山把林业作为山区生存和发展之本，积极开展林业二次创业。全县林地面积 170 万亩，森林蓄积量 280 万立方米，森林覆盖率达 59%。林业的综合开发，实现了经济效益、生态效益和社会效益的统一。他们每年投入扶贫开发资金近千万元，组织 10 多万劳力常年大干，规模开发茶、桑、药、竹、栗、菌等支柱产业，年创产值 2 亿多元，占到农业总产值的 60%以上，山区农民一半以上的收入来自林业综合开发和开发性农业。

过去，霍山的主要经济指标在安徽 68 个市县中大多排在五十几位，而今霍山人均财政收入、人均社会消费品零售额等指标已排在全省的十几位。霍山的经验表明，山区发展经济决不能盲目铺摊子，必须扬长避短，发展优势产业，有重点有步骤地推进，这样才大有希望。

五、股份合作

对包括国有和集体所有在内的小型公有制企业，各地正在按照中央提出的“抓大放小”的方针进行改革。而在小型公有制企业的改革中，实行股份制特别是股份合作制又是各地较多采用的一种形式。安徽省从 1995 年开始也逐步推进了这方面的改革，并取得了一定的进展和效果。

经过这次在安徽的调查，以及以往在其他地方的调查，再加上对其他同志所写这方面调查材料的研究，我们对股份合作制逐步形成了以下几点认识。

第一，对股份制特别是股份合作制，既不能简单地直接等同于公有制，也不能斥之为私有化，关键在于股权控制在谁手里。

第二，从各地情况看，目前已实行的股份合作制，大体有以下几种形式：一是国有或集体控股，经营者持股或持大股，职工多数人参股；二是国有或集体参股，经营者持股或持大股，职工大多数人入股，国有或集体和职工占控股地位；三是国有或集体不参股，经营者持大股，职工大多数人入股，职工占控股地位；四是少数经营者控股，职工少数人入股；五是少数经营者持股，国有或集体和职工都不入股。对前三种，应仍视为公有制经济或合作经济；对后两种，则应视为合伙经营的私营企业。

第三，鉴于建设有中国特色的社会主义必须坚持公有制经济占主体地位这个不可动摇的基本原则，各地的实践也已充分证明坚持这个原则已显示出许多明显的优越性，有利于防止两极分化和逐步实现共同富裕，广大干部和群众也都从实践中深深体会到这一点而对公有制情有独钟，因此各地在进行股份制或股份合作制改造时，对凡是坚持公有制能够办好的企业，还是应当坚持公有制或合作制，而只是对少数确实坚持公有制无法办下去或根本不能办好的企业，才改制为少数人合伙经营的私营企业。

第四，实行股份合作制改造也不能刮风，不能用行政手段硬性推进。小型公有制企业数量巨大，情况复杂，改制涉及很多方面，需要做许多工作，应当慎重推进。我们在安徽调查时，省有关部门的同志曾谈到邻省的一个县，全县上下齐动员，县委、政府、人大、政协几套班子一齐上，要求几天内把全县所有的企业都搞成股份合作制。他们认为，用这样的工作方式推行企业改制是不适宜的。改制时，应充分听取广大职工的意见，尊重他们的选择，决不能由政府强制推行；否则的话，如果改制后还是搞不好，职工就会埋怨政府。

第五，不能有“一股就灵”的简单化想法。要把企业股份合作制改造同转换企业的经营机制，提高企业管理水平，加强企业技术改造，以及加强领导班子建设等配套进行，强调规范运作。对通过改制募集到的资金，应在认真做好市场分析预测的基础上运用好，如用于技术改造则一定要选准选好项目，以充分发挥资金效益。如果运用不当，使企业背上新的包袱，又增加了股份分红的压力，只靠改制也是无法把企业搞活搞好的。

六、脱贫问题

安徽省这些年在帮助贫困地区脱贫致富方面取得了很大的成绩，贫困人口在全省人口中所占比例已大为减少，省里对如期实现“八七”扶贫攻坚计划是有信心的。这次我们着重到金寨县看了看，县里的同志提出了以下的一些意见和建议。

一个是粮食政策问题。金寨是老革命根据地，是山区，又是库区。由于大量良田被淹，缺粮问题尤为严重。金寨县库区淹掉农田 10 万亩，就地移民 10 万人，每年需调进粮食 71500 吨。过去，这些地区的调入粮，按平价供应。粮食经营放开以后，价格一涨再涨，有的地方农民人均收入的增长，几乎被粮价上涨所带来的增支抵消。从县财政来讲，每年还要负担大量的调粮补贴资金，仅金寨县这项补贴的数额就达 1430 万元，制约了地方经济的发展。群众认为，为国家修建水库淹了大量的良田，移民反而要吃高价粮，心里很不平衡，抵触情绪较大。看来，对移民安置不落实的库区一线移民，在吃粮问题上给予适当补贴是必要的。

第二个是农特产品收购资金问题。山区以生产茧、茶、栗、药等农特产品为主，这些产品如同粮棉大县的粮棉一样，是其当家主导项目，如果这几项流通受阻，整个山区生产就难以振兴。但国家在安排农产品收购资金时，只对粮棉油设立了专项信贷资金，而山区主要农特产品的收购没有相应的资金保证，结果造成山区茧、茶等收购困难，每年都有大量的“白条”，使山区贫困雪上加霜。金寨县 1995 年和 1996 年仅蚕茧收购一项就打白条 1400 多万元，严重影响了蚕农的积极性。过去，地方将各项农产品收购资金捆起来使用，茧、茶等收购资金的问题还不很突出，但对粮油收购资金使用实行封闭管理以后，山区农特产品收购资金保证问题就越来越大。对于这种以茧、茶生产为主的贫困山区来说，如何保证其产品收购的顺利进行，需要进行进一步的研究。

第三是库区经济的发展问题。新中国成立以来，我们在很多地区兴建了大型水库和水利设施。库区人民为支持其他地区的经济发展做出了巨大贡献，也做出了巨大牺牲，蒙受了巨大损失。按国家规定，对库区水位上涨、行洪蓄洪等对农民造成的损失，都应当给予补偿，但这些政策从来都难以兑现，库区群众反映强烈。安徽省曾规定，对水库发电收入、水费收入等要按适当的比例，向库区返还，但这些政策也没有完全兑现。

第四是扶贫政策的落实问题。近些年，国家和地方政府对贫困山区的发展给予了很大的支持，对贫困山区的发展起了积极作用。但有些政策的落实和兑现还有一定的难度。比如，国家用于粮棉大县的扶持资金、农业综合开发资金等，都需要地方给予相应的配套资金。有些信贷扶持，国家只给规模，不给资金，而对贫困山区来讲，不论是财政资金还是信贷资金都很紧缺。因此，很多扶持都因缺少配套措施，缺少资金，而无法兑现。

看来，为确保扶贫攻坚目标的实现，对已出台的一系列扶贫政策的落实情况，适时进行一次全面的检查是有必要的。

七、赶超战略

近年来，我们到各地调查，深感各级地方政府发展经济的热情非常高涨，安徽当然也不例外。从省（区）到地（市），到县（市），乃至乡镇和村，大都制定有赶超别地的目标，强调实行赶超战略。这种学先进、赶先进的思想，对各地经济的发展无疑会产生极大的激励作用，首先应充分肯定其积极的方面。但是，如果都热衷于在经济总量的扩张上赶超别人，而忽视经济结构的优化和经济运行质量的提高，就会严重影响中央一再强调的我国经济必须实行两个根本性转变这个战略方针的落实。

这次在安徽与省里及市、县和基层的同志座谈，有的同志指出，目前的相互赶超可能带来三种结果：一种是既充分调动了各级干部和广大群众的积极性，又坚持一切从实际出发，扬长避短，真正促进了各地经济的持续快速健康发展。第二种是为了达到过高的经济增长速度，不从实际出发，不顾自身条件，乱铺摊子，滥上项目，重复建设，最后造成损失浪费。第三种是有的地方为了不至于在赶超中落后，即使经济并没有真正搞上去，也要保证数字上去，因此热衷于摆花架子，上形象工程，搞形式主义，甚至虚报浮夸。目前第一种还是主流，但对后两种也必须严重警惕，切实防范。

总之，对目前的赶超热情应当给予积极引导。赶超必须量力而行，注意发挥自己的优势，并坚决服从国家的政策指导和宏观调控。要在市场竞争中立足，各类经济和企业必须有一定的规模，但也不都是越大越好。规模首先必须是有一定内在质量和结构优化的规模。既要讲规模效益，也要讲有效益的规模。为了防止各地盲目赶超，中央各部门应停止各种各样的达标、排位，停止各种各样不适当的评比，切实督促各地将经济发展的重点放到落实两个根本性转变的战略上来。

八、干部作风

我们这次在安徽调查期间还听说，省里的主要负责同志曾在一些重要会议上和其他场合，严厉批评少数干部弄虚作假、以权谋私、严重脱离群众的不良倾向，要求加大反腐败力度和尽快端正干部作风。强调关键是必须理顺用人机制，端正用人导向，大胆起用那些讲真话、报实数、鼓实劲、办实事、出实绩的好干部；同时要树立一个良好的风气，使那些华而不实欺上瞒下者混不下去，使那些投机钻营、跑官要官者处处碰壁，使那些平平庸庸、无所作为者不能在负责岗位上久留。

省里的主要负责同志强调，当前全省干部队伍、干群关系从总体上讲是好的，有一大批勤政廉政的好干部、好典型，但也确有少数地方干群关系紧张，少数干部严重脱离群众。一些人当了官，有了权，但为人民服务的观念却淡化了；一些人想的、说的、跑的、做的、干的并不是为了人民群众，而是为了自己的私利。极少数干部对群众的意愿和要求不去想，对本部门、本地区的问题不去深入调研，不思国事，把主要心思放在自己的房子、车子、位子、票子和孩子上；他们不思进取，只想自己如何清闲；他们说的不是群众呼声，不是真实的社情民意，而是迎合一些人的要求，无的放矢地说大话、说空话、说假话，看着某些人的脸色说不负责任的话、说捧场话，甚至欺上瞒下搞浮夸；他们跑的不是基层乡村农户、工厂车间，到工人农民中间去了解情况，解决问题，而是忙着串门子、跑位子、拉关系；他们找上级要官，过去还遮遮掩掩，羞羞答答，现在是厚着脸皮，直截了当；他们比的不是开拓进取，不是工作实绩，而是攀比职务，攀比级别，攀比待遇，攀比排场，攀比享受；他们平时干的不是扑下身子，深入实际解决热点难点，而是满足于“上传下达”，沉溺于文山会海，以讲话贯彻讲话，以会议贯彻会议；不是经常出现在车间田头，而是乐此不疲地忙于送往迎来和各种应酬。求真务实，兴邦兴业；弄虚作假，误国害民。

在统计数字上弄虚作假，虚报浮夸，也是一种腐败现象。在某种意义上，不实数据比没有数据引起的危害更大，伪科学比无知带来的损失更甚。

省里已明令对蓄意造假、骗取荣誉地位的人不仅不能提拔重用，而且还要按照党纪法规进行查处。省里的主要负责同志强调，全省各级干部要继承邓小平同志遗志，必须把人民“拥护不拥护”、“赞成不赞成”、“高兴不高兴”、“答应不答应”作为工作准则。只要把干部思想作风抓端正，把滋生出来的不正之风猛刹住，把人民利益始终放在高于一切的位置上，当前社会上出现的热点难点就能迎刃而解，就能不断稳定和发展安徽的大好形势。

据我们听到的反映，广大干部和群众对省里主要负责同志的要求热烈拥护。普遍认为他们如此严肃、如此认真地抓反腐败，抓干部作风的端正，的确是抓到了点子上，抓住了要害。

关于苏南乡镇企业改革情况的调查

（1998 年 7 月）

改革开放以来，乡镇企业异军突起，已逐步发展成为国民经济的重要支柱。苏南地区乡镇企业起步早，发展快，成效尤为卓著，它们在发展过程中创造的以公有制为主体的“苏南模式”，对全国乡镇企业的发展产生了很大的影响，起到了良好的引导和示范作用。近年来尤其是去年以来，苏南乡镇企业进行了大规模的以产权改革为重点的体制改革，受到了社会各方面的关注，也有许多不同的认识。最近几年我曾多次到苏南调查，今年五六月间又来到这里，着重了解了乡镇企业的改革问题。其间，先后到了苏州、无锡及所属的一些市（县），听取了各方面人士的意见，并到南京与江苏省有关部门和经济界的有关专家、学者进行了深入的探讨。通过调查，深感认真地、仔细地研究苏南乡镇企业的改革问题，不仅对于苏南而且对于全国的经济和社会发展，都是十分必要和很有意义的。

一、苏南乡镇集体企业功不可没

20 年来，以集体经济为主体的苏南乡镇企业迅猛发展，创造了辉煌的业绩，涌现出了一大批有较强实力和市场竞争力的大中型企业和在全国有较高声誉的名牌产品。现在苏南农村社会总产值中，乡镇企业占 90%以上；工业经济总量中，乡镇工业占 70%以上。乡镇企业的迅速发展，为苏南经济发展和人民生活水平的提高做出了重要贡献。通过“以工补农”、“以工建农”等方式，不断增加农业投入，提高农业的物质技术装备，已基本实现农业机械化，成为全国农业现代化水平最高的地区之一。不仅解决了本地农民的就业问题，还为外地农民提供了大量的就业岗位，农民收入水平不断增加。1997 年，苏州、无锡农民的人均收入水平已接近或超过 5000 元，高出全国平均水平 1 倍以上；国民经济持续快速发展，人均国内生产总值达到 2 万元，在全国处于领先地位。在经济发展的基础上，苏南的社会发展和精神文明建设蒸蒸日上，涌现了一批在全国享有盛誉的先进典型。在苏南城乡，人们看到的是一幅经济发展、环境优美、精神文明、人民安居乐业的动人景象。谈起苏南的发展成就，当地的同志脸上都洋溢着一种自豪感。苏南物质文明和精神文明协调发展的成就，吸引了全国各地的人们络绎不绝地到这里参观、考察、学习，他们满怀希望而来，带着美好印象而归，把这里一些好的经验和做法带到了全国各地，对全国两个文明建设起到了有益的推动作用。在调查中，绝大多数同志都认为，苏南能有今天，乡镇集体企业功不可没，对这一点应给予充分肯定和高度评价。

苏南乡镇企业的发展之所以能取得如此巨大的成就，原因是多方面的。举例而言，苏南有比较好的区位优势，邻近上海、南京等大城市；有比较好的基础，这一地区是中国近代民族工业的发祥地，人的素质比较高；有比较有利的市场环境，长期以来消费品比较短缺，产品只要生产出来就能卖出去，为乡镇企业的发展提供了比较好的发展空间；有各级政府的充分支持，制定了许多的优惠政策，等等。其中，很重要的是苏南找到了一条成功的乡镇企业发展道路，也就是人们常说的“苏南模式”。

“苏南模式”的主要特点有这么几条：

一是以集体经济为主体。苏南的乡镇企业中，集体经济成分一直保持在 95%以上。

二是以市场为导向。乡镇企业从一开始围绕市场进行生产经营。原料、资金从市场上来，产品到市场上销售，有比较强的适应市场能力。

三是有比较灵活的管理机制。从 80 年代初期苏南乡镇企业普遍实行了“一包三改”的管理体制。所谓“一包”就是实行经济承包责任制。承包内容以利润指标为核心，包括产值（销售收入）、生产成本等主要经济指标。乡镇集体将指标下达给厂长经理为主的经营层，然后将承包的经济指标层层分解到车间、班组和个人。所谓“三改”就是改干部任命制为选聘制，改工人录用制为合同制，改固定工资制为浮动工资制。这“一包三改”实现了经营权与所有权的分离，比较好地解决了“终身制”、“铁饭碗”、“大锅饭”的弊端，调动了企业经营者和职工的积极性。

四是地方政府和社会集体经济组织强有力的支持和推动。乡镇企业在创办和发展过程中，无论是发展规划的制定，资金的筹集，结构的调整，技术的改造，科技人员的引进，乃至主要原辅材料的组织和产品的购销等，地方政府和社区集体经济组织都给予了全方位的支持和帮助。

二、深化改革势在必行

进入90年代以来，尤其是近年来，苏南乡镇企业出现了增长速度减缓、效益下降、债务沉重、后劲不足的情况。苏州、无锡两市乡镇工业的增长速度由“八五”期间的30%左右下降到1997年的11%左右，已由原来长期高于全国平均水平转为低于全国平均增长18%的速度。乡镇企业发展中遇到的困难和问题，原因也是多方面的。其一是外部宏观环境问题，如市场供求关系发生巨大变化，产品市场有不少已由卖方市场转为买方市场，市场竞争加剧；乡镇企业原来享受的各种优惠政策逐步取消，而与之相竞争的外资、私营等多种所有制经济成分享有比较优惠的政策；乡镇企业的社会负担加重；等等。其二是乡镇企业自身的产业、产品结构不合理，产品的技术含量和档次不高。其三是乡镇企业原有的比较灵活、有效的经营管理机制出现了弱化、异化、退化现象，不适应社会主义市场经济发展的要求，影响了乡镇企业的活力和市场竞争力。对于最后这一条，在调查过程中很多同志从不同角度和侧面谈了不少意见，归纳起来，主要又有以下几点：

一是政企不分、权责不清。乡镇政府和村委会作为集体资产的所有者，往往直接参与企业的经营管理活动，比如企业的很多投资等重大经营决策都是由乡镇党委、政府或村党支部、村委会决定的，这在乡镇企业发展的初期，企业规模较小的情况下确实有必要，但当企业发展到一定程度，继续这样做问题会越来越多。一方面使相当多的企业的经营自主权不能完全落实，无法使企业形成自我约束、自我积累、自我发展的市场竞争主体。另一方面对日益增多的投资项目决策失误和盲目建设、重复建设问题，政府和企业都无人承担责任。

二是企业经营者的约束与激励机制不健全，负盈不负亏的问题日趋严重。随着市场经济的发展，人们的价值观念已经发生了很大的变化。除去一部分乡镇企业家继续保持原有的“致力于集体，奉献于事业”的精神状态外，相当多的经营者比较多地考虑自己的私利。由于受社会环境等方面因素的影响，有的经营者片面地在收入方面与私营、外资企业攀比，进取心下降，考虑自己的进退得失较多，对企业的长远发展考虑不足；有的经营者一心为公的思想淡化，私心杂念严重，造成集体资产的严重流失。

三是企业原有的“职工能进能出，干部能上能下，工资能高能低”的管理机制退化、弱化，不少企业出现了“职工能进不能出，干部能上不能下，工资能高不能低”的现象，企业的非生产人员大量增加，一些乡镇企业用人的家族化现象也日益突出。

四是投资主体和渠道比较单一。乡镇集体企业最初是靠集体积累起步的，在发展过程中资金来源主要是靠银行贷款，有的还以很高的利息向社会集资，企业的资金比较困难，负债率也比较高。

五是在乡村社区范围内，企业尤其是大型企业和企业集团发展的空间受到限制。现在一些乡镇企业的规模已经很大，形成了跨区域的集团，有的已经进入国际市场，要求在比较大的范围内优化资源配置，这样与社会所有者之间存在着一定的矛盾。另外，乡村集体经济组织很难对经营者进行有效的监督，许多经营者对传统的管理办法也有着日益严重的抵触情绪，处理不好，就会产生矛盾。

在这种情况下，如果不深化改革乡镇企业的管理和运行机制，乡镇企业的继续发展必然会受到严重影响。

三、深化改革的进展和形式

苏南乡镇集体企业的深化改革从 90 年代初逐步展开。最初的重点是经营机制的继续改革；从 1992 年开始进行产权制度改革的试点；从 1997 年下半年起开始了涉及面广、规模较大、速度较快的改革，并且主要集中于改革产权制度。当时从地方党政领导机关下达的改革思路，大体可以概括为三句话，这就是：

“大型企业搞公司制（股份有限公司和有限责任公司），中型企业搞股份合作制，小型企业转为私人所有”。这样的改革，一般又被称作“企业改制”。目前，苏州市改制企业已有7300家，占乡镇企业总数的60%左右；无锡市到今年第一季度末，已改制的企业有14484家，占乡镇集体企业总数的87%，其中宜兴市改制企业占95%。在改制中具体有以下几种形式：

一是股份有限公司。一些规模较大、效益好、符合国家产业政策的乡镇集体企业，经省里批准，依法改制为股份有限公司。苏州市现有股份有限公司11家。无锡市有股份有限公司5家，其中有2家成为上市公司。

二是有限责任公司。大部分采取的是增量扩股，集体控股，经营管理人员参大股的办法来组建的。这种类型的企业，苏州有1800家，占改制企业数的24.7%；无锡2004家，占改制企业的13.8%。

三是股份合作制企业。具体组建形式有四种：一是存量折股，并将其中10%—15%按贡献大小量化给职工，只有受益权，没有所有权，职工再以1:1的比例配股，组成由社区集体股与企业职工股结合的股份合作制企业；二是先售后股，企业存量资产部分或全部出售给企业职工，由社区集体企业演变成职工持股的集体企业；三是部分企业职工（主要是企业骨干和经营者）买断存量资产，再增资扩股，组成合作制企业；四是售租结合，企业的机器、设备等资产出售给企业经营者和职工，房地产和电力设施依然归集体所有，出租给企业使用。苏南的多数股份合作制企业，一般是经营者持大股，有些地方要求经营者持股要在职工的10倍以上；职工入股自愿，多数职工入股，但数量不等。原来搞的职工平均持股的股份合作制企业，股份现在也向经营者及企业骨干集中。实行股份合作制的企业，苏州有2500家，占34.2%；无锡有9083家（其中有3859家属于租售结合的企业，无锡市自己统计时单列），占62.7%。

四是转成私有企业。一般的企业规模较小，大多数是由原来的经营者购买。苏州转为私有的企业是2800家，占转制企业数的38.3%；无锡有3153家，占改制数的21.8%。其中今年一季度增加了1214家。

五是兼并联合。无锡有239家乡镇企业被优势企业兼并，重新组合和经营。

已改制的乡镇企业资本结构有了较大的变动，集体资本比例大幅度下降，私人资本比例大幅度上升。在有限责任公司和股份合作制两种企业中，私人股本占了半数以上（相当多的是经营者个人持有）。据统计，无锡市经过改制后组建的7228家有限责任公司和股份合作制企业，集体股本占29.7%，个人股本占54.1%。加上转成私有企业的部分，统算下来，已改制的乡镇企业的资产中，私人占的比重超过60%以上。

现在没有改制的乡镇集体企业，虽然数量不多，都是资产规模比较大、效益较好的乡镇企业，集体资产占乡镇企业资产的近一半。改制的和尚未改制的企业总算下来，目前无锡市乡镇企业的资本结构是，集体资产占64%，外资占12.4%，社会法人股占13.2%，个人股占10.3%；苏州市乡镇企业的资本结构是，集体股份占54%，社会法人占28%，个人股份占18%。现在中小型乡镇企业改革基本完成，下一步的重点是这部分企业的改革，有的地方准备今年底完成，已有了改革的方案，基本上是按股份有限公司和有限责任公司进行改造，从资产结构上看，集体股份将会继续下降。

四、认识上存在分歧的几个重要问题

我们在调查中发现，对现在苏南乡镇企业的改革方式，看法并不一致，赞成拥护者有之，不甚满意者有之，忧心忡忡者有之。意见的分歧，既有改革的方向、重点问题，也有具体工作的方式方法问题；既有实践问题，也涉及到一些重大的理论问题。分歧的焦点是还要不要坚持以集体经济为主体，具体表现在以下几方面。

一是乡镇企业深化改革要改什么？现在，苏南乡镇企业的改革的重点主要是放在产权制度改革方面。各个地方负责改革工作的同志对此解释说，苏南乡镇企业近几年来出现的增长速度减缓、效益下降，归根到底是由集体所有制造成的。乡镇集体企业产权不清晰，人人都有，人人皆无，经营者和职工都没有积极性。因此，要进一步促进苏南乡镇企业的发展，再创新优势，必须进行产权制度的改革，调整所有制结构，减少集体企业的数量，降低集体经济的比重，这样才能从根本上解决问题。

有些同志对此则持保留态度。他们认为，苏南乡镇企业比较早地按市场经济运行，在发展中能取得这样大的成就，说明集体经济是有优越性的。没有集体经济的发展，就没有苏南的今天。他们主张要对目前乡镇企业存在的问题进行科学的、实事求是的分析，对症下药，区别对待，正确指导乡镇企业的改革和发展。他们认为造成目前乡镇企业发展困难的原因是多方面的，既有国内外的宏观经济环境问题，有乡镇企业的产业和产品结构问题，也有政企不分、权责不清、管理不善问题，不能一概归之为体制问题，更不能都归之为所有制问题，这样是以偏概全，因为这些问题既与集体所有制没有必然的关系，更不是由集体所有制造成的。他们认为看不到乡镇企业在管理体制和运行机制包括产权制度方面存在的弊端和问题，不进行改革是不对的；但把目前影响乡镇企业发展的所有问题都归结到产权上，进而归结为集体所有制上也是不正确的。按照这样的逻辑推理，就会把乡镇企业的改革完全看成是产权改革，把产权改革简单化地看成是卖集体资产，就是变发展集体经济为发展个体私营经济，搞非公有化。现在一些地方出现的企业卖得越快越好、越彻底越好的卖企业之风，就是这种思想泛滥的结果。他们认为，乡镇集体企业属于社区劳动群众集体所有，它们的发展成果群众看得见、摸得着，并为社区集体群众分享，不能说产权不清晰。那种认为只有把集体资产量化到个人才是产权清晰的认识只能导致集体资产“卖净分光”。乡镇企业的改革目的是为了焕发乡镇集体的活力，最大限度地促进农村经济的发展，实现共同富裕的目标，而不是取消集体经济，不能借口寻找集体经济的多种实现形式而把集体经济都改光了，这不符合党的十五大精神。这些同志指出，中央领导一再强调，不要“一股就灵”、“一股就化”、“一股就了”，实际上有些地方的领导根本不听，一些地方的做法搞的就是一刀切、一风吹。所谓集体经济搞不好，晚卖不如早卖，“靓女先嫁”，“好苹果先吃”等认识非常普遍，加上一些报刊包括一些大报大刊总是宣传“国有不如集体，集体不如个体”，现在实际上已形成了一种舆论压力、社会压力，让企业非改不可，好像不改就是思想不解放，就是保守、落后，不把集体改掉企业就没法发展，不搞产权改革就是保守。在这样的舆论环境和氛围下，有意见的同志也不好坚持了。一些目前经营很好、有活力的乡村集体企业愿意保持现有运行机制也不得不转制。在改革中不强调集体参股或控股，提倡由少数经营者持股控股，不鼓励职工参股，尤其是不鼓励职工人人参股。认为这样是新型的平均主义，不利于调动经营者的积极性，致使这些地区卖给个人或少数人控股的企业数量占较大的比例。有的乡镇企业全部卖给了少数人，集体不参股，重新出现了一批集体企业的空白村；即使有些乡镇现在仍留有一定比例的集体控股参股企业，将来也打算彻底放掉，有的市（县）和乡镇甚至提出不再兴办集体企业。他们说，苏南集体经济的发展壮大，经历了很多的艰难困苦，改掉很容易，但要再搞起来就很难了。集体经济是苏南发展的基础和优势所在，千万不能邯郸学步，把自己原有的优势丢掉，新的东西又学不来，或者学来了又不适合当地的实际情况。他们主张，各级领导一定树立搞好集体经济的信心，下大力气帮助解决集体企业存在的问题，切实在政企分开、各司其职、加强管理、加快技术进步等方面下功夫。对现有搞得很好的集体企业，应鼓励其继续搞下去；在改制中，只要集体控股能办好的，则应坚持集体控股；鉴于目前大多数中小企业或者卖掉成为私人企业了，或者变成由个人股份占大头的有限责任公司了，为了保持集体经济的控股地位，尚未改革的乡镇企业集体企业一定要坚持由集体控股。

二是还要不要坚持以集体经济为主体。苏南乡镇企业在深化改革中出现了集体经济比重大幅度下降的现象。拍卖转让成私人所有的企业，集体资产已全部退出；实行股份有限责任公司或股份合作制的企业，集体资产所占的比重也比较低，无锡市不到30%。按全口径计算（改制的和未改制的合在一起），集体资产所占的比例，已由原来的95%下降到目前的54%—64%，一年中大体下降了近30个百分点，现在还有继续下降的趋势。对此，有些人认为正是改革成果的体现，标志着乡镇企业已实现了投资主体多元化，集体经济即使比例再下降一些，也不值得大惊小怪。只要把经济搞上去，不要管他什么所有制，在改革中考虑这个问题是多余的，是思想僵化的表现。有些同志则对苏南集体经济比例的大幅度下降忧心忡忡，认为这样下去苏南集体经济的主体地位将无法保证，农村共同富裕的目标就很难得以实现，两极分化现象将逐步扩大，就会影响农村党的基层组织建设，影响党支部的战斗堡垒作用的充分发挥。他们认为，坚持公有制的主体地位，既是苏南经济和社会发展的需要，也是全国坚持公有制主体地位的要求。坚持公有制的主体地位，既是指全国的，也是指地方的，可以“有所区别”的只是个别的或极少数的有特殊条件的地方。如果各个地方的公有制都不占主体了，尤其是像苏南这样靠集体经济发展起来、长期坚持以集体经济等公有制为主体的地方都不坚持了，在所谓深化改革中把集体资产从企业中退出去了，尤其是从一些效益好、有活力的大中型骨干企业中都退出来了，把企业都搞成私有了，那么公有制的主体地位怎么能够在其他地区乃至全国得到坚持呢？如果各个地区都不是公有制占主体地位了，非公有经济占据了控制

地位，全国也就谈不上公有制的主体地位了。这些同志建议，鉴于坚持公有制的主体地位问题是一个具有重大理论和实践意义的问题，建议中央有关部门进行认真研究，对于各个地区在改革中是否应坚持公有制的主体地位以及如何体现这一原则有一个明确的说法，以统一各地的认识。

三是发展个体私营经济的方式方法问题，即是通过平等竞争的办法还是用把公有转为私有的方式方法问题? 过去苏南地区集体经济占有绝对优势，个体私营经济所占比例很小。现在，一些地方认为集体经济不行了，于是大量地将一些集体企业通过各种形式变成了个体私营经济。有的同志赞赏这种做法，认为现在个体私营经济有活力，增长速度比集体快，地方经济要加快发展，就要大力加快发展个体私营经济，把它们作为新的经济增长点。有的同志对此则持不同看法。他们认为，过去苏南个体私营经济不发展，现在可以也应该加快发展，但也不能从一个极端走向另一个极端，主要依靠把原有集体企业卖掉的方式方法来发展个体私营经济，以致一些地方出现了集体资产卖得越多越好、越彻底越好的情况，不少村重新变成了无集体资产的空壳村。他们认为，现在报纸上发表的统计数字，总是集体经济发展速度慢，个体私营经济发展速度快，对此也没有作具体分析，好像集体经济不如个体私营经济，实际上并不是这么回事。他们分析，苏南地区在统计数据上，集体经济增长速度低于个体私营经济的原因大体有这么几条。一是经过二十年的发展，集体经济规模越来越大，在基数比较大的情况下，增长速度不可能再像过去那样保持很高的增长速度，而个体私营经济起步晚，基数小，所以增长速度快一些是正常的。二是现在改革中把大量集体企业改成个体私营企业，这样体现在统计数据上，既降低了集体经济的增长速度，又人为地拔高了个体私营经济的增长速度，使人们形成不正确的印象，误导了舆论。三是集体企业承担的各项社会义务比较多，负担比较重，而个体私营企业不存在这些问题。四是集体企业的统计制度比较健全，统计数据可信度高，而个体私营企业多数没有建立专门的统计体系，数据随意性较大。因此，不能因为集体经济增长速度低了一些，就得出集体不如个体私营的结论。目前在苏南地区整个经济中真正起支撑作用的，还是乡镇集体企业。集体经济应该搞好，也完全可以搞好。现在苏南还有很多搞得很好的集体企业，即使暂时亏损的集体企业经过努力也是可以搞好的。问题在于，现在有一些地方领导同志不想再搞集体企业了，也不下功夫了，一门心思想把集体企业卖掉，这样一来集体企业怎么能搞得好呢？他们主张，还是应当给集体经济和个体私营经济创造平等竞争的环境和条件，决不能靠压缩集体经济的办法来发展个体私营经济。

四是乡镇企业的抓大放小问题。苏南地区乡镇企业在深化改革的过程中，也仿效国有企业改革的做法，普遍提出了要“抓大放小”，把集体资产向大的优势企业集中，其他的中小企业就通过各种方式放掉，转为个体或私营。有些同志认为，这样做有利于提高集体经济运行的质量，有利于乡镇企业的发展。有的同志对此持不同看法。他们认为，乡镇企业不同于国有企业，不能完全搞“抓大放小”。因为乡镇企业承担着支持农业、富裕农民的任务，有些村办集体企业虽然规模不大，每年有个几十万、上百万的利润，从一个市、县来看算不了什么，但具体到一个村，影响就很大。有了它，可以兴办很多公益事业。如果企业都卖掉了，集体经济没有了一点实力，不能为民造福，党组织就没有了权威，村支部在群众中将失去凝聚力。现在包括苏南在内已经有的地方出现了这样的一些事例。村里的企业都卖给个人了，村支部书记和村干部给私营企业打工，由私营企业主支付报酬，他们不得不听命于私营企业主，怎么能够尽到自己的职责，发挥党支部的战斗堡垒作用，很好地为全体村民服务呢？一些同志还主张，有些村集体企业如果实在办不下去而不得不卖掉的话，收回来的资金应当重新投入到生产经营中去，如果本村实在没有较好投资去向，也可以投到其他地方效益好的集体企业中去，以保证村集体有一块稳定的收入。

五是集体资产的价值形态问题。一些地方乡镇企业在深化改革中，集体资产大量被出售，有些同志认为，出售集体资产，把它从实物形态变为货币形态，并没有改变资产的归属，也不意味着集体资产的流失。有的同志甚至认为，如果不改革，实物形态的集体资产通过各种渠道隐性流失，损失更加严重。有些同志则认为，只有作为生产资料的资产才能实现增值，如果部分集体资产出售变成了货币形态，并重新投入到有效益的生产经营中去，重新变为实物形态，这有利于集体资产的盘活和重组，是应当允许并鼓励的。但如果一个乡镇、一个县市甚至更大范围的集体资产都变成了货币形态存在，并没有投入到新的生产经营中去，就会自然贬值，更谈不上保值增值。由于有的地方没有建立集体资产的有效监督管理机制，大量变化后的集体资产被挤占挪用，甚至用于弥补乡村政府的日常开支或用于还债，集体资产慢慢就由多变少，最后就化为乌有了。这些同志主张，应当坚持马克思主义的生产资料实物形态与价值形态的统一论，不可将两者任意分割，应当保持大部分集体资产的实物形态，以保证集体资产的保值增值。

六是关于要不要坚持按劳分配为主体的问题。长期以来，苏南地区是以按劳分配为主体的。随着集体经济的发展，大家的收入水平和生活水平普遍提高，基本上不存在贫富过于悬殊的很大差距。随着乡镇集体企业大规模地改制，私人资本所占的比重急剧上升，企业内部的分配关系日趋复杂化。即使是实行股份合作制的企业，经营者与普通职工之间持股的差距也很大，而且现在股份有向经营者日趋集中的趋势。在这种情况下，怎么把握分配的基本原则，是继续坚持以按劳分配为主体，还是以按资分配为主体？有些同志认为，马克思主义的劳动价值理论已经过时，应当修正，不仅劳动创造价值，资本也创造价值，随着企业现代化水平的提高，资本创造价值的比重在提高，因此不要再说什么以按劳分配为主体了。个体私营企业里面就不存在按劳分配的问题，股份合作制企业既要考虑按劳分配，更要考虑按资分配。有的同志则认为，现在由于所有制结构的调整，企业内部的关系确实已经很复杂，在具体的企业内部分配关系怎么处理可以研究，但作为分配关系的总体原则，还是要坚持按劳分配为主的原则不变，决不能搞成按资分配为主，否则不仅无法实现共同富裕的目标，还会带来社会的贫富悬殊和两极分化等一系列严重后果。他们还建议，为了坚持按劳分配为主体的原则，乡镇企业在改造成股份合作制时，经营者与职工之间持有的股份不能差别过大。

七是乡镇企业深化改革的方式方法问题。在各地政府强有力的推动、组织下，前一段苏南乡镇企业的改制进展速度很快。有的同志认为，乡镇企业积弊很深，时不我待，改革越快越好。由地方政府统一推动和组织，这样有助于乡镇企业改革的顺利进行。有的同志则认为，乡镇企业的改革，尤其是产权制度的改革很复杂，牵涉面很广，不宜采取搞运动式的办法，由政府统一部署、统一安排，制定改制的，时间表，限期完成。这样做存在着不少的问题。比如，有的地方存在着强迫命令，一些搞得比较好的企业不愿改制，但上级非逼着改；改革中听取职工群众的意见不够，尤其是社区农民基本上没有发言权，主要是由领导说了算。一风吹、一刀切等种种带有严重弊端的做法，已让我们过去在这方面吃过很多的苦头，付出了很大的代价，现在千万不要再重蹈覆辙。乡镇企业的深化改革，应当成熟一个改革一个，成熟一批改革一批。现在有的县一个月就改制几百个企业，怎么能保证质量、不出偏差？由于改制过急过快，有些地方在对集体资产的评估转让过程中，并没有完全按照规定办，存在着集体资产低估、漏估现象；有些地方个别负责人作主，以较低的价格卖给熟人或亲朋好友等。对于出现的这些问题一是很难纠正，有的根本无法纠正；二是造成了很大的损失，有些损失是无法挽回的。所以在下一步大中型乡镇骨干企业的深化改革中一定要吸取前一阶段的经验教训，谨慎从事。

五、几点建议

苏南地区是我国乡镇企业的发源地，比较早地以市场为导向进行生产经营，又长期坚持以集体经济为主，它的大规模的深化改革的后果及其成效，对江苏以至全国的直接和间接、短期和长期的影响都是很大的。对苏南乡镇企业的深化改革及对目前改革方向、方式和方法的一些不同看法，有些已远远超出乡镇企业改革的范围，涉及到很多深层次的重大的理论、政策问题，有些与我们社会主义的本质、前途命运、党在农村的执政基础等问题密切相关，非常值得研究和思考。为了促进乡镇企业以至国有企业改革的顺利进行，除去有些具体问题需要根据国家的有关政策进行修正、完善外，还有几个问题需要认真研究解决。

一是在实践中如何分清一些重大理论和政策问题的是非界限。近年来，我在以前的多次调查包括在这次调查中，越来越深切地感到，相当一些地方的领导和群众对一些重大的理论和政策问题的认识是模糊的，思想是混乱的，是非界限是不明确的。实践过程中出现的一些问题，包括改革中出现的某些偏差，都根源在于此。比如，马克思主义的一些基本理论，如劳动价值理论，是否过时了，还有没有指导意义？公有制的主体地位究竟应该如何理解与坚持，等等。产生这些问题的原因是很复杂的，既有过去一些传统的理论或者与当前的实际情况不符，或者是不能完全说明当前的实际，应当结合当前我们丰富的改革实践进行重新思考的问题，也有国际国内私有化思潮的影响问题，还有部分新闻媒体的误导问题。尤其是有一些经济学家、理论家，往往援引西方的经济理论来分析研究我们的国有企业、集体企业的改革问题，提出了一些不切合实际的、甚至有害的改革思路和措施，并对实际工作造成了不利的影响。鉴于目前的情况，建议中央有关部门对改革过程中出现的一些重大理论和政策问题进行深入研究，对一些政策界限进一步明确，以消除人们的误解，保证经济改革沿着正确的轨道顺利进行。

二是要全国正确地理解党的十五大精神，采取多种形式搞活乡镇集体企业。党的十五大强调要用多种形式，如改组、联合、兼并、租赁、承包经营、股份合作制和出售等多种形式放开搞活国有小型企业。一些地方领导片面理解党的十五大精神，认为“一股就灵”、“一卖就灵”，在工作中用一种单一的改制形式代替其他形式，刮起了一股“卖企业”的风，这也对乡镇集体企业的改革带来了很大的影响。应当针对目前一些地方和部门在认识上存在的偏差，加强学习，提高思想，统一认识，全面落实党中央、国务院关于国有企业、乡镇企业改革的部署，真正从当地的实际出发，对各种改革形式应当进行积极探索，寻求包括集体经济在内的公有制经济的最佳实现形式，不要搞一刀切，防止和纠正出现的各种偏差。同时，要坚持正确的舆论导向，包括苏南在内的很多乡镇集体企业，都有很多搞得很好的典型，应当积极宣传这方面经验，不要老是在那里宣传“国有不如集体，集体不如个体私营”。

三是在改革中要充分听取各方面的意见。无论是乡镇集体企业的改革，还是国有企业的改革，涉及面广，影响深远，各个方面存在不同的看法和认识是正常的。对于这些不同的认识和看法，可以进行正常的探讨和商榷．但不要动辄给人扣上什么“反对改革”、“思想僵化”、“保守”的大帽子；不要简单化地以赞成或反对某种改革方式划分“左”或“右”。否则会堵塞言路，让人无法讲话，这对于集中各方面的智慧，共同把改革搞好是不利的。各级领导同志，尤其是在第一线负责改革的同志，比较多地听取不同的意见，甚至多听一些反对的意见是很必要的，这样可以使人更加清醒，减少可能出现的失误，防止走偏方向。

四是改制工作要积极稳妥。充分发挥职工群众的作用。企业的改革尤其是改制要进行多方面的论证，制定切实可行的方案，要充分听取职工群众的意见，取得职工群众的支持。在深化改革上不要刮风，盲目追求进度。在出售集体资产时，要切实把好资产评估关和其他关键环节，力求做到公开、公平、公正；出售集体资产取得的收入原则上应用于集体经济的发展，重新投入到优势企业和优势项目上，不能用于日常开支，更不能挥霍浪费。对于借机以权谋私和侵吞公有资产的，要绳之以法。

农村龙头企业的地位及作用

——河南省科迪集团农业产业化发展情况的调查

（2001 年 5 月）

近年来，我国农村涌现出一些龙头企业。这些龙头企业，在带动当地群众致富，促进农村经济繁荣方面发挥了重要作用。2001 年 4 月下旬，我到河南省科迪食品集团股份有限公司进行了调查。

河南省科迪食品集团股份有限公司位于商丘市虞城县利民乡境内。公司创建于 1985 年，现在已由一个初建不足千元的家庭作坊罐头厂，发展成为集农、工、科、贸于一体的现代综合性食品企业集团，国家大型一档企业。现有总资产 5.3 亿元，职工 5000 多人，其中农民职工 3600 多人。集团公司下辖方便面厂、速冻食品厂、罐头厂、乳制品厂、奶牛养殖中心、南阳及西安方便面分厂和驻北京、上海、沈阳、郑州销售公司，生产 200 多个品种。其产品畅销全国 27 个省市自治区，并远销德国、日本、韩国、俄罗斯、东南亚和中东等 10 多个国家和地区。2000 年销售收入 5.3 亿元，创利税 4300 万元，位居全国 500 强民营企业第 42 位。根据国家的“十五”规划，适应农业产业化加速发展和国内外市场的需要，科迪集团对今后五年的发展进行了规划，计划以奶牛养殖和奶制品加工为重点，努力把科迪集团建设成为高效农业种植基地、现代化养殖基地和农副产品深加工基地。到 2005 年，计划实现销售收入 30 亿元，创利税 3 亿多元。到 2010 年，科迪集团将发展成为全国最大的食品企业集团。科迪集团把他们的发展经验概括为：一条农业产业化发展的新路子、五种农业产业化发展的新模式。

一、一条农业产业化发展的新路子

20世纪90年代中期，科迪集团随着企业规模的不断扩大，进入了第二次创业阶段，科迪能否持续发展？如何发展？成为摆在科迪人面前的重大课题。起初，科迪集团走了跨行业经营，低投入扩张，兼并破产厂家的弯路，结果不但没给企业增盈，还给企业背上了包袱，造成经济损失。党的十五届三中全会之后，科迪集团的领导们深深认识到：科迪集团胎生在农村，成长在农村，它一方面处在我国农产品的主产区，只有依托当地丰富的农产品资源优势，把企业的“第一车间”办到田间地头，进行高效农业开发，增加农产品的科技含量，利用农村剩余劳动力，进行农产品深加工，拉长产业链条，才能在国内外市场竞争中占有较大优势，实现科迪集团的第二次创业。另一方面，它又处在经济尚不发达，农民生活水平较低的农村地区，企业发展了，就要为当地社会多做贡献，成为带动农村经济发展的龙头，自觉担负起发展农村经济的重任。基于此，科迪集团提出了“坚持以企业为龙头，以国际、国内两个市场为导向，以社会效益和企业效益为中心，以农牧业基地为基础，以现代化经营管理为手段，实施名牌带动战略，逐步形成具有科迪特色的工农一体化高效农业经济新模式”的指导思想，实施了创建科迪高效农业园区和发展农业经济的“4156”工程，即开发4万亩高效农田，1万头奶牛养殖，5万吨速冻蔬菜食品加工和6万吨鲜奶加工，也就是以科迪食品工业区所在地和利民乡为中心，建设高效农业种植基地，并以此带动辐射周边农户从事种植、养殖经营，组成生产联合体，形成区域化布局、专业化生产、一体化管理、社会化服务的发展格局。

科迪集团实施农业产业化发展，开发农业高效园区以来，辐射带动了近万农户围绕科迪生产需要发展种植业和养殖业。目前，万亩芦笋项目已基本完成，带动农户1800多户，平均亩收益6000多元；发展甜玉米28000亩，带动农户6000多户，平均亩收益2000元。科迪集团还大量吸纳农村剩余劳动力进厂务工。据统计，仅2000年向农民职工发放的薪金报酬支出就达4000万元。科迪集团所在地利民乡，根据科迪生产需要，积极调整农业生产结构，大力发展芦笋、甜玉米、黑芝麻、萝卜、三樱椒、土豆、白菜、芹菜等作物种植。粮经比例调整到了4∶6。2000年该乡农民人均纯收入达到2600元，较全县农民人均纯收入高出46%。

二、五种农业产业化发展的新模式

科迪集团是在改革开放中靠农副产品深加工发展起来的现代化综合性民营食品企业集团，立足于国情、区情，围绕“农”字做文章，走“龙头企业+基地”、农业产业化经营的道路是科迪集团确立的长期发展战略。科迪集团在总结实践经验的基础上，创造了五种模式，成为推动农业产业化发展的助推器。

一是承租返包模式。即科迪集团和农户通过签订合同方式，以每亩每年500公斤粮食承租农民的土地，由集团合理规划布局、投资进行农田基础设施建设后，再返包给种田技术能手（农户），并提供技术服务。农民按集团要求种植芦笋等特种蔬菜和其他高附加值作物；集团按市场价或保护价（即双方约定的最低收购价，当市场价低于此价格时，按此价格执行）收购产品。在这种形式下，农民是依据合同进行联营的生产者，是集团不拿工资的农业工人，或称为集团“第一生产车间”的工人；集团与农户之间是经济合同为约束纽带的风险共担、利益共享的共同体。1997年，科迪集团集中连片承租农民土地500亩，并先后投资19.5万元新建了节水灌溉工程，投资5.7万元进行了电力配套，投资12万元兴修了田间道路，投资2万元进行了田间工程绿化，完善了现代农业生产条件。之后，又返包给86户农民经营。利民乡三里井村村民范跃进从中返包了10亩耕地种植芦笋，2000年采收，每亩地纯收入达到了4000多元。

二是订单农业模式。即以高效农业园区为中心，以签订合同的形式，带动周边农户从事种植业生产。科迪集团和农户签订合同，实行“三供一补五保”。即科迪集团提供特种稀有良种、提供技术指导、提供专用植保物资；对种植特种作物的农户给予适当补助；农户保证提供土地和劳力，保证按集团提供的良种种植，保证按技术要求管理生产，保证产品按质量要求交售给科迪集团，科迪集团保证按市场价或保护价收购产品。仅2000年，科迪集团辐射带动周边8000多农户从事种植业生产，并向这些农户提供种子28吨，各种专用植保物资4.5吨，发放生产补助金69.2万元。

三是基地辐射模式。即以科迪集团现代化奶牛养殖中心为基地，采取“基地＋农户”的形式，带动辐射周边农户从事养殖业生产。目前，科迪奶牛养殖中心占地217800平方米。建有现代化的牛舍、挤奶厅、饲料车间、产房、疫病防治中心等。现奶牛存栏数1500余头，成奶牛900余头，年产鲜奶7000多吨，对辐射周边农户养殖奶牛起到了很好的示范作用。农户养殖有二种形式，即分户集中养殖和庭院养殖。前者是由利民乡政府提供土地，科迪集团出资进行地表以上设施建设，农户进场按舍饲养。后者是农户在家中庭院养殖。2000年，已辐射奶牛养殖户300多户，奶牛存栏发展到3000头，养殖户向科迪集团提供鲜奶1万多吨，纯收入1300多万元，利民乡刘武庄村村民刘登发1999年使用农业专项资金1.3万元，购买奶牛2头，到2000年底，累计产牛犊4头，价值1.5万多元，销售牛奶纯收入2万多元。

四是高科技农业示范模式。即创建“高科技农业小区”，为高效农业园区发展提供高水平的科学技术，并对高科技农业和观光农业的发展进行探索。如科迪集团正在实施的投资达19250万元的应用胚胎生物技术繁育良种奶牛示范工程，采用现代胚胎生物技术，建立良种奶牛繁育基地，提高奶牛群体质量和产奶量。项目投资后，正常年销售收入为3亿元，平均利润总额为0.5亿元。目前，该项目一期工程已启动，完成投资3400万元。

五是种、养、加结合模式。即建设集种植、养殖、加工为一体的相互依存、相互增益、相互促进的良性循环工程。如基地种植甜玉米，为科迪集团的速冻食品加工业提供了优质甜玉米粒，同时为奶牛养殖业提供了秸秆饲料，秸秆饲料养牛，牛粪还田，增加了土壤有机质含量，提高了土壤肥力。科迪集团把企业生产与原料供应有机结合，统筹发展，实现了各个生产要素的最佳组合，取得了良好的社会效益和经济效益。2000年，科迪集团加工农副产品15万多吨，农副产品加工值6亿多元。

三、科迪集团带动农业产业化发展的经验与启示

一是农业产业化促进粗放的小农经营向高效农业的转变。科迪集团以自身为龙头，以农户为基础，一业带一方，改变了过去农业生产方式落后、管理粗放的局面，提高了农业生产效率，促进了区域经济的发展。如，科迪集团实行

的土地承租返包方式是在不改变土地所有权、稳定农村家庭承包经营的基础上，改革农村土地利用关系的一大举措和突破，在此基础上建立起来的高集约化、高效益的农业示范园区，是科迪实施农业产业化经营的有效的生产组织形式，是对现代农业的大胆尝试和有效探索。

二是农业产业化促进了农民自给自足生产方式向市场经营机制的转变。过去，科迪集团周边几个乡镇的农民生产农产品，主要是自给自足，农产品商品率在35%以下，如今，在科迪集团的带动下，农民生产农产品，主要是进入市场转化为商品，农产品商品率达到了70%以上。市场机制的引入，激发了农民创业致富热情，促进了农村经济发展。

三是农业产业化促进了农产品资源向工业化和市场化的转变。当前，我国农业和农村经济发展进入了新阶段。主要农产品由卖方市场转向买方市场，农产品生产由受资源约束转向受资源和市场双重约束。科迪集团农业产业化的实施，适应了农业和农村经济发展新阶段的要求，促进了农村工业化和市场化的发展。首先，科迪集团发挥一头连着城乡市场，一头连着千家万户的优势，指导农民按照市场需求组织生产，保证了农民获取生产经营的利润。其次，科迪集团以市场为导向，进行农产品深加工，拉长了产业链条，促进了农产品转化增值。

关于商丘市农业产业化经营情况的调查报告

（2001 年 5 月）

2001 年 4 月，我用一周的时间，就农业产业化经营发展问题到河南省商丘市进行调查研究。一周里，我先后到商丘下辖的永城、虞城、夏邑、梁园、睢阳等 5 个县（市）区和 20 多个乡、镇、村进行调研。通过与县乡干部座谈，走访农户，考察龙头企业、农产品批发市场、种植和养殖生产基地，总体感到，商丘市农业产业化经营发展较快。特别是近几年，商丘市坚持龙头企业带动，以市场为导向，以服务为主要手段，大力实施农业产业化经营，促进了农业增效、农民增收，探索出了一条市场经济条件下促进农村经济快速发展的新路子。

商丘市位于豫东平原，是一个典型的农业大市。在发展农业产业化经营的过程中，他们采取了很多切实的有效措施，积累了比较丰富的成功经验。他们的主要做法是：

一、发展龙头企业，培育强有力的市场竞争主体

发展农业产业化经营，关键是发展具有带动农户、开拓市场、深化加工、推广技术和促进区域经济发展等综合功能的龙头企业。一个龙头企业，可以带动一方经济，致富一方百姓。没有龙头企业带动，农业产业化经营很难实现突破。商丘市在发展农业产业化经营伊始，就把扶持龙头企业作为突出重点，实行倾斜政策，予以重点扶持，促其上规模、上档次、上水平。在发展方式上，

以现有企业为主，以乡镇企业为主，以农产品深加工企业为主，尽量不铺新摊子，不搞低水平的重复建设；在经营主体上，打破门户之见，多层次、多成分、多形式地发展龙头企业，坚持“谁有能力谁当龙头，谁当龙头就扶持谁”；在经营形式上，采取合同契约、股份合作、资产参与以及联产、联营、合作等多种模式。特别是近几年来，又采取了“三个一批”的办法，更加系统地发展龙头企业。一是“发展一批”，即围绕粮食、棉花、蔬菜、果品、肉类、乳业、食用菌、皮毛皮革、林木加工等主导产业，培植一大批“公司 + 农户”的龙头企业，初步形成了全市农业产业化经营的基本力量。目前，商丘市以加工企业、批发市场、科技服务组织和流通中介组织为主要形式的农业产业化经营龙头企业发展到 500 多家，年产值（或交易额）达到 50 多亿元，带动 100 多个生产基地、50 多万农户从事农业产业化经营，农业产业化经营带动全市农民户均增收 200 元。如，科迪集团以订单农业的方式带动农户发展甜玉米 2.8 万亩，农民亩均收入 1600 元；带动农户发展芦笋 6000 亩，农民亩均收入 5000 元；带动农户发展奶牛 3000 头，每头奶牛每年为农民带来纯收入 6000 元。二是“转化一批”，即打破部门隶属关系和行政区域界限，引导现有的各种农产品加工企业，如粮食部门的粮油加工企业、供销部门的棉花加工企业、商业部门的肉食加工企业以及国有大中型农产品加工企业，采取“公司 + 农户”的形式，转化为农业产业化经营的龙头企业。如，九源统一制麦公司采取订单农业的方式，带动 3 万多农户发展优质啤酒专用大麦 10 多万亩，农民亩均增收 120 元以上；木兰纺织公司、九天纺织公司、银河纺织公司三个棉花加工龙头企业采取订单农业的方式，带动近 20 万户棉农发展优质棉 50 万亩，棉农亩均增收 100 元以上；福源集团 1999 年至 2000 年共屠宰生猪 200 万头，直接或间接地带动近 10 万养殖户发展生猪生产；商桐公司带动上百家木材加工企业发展桐木深加工，已经成为全国最大的桐木综合加工基地等。三是“扶持一批”，即按照有优势、有特色、有基础、有前景的原则，择优选择一批重点龙头企业予以重点扶持。如，2000 年 6 月筛选了 20 家市级重点龙头企业，制定 10 项优惠政策，从财政、信贷、税收、外贸、用地、软环境等各方面予以重点扶持。2000 年，这 20 家市级重点龙头企业销售收入（或交易额）达 30 亿元，带动农户 29 万户，已经成为全市农业产业化经营的骨干。

二、加强市场信息体系建设，千方百计搞活农产品流通

农业产业化经营从本质上说是连接千家万户的小生产和千变万化的大市场的现实途径和有效形式，以市场为导向应是发展农业产业化经营的前提和方向。多年来，商丘市坚持把加强市场信息体系建设作为重点来抓，以市场来引导农业产业化经营的发展。一是充分发挥其优越的区域优势和便捷的交通优势，坚持多种成分一起上的方针，本着谁投资谁受益的原则，努力建设和完善各类农产品交易市场，以大市场和大流通带动和促进农业产业化经营的发展。截至目前，全市已建成各类农产品批发市场 30 个，专业市场 60 个，集贸市场 500 多个，年交易额近 100 亿元，基本形成了以批发市场为中心、以专业市场为骨干、以集贸市场为基础的农产品市场体系。如，商丘农产品中心批发市场占地 600 亩，建筑面积达 36 万平方米，2000 年交易额 14.6 亿元，位于全国 10 大农产品批发市场之列。二是切实加强农业信息体系建设。以气象部门的技术和设备优势为依托，由市农委和市气象局联合创办了“商丘市农村经济信息中心”（兴农网），目前已有 7 个县（市）区和 101 个乡镇建立了兴农网终端。至今已发布信息 3 万多条，网上交易额达 5000 多万元。三是建立农民自己的专业协会、服务组织和中介组织，为农民提供技术服务和运销服务。如，宁陵县 17 万亩金顶谢花酥梨的销售，大多数是以中介组织为依托，这些中介组织帮助果农按照市场需求，统一组织、统一规格、统一收购、统一包装、统一运输，对外销售酥梨，这样既方便客户，又帮助果农解决了一家一户解决不了的问题，很受群众欢迎。四是大力发展农村专业合作社。按照《中共中央 国务院关于深化供销合作社改革的决定》（中发〔1995〕5 号）文件要求，加大基层供销社的改革力度，大力兴办专业合作社和村级综合服务站，把供销社真正办成农民自己的合作组织，目前全市供销系统共建立了各类专业合作社 110 个，发挥了较好的服务作用。五是积极发展农民经纪人队伍。鼓励农民从事农产品加工、保鲜、贮藏和运输服务业，充分发挥农民经纪人在农产品流通中的主力军作用。目前，全市已建立农民经纪人队伍 120 个，发展农民经纪人 5 万多名，其中已取得工商注册资格的 5810 人。

三、实施科教兴农战略，提高农业产业化经营的科技含量

发展农业产业化经营，归根到底是把农业发展转到以科技进步和提高农民素质的轨道上来，农业产业化经营与科教兴农密不可分。一是商丘市为了促进农业产业化发展，坚持加强教育培训，提高农民的科技文化素质。每年全市都有近万名农民获得了“绿色证书”。二是实施“种子工程”，加快农作物和畜禽良种的引进、繁育、推广步伐，在全市建成各类良种繁育基地30多个，面积50多万亩，同时实行良种良法配套，大规模推广各种先进实用技术，全市农业科技贡献率提高到40%以上。三是树立专家意识，充分发挥农业科技人员的作用，实行农科教一体化，成立了各种农业专家技术协会，建成了一批优势农产品研究开发示范中心，实现了农业科技体制创新，加速了农业新技术新成果的研究开发和推广应用。四是广泛开展和大专院校、科研机构的联姻活动，引进国内外高智力人才，搞好农业项目的合作开发，借助外力促进农业发展。五是建立科技服务体系，拉近农民与科技的距离。市直农口单位与商丘日报社、商丘电视台、商丘电信等有关部门创办联合了“畜牧热线”、“农技热线”、“农业科技专家咨询热线”、“农机服务热线”、“黄土地”等栏目，累计接到咨询电话5万多个，解答问题3万多条，为农民及时解决了生产中遇到的各种难题。六是发动、组织党政机关干部到农村领办农业科技园区，做给农民看，带着农民干，起到了很好的示范作用。2000年底全市机关干部共返租承包土地1.6万亩，建成各类农业科技园区76个，示范基地52个。

四、积极探索完善利益联结机制，在农业产业化经营组织与农户之间形成利益共享、风险共担的经营机制

农业产业化经营的核心是在农业产业化经营组织与农户之间形成利益共享、风险共担的利益共同体。没有这样一种利益关系，就不符合市场经济规律，也达不到发展农业产业化的目的。商丘市在培育利益联结机制时，一是坚持保护农民利益的原则，积极引导龙头企业着眼长远利益，为农民提供各种服务。如福源集团采取“包阉割、包防疫、包饲料、包技术、包销售，死亡赔偿”的“五包一赔”方式，带动全市近10万养殖户发展生猪生产。二是完善利益均

沾、风险共担的机制。引导督促龙头企业与农户签订收购合同，制定最低保护价，发展订单农业。如，九源统一制麦公司，在发展10万亩优质啤酒专用大麦的过程中，与60多个乡镇网点签订收购合同183份，向3.5万户农民签发回收卡，收购价格高于小麦市场价的20%，并切实做到随到随收，不打白条，使大麦种植户种着放心、卖着舒心，每亩大麦平均比小麦增收120元。三是严格依法按章办事，一开始就注意用建章立制的办法，以合同、契约来规范产业化经营各方的经济行为，使承担责任、履行义务、利益分配以及违约处罚都有法可依、有章可循，有的地方还对合同进行公证，一旦发生不履行合同的情况，就可以提交仲裁机构仲裁，逐步把农业产业化经营纳入依法管理的轨道。

五、切实加强对农业产业化经营工作的领导

农业产业化经营涉及面较宽、综合性较强，必须切实加强领导。我国农民总体来说市场意识不强，一些小农观念还没完全摆脱。因此，必须重视农业产业化的领导。商丘市在探索农业产业化经营中，始终加强对这项工作的领导。他们一是建立组织。商丘市专门成立了以市长为组长，以分管副书记、分管副市长和人大常委会主任、政协副主席为副组长的高规格的农业产业化经营领导组，各县（市）区也都成立了相应的组织，为农业产业化经营的发展提供了组织保证。二是制定规划。通过深入调查研究，市委、市政府下发了《关于加快推进农业产业化经营几个问题的意见》和《关于扶持农业产业化经营重点龙头企业的意见》等重要文件和相关配套政策，明确提出了全市农业产业化经营发展的指导思想、工作重点和政策措施。特别是《关于扶持农业产业化经营重点龙头企业的意见》，在全市范围内筛选出了20家市级重点龙头企业，并从财政、税收、项目、金融、外贸、用地、软环境等10个方面制定切实可行的政策措施予以重点扶持，取得了较好效果。此外，在申报和安排农业结构调整资金、农业综合开发资金、扶贫开发资金等涉农资金时，在政策允许的情况下，尽量努力向市级重点龙头企业倾斜。三是狠抓落实。围绕有一定基础的主导产业，成立了若干个专业领导组，由市领导牵头，组织有关部门、相关加工流通企业和农业科技专家参与，按照“一个产业，一个班子，一个规划，一个政策，一套办法，一抓到底”的“六个一”要求，集中精力抓落实。特别是对20家市级重

点龙头企业，每家企业都由 1 名市级领导、1 名市直单位领导、1 名县（市）区领导分包，切实帮助企业解决实际问题。四是严格管理。专门制定了市级重点龙头企业考核办法，将农业产业化经营工作纳入目标考评体系，有布置有检查，强化目标责任制。

六、农业产业化经营给商丘农业带来了新的生机

商丘市发展农业产业化经营的时间虽然不长，但已经取得初步成效。

一是加快了市场主体发育，有效地缓解了小生产与大市场的矛盾。商丘市通过发展农业产业化经营，特别是扶持龙头企业发展，促进了一大批农产品加工和流通企业迅速发展壮大，形成了一批强有力的市场竞争主体。如，20 家市级重点龙头企业年销售收入近 30 亿元，特别是商丘农产品市场年销售额达 14.6 亿元，科迪集团年销售收入近 5 亿元，福源集团年销售收入近 4 亿元，在全省乃至全国都有了一定的知名度。另一方面，农产品收购、加工、贮藏、运销等产前产后相关产业的发展，使广大农民种养有指导，生产有服务，销售有门路，价格有保护，加快了进入市场的步伐，提高了参与市场竞争的本领和抵御市场风险的能力。

二是促进了农村发展，较好地解决了农民增收困难的问题。农业产业化经营的发展，加快了主导产业的形成，加快了先进农业技术的推广，使全市农村经济总量大幅度增长，提高了农业效益，增加了农民收入。2000 年全市农林牧渔业总产值达到 206 亿元，农民人均纯收入达到 1815 元，分别比 1995 年增长 80%和 85%，这很大程度上得益于农业产业化经营。据初步测算，农业产业化经营占全市农村经济增长中的份额在 30%以上，全市农民因农业产业化经营户均增收 200 元，尤其是 20 家市级重点龙头企业，带动了近 30 万农民从事农业产业化经营，户均增收 300 元。

三是优化农业结构，明显地提高了农业效益。由于农业产业化经营的带动，商丘市的农业结构明显优化。1995 年至 2000 年，全市农作物复种指数由 191%提高到 206%，粮经比例由 68∶32 优化到 50∶50；林牧渔业占农林牧渔业的比重由 24%提高到 29%，其中畜牧业占农林渔业的比重由 22%提高到 26%；农业区域布局方面，长期以来形成的“大而全、小而全”的农业生产格局开始打破，

区域特色逐步显现，虞城苹果、宁陵酥梨、柘城三樱椒、睢阳区脱毒土豆等已成为当地农村的支柱产业；特别是农产品品质明显提高。2000年商丘市秋播优质专用小麦207万亩，占麦播面积的28%，抗虫棉和抗虫杂交棉达到80%以上，霜前花率增加较多，温棚个数达到35万个，比1995年增加20万个；优质果品面积发展到100万亩，占果品面积的70.5%左右，比1995年提高40个百分点，10个单位被农业部命名为全国优质果品生产基地，虞城红富士苹果、宁陵县金顶谢花酥梨被评为'99中国农业博览会名牌产品，虞城红富士苹果在'99昆明世博会上被评为世界唯一大奖，三元杂交瘦肉猪、西杂牛、波尔杂交羊等优良畜禽品种的比重分别达到25%、40%和5%，均比1995年明显提高。结构的优化带来了效益的提高。1995年商丘市一亩耕地的年产出是482.5元，而2000年这个数字提高到1168元，增长了142%。

四是创新了农技推广方式，较快地提高了农民的科技素质和农业的科技含量。由于农业产业化经营能够使龙头企业和所带动的农户结成较紧密的联系，龙头企业从市场需求的角度号召所带的农户引进新品种、推广新技术，往往较容易，农户也乐于接受。这样，就大幅度提高了农业的科技含量。而且，由于社会化服务跟得上，农民不再为市场发愁，能够集中精力学习先进技术，龙头企业实行的优质优价的收购政策，也激发了广大农民科学种田的热情，学科技、用科技成为其自觉行动，农民的素质和劳动技能迅速提高。据测算，商丘市农业科技贡献率已由1995年的30%左右提高到40%以上，这其中农业产业化经营的贡献相当大。

五是加快了农业剩余劳动力转移步伐，有效地提高了农村城镇化水平。一方面，龙头企业已成为沟通城乡的纽带和桥梁，加快了城乡之间资金、技术、人才、设备等生产要素的合理流动和优化组合，实现了城乡优势互补、协调发展，推进了城乡一体化进程。另一方面，农业产业化经营的发展，促使一大批新的农产品加工流通企业迅速崛起，为大量农村剩余劳动力的分流和转移增加了载体，拓宽了渠道，减轻了土地对农业劳动力的承受负担，提高了农业的劳动生产率。而且，商丘市一开始就鼓励龙头企业向县城、小城镇集中，尽量不办在农村，这又刺激了小城镇的膨胀和发展，小城镇的发展壮大又吸收了一批农民从土地上转移出来，从事二、三产业。2000年全市建制镇发展到61个，建成区面积达到120平方公里，吸纳农村人口50万，均比1995年有较大幅度增长。

六是转变了各级党委、政府指导农业的方式方法，提高了领导农村工作的水平。商丘市通过发展农业产业化经营，推动了各级党委、政府指导农业的方式方法逐步由行政计划型向市场引导型转变，由一般号召型向指导服务型转变，由单抓生产向生产加工流通并重转变。而且，广大基层干部率先垂范，积极引导，强化服务，主动跑市场、找信息、请专家，自觉参与项目选择、生产管理、产品销售等各个环节，逐步形成了“一级带着一级干，一级干给一级看”的可喜局面。

七、商丘发展农业产业化经营存在的问题

尽管商丘市农业产业化经营已取得了明显成绩，但也存在一些不容忽视的问题：

一是政策上支持不够。虽然各级党委、政府推进农业产业化工作发过文件，召开过会议，提出过要求，但扶持政策不具体，可操作性不强。

二是带动型龙头企业少。在农业产业化的要素建设上，龙头企业不但少，而且带动能力弱，具有农产品精深加工能力的企业以及能占据一定市场份额的名牌产品较少，效益较低。

三是服务体系建设水平低。没有切实把电子信息技术引入农业产业化建设中去，不能为农民提供准确、快速、有效的信息服务。

八、商丘发展农业产业化经营的几点启示

总结商丘市发展农业产业化经营的经验，有以下几点启示：

一是要切实把农业产业化经营作为一项带有全局性、战略性、方向性的大事来抓。在目前农业发展进入新阶段和加入世贸组织的新形势下，抓农业的思路和方式方法再局限在以前那种催收催种上是肯定行不通了。从商丘的经验看，当前最重要的是跳出就农业抓农业、就农村抓农村的老圈子，树立“围绕农业上工业，上了工业促农业，把农业和工业两篇文章联起来做”的新观念，运用发展工业的理念，大力发展农业产业化经营，以农业产业化经营来带动农村经

济发展，从而增加农民收入。作为一项带有全局性、战略性、方向性的大事，农业产业化经营不仅体现了农业先进生产力的发展要求，符合现代农业发展的客观规律，表现了广泛的适用性和强大的生命力，而且农业产业化经营一不动摇家庭经营的基础，二不侵犯农民的财产权益，三能有效地解决千家万户农民走向市场、运用现代科技、扩大经营规模这一系列问题。因此，它是对农业双层经营体制的丰富和完善，是在稳定的家庭承包责任制的基础上，农业经营体制的完善，是继家庭承包联产责任制之后亿万农民的又一伟大创造。把家庭承包经营和农业产业化经营二者的优势结合起来，可以为家庭经营增添新的生机和活力，为家庭经营在市场经济条件下走向专业化、集约化、现代化开辟广阔的前景。积极发展农业产业化经营，为推动农业和农村经济结构的战略性调整，提高农业组织程度，提高农产品国际竞争力，增加农民收入，加快实施农业现代化，推进城市化进程，都有很大的作用。因此，全国各地应切实把农业产业化经营作为一项带有全局性、战略性、方向性的大事来抓。

二是发展农业产业化经营，关键是扶持具有市场开拓能力、农产品精深加工能力和辐射带动农户能力的龙头企业。农业产业化经营涉及面很宽，包括的范围很广，眉毛胡子一把抓等于不抓。商丘的经验证明，抓农业产业化经营重点应该抓龙头企业。原因在于，龙头企业通过“公司＋农户”的形式，具有带动农户、开拓市场、深化加工、推广技术和促进区域经济发展的综合功能。以科迪集团为例，它至少在三个方面发挥了重要作用：第一，带动农户进入市场，大幅度增加农民收入。如科迪集团通过反租倒包的形式，带动农户发展甜玉米2.8万亩，每亩甜玉米比普通玉米增收1200元，而且这些甜玉米通过科迪集团的加工转化，全部畅通进入市场。没有科迪，这些农户很可能还停留在麦茬棒子棒茬麦的老种植传统里，收入不可能这么高。第二，提高农业科技含量，有效地调动各方面增加农业投入的积极性。如科迪集团依托大专院校和科研机构，发展胚胎奶牛这一生物技术领域的高科技项目，站在了当今乳品业发展的最新科技前沿，明显地提高了乳品的科技含量，而且通过按揭贷款的方式，调动了地方政府、金融机构和农户投入的积极性，吸引了大量的社会资金和信贷资金用于农业发展。第三，凝聚多方面人才，有力地推动了区域经济发展。如科迪集团通过招聘和引进等形式，吸引了全国各地的科技人才和管理人才为我所用，而且，不但科迪发展了，还带动了包装、运输、餐饮、商业等二、三产业发展，使整个区域经济进入了良性循环。由此可见，农业产业化经营的龙头企业与其他工商企业还不同，它的兴衰不仅影响企业自身的发展，而且关系到农业增效、农民增收，关系到农业科技含量的提高、农业投入的增加，关系到区域经济的发展。可以说，扶持龙头企业就是扶持农业、扶持农民。因此，从商丘的经验看，确实有必要在全国选择一批重点龙头企业，从各方面予以重点扶持。

三是发展农业产业化经营，核心是要形成利益共享、风险共担的经营机制。从商丘的经验看，能不能在龙头企业与农户之间形成利益共享、风险共担的利益联结机制，关系农业产业化经营健康发展的全局。就当前情况看，实行订单农业，通过签订产销合同，明确龙头企业与农户双方的权益和责任，规范各自的行为，从而稳定购销关系，这是适合当前发展阶段的基本形式。在此基础上，还要进一步鼓励和提倡龙头企业通过建立风险基金、制定收购保护价、按农户出售产品的数量返还利益等方式，与农户建立更加紧密的利益联接形式；特别是鼓励和提倡农民利用土地使用权、产品、技术和资金等要素入股，采取股份制、股份合作制、合作制等多种组织形式与龙头企业形成利益共同体。但需要明确的是，无论怎样的组织形式和经营机制，都应该建立在龙头企业和农户自愿选择的基础上，按照市场经济规律办事，不能用行政的方法，搞强迫命令。

四是发展农业产业化经营，需要各级党委、政府切实加强领导。商丘的经验表明，发展农业产业化经营，抓与不抓大不一样，真心实意地抓与敷衍塞责地抓大不一样。要像商丘那样，成立强有力的组织、制定出切实可行的规划、采取切实有效的措施、强化目标责任制，才能把农业产业化经营真正抓紧抓好，抓出成效来。

对一个粮食主产区农业结构调整的调查与思考

（2001 年 5 月）

目前，我国农业进入了阶段性调整的关键时期。由于农业的连续丰收和农产品需求方面的变化，农产品的供求格局也发生了根本变化，从以往的长期短缺转变为供过于求的局面。农产品阶段性的供过于求带来了农产品销售困难、价格下跌、农民收入增长减缓等一系列问题，也反映了我国农业发展存在的深层次矛盾：一是质量和效益问题。我国目前农产品的供过于求是结构性的、在低收入水平上发生的，在大路产品销售困难的同时，优质的、专用的、经加工转化的农产品又供给不足；二是农业劳动生产率不高。近年来，我国农业产值占 GDP 的份额已下降为不到 20%，而农业吸纳的劳动力比例仍高居 50%。劳动生产率低下导致就业结构与产业结构不协调，成为农业增产和农民收入增长缓慢的主要制约性因素之一。从党中央、国务院，到省、市、县、乡各级领导干部以及广大农民群众，都已经充分认识到，只有加快农业结构调整，才能使我国农业尽快摆脱低水平基础上的结构性供求失衡，为农产品打开销路，提高农产品价格进而提高农民收入；同时，使我国农产品在质量方面提高与外国产品的竞争力，在激烈的市场竞争中站稳脚跟。降低加入 WTO 给我国农业带来的巨大冲击。然而，农业结构调整说起来容易做起来难。如何才能搞好农业结构调整，提高农业发展水平，提高农民收入？带着这个问题，我于 2001 年 4 月下旬赴河南省周口市进行调研。

周口市的基本情况

周口是一个农业大市，全市总面积1.19万平方公里，辖8县1市1区，183个乡镇，4869个行政村，总人口1054万.拥有耕地面积1175万亩，人均耕地1.15亩。总人口中农村人口955万人，所占比例为90.6%。周口的人口数目和耕地面积在河南省所有的地级市中均居第二位。改革开放以来，周口的农业生产得到长足发展，粮、棉、油等农副产品产量大幅增长，成为全国大型商品粮、优质棉生产基地，粮、棉总产量多年来均居河南省第一位。其中小麦常年产量约占全省的1/6，棉花产量约占全省的1/3，油料产量居全省第二位。1995年以来，周口的农业连年夺得丰收，1996年粮食总产量首次突破50亿公斤后，粮食总产每年都在50亿公斤以上。近年来，周口市委、市政府及时调整农业发展策略，按照中央的统一部署加快周口农业结构的调整，取得了喜人的成绩。

周口市农业结构调整的做法和经验

在周口市调研期间，我们先后同市、县、乡、村领导分别座谈，并到周口所辖的太康、淮阳、项城等县的农村进行实地考察。我认为，周口在农业结构调整方面的经验大体上可以概括为七个加快：

一是加快政府职能转变。转变政府职能是市场经济发展的必然要求。在计划经济时期，我们的农业也是按政府计划指令组织生产，而在市场经济条件下，市场在资源配置过程中发挥基础性作用。在由传统的计划经济向市场经济转变过程中，资源配置的权力由政府逐步转向了市场，政府作为经济活动指挥者的职能也要相应发生变化，转变为市场秩序的维护者、市场主体的引导者和服务者。农业结构调整要求农业资源从低产出地区、低品质作物的生产中流向高产出地区、高品质作物。在资源流动的过程中，只有充分发挥市场配置资源的功能，才能充分利用农业资源，提高结构调整效率，同时保护农民的生产积极性。这就要求地方领导干部尽快转变工作理念和角色，由过去农民的指挥者转变为农业生产的引导者和服务者，尊重群众的自由选择权。周口市在农业结构调整中较好地完成了政府职能转变。政府不再对农民的生产行为进行直接的干涉，而是着力于为农民提供市场需求信息、技术指导和建议服务，通过组织群众到

外地参观、组织乡村干部种示范棚典型带动等方式，使群众看到调整农业生产结构的好处，提高其发展高效益作物的积极性，利用市场的力量推动农业结构的调整。商水练集镇党委、政府组织村干部和群众到外地参观考察，让村干部和农民在观察学习的基础上自己选择调整项目，政府则在水、电、路等基础设施的建设上以及聘请专家提供科技培训等方面给予服务和支持，有力地促进了农业结构调整向深层次推进。太康、项城、扶沟等县建立了农业科技示范园区，把农民请进园里，选派技术员现场指导并聘请专家定期培训指导，为农民开启致富之门。

二是加快主导产品区域化布局、农产品生产结构和农产品品质的调整升级。周口市在农业结构调整中，把主导产品的区域化布局、农产品生产结构和农产品品质的高速升级作为重点。他们依托传统优势、资源优势和区位优势，大力实施区域化布局和规范化生产，目前已形成八大农业生产基地。一是以太康、沈丘、淮阳、项城为主的优质强筋小麦生产基地，年种植强筋小麦 300 多万亩。二是以鹿邑、淮阳、扶沟为主的优质杂交棉生产基地，其中仅鹿邑县每年就种植优质杂交棉 40 万亩，率先在全国实现了棉花生产的“一县一品”，而且是全国最大的杂交棉制种基地，与山东惠民县一起被国内种植业界誉为杂交棉制种“双雄县”。三是以扶沟、淮阳为主的无公害农产品生产基地。扶沟县是全国首批十大无公害蔬菜基地县之一，是河南省唯一的首批国家级无公害蔬菜生产基地县，也是北京放心菜准入基地。全县常年蔬菜种植面积 40 多万亩，其中无公害蔬菜面积已发展到 15 万亩。淮阳县农场创建了国家级首批“无公害食品行动计划”示范农场。目前，周口市的 42 个农产品品种、39.1 万亩的 31 个基地被认定为省级无公害农产品生产基地。四是以西华、商水、太康为主的优质林果生产基地。周口市林果面积已发展到 61.06 万亩，其中太康县是农业部命名的“中国油桃之乡”；西华发展的以大枣、油桃为主的果林面积就达 19 万多亩。五是以鹿邑、郸城、项城为主的中药材生产基地，年种植中药材近 20 万亩。六是以西华、淮阳、扶沟为主的食用菌生产基地，年生产食用菌干物质 3 万多吨。七是以商水、项城、川汇区为主的花卉生产基地，面积 6.75 万亩，其中商水县种植玫瑰 1 万多亩，是全国最大的玫瑰种植基地。八是以淮阳、西华为主的芦笋生产基地，面积发展到 9.5 万亩，是全国最大的芦笋生产基地。其他的还有鹿邑的西芹生产基地、郸城的无籽西瓜生产基地、扶沟的黄金瓜生产基地、太康的辣椒种植基地、西华的苗木繁育基地、项城的日本甜柿生产基地、淮阳的特大石榴和黄姜生产基地以及商水的布朗李和莲藕生产基地等，面积都在万亩以上，都取得了良好的经济效益。

随着农业结构调整步伐加快，农产品结构也在优化升级。近年来，周口市畜牧业和林果业产值在农业总产值中所占的比重不断加大；种植业中经济作物种植扩大，在保持粮食总产稳定在550万吨的基础上，经济效益高的产品逐年增加。近年来，畜牧业成为周口市调整农业结构、增加农民收入的有效途径。周口市着力加强各类养殖小区建设，使得畜牧业向高效益、多层次发展。扶沟柴岗生猪存栏50头的农户有1100多户，占全乡总户数的11%。目前，全市有大中型养殖场148个，各类养殖小区97个，养殖专业户达5万户以上。林果业向精品林方向调整，西华红花镇有9.5万亩耕地，苗木面积3.6万亩，其中果树2万亩。种植业中，瓜菜面积在1998年前不足100万亩，目前达到了315万亩，瓜菜总产700多万吨，超过粮食总产200万吨。随着农产品结构的优化，周口市在保证粮食等基本农产品供给的前提下，经济型农产品贸易大大活跃起来，创造了巨大的经济效益。目前，周口市优质强筋小麦种植面积达到315万亩，占麦播总面积的36%；优质棉花种植面积达到246万亩；优质玉米面积220万亩，占总播种面积的80.3%；优质纯白芝麻面积达到40万亩，占总播种面积的85.1%；周口市发展高淀粉红薯60万亩，优质杂果50.4万亩。

三是加快科技成果的转化，提高科技对农业结构调整的支持力度。在农业结构调整、升级过程中，优质、高效产品的生产必须依靠农业科技的支持，单纯依靠农民经验的时代已经一去不复返了。邓小平同志早已深刻地指出，科学技术是第一生产力。科技在提高土地利用效率、改善产品质量、降低产品生产成本、扩大农产品市场销量方面发挥着决定性作用。世界农业发达国家如美国，政府都设有专门负责农业科技研究和推广的机构。科技在这些国家的农业增长、农业结构升级中发挥了关键性的技术支持。我国人口密集，土地相对稀缺，单纯依靠扩大土地规模的粗放型农业发展模式，不足以实现农业结构调整的目标，也不符合市场经济集约型的增长要求。因此，利用科技提高土地的利用效率，开发优质产品，成为我国农业增长、农业结构调整的必由之路。周口市各级党委、政府紧紧依靠科技兴农，取得了良好的效果。鹿邑县政府与河南省农科院等单位联合在唐集等乡镇建立了千亩杂交棉制种基地，每亩产值4000元至5000

元，带动了全县发展高产、优质、省工的杂交棉种植，在全国棉花种植面积逐年滑坡的背景下，该县棉花种植从 15 万亩迅速扩大到 45 万亩，充分显示了科技兴农的巨大威力。这些经验说明，在我国农业结构调整的过程中，一定要充分发挥科学技术和科技人员的巨大作用，使科技与农业、农民相结合，为改善农产品质量、提高农民收入做出应有的贡献。

四是加快农业产业化经营，充分发挥农产品加工企业和专业批发市场在农业结构调整中的作用。农业产业化是现代大农业发展的趋势，也是我国农业结构调整过程中需要进行的制度和思维的革新。现代意义的农业已不再是传统的以农民自给自足为主的封闭农业。从现代农业要素的购买，到产品的运输、加工、销售和最终的消费，已形成一个社会化生产和消费的链条。农民的生产不再主要受自身消费的指引，也不再主要受国家统一的指挥，而主要受要素市场和产品市场的制约。在农业发达国家，农业已形成一个完整的产业，围绕农业产生了细密的服务环节。因此，农业的产业化经营，是现代大农业发展的趋势，也是我国农业结构调整过程中需要进行的制度和思维的革新。近年来，周口市委、市政府将推进农业产业化经营摆上了重要议事日程，先后两次作出《关于推进农业产业化进程的决定》，把推进农业产业化经营作为农业结构调整、提高农民收入的一项重大举措纳入了全市经济发展的大棋局。他们紧紧围绕打造农副产品深加工基地来加速推进农业产业化进程，坚持做大做强农业龙头企业，通过龙头企业带动农业结构调整，取得了可喜的成绩。目前，周口市已形成农副产品加工中的“六大产业链条”：一是以莲花集团、宋河酒业为龙头的优质小麦深加工链条，其中莲花集团年生产味精 30 万吨，建立了年消化 200 万吨小麦深加工项目；二是以金丝猴集团、郸城财鑫液糖厂、金丹乳酸股份有限公司为龙头的优质玉米精深加工链条，年消耗玉米 12 万多吨；三是以周棉集团等全市现有的近 10 个成规模的棉纺织企业为龙头的棉花加工链条，年加工皮棉 21 万吨；四是以鞋城皮革集团、邦杰集团、金丝猴集团以及莲花集团的优质奶牛繁育项目为龙头的畜产品加工链条，其中鞋城皮革集团每年加工皮革 100 多万张，邦杰集团每年屠宰生猪 20 万头、黄牛 5 万头，分割鸡 160 多万只；五是以益海粮油工业公司为龙头的油料作物加工链条；六是以全市现有的板材生产企业和辅仁药业等中药材加工企业为龙头的林果、蔬菜、药材加工链条。经过政府与企业的共同努力，周口地区农业产业化经营取得了丰硕的成果，莲花集团、邦杰集团被列入了全国农业产业化重点龙头企业行列，金丝猴集团、辅仁药业、郸城财鑫集团、四通实业等被列入了河南省农业产业化重点龙头企业。

在龙头企业的带动下，周口市农民参与市场的热情高涨，农业产业结构得到了快速、良好的调整，农民收入得到提高。龙头企业起到了向农民传达市场信息的作用，减轻了政府信息建设的负担，起到了无可替代的作用。

五是加快树立品牌意识，全力打造名优产品。随着农业产业化的推进，品牌在农业发展中的作用越来越突出。品牌是企业最重要的无形资产，是企业市场信誉的最好说明。在市场供求双方信息不对称的情况下，消费者一般通过品牌来辨认产品质量的优劣从而决定自己的支出方向。农业产业化经营完善的国家，一般都有驰名全国和世界的农产品品牌。我国农业产业化经营还处于初级阶段，还没有形成成熟的农产品品牌创设理念、创设制度和运作机制。随着我国农业市场化改革进程的加快、农业产业化经营的完善和外国农产品竞争的加入，品牌将在我国农业结构调整和发展中的作用越来越突出。周口市把握农产品品牌化大势，采取一系列措施扶植驰名农产品的崛起，取得了良好效果。在周口市委、市政府的引导下，周口各地既在实际工作中不断提高农产品的质量，又注意不断改进农产品包装储运技术，形成注册商标的理念，创立品牌。仅扶沟县就注册农副产品商标30多个，取得了明显的经济效益。如扶沟的“银山”牌和太康的“银城”牌棉花，已成为全国许多大型纺织企业的抢手货；西华的“奉仙”牌和太康的“华寿”牌油桃已打入上海、北京、香港等地的市场；扶沟的“扶绿”牌蔬菜连续三年销往国内30多个大中城市和日本、韩国等六个国家，可免检直接进入北京各大型蔬菜批发市场。西华县田口乡的大枣在实行产业化、标准化管理，提高果品质量的同时，注册了“甜口”牌商标，效益成倍增长。扶沟县汴岗镇在发展冬枣生产的同时，注册成立了“贾鲁之星”商标，申报了企业代码和商标条码，实行统一生产、统一收购、统一包装、贮藏和销售，以每斤15元至20元的价格成功进入广州、香港等地的市场，实现了大幅增产增收的目标。沈丘县北洋集种植的黄金梨，套装生产包装后，以每斤3元的价格销往香港、韩国、越南等国内国际市场。淮阳县豆门乡种植的“珍珠红”特大石榴，包装贮藏后，以每斤10元至15元的价格销往郑州、北京、广州等市场，取得了十分可观的经济和社会效益。

在周口市调查过程中，我对周口各地注重品牌培养的做法十分感兴趣。这种品牌意识不仅是农业产业化过程中的大势所趋，也是各个行业在激烈的市场竞争中的必然选择。不过，相对于工业和服务业而言，我国农业产业化、市场化水平相对不高，因此这里品牌意识的树立便显得更为超前，也更为难得。

六是加快发展订单农业，强化市场的导向作用，降低农民生产的盲目性。订单农业是化解农业市场风险的有效手段。农业是市场风险很大的一个行业，由于其生产周期相对较长，相对于变化莫测的市场而言，其生产具有盲目性，其调整具有滞后性。从发达国家的经验来看，化解市场风险的一种方法便是利用远期合约，将未来交易的数量和价格预定。在我国农业发展过程中，这种"订单农业"的做法已被许多地区采用，收效良好。周口市委、市政府非常重视订单农业的发展，鼓励农民进行目标明确的生产，取得了初步成效。纸店国家粮食储备库与附近乡镇签订了优质小麦种植回收合同；邦杰集团与大王庄乡签订了万头生猪养殖合同；润鹏公司与川汇区南郊乡签订了双孢菇种植合同；郸城财鑫液糖厂与农民签订了10万亩高淀粉玉米种植合同；金丝猴集团与农户签订了奶牛养殖合同。淮阳的黄姜、芦笋，项城的白芝麻，鹿邑的西芹等也由农民经纪人与有关公司和超市联系形成了稳定的供货渠道。目前，全市订单农业面积已达到335万亩。订单农业使农民的生产热情进一步高涨，农业产值和农民收入都得到了很好的保障。

七是加快专业协会和农民经纪人队伍建设，为维护农民利益进行制度上的创新。专业协会和农民经纪人队伍建设是在分工和专业化日趋发达的市场经济中，我国农业发展的必然选择。在当代经济中，委托—代理关系日益兴盛，由专业代理人代表委托人的利益与其他市场主体进行谈判，已成为许多行业流行的选择。农民生产分散，组织程度、市场专业程度不高，与企业等市场主体谈判时处于弱势地位，不利于农业的发展和农民利益的维护。农民单个搜寻市场信息的成本也比较高昂，不利于农民专注于改善生产。因此，成立专业协会、培养农民经纪人，使之代表农民与科技站、企业、商人等进行沟通，便成为许多地区农业发展的必然选择。周口市在专业协会和农民经纪人队伍建设方面成效显著。扶沟县成立了蔬菜协会、食用菌协会、棉花协会，西华红花镇成立了食用菌、果树、西瓜、蔬菜、葡萄、养殖等六个乡级协会。这些协会在推广技术、供应物资和运销产品中发挥了重要作用，成为单个分散的农户与大市场连接的桥梁和纽带。同时，农民经纪人在红花镇和任集相当活跃，他们在广州、北京等地设立信息点，在村头地边设立收购点，组织运销农产品，使瓜菜生产基地稳步发展，成为农民致富的引路人和重要助手。从周口地区的经验可以看出，专业协会和农民经纪人作为农民代理人，他们的出现为更好维护农民的利益、提高农民的组织化程度发挥了重要的作用。政府在其中应当发挥积极的作用，加强规范和引导，规约协会和经纪人的行为，使其在维护农民利益的同时，不会因追求自身的特殊利益而损害农民的利益。在周口市考察过程中，我们看到了周口市在农业结构调整中迈出的步伐，看到了周口市各级党委、政府和周口市人民团结一心，发扬解放思想、实事求是的精神，在开拓中不断创新，在实践中不断实现思维革命，在我国当前农业发展形势严峻的情况下走出了一条属于自己的新路。我深深地感到，只有发挥各级政府和广大人民群众的主观能动性，坚持市场化改革，坚持转变政府职能，给人民以充分的自由选择权，我国农业结构调整的战略任务才能以最小的成本在最短的时间内达到最好的效果。

从周口市农业结构调整中存在的问题看我国农业结构调整的艰巨性

农业结构调整属于新事物，它的成长需要破旧立新，需要从物质技术到经济制度再到思想观念实行方方面面的相应调整。只要有一点配合不协调，农业结构调整就会出现困难和问题。在周口市考察期间，通过与当地领导座谈，通过研究有关部门提供的数据，通过走访田间地头，我们也发现周口市在农业结构调整中还存在的一些困难和问题。而这些困难和问题，也并非周口市所独有，而是各地在农业结构调整升级过程中所面临的共同难题。归纳起来，大致分为物质技术层面、经济制度层面和思想观念层面三个层面的问题。

关于物质技术层面的问题：

一是小麦种植面积大，但效益低，存在减产的隐患。小麦是周口市主要的夏收作物，目前全市还没有可以大面积替代小麦的粮食作物，所以这些年周口市小麦种植面积一直稳定在 900 万亩以上；但农民种粮的效益很低。据周口市有关部门测算，种一亩小麦，亩产按 390 公斤、价格按 1.0 元 / 公斤计算（实际近两年很少能达到这个价格），扣除种子、肥料、农药、耕地、收割、浇水等成本，农民每亩纯收益为 92 元；如果把用工和农业税计算在内，农民种小麦的收益实际是负数。也就是说，农民辛辛苦苦种一季小麦的收入还不如外出打工 10

天挣的钱多。现在小麦种植面积之所以没有大幅度减少，是因为农民种小麦是为了口粮而非为满足市场需求而赚钱，囤中有粮心里不慌。一旦农民的种植行为主要受市场调控后，很难保证小麦种植不会大面积减少。

农民种粮效益低下，是我国目前粮食作物生产中的一个突出问题。如果按照市场经济规律，我国的粮食生产早该大幅下降了。而近几年之所以未出现这种情况，正如周口市一样，主要因为农民种粮行为的自给自足成分仍占相当比重，市场化程度不高。而市场化是我国农业发展的大势所趋。因此，如何在使农民行为日益市场化的同时保证小麦等低收益但战略意义很强的粮食作物不致大幅减产，是我国农业结构调整中所遇到的一个突出问题。

二是农村基础设施比较薄弱。前些年修建的桥梁、涵洞许多已陈旧坍陷，沟渠不通畅，致使田间积水排不出去。农村基础设施薄弱，是我国农村普遍存在的问题。改造、扩建基础设施的财政资金不足或使用效率不高，是这一问题的主要根源。而资金不足或使用效率不高，又相当程度上源于一些经济制度安排和权责划分的不合理。农村基础设施是农业发展所必需的公共品，在农业结构调整的过程中，高产、优质、高效农产品的生产尤其需要水利灌溉等设施的支持。我国农村基础设施薄弱，是我国农业结构调整的一个制约因素。

三是耕地面积在逐年减少。周口的漯界、河深、商周、311 等高速公路的相继开工建成，需占用大量耕地，而且两边取土很不规范，种庄稼地势太洼，搞养殖又太浅。此外，随着城市化、工业化的步伐加快，不可避免的又要占用大量耕地作为工业用地、住房用地等。随着耕地面积的减少，粮食作物的种植面积必然随之减少。

耕地面积减少是我国近年来出现的一个严峻的问题。这一问题的出现，有工业化、城市化进程中市场选择的必然原因，但也有违反农民意愿强行占用耕地的情况。耕地面积减少，对我国农业结构调整、发展高产作物提出了硬性的任务，同时也对关系我国战略安全的粮食作物的生产构成了潜在的威胁。耕地面积减少所带来的农业结构调整的紧迫性，也许会造成一些地区急功近利、抛却市场而重新代之以行政命令式调整的现象出现。这个问题应该引起我们的高度重视。

关于经济制度层面的问题：

一是新产品、新技术由于机构改革而推广更加乏力。在推广新技术、新产品方面，周口市一直在努力增加投入，在技术层面上不断改善推广手段，建立了周口农网、周口兴农网等一批涉农网站，开通了农技110服务热线电话，经常组织农业专家开展送科技下乡活动；然而，随着乡镇机构改革的进行，乡镇农机站又由县管下放到乡管，“线断、网烂、人散”的困窘局面不仅没有得到解决，而且在进一步加剧，“技术棚架”现象更加严重，影响了农业新技术、新产品的推广和传播。

二是乡村担负的功能庞大，债务负担沉重。据周口市有关人员介绍，周口市村级债务11.3亿元，4849个行政村平均每村23.3万元，最多的40万元，一般都在10万元以上；乡级债务18.56亿元，183个乡镇平均每个乡镇1014.2万元。造成这些债务的原因主要是“普九”教育建校修缮款、乡村道路建设款、乡村两级兴办乡镇企业亏损、村提留尾欠款、农村合作基金会欠款等支出都落在了乡村两级头上，负担沉重。乡村债务负担沉重，必然影响到乡村基础设施建设、新技术新产品介绍推广等一系列公共职能，对农业结构调整造成不良影响。

我国的乡村债务问题早已引起中央到地方各级领导、学者和社会各界的广泛关注。在农民负担沉重的同时，乡村基层公共部门的债务负担非常庞大，这是一个值得我们担忧的问题。为农民减负势在必行，但如果不同时对乡村公共部门的机构设置、职能范围作出相应的调整，那么农民负担的减轻也许会加剧乡村公共部门的债务问题，使农民减了负，却更加享受不到本来便稀缺的农村公共品，那么农民调整农业结构的积极性也就会削弱。同时，乡村公共部门债务的积累，也对乡村政权的稳定形成了潜在的威胁。

关于思想观念层面的问题：

一是几乎放弃政府在农业结构调整中应发挥的作用，导致政府行为缺位。一些乡村干部认识不到位，口头讲重视农业结构调整，可实际上总认为结构调整是群众自己的事，管不了也管不好，干脆放任自流。这种从过去完全的行政命令到今天近乎完全的政府行为缺位，是许多地方乡村干部对我国农业改革认识肤浅的结果。他们认为我国实行家庭联产承包责任制，便是将权力和责任完全放给农民，政府就应无所作为了。其实，我国在实行家庭联产承包责任制的同时，也坚持统分结合的双层经营体制，乡村公共部门在提供农业发展所需要的公共产品和服务方面发挥着不可替代的作用。在农业结构调整过程中，乡村政府需要做的不是淡出这一伟大的历史变革，而应积极引导、服务农民，按照党中央的部署从战略高度引领农民向优化农业结构、发展农村经济的方向迈进。

二是同上一点相反，一些干部依然坚持对农民的计划指令，越俎代庖，干扰市场价格的作用。一些地方的干部对市场和政府权力的界限把握得不够准确，对市场的调节功能认识不够，不充分研究市场，盲目跟风调整，强行让农民种植政府认为赚钱的作物，结果往往事与愿违，不仅好心办了坏事，而且恶化了党群干群关系。如何界定市场和政府权力的界限，在充分发挥市场调节功能的同时，让政府发挥优势弥补市场调节的自发性、盲目性和滞后性，是一个需要认真研究和不断实践的问题。在我国农业结构调整过程中，在我国农业产业化经营过程中，在逐步收缩政府权力还权于市场的过程中，这一问题显得既普遍又迫切，需要我们不断做出新的尝试。

对周口市农业结构调整经验的思考

通过在周口市进行调研，我们感到，周口地区的农业结构调整成绩突出，经验很值得介绍推广；同时，其面临的问题也比较典型，对于我们认识我国农业结构调整中存在的问题并采取相应的对策具有很好的借鉴作用。基于对周口市农业结构调整经验和不足的调查和思考，我们对我国农业结构调整工作提出以下几点建议：

一是农业结构调整要坚持以市场改革为导向，充分发挥市场价格的调节作用。政府要转变角色，尊重农民的意愿，从过去的行政命令者转为农民所需公共产品、服务和市场信息的提供者。在此过程中，要防止彻底放弃政府权责、造成政府行为缺位现象的发生。农业结构调整的市场化改革应结合农业产业化经营进行，大力扶持农业企业，培养龙头企业，拉长农产品加工链条，以企业带农户，提高农民收入，缓和劳动力就业问题。同时，要注意对农业企业进行规范和引导，防止企业侵害农民利益的情况发生。应大力培育专业协会和农民经纪人，提高农民的组织化程度，降低农民在市场上的信息搜寻成本，同时减轻政府为农民提供信息体系建设的负担。

二是农业结构调整要实事求是。在结构调整中，要从本地的具体情况出发，具体问题具体分析，利用当地的优势资源，发展适合当地生产的高品质作物，防止盲目学步、照抄外地经验的情况发生。

三是要充分发挥科学技术和科技人员在农业结构调整中的作用。科技在改造传统农业，提高农产品质量，降低农产品生产成本方面要发挥关键的技术作用；政府在科技介绍和推广中要发挥主导作用，与科研机构和人员积极开展合作，促进科研成果在当地的转化；要对农民进行农技培训，提高农民对现代农业的操作能力，使其从对现代农技的被动接受转为主动探求。

四是农业结构调整要始终围绕提高农民收入这一目标进行。农民收入的提高是一个严肃的经济问题，也是一个严肃的政治问题，是“三农”问题的核心。提高农民收入应该是农村经济工作的方向。对于提高农民收入无益的结构调整，应判为无效调整。在调整农业结构的过程中，要遵循循序渐进的原则，注意化解市场风险，保证农民收入不会出现大的波动，在既有的水平上稳步提高。

在周口市的考察，让我们更加看到了我国农业结构调整的光明和希望。我相信，在中央和地方各级党委、政府以及广大人民的共同努力下，充分发挥市场的功能和群众的首创精神，我国的农业结构调整一定能达到预期的目标，以全新的姿态迎接国内外新的机遇和挑战！

“义乌现象”的思考

（2001 年 10 月）

几年前就听说过“义乌小商品销天下”，这次到义乌市参加第七届中国小商品博览会，有机会认识义乌、了解义乌。我看了义乌的小商品市场，参观了义乌的小商品博览会，考察了浪莎等几家中小企业。尽管只有短短的几天时间，给我的感受却十分深刻。义乌经济和社会发展很快，城乡面貌变化很大，发展的势头也很好，让我确确实实有大吃一惊的感觉。实事求是地说，来义乌之前，我的确没想到，在浙江省的这样一个交通不很便利，基础不很坚实，条件不很优越的山区小县城，竟然崛起了一个国内外闻名遐迩的小商品中心，吸引了全世界的目光和商人。从参观、考察的情况看，义乌已经成为名副其实的小商品信息中心、生产中心、贸易中心、技术交流中心。就我参加的 2001 年小商品博览会来看，有 20 多个国家和地区以及全国各省市的商界人士前来参加，说明义乌在国内外的影响力很大，知名度很高，凝聚力很强。而且，义乌的小商品已出口全世界 170 多个国家和地区，有 80 多个国家和地区的近 3000 名外商常驻义乌从事小商品贸易。这都是我亲眼目睹的。我相信每一个目睹的人都不会不感动。据义乌市的领导同志介绍，2000 年全市小商品成交额达到 193 亿元，高居全国各大专业市场榜首。与此同时，义乌的各项事业蓬勃发展，人民群众安居乐业。这引起了我的思索，为什么会出现“义乌现象”呢？经过调研和思考，我认为，可以用六句话 36 个字来概括，即发展优良传统，坚持改革开放，政府搞好服务，民间群策群力，注重德艺双修，不断努力创新。

一、关于发扬优良传统

在社会主义市场经济条件下，要不要发扬过去多年来形成的一些好的传统，我们在义乌可以找到明确的答案，也可以说，发扬优良传统在义乌体现得十分具体。在小商品博览会开幕式上，尽管有一些知名演员表演，但是让我比较感动的是义乌的小朋友们表演的货郎鼓节目。毫不夸张地说，它是义乌传统精神的写照，是义乌当年历史的再现，是义乌发展壮大的佐证。义乌人就是担着货郎担，摇着货郎鼓，披星戴月，栉风沐雨，走村串巷，沿街叫卖，一步一个脚印，从贫穷走向富裕的。它告诉我们，如果义乌人没有这种优良传统，如果义乌人丢掉了这个优良传统，就不会有今天繁荣昌盛的新义乌。我在小商品市场考察时，也向一些“老板”了解了情况，他们中的大多数人都是从做小买卖、从担着货郎担，摇着货郎鼓成长和发展起来的。在他们创业的初始阶段，都经历过艰难，都尝受过辛苦。现在，大多数的义乌人富裕起来了，货郎担和货郎鼓已成为一种记忆，但是，艰苦奋斗的优良传统没有丢掉，热情服务的优良传统没有丢掉，而且在不断地发扬光大。这一点不管是在义乌的博览会场，还是中小商场、中小企业，处处都可以感受到。艰苦奋斗是我们中华民族的优良传统。诚信，也是义乌人的优良传统。过去，义乌人靠着货郎担闯世界时，讲的是诚信，今天，义乌人做国际贸易，依然注重诚信二字。不管是在义乌小商品市场，还是在出口的商品中，没有假冒伪劣，没有欺诈行为，在国际上享有较好的声誉。

我们中华民族是一个有着悠久历史的民族。千百年来，我们的民族形成了很多优良的传统。在任何时候，任何情况下，我们都不应该丢掉我们的优良传统。优良传统是中华民族屹立于世界民族之林的重要条件。我们衷心希望义乌人民坚持不懈地保持和发扬优良传统，不仅这一代人要这样做，还要教育下一代人这样做，世世代代都要这样做，那么，就能够把明天的义乌建设得更加美好。

二、关于坚持改革开放

坚持改革开放，是义乌发展壮大的一条十分重要的成功经验。没有改革开放，就没有今天强大的中国；没有改革开放，就没有今天繁荣的义乌。如果义乌人光有货郎鼓的精神，而不搞改革开放，也不会发展起来。义乌的今天与改革开放的大环境是密不可分的，与党的改革开放的好政策是密不可分的。我们党的改革开放的政策，是从历史的经验教训总结出来的，是遵循人类历史发展规律的，是与时俱进的，是有利于发展社会生产力、建设中国特色的社会主义和为人民的根本利益服务的，因此得到了全国人民的拥护，得到了全世界人民的称赞，取得了前所未有的伟大成果。义乌的同志告诉我，他们多年来一直坚持用好党的改革开放的政策，确立了建设国际性商贸城市的大的对外开放战略和格局，采取了一系列的战略措施，比如在对外开放方面，“引进来，走出去”并举，形成了本地企业、市外贸公司、境外贸易机构和外商等出口多元化的格局，拓宽了小商品出口渠道，建成了开放型经济格局。全市在外经商办企业人员6万多人，外地驻义乌外贸机构140多个，全年小商品出口额超过80亿元。而且不断优化义乌的开放环境，努力创立国际性的小商品基地。只要义乌人坚持不懈地改革开放，这个目标一定能够实现。现在看，义乌的各项改革搞得比较好，对外开放的环境也比较好，但是，也不是没有问题，我认为义乌的城市规划水平和城市管理水平还需进一步提高。既然要建国际性的小商品中心城市，就要按照国际化的标准搞规划，搞管理。而且城市化水平提高了，对于解决农村剩余劳动力，提高农民收入，促进经济发展会起到推动作用。

三、关于政府搞好服务

这些年，我到一些地方考察时发现，凡是经济发展较快，群众生活较为富裕的地方，必然是政府的服务工作搞得好，或者说是政府的职能转变做得比较好。义乌的发展也证明了这一点。政府转变职能，建立一个服务型的政府，是社会主义市场经济的必然要求，是深化改革的必然要求。但是，同其他任何一项改革一样，说起来容易做起来难。在一些地方，喊转变政府职能，但就是不放弃政府应当还给市场的权力，尤其是一些部门，从本部门的利益出发，千方百计扩大本部门的职权，这样做的结果是，不仅职能没有多少转变，相反行政命令越搞越多，群众意见也越来越大，地方的经济发展受到制约。

义乌市在政府转变职能方面做得比较好。政府职能从过去的管理为主转变为服务为主，一切工作围绕着为群众搞好服务，为经济发展搞好服务。市政府和政府的有关管理部门，都把能不能搞好服务作为衡量工作好坏的标准，比如简化投资手续，比如改革户籍管理，比如抓好市场建设，比如优化市场环境，等等。市政府还把搞好服务作为考核政府部门工作实绩的重要内容，定期进行督察检查。为了保证政府转变职能真正落到实处，他们还公布了一些政府部门的服务职责、服务标准，如办好一个新的工商登记需用多少工作日等，让群众进行监督。如果政府没有积极地搞好多项服务工作，义乌是不可能发展到今天的。

政府搞好服务，说到底是我们党全心全意为人民服务的根本宗旨的具体体现。一个不能让人民群众致富的政府，一个不能代表广大人民群众根本利益的政府，能说是一个人民的政府吗？凡是人民群众拥护的事情，政府就应该多做；凡是人民群众不愿做的事情，政府绝对不能做，更不能强迫人民群众去做。义乌人民群众有发展小商品生产和贸易致富的愿望，义乌市政府就千方百计为他们搞好服务，培育市场、建设市场、优化市场，给群众创造条件、创造机遇、创造环境，这样群众就拥护，就支持。这样的政府在群众中就有凝聚力、号召力。衷心希望义乌市各级政府继往开来，与时俱进，不断提高服务水平和服务质量。义乌的信息化建设还有很大的发展空间，政府在这个问题上可以大有作为，做好引导、指导工作，把义乌的信息化程度进一步提高。

四、关于民间群策群力

民间群策群力，是义乌发展的又一条可贵经验。据义乌有关同志介绍，义乌在清朝乾隆年间，农民就开始了“鸡毛换糖”的经商活动。长期以来形成了经商意识。到 80 年代初期，义乌城乡的各种小商品市场已经出现，并且随着政府的引导、推动以及社会的需要，不断地进行布局和结构调整，逐步发展到今天这样规模庞大的小商品市场。这就是说，义乌人民是在党的富民政策指引下，通过自力更生，群策群力，从小到大，把义乌发展起来的。这个经验表明，一是人民群众中蕴藏着极大的积极性和创造性。只要我们始终不渝地坚持党的群众路线，尊重群众的首创精神，注重从群众中来，到群众中去，一切从人民群众的根本利益出发，就能够激发和调动人民群众的积极性和创造力，把我们的各项事业搞得更好；二是人民群众中存在着一些有头脑、有胆识、有闯劲、有号召力的人才。我们在发展市场经济的过程中，需要大批人才。人才一方面要从外引进，一方面要注重培养本地的人才。这些本地的人才，生于本地，长于本地，对本地的实际情况比较了解，最大特点是能够结合本地实际，发动和引导群众，把群众组织起来，发挥带动作用；三是人民群众团结的力量是无比强大的。团结就是力量，团结就能发展。人民群众团结起来，没有不可战胜的艰难险阻。只有广大人民群众团结起来，我们的事业才能不断发展，义乌的实践充分证明了这一点。小商品之所以形成了国际性的大市场，归根到底，是广大人民群众组织起来了，团结起来了。在整个社会主义市场经济建设过程中，我们都必须坚定不移地坚持依靠广大人民群众，注重发挥人民群众的积极性和创造性。

从义乌的情况来说，应当进一步制定优惠政策，把民间资金吸引到新的建设上来，把民间人才挖掘出来，把民间积极性发挥起来，从而形成同心同德，万众一心建设义乌的新局面，把义乌尽快建成国际性小商品中心城市。

五、关于注重德艺双修

这也是从义乌发展的经验中总结出来的。这里所讲的德，是指社会公德、商业道德、精神文明等方面；这里所讲的艺，是指经商技能与生产技术、各方面的技术本领。这里所说的修，就是修养、修炼。我们可以经常看到，在日常生活中，一些不讲社会公德、商业道德的行为屡见不鲜，层出不穷，大米中有毒、农药中掺假、假冒伪劣产品渗透各个行业，不仅给人们的精神上带来损害，而且危害人们的生命安全，一些地方的这个那个专业市场也因其危害而垮台。义乌人在这方面也有过教训。因此，他们在建立社会主义市场经济的过程中，在发展经济的过程中，始终坚定不移地注重抓紧抓好市场经济秩序的整顿，严厉打击各种扰乱市场经济秩序的违法犯罪行为，同时要教育广大群众，注重社会公德和商业道德修养，讲究信用，以诚为本，秉公守法，正派经营。在义乌市场上，基本杜绝了假冒伪劣商品，所有商品名码标价，实行“三包”，让消费者放心。工商、税务、技术监督、市场、管理等部门，经常围绕市场信用等开展一系列的活动，评选守法经营的先进单位和个人，对发现的严重问题坚决依法处理。同时，经常在工商从业人员中开展教育活动，使他们自觉做到守法经营，坚决杜绝假冒伪劣和欺诈行为，真正形成过街老鼠、人人喊打的局面。

在发展市场经济的情况下，仅注重道德修养还不够，还要注重技艺的修炼，不断提高各类技术水平。我在上边已经讲到的网上交易，就是一项新技术，应该尽快掌握。时代在发展，在前进，我们的技术水平要适应，就要不断学习不断提高。

六、关于不断努力创新

创新，是一个民族发展进步的必然要求，是社会发展进步的必要条件，是人类发展进步的必要基础，从义乌来说，如果义乌人不在过去传统的基础上，不断努力创新，至今依旧是担着货郎担走村串乡，就不会是现在的小商品中心城市。义乌能发展到今天，正是因为义乌人不断创新。比如，他们为了适应市场竞争的需要，提高传统小商品制造业，加快产业结构调整的步伐，在全市大力推进科技创新。现在，义乌的小商品，已经不是传统意义上的那些小商品了。而是科技含量高、知名度高、信誉度高的现代化的小商品。有些小商品，成了世界品牌。

改革开放20多年来的实践经验也证明，由于我们党领导全国各族人民在思想理论上、管理体制上、科学技术上以及各个方面进行了创新，因此，我们的改革开放才取得了前所未有的成就，我们的现代化建设事业才得到了朝气蓬勃的发展。我们必须始终坚持根据实践的要求，不断地进行创新。在思想理论上，要不断地从实践中总结经验教训，根据时代发展的要求，不断创新，丰富和发展我们的思想理论。我们的改革开放，首先是在思想理论上进行了创新，如果没有思想理论的创新，就不可能有改革开放。在管理体制上创新，要不断适应社会主义市场经济发展的要求，继续深化改革，创造与其相适应的新体制。在科学技术上创新，要加快我国科学技术水平的提高，像义乌这样的城市，要努力打造自己特色的品牌、名牌产品，提高档次，提高竞争力。在服务水平上创新，要根据时代进步的特点，运用先进的、科学的服务手段，比如网上交易、电子商务等。有了不断创新的精神，机遇就在手中，成功就在手中，发展就会加快。

发展特色农业 繁荣农村经济

——关于河南省许昌市发展特色农业的调查

（2001 年 11 月）

农业是国民经济的基础。如何促进农业发展、繁荣农村经济、提高农民收入，是关系经济社会全面发展和国家长治久安的攸关大事。由于目前仍然存在的各种主客观原因，我国农业的发展充满了矛盾——各种生产要素间的矛盾、投入和产出间的矛盾、市场供给和需求间的矛盾、经济增长和剩余劳动力就业的矛盾，等等。而我国幅员辽阔，各地气候条件、地形特征、市场供求关系、文化人文等状况不一，有时甚至差异悬殊。因此，要有效缓和农业生产中的种种矛盾，就必须从各地矛盾的特殊性出发，按照当地的约束条件实现农业发展的最优化，探索属于自己的农业发展模式，也就是发展具有特色的农业。所谓“特色”，包含两层含义：一是各地自然、经济和人文资源各具特色，二是在各地特色资源基础上形成的农业发展模式相互区别、各具特色。第一点是天生存在的，是既定的约束条件，只能适应它。所以，发展“特色”农业，关键在于如何坚持以市场为导向，充分发挥本地资源的特色，形成与之契合的农业发展道路。只有这样，当地资源的比较优势才能得到发挥，资源的利用才会实现集约化，而资源的有效利用势必形成本地农业在成本、质量等方面的优势，从而为农产品市场的开拓提供最有力的武器。

近年来，随着国家政策越来越宽松和灵活，各地在发展特色农业、探索属于自己的农业发展模式方面取得了长足的进步。其中，河南省许昌市的经验具有相当的典型意义。许昌市位于河南省中部，现辖禹州市、长葛市、许昌县、鄢陵县、襄城县、魏都区六个市（县、区），96个乡镇，2335个行政村。许昌市全境面积4996平方公里，平原、丘陵岗地、山区分别占70%、20%和10%，拥有耕地460万亩，人口437万，人均耕地1.2亩。许昌地处亚热带和暖温带的过渡地带，气候温和，光照充足，雨量充沛，四季分明，具有发展粮、棉、烟、花木、蔬菜、中药材和畜牧业的优越自然条件，农业在国民经济中占重要地位，在437万总人口中，农业人口有369万，所占比例为84.43%。许昌境内京广铁路、京珠高速公路、107国道和河南省道纵横交错，地处要冲，交通便利，大大降低了农产品的外运成本。许昌市委、市政府领导当地人民，利用优越的自然、交通条件大力发展特色农业，使当地农业不断得到发展，农民收入稳步提高，农村稳定得到了很好的维护。

2001年11月，我们赴河南省许昌市，对许昌发展特色农业的情况进行了调查。

一、加快产品区域布局调整，突出区域特色

许昌市特色农业的发展是随着当地农业综合生产能力的不断提高、农产品总量的增长和供求关系的变化而逐步深入展开的，其时间上的分水岭在1998年。那年，中央在认真分析了我国农业形势的基础上，作出了我国农业发展进入新阶段的历史性判断。按照中央精神，许昌市委、市政府根据当地实际，及时作出了对农业结构进行战略调整的重大决策，就许昌种植业和养殖业未来的发展提出了明确要求：种植业要在巩固粮食、棉花和烟叶三大传统优势产业的基础上，大力发展花卉、蔬菜和中药材三大新兴产业；畜牧业则以猪、牛、羊为主，突出发展生猪养殖业。而整个农村经济要大力发展以优质小麦、优质大豆、优质生猪和优质“三粉”为主的农副产品加工业。经过三年的努力，许昌市区域性特色支柱产业进一步明晰，农业经济结构逐步趋向优化，规模经济得到体现，支柱特色产业、主导产品在农民收入和地方财政收入中的比重明显增加，有力地促进了农业增效、农民增收和农产品竞争力的提高。

在粮食作物生产上，他们稳步发展优质小麦，重点压缩玉米生产，积极扩

大大豆、红薯种植面积的结构调整思路。在大豆产品的发展方面，市政府出台了《许昌市百万亩大豆开发建设方案》，制定了优质专用大豆高产栽培技术规程，成立了优质专用大豆生产建设领导组，负责推广优质专用大豆的种植技术，逐步扩大其种植规模。

在经济作物生产上，他们在尊重市场经济规律、尊重群众意愿的基础上，既注重解决当前大路产品销售困难、农业效益不高的现实问题，又立足长远，积极促进经济作物产品结构调整升级，集中力量发展对整个区域经济和相关产业拉动作用大、总体效益好、地方特色浓的经济作物，实现区域性的专业化生产和规模经营。经过三年的努力，许昌市“大而全，小而全”的农业生产格局开始打破，农业区域化布局、专业化分工的趋势逐步显现。

一是花卉苗木业有了很大发展。几年来，许昌全市花木面积发展到 36 万亩，其中作为花卉主产区的鄢陵县，其花木面积达到 32 万亩，占该县 92 万亩农用地的 1/3。全县拥有各类花卉园、圃、场 500 多个，并形成了绿化苗木、鲜花切花、盆景盆花、草皮草毯四大系列 2100 多个品种，沿 311 国道两侧而建的长达 41.5 公里的花卉长廊已初具规模。该县花木年产值 13 亿元，农民年新增收入 7 亿多元，已成为全国最大的花木生产基地。为破解农户分散经营与市场对接难的问题，许昌市政府从土地流转、企业入驻、劳务用工管理、技术创新等方面都做了明确规定，省、市政府及有关部门投资改善了花木生产区内的道路、电力、水利等基础设施，为工商企业、社会中介机构和个人投资花木建设创造了良好环境。全市现有各类花木场、园、圃、公司 642 家，仅 311 国道许昌至鄢陵段两侧的花卉长廊中，就进驻各类花木农业公司 162 家，吸引社会投资 2 亿多元。这些公司引进推广的花木新品种占许昌市引进推广总量的 80% 以上，年经营额占全市花木经营额的 30% 以上。为提高花木档次和市场竞争力，针对当地花木发展以农户为主、绿化苗木占花木总面积 90% 以上的实际情况，许昌市政府在鄢陵县启动建设了花木标准化生产示范区，示范推广了组培育苗、花木脱毒、转基因育种、穴盘工厂化育苗、大规格树木四季移栽养护、苗木化控、催花、控长等 10 多项花木新技术；同时，组织有关专家制定了《蜡梅产品标准》、《盆景产品标准》、《绿化苗木产业标准》等 12 项花卉产品标准和 16 项花卉生产技术规程。2000 年，鄢陵县被国家林业局、全国花卉协会授予“中国花木之乡”美誉。

二是中药材产业有了很大发展。许昌市辖下的禹州市中药材种植历史悠久，明朝之初已是全国四大药材集散地之一，禹州所产禹南星、禹白芷、禹粮石等十多种中药材驰名海内外。在许昌市经济作物生产区域化、专业化的调整思路下，禹州市按照政府引导、扶持、服务和农民自发、自愿的原则，大力发展中药材生产，兴建禹州中华药城，成功举办了中原中药材交易大会。目前，禹州，市中药材面积已发展到25万亩，种植品种100多个，中药材加工企业发展到10家，中药行发展到360家，年销售量10万多吨，年交易额3亿多元。1996年，禹州市中药材市场被国家批准为河南省唯一一家国家级中药材市场。

三是蔬菜产业有了很大发展。目前，许昌市共有蔬菜种植面积83万亩，其中，襄城县依托群发蔬菜批发市场，蔬菜种植面积已发展到25万多亩，为河南省较大的区域连片蔬菜种植生产基地。该县的3万亩无公害蔬菜基地已正式通过省级认定。2000年，襄城县群发蔬菜批发市场被农业部确定为全国鲜活农产品重点批发市场，年交易蔬菜40万吨，交易额达3亿多元。

经过许昌市委、市政府推行市场化改革的努力，目前，许昌市已形成了以鄢陵县为主的花卉生产，以禹州市为重点的中药材生产，以襄城县为重点的反季节、无公害蔬菜生产的经济作物区域化、专业化生产格局；同时，以长葛市为主的畜牧养殖生产基地、以许昌市区和许昌县为重点的粮油加工生产基地也蓬蓬勃勃地发展了起来。这五大生产加工基地的形成，是许昌市农业产品区域布局调整的战略举措。从许昌市的同志们给我们的数据材料和我们实地考察的所见所闻来看，这种专业化、区域化的生产布局，发挥了各地资源的比较优势，使得产出效率得到大幅提高，使各地形成自已特色农产品的同时，在相互间建立了良好的互补合作的关系。

二、加快农产品品种结构调整，突出发展优质高效农业

在着力调整农业生产区域布局的同时，许昌市委、市政府加快引导各种农产品品种结构的调整，明确提出以市场需求为导向，以实施“种子工程”为突破口，把优化品种结构、实现农产品优质化作为农业结构调整的核心。品种结构的调整分别在粮食品种结构、经济作物品种结构和畜牧养殖品种结构三方面进行。

在粮食品种结构上，按照优质化、多样化的调整方向，许昌市通过采取统一供种、统一管理、统一机械收打、统一合同预约收购、实行集中连片种植等措施，压缩品质与市场需求不相适应的品种，在发展优质粮、加工专用粮和饲料粮上重点下功夫，粮食品种结构逐步趋于合理。目前，全市优质小麦发展到 140 万亩，占小麦播种面积的 47%；优质玉米 123 万亩，占玉米播种面积的 86%；高油脂、高蛋白大豆种植面积 40 万亩，占大豆播种面积的 74%；优质红薯种植面积 50 万亩，占红薯播种面积的 60%。

在经济作物品种方面，花木生产近年来重点引进了日本红枫、美国彩叶柳、红宝石海棠等 25 个彩色新品种；在常绿树种上，引进了日本北海道黄杨、常青白蜡、乐昌含笑、竹叶楠、香叶树等 28 个新品种；在大规格树种上，引进乐大叶女贞、金丝垂柳、多年紫藤、新品玉兰等 12 个新品种。目前，全市花木优良品种覆盖率达到 95%以上。中药材重点发展了以牛蒡子、禹白芷、禹二花、杜仲为主的主导品种，并在禹州市山货乡、张得乡建设了万亩无公害中药材生产基地。蔬菜生产按照“南菜北种、野菜家种、洋菜中种、夏菜冬种”的思路，引进推广了荷兰土豆、微型黄瓜、樱桃番茄、彩色椒等鲜细菜新品种 54 个。襄城县首山科贸公司引进的荷兰土豆，产量比当地品种每亩高 250 公斤，每公斤价格高出 1 元，亩均效益提高 1500 多元。除这三种作物外，许昌市在棉花种植方面重点推广了双价抗虫棉、单基因抗虫棉、常规抗虫棉、杂交抗虫棉等品种；烟叶生产方面则以申豫烟草基地和河南省烟草局安排的 2.5 万亩优质烟田项目建设为契机，紧密结合烟草工业结构调整，大力发展纯作烟田。

在畜牧养殖品种方面，许昌市以发展猪、牛、羊为重点，实现了由分散养殖到规模养殖的转变，节约了养殖成本，取得了良好的规模效益。

据许昌市有关部门负责同志介绍，通过产品品种调整，. 许昌市农产品在质量得到大幅提高的同时，生产成本并没有一抬升，实现了产品的物美价廉，这为许昌市农产品应对外国同类农产品的竞争提供了最重要的保障。

三、大力发展农产品加工，拉长农村经济结构调整链条

农业产出是一种形态比较原始的初级产品，无法满足消费市场对农产品多层次、多方面的需求；而其供给市场接近完全竞争，农产品产出大幅提升时，

农户间的销售竞争必然加剧。在供给和需求两方面的作用下，农民从丰收中不盈反亏便成为必然。为提高对原始农产品的需求从而提高农民收入，同时满足消费市场对农产品多层次、多方面的需求，必须拉长农户和消费者之间的链条，增加农产品加工环节，使得加工企业在原始农产品市场上作为需求方提高对原始农产品的需求，而在消费市场上又作为供给方满足消费者对高级加工农产品的需求。

据许昌市有关经济研究人员的介绍，许昌市委、市政府按照市场经济供求规律的要求，明确提出了要大力发展优质小麦、优质大豆、优质生猪和优质“三粉”的加工业。许昌市重点规划发展了许昌县河街腐竹加工、许昌县邓庄食品加工、许昌县湖雪小麦加工、鄢陵县马栏棉短绒加工、长葛市石固朝阳板材加工、长葛市坡胡中密度板材加工、禹州市古城三粉加工、禹州市朱阁三粉加工、襄城县汾陈三粉加工、魏都区高桥营辅助加工10个特色农产品加工区。其中，鄢陵县马栏棉短绒加工等小区入驻企业172家，棉短绒年加工能力20万吨，占全国棉短绒市场的30%以上，成为我国江北最大的棉短绒加工交易基地。

四、培育农业龙头企业，推进农业产业化经营

在拉长农产品加工链条、鼓励加工销售企业介入的同时，许昌市委、市政府采取了培育龙头企业、推进农业产业化经营的策略。近年来，围绕市主导产业和支柱产品的发展，许昌市通过一系列支持、鼓励政策和措施，使得全市农业龙头企业组织数量增加，规模扩大，带动农户的能力持续增强。目前，许昌市农业产业化经营组织达到120家，其中种植业54家，年加工或销售农产品162万吨；畜牧业35家，年加工或销售畜产品17.5万吨；林特产业22家，其他产业9家。在许昌市120家农业产业化经营组织中，国家级重点龙头企业1家，省级重点龙头企业4家，市级重点龙头企业25家。120家龙头企业平均固定资产1600万元，销售收入4279万元，发展各类基地195万亩，吸收就业人员7.4万人，带动农户73万户，占全市农户总数的76%。农户从产业化经营中年增收5.17亿元，户均增收766元。

一是坚持“谁有能力谁牵头，谁牵头就扶持谁”的原则，打破行业、地域、所有制界限，采取层层规划、重点扶持的办法，一级抓一级，一级带一级，全

市初步形成了一批不同层次、不同类别、覆盖全面的龙头企业群。花卉产业形成了以鄢陵北方花卉集团等为龙头的企业群，中药材产业形成了以禹州中药材市场为龙头的企业群，蔬菜产业形成了以群发蔬菜批发市场为龙头的企业群，畜牧养殖产业形成了以长葛食品业有限公司为龙头的企业群，粮油食品加工产业则形成了以河北华龙集团许昌食品有限公司、湖雪面粉有限公司、山花实业有限公司为龙头的大中型农业产业化龙头企业群。

二是完善龙头企业与农户的利益连接机制。许昌市把龙头企业带动农户的能力作为考核评判龙头企业的标准，通过合同关系、利润返还、股份分红等形式，进一步理顺了龙头企业与基地、农户的利益分配机制，解除了农民的后顾之忧，激发了农民发展生产、调整产品结构的积极性。如河南众品食业股份有限公司是国家八部委确定的全国第一批 151 家农业产业化龙头企业之一。近年来，该公司先后投资数亿元进行技术改造，采用先进技术装备进行生产，使得系列蔬菜制品年生产能力达到 3 万吨，系列肉食品年生产能力达到 8 万吨，成为北京、上海放心肉菜工程的指定品牌和对日出口熟肉的原料基地。在企业不断发展壮大的情况下，该公司依托农产品和畜产品的加工能力和市场销售体系，通过与农民签约的形式建立合同养殖场 272 个，年出栏生猪 60 万头，建立名特优和无公害蔬菜生产基地 3.8 万亩，带动种植、养殖专业户近万户，成为许昌市龙头企业带动农户致富的典型。

三是对农业龙头企业强化管理，每两年进行一次考核，对不能给农民带来实惠的企业不再给予扶持。这种考核方法使企业的经营目标由单纯的经济利润的增长扩大为经济效益和社会效益的双提高，取得了良好的效果。

五、创新农业科技推广体系建设，提高农业科技贡献率

邓小平同志早已指出，科学技术是第一生产力。根据美国经济学家索洛提出的经济增长理论，在劳动力、土地、资本和技术进步四种生产要素中，技术进步对经济增长的推动力已超越了前三者。在我国农业由粗放式生产向集约式生产转变、分散经营向规模经营转变的过程中，科技的使用和推广已经起到并将继续起到至关重要的作用。鉴于此认识，近年来，许昌市委、市政府将加强农业科技创新作为农业结构调整的一项主要措施。据有关领导介绍，他们的工

作主要从四个方面展开。

一是与高等院校、科研机构广泛开展技术合作。许昌市先后与中国科学院、中国工程院、中国农科院、中国林科院等28个科研院所、重点院校建立了合作关系，从这些机构重点引进农业先进技术和成果，加以组装、集成和配套，推广应用到生产中去，极大提高了农业生产的科技含量。如他们与北京林业大学合作，对41个花木品种进行了组培试验和6大课题联合攻关，并投资建成了商品化植物组织培养中心，在国家“三北”防护林建设中，他们研制繁育的树苗供不应求；同时，他们还承担了国家两个“863”计划项目的实施（——乔刺槐工厂化快繁项目，蜡梅、牡丹无性快繁关键技术研究）。

二是在加强公益性农业技术推广机构的同时，许昌市积极改革技术推广体制，逐步转向科研单位、技术推广机构和中介服务组织共同参与的技术推广新体系。许昌市政府明确规定，财政供给的科研、技术推广机构的农业科研人员创办、领办农业科技企业或到科技型企业兼职、技术入股、技术承包的，3年内保留其在原单位的工资待遇不变。如许昌市襄城县双庙乡农技站站长纪安民停薪留职，创办了“襄城县名优甘薯开发保鲜科研所”，大力开发推广脱毒红薯，取得了良好的经济效益和社会效益，极大地促进了当地的农业结构调整工作。

三是瞄准产业发展需要，把先进实用的农业新技术、新成果组装配套，推广应用到产前、产中、产后每个生产环节，努力提高产业的科技含量和现代化装备水平。许昌市先后引进各种农作物新品种近200个，推广现代高新农业技术31项、农业实用关键增产技术100多项，农业科技贡献率达到46%以上。

四是对农民进行多层次、多形式的“一业一训”、“一技一训”，不断提高农民的科技素质和操作能力。目前，许昌全市已有100多万农民接受了不同形式的实用技术培训，农业科技带头人都较好地掌握了1至2项先进技术，成为带动许昌市农业结构调整、引领农民致富奔小康的生力军。

六、提高农民组织化程度，培育农民经纪人，强化市场信息体系建设

在市场经济中，信息的作用至关重要。信息的获得有助于形成对市场状况的准确判断，从而在一定程度上规避市场价格风险，获得实在收益。然而，对于分散的农户来说，信息的获得成本很高，效率很低，因此需要政府主导强化

信息服务。许昌市本着大农业、大市场、大流通的思路，注重结构调整与市场建设、农民经纪人队伍建设相结合，促进生产与销售相互依托、同步发展。目前，全市有各类农产品批发市场292个，年交易额在亿元以上的有8个，初步形成了大中小相结合、专业与综合相配套、城市与农村相衔接的市场体系。许昌市投资100多万元建成了许昌农业信息网、许昌兴农网、禹州中药材信息网、鄢陵县花卉苗木信息网和长葛市、襄城县、禹州市农业信息网7个农业网站；同时，在全市大力推广了"公司+农户"、"公司+基地+农户"和"市场+经纪人+农户"的发展模式，以利益为纽带把分散的农户组织起来，使小农户与大市场有效连接，有效解决了产销衔接的问题，促进了特色农业的发展。目前，许昌市有各类专业协会、市场中介组织630多个，发展了各类专业合作社290个、各类农民经纪人2万多人，提高了农产品的市场竞争力。如许昌县河街乡腐竹协会与科研部门合作，使河街的腐竹生产销售占全国60%的市场份额，年产值4亿多元，实现利税5000多万元。

在许昌市考察期间，我们欣慰地看到，许昌的特色农业发展朝气蓬勃，农民生活稳中有进，地区就业压力得到缓解，市场经济建设在有序地进行中。许昌农业的喜人发展，给我们以信心和希望，也促使我们对特色农业在我国农业发展中的地位进行深入的思考。

一是各地只有因地制宜，发展自己的特色农业，才能充分利用当地的优势资源，实现农业生产效率和竞争力的提高。农业的竞争力在农产品的价格和质量上。价格决定于农产品的生产成本和市场需求，而市场需求部分决定于农产品的质量。因此，降低农产品的生产成本，提高农产品的质量，才可能提高农产品的竞争力，不断开拓市场需求。而要降低成本，必须实现投入要素使用效率的最大化；要提高要素生产效率，必须按照投入要素的自然属性来进行配置和组合。农业生产对气候、土地的依赖性很强，只有根据各地的气候、土壤条件选择合适的作物和生产布局，才能最有效地利用这些资源，实现成本既定下的产出的最大化；同时，必须选择适宜的高品质作物，提高农产品的质量，才能不断提高农产品的需求。

二是发展特色农业，有利于实现我国经济结构调整的战略，为应对加入WTO后外国农产品的冲击做好准备。特色农业从各地的实际情况出发，在降低农产品成本、提高农产品质量方面起到关键性的作用。而价格和质量，正是我国部分农产品在与外国农产品竞争时的劣势所在。

三是发展特色农业，需要政府主导，为农民提供信息服务，提高农民的组织化程度。在农业结构调整过程中，政府要发挥引导者、服务者的功能，在充分发挥市场价格导向功能的基础上，提供农业发展和农民增收所需要的公共产品和服务，降低由农户个人搜寻信息时所耗费的成本，将农民的利益保护好，使农民有动力调整生产结构，实现结构的优化升级。

四是特色农业的发展需要与农副产品加工业的发展相结合，拉长农产品加工链条。在提高原始农产品需求的同时为消费者提供优质的加工品，同时缓和由于农业生产效率的提高带来的农村剩余劳动力形成的就业压力，实现经济效益与社会效益的双丰收。对于农产品加工企业要加强监督与管理，重点扶植龙头企业的发展，形成全方位、多层次的农业企业发展格局。我们坚信，在党中央和国务院的领导下，在各级地方党委、政府的积极探索和努力下，各地农业的发展模式定会呈现出百花齐放的局面；特色农业的发展在我国前景光明，一定会成为我国农业改革发展以及“三农”问题解决的有效途径。

河北省搞好国有企业的十条措施

（2002 年 5 月）

在社会主义市场经济条件下，国有企业怎么搞、能不能搞好，让其继续发挥国民经济支柱作用，这是很多同志十分关心的一个问题。近年来，各地根据党中央、国务院的部署，积极探索搞好国有企业的路子，加快国有企业改革的步伐，取得了一些成绩和经验。2002 年 5 月中旬，我同几位同志到河北省就国有企业结构调整、制度创新和实施大集团战略作了一次调研。在一周的时间里，我们先后到石家庄、保定、承德等市，参观考察了一些国有大中型企业，同地方领导同志、企业领导同志和职工进行了座谈。通过对河北省国有企业改革发展情况的调研，我们进一步增强了搞好国有企业的信心，对怎样才能搞好国有企业也形成了一些思考。

河北近临北京、天津两大直辖市，地理位置十分重要。解放以来河北的工业发展很快，也创出过一些名牌产品。改革开放以来，河北省认真贯彻党中央、国务院关于国有企业改革发展的一系列重大方针政策，着眼于从整体上搞好搞活国有经济，积极推进国有经济布局的战略性调整和国有企业的战略性改组，以市场为导向，以效益为中心，坚持“三改一加强”，国有经济的控制力和整体实力明显提高，综合竞争力明显增强。到 2001 年底，全省共有入统工业企业（国有及年销售收入在 500 万元以上的非国有工业企业）7250 家，总资产 5598 亿元，在职职工人数 264 万人。按企业规模分，大型企业 353 户，中型企业 766 户，小型企业 6131 户；按企业所有制分，国有及国有控股 2171 户，集体2070户，股份制1251户，股份合作制232户，“三资”企业688户，私营企业838户。按行业划分，主要分布在冶金、机械、建材、医药、食品、化工、纺织等行业，其中，冶金行业生产能力全国第一，建材行业销售收入全国第三，医药行业销售收入全国第五。2001年，完成入统工业增加值1216亿元，同比增长10.6%，总量居全国第9位；实现利税406亿元，增长8.6%，总量居全国第7位；实现利润194.3亿元，增长7.88%，总量居全国第7位；完成产品销售收入3709亿元，增长10.3%，总量居全国第7位。技改投资完成339.6亿元，增长11%，总量居全国第5位。近年来，他们还培育、组建和发展了一批在全国或同行业具有较高知名度的大公司和企业集团，如邯郸钢铁集团、保定天威集团、冀东水泥、耀华玻璃、沧州化工、华北制药、石家庄制药、宝硕集团等。其中，三鹿集团奶粉产量、销量全国第一，露露集团产品市场占有率全国第一，帝肾集团主要指标全国同行业第一。先后培育壮大了一批名牌产品，其中乐凯胶片、华北牌青霉素、三鹿奶粉、露露饮料、风帆蓄电池、华龙方便面、三利毛线、天鹅化纤、旭日升茶饮料、雪驰羽绒服、耀华玻璃、惠达陶瓷、神威药业等13个产品被评为中国驰名商标。据河北省的同志介绍，他们搞好国有企业的做法和经验，大体可以概括为十条措施。

一是大力推进国有企业结构调整。结构不合理、布局不合理是我们的国有企业在计划经济时期形成的一大弊端，也是国有企业普遍存在的一个严重的问题。在河北省这样一些老工业省，这个问题表现得尤为突出。近年来，河北省委、省政府坚决贯彻执行党中央、国务院关于搞好国有企业的有关方针政策，从搞好搞活国有企业、促进国有企业改革进一步深化，发展进一步加快的战略高度，大力推进国有企业结构调整。他们坚持以企业为主体，以市场为导向，有进有退，从战略上调整布局，积极采用高新技术和先进适用技术改造和提升传统产业，大力发展高新技术，以信息化带动工业化，发展了一批具有国际竞争力的大公司和企业集团，促进中小企业健康发展，建立和规范劣势企业退出市场的通道，努力提高工业的整体素质和竞争力。1999年到2001年，全省完成技改投资968.4亿元，年均递增10.5%。邯钢、唐钢等重点企业，通过技术改造，主要生产技术和装备基本达到国际90年代水平，连铸比达到97%，高于全国15个百分点，板带比达到35%，高于全国1个百分点。邯钢集团几年来的产量、产值和利税等主要指标不断增长，成为全国搞好国有企业的先进典型。

二是培育壮大一批高新技术产业化项目。近几年，河北省重点推动信息技术、生物技术、新材料等高新技术产业的发展。坚持每年抓 50 个左右高新技术产业化项目。他们把着力点放在抓好新产品开发上。2001 年，全省共开发省级以上新产品 1918 项，实现销售收入 130.5 亿元，得税 18.9 亿元。华药集团为了调整在计划经济时期形成的以抗生素原料为主的产品结构，扩展原有优势，培育新的经济增长点，陆续上马了一批高新技术项目，1999 年，仅技改项目一项利税就达到千万元以上，对华药的贡献率已达 30%以上。与此同时，他们坚决贯彻执行党中央、国务院有关指示精神，压缩淘汰一批落后生产力的项目。截至 2001 年底，全省关闭小钢铁企业 482 家；关闭小煤矿 1703 处；关闭小水泥企业 414 家，压缩落后生产能力 813 万吨；淘汰小玻璃生产线 75 条，压缩生产能力 917 万重箱；全部关停计划外的小炼油厂，取缔 128 座小土炼测量厂；纺织压锭任务提前一年完成，压锭 85 万锭；关停小火电 46.4 万千瓦，机组 30 台。

三是大力发展龙型经济。所谓龙型经济，就是把产业规模较大的企业重组或者整合在一起，也可以说是培育优势产业。他们在广泛调查研究的基础上，先后 8 次召开专题会议，根据河北省的实际，打破过去的国有、民营、个体等的界限，从发展的大局出发，研究确定发展 15 条龙型经济，其中工业有 6 条，分别是钢铁、食品、医药、新型建材、化工、机械，如果加上纺织服装，一共 7 条。工业龙型经济框架确定以后，他们又重点谋划工业龙型经济的发展思路，提出要从两个方面实现突破：一方面用高新技术和先进适用技术改造提升传统产业，有选择地加快发展高新技术产业，以信息化带动工业化，推动工业结构优化升级。另一方面培育重点企业，促其加快发展，做大做优做强，增强核心竞争能力。省政府从制造业的地方企业中筛选了 41 户重点企业，加大支持力度，促其发展壮大。组织制定了分行业发展龙型经济的意见和实施办法，全力抓好组织实施。工业龙型经济的带动作用明显增强。2001 年，工业龙型经济增加值所占比重比上年提高 3.8 个百分点。今年一季度，增加值增速高于全省工业增幅 1.5 个百分点，对工业增长的贡献率达到 67.8%。从 1994 年开始，河北省按照分层次抓重点、扶强扶优的思路，组织百家优势企业实施“四提高一加快”工程。重点支持百家优势企业提高结构优化效益、规模经济效益、科技进步效益和科学管理效益，加快企业发展。在此基础上，全省大力组织实施大公司大集团战略，组建了邯钢、唐钢、华药、石药等 30 户大型支柱性企业集团，并在构筑母子公司体制、规范法人治理结构、实现投资主体多元化、授权经营、分离企业办社会等方面取得了明显进展。到2000年底，30户大型支柱性企业集团总资产达1496.1亿元，实现销售收入615.3亿元，实现利润23.4亿元。这些集团已成为全省经济发展的支柱力量，在全省经济发展中发挥着越来越重要的作用。党的十五大以来，按照跨行业、跨所有制、跨地区发展的要求，规划组建10户强强联合型企业集团。目前，渤海水泥、唐山三友、天鹅化纤、耀华玻璃和葡萄酒产业等5户集团已挂牌运作；由唐钢、宣钢、石钢、承钢、邢钢联合组成的河北唐钢集团、由省属大型煤矿联合组成的河北煤业集团都经省政府批复成立。为适应加入世贸组织的要求，按照“抓大做强”的思路，提高企业的国际竞争力，培育一批具有自主知识产权、主业突出、核心能力强的重点企业和企业集团，全省对已组建的渤海、三友、耀华和葡萄酒等集团正在着力抓好规范和完善，对正在组建的冶金、制药集团加快运作，争取进入国家级集团行列。通过努力，进一步增强这些企业和企业集团的技术创新能力、市场开拓能力、经营管理能力、可持续发展能力和抗风险能力，充分发挥其在全省经济发展中的龙头带动作用。

四是推进重点技改项目建设。2001年，在国家“十五”规划和全省宏观发展计划指导下，他们编制了《河北省工业结构调整“十五”规划》及10个行业的专项发展规划，谋划重点项目500项，总投资1330亿元。截止到2001年底，全省共有133个项目列入了国债及“双高一优”计划，总投资302亿元，其中前六批国债54项，总投资142亿元（占全国总量的52%），其中地方企业项目占全国的6.8%；前两批“双高一优”79项，总投资160亿元（占全国总量的7%）。华药、邯钢、唐钢、天威、三鹿、露露、载卡、沧化、三友、常山、保定依棉和石家庄电厂、唐山电厂、东方热电等企业的技改项目得到了国家的支持。今年1—3月份，全省完成技改投资19.8亿元，同比增长27.7%，高于全国平均水平4.9个百分点，高于全省固定资产投资增速14个百分点，其中地方技改27.6亿元，同比增长38.6%。在建限额以上技术改造项目42项，完成投资11.1亿元，同比增长76.2%。目前，河北省进一步加大推进重点项目建设力度。认真落实《河北省工业结构调整“十五”规划》及10个行业专项发展规划，着力谋划新项目，加大争取国家支持的力度，抓好龙型经济50项工业结构调整标志性重大龙头项目，进一步增强龙型经济的带动作用。

五是实施国有企业战略性重组。他们着眼于从整体上搞好国有经济，不断完善调整方案，加快调整步伐，坚持国有经济有进有退，快进快退，以“退”促“进”。河北省地方国有企业绝大多数处在一般竞争性行业和领域，需要国有独资的极少，需要国有控股的也不多，为此，他们加大了“退”的力度。目前，结构调整初见成效，国有工商企业个数减少，实力增强。2001 年与 1998 年相比，国有及国有控股企业个数减少 14.8%，资产增加 16.2%。非公有制经济发展加快。2001 年与 1998 年相比，非公有制企业个数增加 48.9%，利税增加 78.2%。

六是实施兼并破产，拓宽劣势企业退出市场的通道。劣势企业退出市场，是市场经济发展的必然性选择，是扶持优势企业加快发展的重要举措，也是国有企业改革的一项重点。从 1996 年开始，河北省先后有唐山、石家庄、邯郸、保定、秦皇岛 5 市列入国家“优化资本结构”试点城市。根据国家有关政策和要求，重点在纺织、煤炭、冶金、有色、军工等重点行业的国有大中型企业中实施了政策性兼并破产工作。1996 年至 2001 年的 6 年间，全省共争取到列入国家计划的企业兼并破产项目 493 户，其中兼并 147 户，破产 265 户，减员增效 81 户，累计核销银行呆坏账准备金和资产管理公司债权损失 167 亿元。通过实施兼并破产，在推动企业组织结构调整资产优化重组、劣势企业退出市场以及消灭亏损源等方面都发挥了显著作用。

七是推行制度创新。我国国有企业这些年之所以陷入困境，很大的原因之一是制度性障碍。我们搞了多年计划经济，在计划经济时期形成了许多制度，这些制度有不少是好的。但是，也有一些与市场经济的要求相比，显而易见不适应。改革开放以来的实践证明，哪个地区、哪家企业敢于进行制度创新，打破传统制度的束缚，扬弃那些妨碍企业发展的旧制度，发展得就快。近年来，河北省按照党中央和国务院的部署，加大了制度创新的力度，用制度创新促进国有企业进一步深化改革和发展。全省先后制定出台了涉及股份制改造、国有资产管理体制、社会保障制度、试点企业劳动工资与社会保险、大型支柱性企业集团建设、健全公司制企业职工董事监事制度、分离企业办社会等一系列政策文件，较好地形成了各方面支持国有企业深化改革的合力。

八是加快建立现代企业制度。加快建立现代企业制度，是我国国有企业改革与发展的一项重大战略，是加入 WTO 后，加快与国际接轨，提高我国企业竞争力的需要。党中央、国务院近几年来反复强调要加快现代企业制度建设。事实证明，哪个地方现代企业制度建设搞得好，哪个地方的国有企业改革发展的就快。河北省建立现代企业制度工作是从1995年开始的。他们先后确定了212户企业进行试点。1998年省政府制定了《河北省国有大中型骨干企业1998—2000年初步建立现代企业制度实施规划》，确定了566户地方国有大中型骨干企业，建制工作由试点转向面上推进。根据国家经贸委的要求，他们还确定了60户国有大中型骨干企业列入建制目标。到2000年底，60户国有大中型骨干企业初步建立现代企业制度的目标基本实现。到目前，全省实现公司制改革的企业达74%，各类股份制企业累计融资293亿元。上市公司30家，证券融资164亿元。几年来，全省在推进建制工作中，按照《基本规范》的要求，通过重点抓“一化三规范”，使建制工作取得了明显成效。一是公司法人治理结构进一步规范。按照《公司法》和公司章程成立了股东会、董事会、监事会和经理层，初步形成了各负其责、协调运转、有效制衡的法人治理结构，并逐步规范运作。到目前，省、市属国有及国有控股企业，董事长、总经理分设的达62.5%，其中省管企业全部实现分设。省政府向56家国有大型企业派出了监事会。二是投资主体多元化取得重大改变。通过股票上市、增资扩股等直接融资方式和债转股等途径，使一大批建制企业向多元化方面迈出了重大步伐。三是国有企业出资人制度初步建立。目前省市两级初步构筑起国有资产管理委员会——国有资本运营机构——企业三个层次上的国有资产管理、监督和运营体系。四是建立健全企业经营者激励约束机制，制定了《河北省省管国有工业企业经营者年薪制试行办法》和《实施办法》，确定了华药等5户企业作为试点。试点的结果表明，这一办法起到了较好的作用，达到了预期的目的。

九是坚持走技术创新之路。河北省把国有企业的技术创新，作为一项长期的发展战略，坚持不懈地走技术创新之路。一是不断加大对技术创新投资。石家庄制药集团自1997年以来，投入技术创新资金2亿多元，面向市场开发并上市了一大批国家级新药，有的新药达到了世界同行业的领先水平。二是制定技术创新战略，并形成了一套完整的技术创新体系，取得了显著成绩。三是领导重视。邯钢集团公司、华北制药集团公司、乐凯集团公司等企业都是主要领导亲自负责技术创新工作，并制定了技术创新方面的有关规章制度，设立专门的技术创新机构，制定周密的技术创新计划，采取有力的保障措施。四是注重技术人才培养。他们把技术人才的培养作为技术创新战略的一项重要任务来抓，各企业都有技术创新人才发展战略和实施办法。华药集团现已拥有技术人员1926人，其中高级工程师374人，国家级有突出贡献的中青年专家3人。技术创新的不断进步，为河北省国有企业的腾飞插上了翅膀。

十是全面加强企业管理。有一段时间，一些人，对企业管理的意识有所淡薄。他们寄希望于改制，好像“一改就灵”。事实上，任何一个企业，无论如何改制，都离不开管理。河北省有些国有企业之所以能够走出低谷，在于他们始终不渝地坚持把企业管理放在重要位置。邯钢就是一个科学管理企业的先进典型。邯钢从20世纪90年代起推出“模拟市场管理，实行成本否决”的管理经验，在全国引起轰动并推广。此后多年来，他们一直坚持把管理作为事关企业兴衰的大事来做，企业也一直保持良好的发展态势。河北省在全省广泛推广和学习邯钢管理经验，围绕着质量和效益这个中心，不断提高企业的管理水平，提高企业的整体效益。

我们通过对河北省国有企业改革与发展的调查，再一次充分地认识到我们的国有企业改革大有希望，我们的社会主义市场经济体制建设大有希望，我们国家的整个社会主义现代化建设大有希望。

老工业基地的振兴之路

——关于天津老工业基地的调查与思考

（2002 年 7 月）

近年来，随着我国市场化改革的深入，各行各业的发展理念、管理模式均发生了深刻的变化，市场化的经营理念逐步深入人心。在此背景下，老工业基地的改造成为全党和全国普遍关注的热点问题之一。由于体制、技术等种种原因，老工业基地普遍存在着困难较大、问题较多、发展滞后的矛盾。老工业基地曾是我国国民经济的重要支柱。老工业基地能不能实现新的腾飞，关系到改革开放能不能进一步深入，社会主义现代化建设能不能进一步加快，国家能不能长治久安。带着这个问题，我于 2002 年 7 月到天津进行了为期一周的调查。其间，我先后考察了天津 10 多家国有、外资、民营企业，同有关部门和企业的负责人进行了座谈。通过考察，我高兴地看到，天津近年来坚持以科技为先导，不断改造和提升传统产业，积极推动产业结构优化升级，取得了十分显著的成效，初步地探索出了一条老工业基地的振兴之路。

一、天津工业经济的发展现状

相比较而言，天津工业在旧中国就有了较大发展。经过新中国成立后 50 多年，尤其是改革开放以来 20 多年的发展，天津工业进一步发展壮大。到 2001

年底，天津共有工业企业2万多户，限额以上工业企业4529户，其中国有企业935户，集体企业1460户，股份制与股份合作制企业628户，外商及港澳台投资企业1071户，其他经济类型企业445户，总资产为4005亿元；2001年全市工业从业人员118.3万人，人均收入14200元。2001年底全市GDP总量1826.67亿元，同比增长12%，其中第一产业占4.3%，第二产业占48.8%，第三产业占46.9%。全市工业总产值3200亿元，其中国有经济占13.04%，集体经济占13.81%，股份制与其他经济占27.67%，外商及港澳台企业占45.48%；轻重工业比重为33∶67。“九五”期间，天津的工业保持了较快的发展速度，实现增加值年均增长10.34%，完成工业总产值年均增长15.18%，实现利税年均增长15.5%，实现利润年均增长21%，高新技术产品产值年均增长22.6%。2001年，全市实现增值807.3亿元，同比增长12.5%，工业拉动全市增长5.7个百分点；全市工业实现总产值3200亿元，同比增长15.2%，高新技术产业实现产值892.28亿元，同比增长19.3%，占全市比重达31.3%；独立核算工业实现销售收入2826.2亿元，同比增长9.4%，实现利税318.43亿元，同比增长16.3%；其中实现税金134.36亿元，同比增长17.2%，实现利润184.07亿元，同比增长15.6%。国有及国有控股企业实现利润40.08亿元，同比增长28.6%。

2002年上半年，天津市的工业继续保持快速增长势头。全市实现工业增加值375.3亿元，同比增长17.57%，增速比上年提高4.75个百分点，拉动全市GDP增长6.91个百分点，增幅高于全国平均水平5.9个百分点；全市实现工业总产值1515.8亿元，同比增长22.53%，增速比上年同期提高8.29个百分点；全市高新技术产业实现产值475.55亿元，同比增长30%，对工业增长的贡献率达到48.95%；全市工业实现销售收入1519亿元，同比增长15.3%，实现利税175.28亿元，同比增长24.2%，增幅高于全国17个百分点；实现利润107.96亿元，同比增长42.7%，增幅高于全国37.6个百分点；工业综合指数达到150.6%，同比上升6.5个百分点，比全国平均水平高27.3个百分点。

天津作为一个老工业基地，在改造发展方面何以取得如此显著的成就？通过与天津市的同志座谈和我们的实地考察，我们认为天津老工业基地的发展是天津市委、市政府带领天津市人民坚持改革开放的成果。他们的经验大致可概括为“坚持一个方向”、“转变两个观念”和“推进三项战略”，实现了“四个突破”。

二、坚持对国有企业和传统企业改革和改造的正确方向

国有企业和传统企业的改革和改造是老工业基地改革和改造的重点和难点。天津作为老工业基地，国有企业、传统产业占的比例较大。这些国有企业、传统产业对天津的工业乃至天津的国民经济和社会发展做出过很大贡献，是天津老工业基地的支柱。但是，随着改革不断深入，随着社会主义市场经济体制的不断完善，这些国有企业和传统产业的深层问题也不断地暴露出来，突出表现在人员较多、包袱沉重、机器设备严重老化，至今一些20世纪30年代就开始使用的厂房、机器还在运行，因此在市场竞争中处于明显劣势地位，企业的竞争力也不断下降。应该说，老工业基地的问题主要是国有企业和传统产业的问题。由于这些企业的问题有复杂的体制、观念原因，所以成为老工业基地改造的重点和难点。天津市委、市政府认识到，天津市作为老工业基地，必须首先加大国有企业和传统产业的改革、改造力度。1994年，天津市委、市政府提出用8年左右的时间把国有大中型企业嫁接、改造、调整一遍的战略性决策。几年的实践证明，这是一个具有前瞻性的决策。近年来，天津市各级政府和各有关部门按照市委、市政府的指导方针，一直坚持国有企业和传统产业的改革、改造这个重点方向，解放思想、开拓创新，在国企和传统企业改造方面取得了突出的成就。他们大胆利用外资嫁接、改造、调整国企，在积极引进资金的同时，坚持引进国际先进技术和管理，实现投资主体多元化，使得机制转换一步到位。几年来，共有近50亿的外资注入了天津的老工业企业，全市748家国有大中型企业全部得到了嫁接改造。其中，80%以上的企业实行了现代企业制度，建委系统的46户国有大中型企业中，有11户企业改组为多元投资主体的有限责任公司。经过引进外资的嫁接、改造和现代企业制度的运作，天津国企重新焕发出了勃勃生机，年利润普遍实现快速增长。实现了投资主体多元化、人格化的天津丝绸股份有限公司，改制后企业利润比上年增长了129%。利用外资改制国企，是天津市在国企改革中的大胆的尝试，为天津老工业基地的革新和发展解决了资金难题，同时带来了先进的生产技术和管理体制，在老工业基地的振兴中发挥了重要作用。

三、转变两个观念

一是引导国有企业转变“等靠要”观念，将国企推向市场。“等靠要”观念是长期计划经济体制的产物。改革开放以来，人们的思想观念发生了深刻变化。但是，人们依然受传统观念和计划经济体制的束缚，“等靠要”的思想根深蒂固，而适应社会主义市场经济的新观念、新思维普遍缺乏。这主要表现在两个方面：一是国有企业习惯于吃“大锅饭”、端“铁饭碗”，一切依赖国家，缺乏自立自强、艰苦创业的精神和市场竞争意识；二是国企领导照搬照套的思维方式和积习较深，缺乏创新意识和创新精神，遇事习惯于查本本、找文件，宁可违时误事，也不承担风险。这些东西严重地禁锢了人们的思想，限制了人们的眼界，束缚了人们的手脚，成为制约天津国企发展进而影响天津老工业基地改造的主要障碍之一。

转变“等靠要”观念是社会主义市场经济发展和国企改革的必然选择。中国的经济改革从长期的计划经济体制下共同贫穷的痛苦实践中正确地选择了市场经济体制。市场经济意味着竞争、独立和创新。竞争的结果必然是优胜劣汰。失败者必须首先自己承担责任，而不应诿过于社会。面对日益成熟的市场，国有企业必须树立自强、自立、自尊的信念，要充分认识市场竞争的残酷无情，真正把生存、发展、完善的希望从依靠政府、依靠国家转变到依靠企业自身的改造上来；而国家的主要任务则是建立完善的社会保障制度，为企业改制建立宽松的社会环境和政策环境，提高他们在社会主义市场经济体制下的竞争力。在市场经济条件下，打破“等靠要”观念，主动闯市场，谋发展，是国企生存的必然选择。

二是政府和国企领导人转变“越公越优越”的观念。“越公越优越”观念是计划经济体制下利益格局的必然产物。在计划经济时代的公有制体制下，国企名义上归全民所有，但从企业角度讲，企业直接对政府负责，实际上是归政府所有，政府与企业的关系是“父子”关系。在“越公越优越”的观念下，政府会从对企业的操纵和控制中获得实质性好处；而国有企业既然作为政府的“儿子”，理所当然地会受到政府的保护，企业不必承担市场风险，可以高枕无忧；对于国有企业的职工而言，医疗、住房、子女上学、养老等都会有国家安排，也从中获得了巨大的好处。可见，“越公越优越”观念的背后不仅仅是意识形态的问题，而且牵涉到政府、国企和国企职工之间的利益关系。

然而，政府以实际所有者的身份对企业进行管理，必然使企业惯于“等靠要”，产生依赖性，缺乏市场竞争意识；而这种关系必然造成国企的所有制形式单一，经营方式单调；在分配上，则出现企业吃国家的“大锅饭”，职工吃企业的“大锅饭”的局面。在市场经济条件下，其他所有制企业迅速发展时，随着庇护的丧失，国企的优势变成了劣势，很难适应新的竞争环境。因此，转变“越公越优越”的观念，重新调整政府、国企和国企职工之间的利益关系，是社会主义市场经济的必然要求。

天津市领导转变观念，开拓创新，成效显著。他们积极进行思维革命，主动迎接市场对国企的挑战，探索搞活国企的新形式。面对国企设备老化、更新资金匮乏的情况，天津市领导大胆提出用八年的时间、利用外资将国有大中型企业嫁接、改造、调整一遍。据天津负责同志介绍，天津市在20世纪90年代中期的理念是：与世界经济对话，和跨国公司同行，在积极引进资金的同时，坚持引进国际先进技术和管理，实现投资主体多元化，机制转换一步到位，这是天津引资嫁接改造国有老企业的原则。为了让跨国公司进来，天津千方百计改善投资环境，以诚信换取外商的信任，以服务给外商创造方便条件。由于观念转变及时，天津市老工业、国企改造取得了重大的成就。国企活力增强了，体制转变了，国家对大多国企仍掌握着绝对的控股权。国企的性质并没有变，反而使国企、政府、市场的关系相当融洽，巩固了公有制经济的主体地位，也巩固了天津作为全国老工业基地的地位。

四、积极推进国有企业的技术改造和制度改革，实施三项战略

一是大力推进国有企业战略性调整改组，重组国有资产，提高国有资产的利用效率。改革开放以来，天津坚持把国有企业和传统企业作为改革和改造的重点，始终坚持把推动国有企业战略改组、促进国有资产合理流动作为国有企业改革的重要内容和重大措施来抓。在我国国企改革和老工业基地调整的过程中，由于国有经济存量资产在归属方面的部门化、地区化和管理方面的实物化，致使国有资产难变现、难流动、难重组。国有经济不能随市场和经济发展阶段的变化而调整，国有资产存量难以通过流动和重组得到优化，这既影响国有经济的效益，也影响国有经济主导作用的发挥。而国有经济战略调整成功与否的

关键，就在于其资产能否顺利地流动。因此，对国有经济的战略性调整，必须遵循流动的原则，这样才有利于打破条块分割，实现国有资产的价值最大化管理，促进存量，国有资产能够随市场环境和经济发展阶段的变化而不断流动和重组。

天津市国有经济战略调整的基本出发点便是通过国有资本的流动和重组，使国有资产向重点行业集中，向大企业、优势企业集中，以更好地发挥国有经济在国民经济中的主导地位，促进国民经济快速、持续、健康发展。在这一过程中，天津市委、市政府一直遵循创新的原则，坚持用市场经济的办法建立一个促进国有经济不断调整和优化的新机制。通过新机制的建立，推动企业的优胜劣汰，使优势企业能够迅速扩张，劣势企业能够及时得到兼并和破产；通过新机制的建立，使国有经济及时进入必须进入的领域，及时退出不必进入的领域，做到有所为有所不为。天津市不断完善国有资本有进有退、合理流动的机制，进一步推动国有资本更多地投向关系国家安全和国民经济命脉的重要行业和关键领域，增强了国有经济的控制力。其他行业和领域的国有企业，在市场公平竞争中实现优胜劣汰，统筹解决国有资本在调整重组过程中面临的一系列难点问题，进一步畅通国有资本退出的通道。凡国有经济需要退出的领域，天津市鼓励民营经济和外资经济积极参与。在天津 2001 年工业总产值的核算中，全市工业总产值 3200 亿元，其中国有经济占 13.04%，集体经济占 13.81%，股份制与其他经济占 27.67%，外商及港澳台企业占 45.48%。通过调整改组，使国有经济竞争力、带动力更强，虽然数量减少、比重降低，但质量和效率都得到了大幅提高。

二是加快在国有企业中建立现代企业制度，改革国企的管理模式。天津市在大力推进国企资本重组的同时，在国有企业中加快建立产权清晰、权责明确、政企分开、管理科学的现代企业制度，在落实投资主体多元化和实施企业制度创新方面收效颇大。股份制是现代企业制度的主要形式，是我国经济改革过程中确定的公有制新的实现形式。通过股份制实现国企和项目投资主体多元化，是国企体制创新能否到位的基础，是坚持基本经济制度的直接体现。天津市大力推进股份制改革，在国有大中型企业中推进现代企业制度的建立，取得了丰硕的成果。2001 年，天津市工业系统国有大中型骨干企业中完成股份制公司改造的有 152 户，占 82.2%；商业系统大中型骨干企业中，有 66 家完成股份制改造。天津市在按照基本经济制度要求实现上述新突破的同时，还加快健全了国有资产监管运营体系和社会保障体系，切实转变政府职能，尽快减轻国有企业办社会等方面的负担。努力解决体制性难题，为天津经济发展注入新的活力和强大动力。

在国企中建立现代企业制度的同时，天津市鼓励企业摸索属于自己的现代企业管理模式，按照《公司法》和现代企业制度的要求规范公司行为，取得了明显的成效。天津环球磁卡股份有限公司等国企在改制为股份公司后，积极探索适合自身特点的管理模式，建立并完善了企业法人治理结构，理顺了企业内部机制。该磁卡公司成功实施了劳动用工制度等三项制度改革，在积极稳妥地实行全员劳动合同制的基础上，建立了比较完善的劳动用工制度，企业与职工通过平等协商签订了劳动合同，在公司内部形成了“上岗靠竞争，收益靠贡献”，能上能下、能进能出的新机制；在人事制度上，该公司实行了上至总经理、下至普通员工的一年一度全员聘任制，并逐渐完善了考核体系。公司引入了英国行政管理标准体系，对每个人的能力水平设定标准，评定等级，加大对管理人员的考核力度。在分配制度上，公司采用向开发市场适销对路产品取得丰硕成果的一线科研人员倾斜的奖励机制，实施了对科技人员进行系统激励的“金钥匙”政策，充分调动了科研人员的积极性。经过管理体制改革的国企重新调动了员工的积极性，在适应现代市场经济的路途上又迈进了一大步。

三是利用高新技术改造和提升传统产业。在从体制上改革传统企业的同时，天津市注重利用先进技术改造和提升传统产业。他们充分利用天津老工业基地已有的基础，包括厂房、场地、设备、技术、产品和成熟的技术工人等，在吸引外资的同时，积极引进国外先进生产技术，改造传统产品，开发新产品，降低生产成本，增强企业的活力。在引进技术的过程中，他们坚持“四个一”的方针，即嫁接改造一个项目，救活一个企业，形成一个名牌产品，带动一个行业。天津钢管公司是天津市技术改造的典型。天津钢管公司是“八五”期间国家重点建设项目，是目前我国最大的石油套管生产基地。公司的主体技术设备分别从德国、意大利和美国等引进。2001 年又完成了炼钢电炉、连铸、除尘改造，轧管机组改造和油改气工程；新建了一条热处理生产线和一条光管生产线。通过一系列技术引进和改造，2002 年，公司已具备年生产钢坯 90 万吨、热轧管 80 万吨、石油套管 55 万吨、光管 15 万吨的生产能力，产品质量有了大幅提高，生产环境也得到了很大改善。

到2001年，天津市共吸引全球120家著名的跨国公司和大财团到天津投资，其中包括美国的联合技术、可口可乐、菲利浦、莫利斯，日本的雅马哈、佳能、松下、阿尔卑斯，欧共体的阿尔特、阿尔斯通、汉高，韩国的三星、大宇、现代等，累计签约1167项，利用外资达65亿元；在此过程中，这些企业的先进生产技术和流水线也带入天津，对改造传统企业起到了巨大的作用。工业企业仅427家合资企业就投产了680个大类，2000多个新产品，如OTIS电梯、LG空调、三星显示器、片式电子元器件都是与国际同步开发的产品。产品与技术的升级换代带动了产业的优化，如电子信息产业经过嫁接改造已经成为天津的第一大支柱产业，2001年总量达到了750亿元。2001年全市工业投入的71％、工业总产值的45.5％、增加值的41.8％、出口的74.8％、利润的55.8％、税金的36.6％来自嫁接改造后的技术先进的三资企业。工业经济外向度达到了23.72％，比1993年提高了8.21个百分点。天津市的实践证明：经过嫁接改造引进技术、管理、资金、机制，缩小与国际先进水平的差距，实现与跨国公司同行，加速与国际经济的对接，是改造老工业基地、改革国有企业、实现国企重新振兴的有效途径。

五、实现“四个突破”

由于天津市坚持以国企和传统产业作为改革的重点，转变观念，积极推进国企资本的合理流动和重组，在国企中加快建立现代企业制度，积极引进外国资本和先进技术改造、提升传统产业。近年来，天津的老工业基地改造和经济发展呈现出全新的姿态，主要表现为以下四个方面。

一是利用外资的数量和质量实现了新突破。近年来，天津市坚持合理引进外资，招商引资力度进一步加大，利用外资的数量和质量都有所提高。“九五”以来，天津市吸收外商直接投资呈现出投资规模扩大化、投资来源广域化、投资方式多样化、利用外资主体多元化、投资方向合理化等特点。各行业结合自身的性质和特点，采取灵活多样的方式吸引外商投资，逐步形成了多渠道、全方位的引资格局。外商投资也进一步由一般性加工工业和房地产业扩展到基础工业和基础设施，从短平快的试探性项目逐步转向与国民经济和社会发展密切相关的大中型长期项目，投资方向与产业政策日趋一致。“九五”时期，天津累计批准直接利用外资项目4205个，合同外资额196.41亿美元，比“八五”时期增长78.1%。外资实际到位121.27亿美元，比“八五”时期增长2.6倍。全市间接利用外资29.08亿美元，比“八五”时期增长6.7%。“九五”期间，天津市直接利用外资合同外资额年平均保持在39亿美元的水平，而“八五”时期年平均仅有22亿美元。“九五”时期，平均项目外资水平为467万美元，比“八五”时期增加343万美元。大项目明显增加，“九五”时期，批准投资总额超500万美元以上的项目398个；合同外资额74.39亿美元，占“九五”时期全部合同外资额的37.9%。实际利用外资（含间接利用）年平均保持在30亿美元，而“八五”时期仅有12亿美元。美国的联合技术公司、美孚国际石油公司、通用汽车公司，法国的施耐德公司、法拉基公司，德国的赫素公司，英国的铂金斯集团，荷兰的欧加华公司，芬兰的瑞特格集团，香港的新世界发展有限公司等一大批世界著名跨国公司、大财团相继在津投资建厂。截至2000年底，来津投资的跨国公司、大财团有218家，投资项目351个，合同外资额77.92亿美元，全球500强企业中，在津投资的有66家，投资项目126个。

二是国有企业的调整实现了新突破。国有企业改革和调整是天津市改造老工业基地的重点。产权制度改革是国有企业改革的突破。天津市委、市政府转变观念，放开手脚，大胆引进外资，探索国企资本产权多元化的新道路，积极建立产权清晰的现代企业制度，同时疏通国有资本的退出渠道，建立劣势企业的退出机制，对于资产质量低劣、长期亏损、扭亏无望、严重资不抵债的企业，通过兼并、破产等形式，使其尽快退出市场，同时积极鼓励非公有制企业参与国有企业改革，进入国企退出的领域。通过一系列的调整改革，天津的国企重新焕发出勃勃生机。2001年，国有及国有控股大中型亏损企业由1997年末的184户减少到84户，亏损面由42.9%下降到19.8%。市经委、建委、交委、商委、外经贸委、农办和物资等七个系统的368户国有大中型骨干企业，累计已有295户完成了改制并经工商注册登记进入实际运作，占国有大中型骨干企业总数的80.16%。在全部改制的国有大中型骨干企业中，多元投资主体的股份有限公司和有限责任公司有162户，占53.1%。为推动国有中小企业的改革与发展，天津市各系统继续鼓励企业大胆实践，采取多种形式放开搞活。工业系统已有85%的中小企业完成了各种形式的改革改制。商业系统公开拍卖出售小企业142家，累计置换资金5330万元，二商集团所属100家中小企业实施了股份合作制改革。

三是全市经济总量实现了新突破。由于占主导地位的国有经济的蓬勃发展，由于各类所有制经济的百花齐放，天津市的经济总量不断实现新的突破。“九五”期间，全市国内生产总值由“八五”期末的917.65亿元增加到2000年的1639.36亿元，年平均增长速度达到11.3%，是天津市历史上经济发展最快的时期之一，比同期全国年平均增长速度高3个百分点。1996年，天津市提前四年实现全市国内生产总值比1980年翻两番的经济发展目标；到1998年，提前2年实现人均国内生产总值翻两番的目标。2000年人均国内生产总值为17993元，比“八五”期末增加了7712元，平均每年增长10.8%。“九五”时期，全市国内生产总值累计完成6760.55亿元，比“八五”时期增长1.3倍；全市财政收入大幅度增长，由1995年的117.34亿元，增加到2000年的244.81亿元，五年平均递增15.9%，累计实现944.83亿元，比“八五”时期增长1.3倍。

四是高新技术产业实现了新突破。在使用高新技术方面，天津市“九五”期间制定实施了《工业三年结构调整规划》和《用高新技术改造传统产业规划》，强调在实施传统产业改造时，一定要抢占技术上的制高点，严把“病从口入”关，宁可少上，也决不欠技术账。对重大产品产业升级项目，天津市给予贴息支持，鼓励高水平项目。在国家政策支持下，从1999年开始，他们对6批18个项目给予贴息支持，贴息额4.8亿元，吸引银行贷款38亿元。“九五”以来累计完成工业固定资产投入1180亿元，是“九五”前40年投资总和的1.14倍，安排高新技术项目570多个，其中竣工投产项目480多个，如汽车集团的15万辆汽车扩能项目、钢管公司的50万吨无缝钢管项目、联化公司的20万吨聚酯项目、渤化集团的20万吨PVC项目、天大天财的400万公里光纤项目、环球磁条卡和11.5万台机具项目、天士力集团的1.8亿瓶丹参滴丸项目、药业集团的地塞米松的生物脱氢工艺改造等项目相继建成，使传统产业得到了改造，壮大了高新技术产业，同时培育了一批新的拳头产品，提升了国有企业的整体实力，有力地拉动了天津工业的增长。

六、对天津老工业基地发展模式的思考

天津老工业基地的改造在我国老工业基地的振兴路上具有典型的示范意义。通过对天津老工业基地改造与发展的调查与思考，我们可以从“天津模式”中得到以下几点启示：

一是老工业基地的改造需要有新的理念。既需要当地政府解放思想、实事求是，破除教条和迷信，也需要国有企业改变“等靠要”的惰性，发挥自身能动性，主动创市场，在市场中谋生存、求发展。思想是行动的指南。有什么样的思想，就会有什么样的改造世界的行动。只有一切从实际出发，结合国际国内经济大背景的特点，发挥主观能动性，才会在老工业基地的改造中取得成就。

二是老工业基地改造的任务十分艰巨。工作面广量大，但主要应当在技术改造和制度改造两个方面努力。技术改造要求利用先进技术提升传统产品，开发新产品，降低生产成本，不断扩大产品销路；而制度改造重点是对国有企业的改造。要坚持运用现代企业制度改造国有企业，使国有企业产权清晰、权责明确，要借鉴国外企业管理的成功模式，同时探索适合我国国情的企业、政府和社会的关系，做到政企分开而不变质，管理科学而不失人本化。

三是老工业基地的改造要和国企改革、经济结构调整相结合。在改革国企的同时调整、升级经济结构，从而实现老工业基地的改造。

四是老工业基地改造要发挥各地资源的比较优势，不能盲目追赶潮流，盲目调整结构。天津长期以来以重工业和制造业占优势，故其在老工业基地的改造中重点发挥既有优势，通过技术、制度等方面的变革使重工业和制造业重新焕发生机；其他老工业基地的改造也要结合当地情况，利用当地的优势资源进行。

为期一周的考察让我看到了天津作为一个老工业基地，在调整与改革方面的巨大成就。当地的政府和企业活跃的思维、严谨的管理和务实的精神给我留下了深刻的印象。我相信，随着我国经济改革的步伐加快，在中央政府、地方政府和广大人民的共同努力下，我国老工业基地的改造一定会取得辉煌的胜利。

再访张家港

（2002 年 10 月）

张家港是我国改革开放和社会主义现代化建设中涌现的一个先进典型。20 世纪 90 年代，我曾先后五次到张家港考察，写过反映张家港经验的文章。这一次正值张家港建市 40 周年，我又一次到张家港访问。几天来，我先后参加了张家港建市 40 周年系列活动，与市、乡镇领导进行座谈，又到一些曾经访问过的地方如长江村、永联村、沙钢集团，以及近几年新发展起来的企业、学校、图书馆、公安指挥中心等进行调研，所到之处，都可以看到新的景象，感受十分深刻。

张家港再创新辉煌

张家港同苏南很多地方一样，在改革开放之初，大胆解放思想，勇于改革创新，不断与时俱进，快速崛起。我在 1995 年访问张家港时，张家港已在国内外有很大知名度，被誉为“苏南的一颗明珠”。“张家港模式”也在全国广为流传。这些年来，我一直在关注着张家港，大凡登载张家港新闻的报刊，以及有关张家港的电视报道，我都会认真地看。这次到了张家港，所闻所见，让我为张家港人不断与时俱进，不断创造新的业绩，感到更加振奋，更加鼓舞。1995 年以来，他们以省委、省政府在该市召开的“以经济建设为中心，两个文明一起抓经验交流现场会”为动力，进一步弘扬张家港精神，团结拼搏，扎实苦干，全市经济社会发展取得了新的业绩，再创新的辉煌。

一是经济实力不断增强。2001年，张家港全市国内生产总值达到305亿元，是1995年的1.6倍，年均增长11%；财政收入31.5亿元，是1995年的4.3倍，年均增长27.4%，占国内生产总值的比重由3.9%提高到10.3%。工业经济质量明显提高，2001年全市工业开票销售收入518亿元，工业用电42亿度，利税39.4亿元，分别比1995年增长120.7%、209.4%和128.9%。特别是规模企业取得了长足发展，目前有近100家工业企业年销售超亿元，其中6家超20亿元，最高的沙钢集团可达112.8亿元。这一次，我又专门去了沙钢集团新的厂区工地，只见十多里的江畔机器轰鸣，车水马龙，一片龙腾虎跃的气势。沙钢的总经理介绍，他们在德国买了一个钢厂，整体迁移到沙钢。上马后，可以使产值、利税和对外出口贸易增加多倍。近几年来，张家港的外向型经济稳步发展，自营出口自1995年来以22%的递增速度增长，2001年可达11.7亿美元。利用外资实现了新的突破，2001年可完成合同外资8亿美元，到账外资3.5亿美元；累计合同外资53.68亿美元，到账外资31.8亿美元，批办三资企业1232家。我参观了张家港的几家外资企业，有粮油加工业、有机械制造业、有玩具业。在同这些外资企业的外方负责人交谈时，他们都对张家港的投资环境表示满意，准备在张家港进一步扩大投资规模。

二是人民生活不断改善。2001年，张家港全市人均储蓄存款余额16800元，农民人均收入5864元，城镇在岗职工平均工资11380元。农村和市区居民人均住房使用面积分别达到40平方米和22平方米。我们在去农村参观时，沿途可以看到，这儿的农民住宅比前几年又有了较大改观，到处可见造型各异、风格多样的楼房，让不了解的人容易误认为是度假村。前几年来长江村时，村民家家已住上了楼房。这次来到一看，有不少人家对过去的楼房不满意，又进行了改造。作为衡量农民生活水平提高的条件之一的电话普及率，张家港也达到了较高的水平，2001年全市电话机普及率达到了60部/百人，而且实现了大多数家庭宽带网入户。这一次给我印象比较深的还有一点，在张家港城乡，轿车也多了起来。长江村、永联村的村街边、农家门前，都停放着很多新轿车。据介绍，轿车已进入张家港居民家庭，仅2001年一年，全市新增私家轿车2300辆。张家港人的生活观念、生活习俗也发生了新的变化，全市人口连续六年保持零增长，建成省计划生育示范市。全市城镇养老保险覆盖面达98%以上，农村达

67%以上，养老保险基金累积达6.7亿元，列全省县（市）之首。

三是城乡面貌不断改观。近几年，张家港市的小城镇建设突飞猛进，城乡经济社会统筹发展。为了加快推进城市化建设，提高城市化水平，他们对区划进行了调整，市区建成区面积达16.88平方公里，人口增加到20万人；港区、塘桥、锦丰、乐余、后塍等5个中心镇建设按规划加快推进，辐射带动功能明显增强。全市城市化水平提高到45.5%。基础建设不断加快，与市域外连接的交通出入口和市域内交通网络日益完善，供电、供水、通讯能力适应了经济社会的发展。近年来共投入2.47亿元兴建了少年宫、博物馆、图书馆、体育馆、世纪广场、大戏院、广电中心等一批文化设施，城市品位有了新的提升。城市管理不断强化，率先建成全国环境保护模范城市，高质量通过国家卫生城市复查验收。全市20个镇都成为省级卫生镇，其中有4个镇为全国卫生镇。159个村成为省级卫生村，占全市村总数的44.2%。

四是市民素质不断提高。张家港在市民中深入开展了“文明新风户”、“五好家庭”、“文明职工”、“文明单位”等新风系列评比活动，在干部队伍中开展了“三讲”教育和“三个代表”学教活动，坚持用张家港精神教育人、激励人、鼓舞人，充分调动了全市干部群众的创业热情和工作干劲。市新老班子实现了平稳过渡，带领全市上下牢固确立了永不满足的创业意识，始终保持了奋发向上的冲劲，推动了全市经济社会持续快速健康发展。在长江村，我见到了村新老主要领导。他们也表达了同样的意愿，即成绩属于过去，只有永不满足，才能与时俱进，创造新的业绩。从市到村领导身上，可以体现出张家港精神在延续，在发展。

张家港的同志告诉我，他们之所以能取得这些成绩，主要是党中央、省委、省政府和苏州市委、市政府正确领导的结果，也是全市干部群众大力弘扬张家港精神，开拓进取、艰苦奋斗的结果。实践证明，张家港精神这一宝贵财富，已成为加快张家港发展的不竭动力，显现了旺盛的活力和强大的生命力。

张家港精神的创新与发展

1995年以来，张家港新一届市委、市政府，面临的形势和任务都发生了很大变化。在这6年中，他们既要面对经济转型阶段带来的各种挑战，特别是2001年以来世界经济持续低迷、我国加入WTO出现的新情况，又要承担化解前进中累积性矛盾和加快经济社会发展的双重任务。他们认识到，要加快发展，就必须大力弘扬张家港精神，坚持开拓进取、奋发有为，并根据时代发展的要求，不断丰富其内容，拓展其内涵，提升其境界，使之成为激励开拓、迎难而上的强大动力。六年来，他们着力在“争先、创新、求实、富民”八个字上下功夫，实现了张家港精神的创新与发展。

一是始终不渝地坚持发扬争先精神。争先，就是以强烈的进取精神和竞争意识抓机遇、创大业，不断走在全省乃至全国的前列。他们把张家港精神的核心定位于敢于争先、拼搏创业，在顺境中抢占先机，在困难时克难求进，永不满足，永攀新高。1995 年张家港成为全国典型后，他们随即在全市开展了“全省学习张家港、张家港再攀新高峰”的讨论。市委、市政府带领全市人民，认真学习全国各地先进地区的经验，对照张家港的实际，一条一条地比、一个一个地比，在更高的层面上寻找新的对手，在重量级的竞争中争得一席之地。经过这次活动，全市干部统一了思想，认识到张家港要想保持先进的荣誉，必须下定决心，用争先精神创造新业绩，保持张家港的先进地位。在领导干部“三讲”教育中，张家港市委、市政府又通过自我剖析，深入查找了安于现状、求稳怕险、有守摊子等诸多思想不足，把反骄破满作为突出问题，把振奋精神、敢于争先作为重点整改措施。近几年来，他们每年都要请一批高层次的专家学者开设各种专题讲座，增长见识，拓宽视野；每年都要组织全市两级干部，到广东、浙江、山东和周边县市参观取经，学习先进，取长补短。特别是最近通过到广东顺德的学习考察，他们清醒地看到了在地方财力、名牌企业、城市化进程尤其是改革创新等诸多方面存在的差距，进一步明确了今后的努力方向。他们提出，工作标准只能高不能低，两个文明建设要继续在全国县（市）中保持领先地位。为此，每年年初他们都要提出一个“跳一跳才能够得着”的发展目标，以激励全市各级干部振奋精神，积极进取。在全市的努力下，财政收入 2001 年比 2000 年净增长 10 亿多元，在 1999 年的基础上仅用了两年时间就翻了一番，工业利润总额也在 1999 年基础上实现了两年翻一番。全市的两个文明建设，得到过各级领导的充分肯定，在获得国家卫生城市和全国首家环境保护模范城市称号后，他们又乘势而上，达到了在全国创建文明城市、国家园林城市和生态城市的目标，向新的高峰发起了冲刺。他们致力于争创城乡协调发展新优势，按城市标准抓农村，按市民要求教育农民，以社区创建为新的抓手，实

现了市民素质、人居环境和发展功能的城乡一体。全市的计划生育、社会保障、基础教育、村镇建设、城市管理、民政、双拥、卫生、绿化、科技、检察、司法等各项工作，在张家港精神的不断激励下，近几年也都被评为全国先进。

二是始终不渝地坚持创新精神。他们不断用创新精神突破传统观念和发展模式，激发体制和机制活力。张家港市委、市政府认识到，要争先必须创新。如果停滞不前，就不可能争先。弘扬张家港精神，必须把争先的干劲与创新的意识有机结合起来。过去，张家港依靠行政手段推动经济发展的办法，在市场体系尚不完善、基础相对薄弱的背景下，通过发展乡镇工业和集体经济，实现了跨越式的大发展。而近年来，随着社会主义市场经济的不断深入发展，随着经济全球化的加快，再靠过去那种行政手段推动的办法，势必会落后。面对形势的新变化，必须敢于冲破过去成功经验的束缚，用改革创新的精神，解决影响发展的体制机制障碍，增强加快发展的“动力源”。从 1996 年起，针对集体企业产权不清的弊端，他们解放思想，在苏南地区较早实行了企业产权制度改革，并根据群众不很富裕的实际，采取了劳动与资本相结合的股份合作制过渡形式，强化了企业自主发展意识和内在约束机制。2000 年以来，他们开始了以股权流动为重点的改革，大力推进资产重组，促进各类生产要素向优势企业、优质产品和优秀企业家集聚，为做大做强规模经济创造了体制条件。在所有制结构上，他们突破了单一集体经济的传统思维，积极利用民间资本和外来资本，大力发展非公有制经济。2001 年个体私营经济上缴税收达 7.6 亿元，超过了 1995 年全市财政收入的总和，占财政收入的比例上升到了 23%；在外资项目中，投资超 3000 万美元的达 35 个，已有日本三菱、一伊藤忠、旭化成、韩国浦项、美国雪佛龙、英荷壳牌等近 50 家国际著名公司在该市投资；还有来自安徽海螺集团、中国高新投资公司、北京三吉利能源公司以及浙江等地的一批国内资本在该市落户。在实施制度创新的同时，他们加快了技术创新步伐，引导企业实施技术改造，更新技术装备，引进设备累计用汇 14 亿美元，骨干企业技术装备都达到了 20 世纪 90 年代国际水平，形成市场竞争新优势。目前全市省级以上高新技术企业达到了 31 家，菊花味精成为苏州市第一个“中国名牌产品”。他们注重运用创新的思路营造区域经济新的特色，加快发展临港经济，完善规划布局，推进产业集聚，在沿江区域形成了全国最大的电炉钢生产基地和优质线材生产基地。特别是江苏扬子江国际化工园 2000 年成立以来，区内基础设施已投入资金2亿多元，到年底已批项目总投资超过8亿美元，正在洽谈的项目超过15亿美元，2005年销售要超200亿元，最终建成在国内有较大影响的石油化工、精细化工生产基地。张家港保税区1992年经国务院批准设立，规划面积4.1平方公里，是全国唯一的内河港型保税区。近年来，张家港市委、市政府积极创造条件，支持保税区加快发展，区内基础设施更加配套，国际贸易、保税仓储、出口加工三大功能全面拓展，吸引了更多的外资企业到区内落户，仅2002年1至9月，区内就批办三资企业28家，合同外资3.2亿美元，完成业务总收入300.37亿元，进出口贸易额6.29亿美元，实现财政收入6.62亿元。2001年，在全国15家保税区中，张家港保税区批办项目名列第一，合同外资名列第四，到账外资名列第三，工业总产值名列第三。他们在全省还率先实行了社会保障基金的统一管理，初步形成了独立于企事业单位之外、管理服务社会化的社会保障体系；组建了全省第一家城市建设投资公司，随后组建了能源投资、证券投资、路桥、汽运、建设等公司，实现了政事分开；成立了苏州范围内第一家行政审批中心，提高了政府的公共服务水平，受到了群众的欢迎。

三是始终不渝地坚持发扬务实精神。张家港市委、市政府把求真务实、按客观规律办事作为弘扬张家港精神的一项重要内容，在市场经济体制日益完善的形势下，既保持了过去敢拼敢抢、雷厉风行的工作热情，更坚持了求真务实、狠抓落实的工作态度，更好地把实事求是的作风融入到张家港精神之中，不断探索规律，努力按规律办事。他们注重调查研究，听取方方面面的意见，市领导班子每年的调研时间都在三个月以上，主要领导每年进行的现场办公都超过了20次，保证了决策的科学性。他们坚持用发展的办法化解前进中积累的矛盾，稳妥解决了群众集资等问题，维护了稳定大局。为发展规模经济、提高区域竞争力，他们狠抓了工业投入，近年来每年投入都超过30亿元，2000年达到40亿元，2001年可超过50亿元。对重点项目实行领导定点挂钩、落实责任制，确保了项目的顺利进展。2001年由市领导带队，深入开展了改制企业“七查七看”督查活动，保证了规模骨干企业改制到位、规范运作。他们着力推进资本经营，通过强化基础工作、落实扶持政策、积极对上争取等措施，成功实现了3家企业股份上市，2001年共计募集资金5.4亿元，力争到“十五”期末成为苏州地区上市企业最多的县（市）。通过大力培育和扶持，全市已经形成了沙钢、东海粮油、华润玻璃、华芳等规模企业群体，支撑了全市经济的半壁江山。沙钢集团现有总资产116亿元，年产铁、钢、钢材的能力分别为100万吨、350万吨和450万吨，是目前国内最大的电炉钢、优特钢高线和螺纹钢生产基地。2001年，这个公司实现销售收入112.98亿元。公司不满足现状，又在向世界20强钢铁企业进军。江苏国泰国际集团，近几年来在加快体制转换的同时，积极拓展实业，形成出口比较优势，今年自营出口将达6.5亿美元，列全省同行之首，占全市出口近60%。张家港保税区是该市招商引资的主要载体，2000年班子调整后，认真吸取以往的教训，大力改善基础设施，积极开展对外招商，以扎实的工作实现了一年大变样，2001年区内国内生产总值比上年增长了75%，固定资产投入增长了343%，合同外资增长了41%，到账外资增长了50%。他们努力在全市倡导实事求是的良好风气，正确处理速度与效益的关系，既要一定的速度，又不单纯追求速度，既强调实绩，但又不片面追求数字，不断夯实发展的基础。对基层的目标考核以开票销售收入、入库税收、工业用电和投入等指标为主，并实行了领导干部三年任期目标责任制，收到了鼓实劲、求实效的效果。

四是始终不渝地坚持发扬富民精神。张家港市委、市政府把提高人民生活水平作为工作的出发点和落脚点，不断提高全市人民群众的生活水平。六年来，他们在发展区域经济、实现“强市”的同时，突出了顺应民意、致富群众，努力让更多的群众分享到两个文明建设的成果，激励更多的群众成为张家港精神的坚决拥护者和自觉实践者，以此凝聚全市的智慧和力量，调动方方面面的积极性。近几年来，他们集中有限财力，每年都要实施为民办实事工程，兴建了一批文化设施，改造了城乡电网，高标准完成了沿江江堤建设，修建改造了市内外交通主干道路60公里，投资1亿元铺设管道70公里，实现全市村村供给长江水，优化了居民的生活环境，在努力增加城乡居民收入的同时，他们高度重视扶持弱势群体。市委、市政府明确了对纯农贫困户减免农业税、减免学校教学收费、减免建房造屋费用等10项扶持政策，市财政2001年还拿出了“6个500万元以上”用于农民增收和农村稳定。由市里设立的1500万元最低生活保障资金，不仅在城镇实施了最低生活保障，在农村也实施了最低生活保障，由市镇两级财政托底，共为3868户、8968人年均收入不足1560元的贫困户解决基本生活保障；2500万元贫困家庭子女助学基金，保证了全市学龄儿童和大学新生无一人因经济困难而失学；3500万元村干部分配保障资金，用于支付年村级可用资金不足30万元的经济薄弱村干部的年终报酬和社会养老保险，有效解决了经济薄弱村干部队伍不稳的问题，为脱贫致富留住了人才；4500万元农业结构调整扶持资金，用于扶持奖励种养大户和特色项目；5825万元贫困户危房改造资金，为858户贫困户翻建了新房（累计翻建了2148户危房）；61500万元农村危桥改造资金，累计改造了453座危桥。到目前为止，对1900户贫困户的5132人实行了结对帮扶，安排1602名城乡贫困家庭成员就业，537名有一定劳动能力的残疾人到福利企业工作；对城区年人均收入低于3000元、人均住房面积低于10平方米的居民户，由政府补贴帮助调整了住房。为了密切与群众的联系，他们建立了领导干部扶持联系贫困户和联系群众等制度，在党员干部中开展了“五个一”结对帮带活动，即，挂钩一个村或下属单位、蹲点一个私营企业或个体工商户、联系一个农业产业结构调整大户、扶持一个贫困家庭、确定一个党建工作责任区或联系点。在“三讲”集中教育与“三个代表”学教活动期间，市级领导还分2次集中6天时间直接吃住到农民家中，机关部门和各镇领导也主动走访，帮助基层化解矛盾，解决实际困难。通过大力实施富民工程，张家港精神具备了更广泛的群众基础，在全市上下形成了加快发展的合力。

探索信息化带动工业和现代化之路

——广东南海的调查

（2003 年 2 月）

广东省佛山市南海区，原为佛山市下辖的县级市，地处珠江三角洲腹地，北与广州市接壤，南与香港、澳门毗邻。全区辖 6 个街道办事处、11 个镇；225 个村委会，1754 个村民小组；常住人口 103.67 万，流动人口 80 多万。从 1995 年起，南海开始全面推行信息化建设，积极探索以信息化带动工业化和现代化的路子。经过 8 年不懈努力，建成了四大信息化体系：一是企业信息化体系，二是农业信息化体系，三是政府信息化体系，四是社会信息化体系。几年来，南海传统产业得到改造和提升；农业产业结构得以调整和优化；社会生产力实现跨越式发展；政府管理和服务社会的质量和水平进一步提高，社会各项事业全面进步，现代化进程不断加快。2002 年，全区实现国内生产总值 439.5 亿元，工农业总产值 1007.35 亿元，城镇居民人均可支配收入 15239 元，农民人均收入 7503 元。最近，我到南海进行了为期一周的考察，先后调查了 10 个乡镇和多家企业，到处感受到一种新的气息、新的面貌、新的生活和新的启示。

一、企业信息化结出累累硕果

在素有“广纱甲天下”之称的南海西樵，一座总投资近亿元，建筑面积 1.6

万平方米的南方技术创新中心，引起了我的浓厚兴趣。这个中心，集科研开发、检测认证、电子商务、信息服务、会展会务和知识产权保护为一体，自1998年成立以来，共研究开发了9000多个新品种，市场命中率达80%以上，开发周期比过去也缩短了80%以上，开发成本下降了50%以上。我亲眼目睹了新产品电子技术设计操作。在短短的10分钟，一种款式新颖别致，色彩新鲜亮丽的新品种女衣就呈现在我眼前，而且根据我的要求，在很短时间里变换了四种不同的色彩。据西樵党委书记潘念礼介绍，如果靠人工设计，最少需要7天的时间。信息化的力量由此可见一斑。

调研中，我们了解到，改革开放以来，南海的经济和社会事业发展较快，到20世纪90年代初期，形成了规模型、混合型经济，非公有制经济发展模式，以及纺织、陶瓷、铝型材、家电、皮革等在国内占有较大市场份额的8大行业。但是，随着社会主义市场经济的不断深入，随着知识经济和经济全球化的加快，南海经济发展中的产业结构不合理、产品竞争力弱、技术人才缺乏、企业信息不灵等问题越来越突出，以众多中小民营企业形成的传统行业和企业，必须改造、提升、创新和优化，才能适应工业化发展的需要。仍以上述所讲的西樵镇为例。改革开放之初，西樵的纺织业快速发展，在全国享有盛名。但是，随着一些地方纺织业的突起和发展，西樵纺织业的市场竞争对手越来越多，危机感也日益增强。推行信息化建设后，全镇1000多家纺织企业实现了产、供、销一条龙，技术、信息、人才高度集中，产业聚集效应更加突出，一个全新的纺织镇再次崛起，再创辉煌。2002年，全镇实现产值100多亿元，布匹产量占全国的29%，广东省的25%。实践证明，南海选择以信息技术调整优化产业结构，用信息化为广大企业建立一个全方位的技术创新平台，用信息化带动新型工业化的做法是正确的。几年来，他们先后建成了南方技术创新中心、广东鞋业技术创新中心、广东五金技术创新中心、广东玩具创新中心、广东南海家电技术创新中心、中国建筑陶瓷研究开发中心、广东南海有色金属技术创新中心等9家科技创新中心。这些创新中心结合南海产业的实际，围绕着为产业服务，从技术创新、市场创新到管理创新，涵盖了产业组织的全部内涵和外延。经过几年的发展，结出了累累硕果。

一是有效地增强了行业的创新开发能力，缩短了开发周期，降低了开发成本，提高了产品的质量和档次。西樵南方技术创新中心，除了市场合中率高，开发周期短，开发成本降低外，质量也大大提高，纺织面料单位价平均提高了15%至20%。兴发铝材、联邦家私、美思内衣、志高空调等14个产品被评为广东省著名商标，兴发集团已申报中国驰名商标，志高空调等18个产品被列为全国免检产品；还有10个产品被评为广东省名牌产品；429家企业通过了国际质量认证。我在考察中发现，南海企业的创新开发能力，已经到了一个新的发展阶段。

二是有效地提高了企业的信息收集、沟通、整理和开发能力，降低了信息成本，扩大了产品的市场辐射范围。位于金沙镇的五金创新中心的华南五金交易网，建成仅一年多，会员已发展到全国20多个省市，4300多家，日均访问量超过3000多人次，每月交易额近3000万元。志高空调以信息带动企业发展，几年来产销量连续以90%以上的速度增长，2002年全球销量突破100万台，产品遍布150多个国家和地区，跻身中国空调五强行列。目前，南海各行业中心都建起了服务于本行业的电子商务网站。这些电子商务网站，及时、准确、迅速与国内外市场进行信息交流。

三是有效提升了企业的经营管理水平，节约了管理成本，提高了生产效率。南海规模以上企业现已有98%以上实现了信息技术管理。华星光电实业公司全面提升了供应链管理、财务以及生产成本控制水平，企业应收账款下降了40%，存周期缩短了30%，订单交货期平均缩短了20%以上。南光化工包装有限公司采用计算机实时监控管理系统，对原材料采购、产品库存、出仓、生产操作流程、收付款以及车辆、人员进出厂等各个环节进行动态管理和监控，极大地降低了管理成本，有效地提高了生产经营效率和管理水平。2002年，这个公司实现产值4亿多元，人均产值400万元，成为国内同行业中效益最好的企业之一。

四是有效地提升了企业的物流配送能力，整合优化了物流体系，改善了营销手段，降低了物流成本，提高了经济效益。

五是有效地提高了中小企业推进科技创新的主动性和积极性。同时，促进了招商引资工作，为南海经济可持续发展提供了机遇和保障。

二、农业信息化，推进了农业产业化和现代化

南海的农业属于城郊型农业，多年来主要以“自产自销”的小农经济为主，

突出问题表现在市场化、产业化、现代化水平低，生产与市场脱节，造成效率低、效益差。针对南海农业的实际，他们着力于发展农业信息化。

一是用信息化实现农业信息化和农业技术交流信息化。2000年创建的万顷洋现代化农业创新中心，占地2.5万亩，由华南农业大学总体规划，内设蔬菜、水稻、水产、花卉四大功能区，具有示范、培训、研发和成果转换等功能。中心通过与国内主要农业科研院校联系，多渠道整合国内外优秀农业成果、人才资源及产业信息，为广大农户和农业企业提供技术服务和科技创新服务。他们创建了万顷洋现代农业信息网，建立了农村科技信息服务体系，根据农村发展的需要，组织不同学科、不同领域的专家，通过培训，现场诊断，网络答疑等形式，为农民提供咨询服务，并通过专家在线，就农业产前产中的热点难点问题，向农村基层干部、农技人员、企业经营管理人员提供及时的咨询服务。他们还建立了农村市场信息服务体系，通过同国内一些农业网点、农业技术推广中心服务系统实现农业资源共享，建立农业生产资料和农产品市场信息采集系统、农产品市场信息发布系统、农产品交易联络系统、农业气象系统等，为广大农民和农业企业提供快捷、方便、准确的服务，实现了农业信息交流和农业技术交流的信息化。

二是在广东率先建立一批农产品网上交易市场。这些网上交易市场，根据不同的情况，规模、实力和技术层面也不相同，有投资几千万的大型综合性网上交易市场，也有投资几万元的专业化网上交易市场。但其共同点是利用现代化网络技术，加速农产品的销售，拓宽农产品的流通渠道，加快农产品的流通速度。最早建立这种农产品网上交易市场的盐步镇的环球水产品网上交易市场，是广东省第一个水产品大型信息发布网站。网上每天公布广东省主要水产品市场的水产品价格和国内外水产品供求信息。由于深受广大农民欢迎，后来开展会员制电子贸易，市场成交额由1997年的3.5亿元增加到2000年的10多亿元，并且逐步发展成为有形市场和网上市场相结合的水产品交易市场和信息中心。南方花卉网是一个小型专业网上市场，它是由盐步一名普通花农于1998年建立起来的，现已发展到本地花农100多人，并且与国内多个大中城市和欧洲等国家建立了销售关系，形成了跨国、跨地区的购销网络，年交易额超过300多万元。而广东农产品中心批发市场，是中国规模最大、配套最完善的国家一级农产品中心批发市场。在这个中心批发市场基础上又建立起了一个金农信息网。它通过建设完善的农业基本数据库，实现与全国各地农副产品间网络互联和数据共享，形成强大的现货交易和虚拟网络贸易市场，从而促使这个市场成为全国主要的农产品和农业信息集散地。他们通过网上网下相结合的现代化交易模式，发展会员近万人，实现国内外业务代理约 40 亿元。沙头镇鱼苗大户谭先生，通过这种网上交易模式，收到来自上海、杭州、长春、哈尔滨、西安等地的订单，已成交 100 多万元，一些国外客户，也从网上向他订购鱼苗。

三是用信息化提高农业的科技含量和生产效率。由于信息技术的发展，南海农业与国内外政府农业部门、行业协会、涉农企业和农业科技院校、各大农产品批发市场建立了紧密的合作关系，及时、准确地了解各地的需求信息，减少了盲目性，增强了针对性。同时，用信息引导农民面向市场组织生产，这样就把千家万户的小生产和千变万化的大市场连接起来，通过开展订单农业，提高农业的科技含量和生产效率。金农网还于 1999 年 11 月，同美国农业部门签署了一份《商务合作协议》，由美国农业部门为其提供美国农产品商贸信息，为中国与美国的农产品贸易打开了一条通道。

三、政务信息化，树立政府的新形象

西樵镇一位女镇长，在陪同我们参观时，用电子信息系统现场办公，给我们留下了十分深刻的印象。当她打开电子信箱时，发现计生办发来一份工作报告。她当即做出指示并通过电子信箱发给了报告人。这种方法，既快捷方便，又公开公正，还提高了办事效率。在西樵镇民乐村桂城东二民园小区，我们也亲眼目睹了村民在自己家中，通过电脑上网查询村里的政务、财务。西樵镇党委书记潘念礼向我们讲了一个生动的例子：过去，经常有村民到镇党委、政府上访，反映最多的是村里的财务问题。实行电子政务以后，村里的每一笔收支情况，村民都可以随时上网查询，做到了心中明白，上访的比过去大大减少。

目前，南海已建成了政务信息体系。一是区、镇、村三级联动，同步推进，形成有机的纵向网络；二是建立政务信息交换中心，统一体制和标准，实现了政府各职能部门信息资源共享，形成有机的横向网络通过电子政务和信息化建设，南海实现了五个方面的变革：

一是促进了党政工作。市委组织部建立了“党员基本信息管理系统”，集党员、党组织基本信息的采集整理、统计汇总、分析预测于一体，可以实现对党员进行全面、动态、适时的在线管理，有效改进党员管理的方法和手段，提高管理效率和水平。这种系统已经在南海各级党组织中广泛应用，被有关方面认为是对党建工作的一大贡献。同时，他们用信息化促进党风廉政建设，规范政府行为和政府工作人员的行为。过去，处理政务实行的手工操作，不仅信息传递慢，办事效率低，而且缺少透明度，容易出现漏洞。推行电子政务以后，党和政府的大政方针、区委、区政府和有关部门的战略决策、发展规划、实施计划以及完成情况，可以及时、准确、全面而又快捷地传达贯彻到各基层单位，基层的实情和群众的意见，也可以及时、快速地反映到上级机关。信息化如同架起了一座桥梁，沟通了上下关系，确保了政令通行，极大地提高了政府运作能力和管理决策水平。同时，通过电子政务处理公务，增加了透明度，避免和减少了政府工作人员中的失误和腐败行为。

二是强化了财务监管。目前，南海区、镇、村三级财务全部实现了电算化管理。1999 年，南海全区 242 个行政村全部用信息网络技术实行电算化管理财务；2001 年，全区 18 个镇也全部用信息网络技术，实行财务电算化管理。2001 年 12 月，南海区财会结算中心相继成立。据南海的同志介绍，通过用信息网络技术实行集中和电算化管理财务，提高了工作效率，节约了管理成本，实现了减人增效。过去，区直 85 个行政事业单位，共有财务人员 130 多人，运用电子信息实行集中和电算化管理后，只需 20 多人，减少了 110 人，每年仅此一项就可节省开支 500 多万元。以前，18 个镇财务管理人员共有 1480 人，现在减少到 145 人，每年可节省开支 6000 多万元。过去，一些村手工记账要用一周完成的工作，现在用一天就可以完成。同时，电算化还规范了财务行为，有效地加强了财务监管。有人举例说，过去，财务人员财务开支听领导的，否则就有失业的威胁。现在，财务人员听计算机的，只要不符合计算机设置的统一科学的管理和控制功能，天王老子也会被其拒绝。

三是强化了社会和群众监督。考察中，南海的同志举了一串数字：群众反映村务、政务、校务等热点问题的信访量，2000 年比 1999 年下降了 50%，2001 年比 2000 年又下降了 34%。这都要归功于信息化建设。近年来，南海镇、村两级和区直所有面向基层、面向群众的行政执法及服务行业，都建立了自己的信息系统，将应向群众公开的内容如财务收支、村规民约、发展规划、资源计划、土地审批、人口管理、计划生育、村委事务等，还有有关部门的政策规定、收费依据、收费标准，以及党和政府的相关法律法规、办事程序，全部输入信息网，通过设置的电子公布栏和电脑触摸荧屏，让群众随时可以查询，一目了然，心里明白，不仅方便了群众办事，而且增加了政府工作透明度，便于群众监督。同时，约束和制约了政府工作人员中的不廉洁行为。

四是提高政府的管理水平和质量。南海各有关部门、各镇、村都已建立了信息管理系统。通过信息化管理，管理水平和管理技能不断提高。

五是增强各项工程招标和各种采购的透明度。电子政务、信息化管理，不仅可以增加政府工作的透明度，提高政府的工作效率、管理水平，进一步密切与群众的联系，而且可以促进改革进一步深化。

四、社会管理信息化促进各项事业全面发展

在南海的西樵镇和东二民园，我们现场观看了党员信息管理系统，同样对我们触动很大。据了解，南海推行社会管理信息化，也取得了很大成就。

一是促进精神文明建设。南海建立了精神文明建设信息中心，通过信息化巩固和发展精神文明建设的成果。这个信息中心，集精神文明建设理论研究、社会实践、先进经验和建设成果展示为一体，由展示区、开发区和文明博览三部分组成，在网络虚拟空间构筑起一道强有力的思想文化阵地，为社会主义精神文明建设提供了一个全新的载体和技术支持，是对信息时代社会主义精神文明建设的一个有益的探索，受到中央文明办的高度评价。

二是促进教育事业发展。目前，南海教育信息网和现代教育中心城域网已经建成，推动了教育的信息化和现代化。小学从 3 年级开始，所有的中学、师范、职业学校全面普及信息技术教育。全区每 10 个学生拥有一台电脑，各级各类学校实现了办公和教学自动化、信息化，而且形成了以光纤连接全区所有中小学的统一教育网络平台，优化整合了各类教学资源，突破了传统教学的时空制约，实现了互联互通和资源共享。全区数千户教师家庭实现了专线上网，有效地提高了教师素质和教学水平。信息化还促进了远程教育和大学教育的发展。清华大学在南海设立了远程教育分站，南海电大也开通了多种渠道的远程教育，促进了网上教育与成人教育、职业教育、终身教育和网上教育。全方位、协调

发展的大教育格局已经形成，为全面提高全民素质打下了坚实的基础。科技部和教育部的领导对此给予了较高评价。

三是促进人们的生活质量提高。目前，南海已形成了全民重视信息化建设，全社会广泛参与信息化建设，用信息技术提高生活质量的良好氛围。南海中医院电子病历系统和住院部信息管理系统的实施应用，极大地方便了群众就医，提高了医护人员的工作效率和医院的管理水平。南海日报的电子版和南海电台的网上直播，有效地推进了新闻出版和文化事业的信息化建设，同时也丰富了群众的精神文化生活。现在，南海群众家庭上网已达17万户，占家庭总数的70%以上。他们可以在网上购物、网上寻医、网上学习、网上交易、在网上阅读新闻，了解国内外大事，在网上发布信息和接收信息，同国内外的亲友互通消息，生活质量明显提高。

五、南海推进信息化建设的主要经验

南海推进信息化建设的经验，可以归纳为四个方面：

一是观念创新。任何一项创新，必须首先是思想上的创新。没有思想上的创新，就不可能产生创新的源泉、创新的动力，继而完成创新的事业。南海的同志告诉我们，推进信息化建设的过程就像经历了一场革命。开始时，一些干部群众思想上存在着模糊认识。其中大多数是因为对信息化存在“神秘感”、“超前感”。尤其是推行电子政务建设时，从区到镇到村，有相当一批干部思想不通。大多数干部是因为不习惯，有的则是怕利用信息技术公开政务后，自己的权力受到影响，或者是自己的利益受到损害。南海区委、区政府从促使干部群众思想观念创新入手，在全区范围内进行了广泛的思想发动。他们成立了由区主要领导组成的信息化工作委员会，下设信息化管理办公室，协调全区的信息化建设工作。通过举办各种类型的研讨会、专家讲座，邀请国内外资深的专家学者介绍新经济、网络技术、信息革命等最新动态。同时，以本区推行信息技术较早的企业、个人介绍经验，发挥示范带动作用，让广大干部群众认识到，只有实现信息化，才能带动工业化和现代化。

二是打好基础。他们按照“高起点规划、高标准建设”的原则，营造与世界同步的网络环境，为推动信息化打下坚实的基础。1996年，他们率先在全国同级城市中建立起统一的国际互联网计算机信息交换平台，开通了南海综合信息网。到目前，已建成全区互通的骨干光纤网、电信光纤接入网连接全区 250 个行政村，实现了“村村通光纤，户户可上网”。有线电视光缆已接通全区 20 个镇，IP 优化数字光纤宽带网也已开通，形成了宽带、高速、开放、互联的与世界同步的网络环境。全区已建有应用系统 1000 多个，计算机主机系统 6000 多台（套），公众信息网用户 39.1 万户，移动电话用户 40.6 万户，为信息化推广提供了有利的条件和环境。为了有效避免同类区域在信息化建设过程中容易出现的由于利益分立带来的多平台、多系统相互分割造成信息技术普及率低、基础设施重复建设、资源严重浪费等现象，他们在建设之初，就统一规划、统一推进，使信息化渗透到国民经济和社会发展的各个领域。在利用信息技术改造传统产业过程中，他们采取“政府推进，行业整合，层面覆盖，过程渗透”的以信息技术改造、提升传统产业的方法，在推进社会管理信息化过程中，他们采取以建设横向关联、资源共享的电子政务系统的方法；在信息产业化建设过程中，他们采取以高起点、高标准的信息产业园区为依托、跟踪主流技术、建设产学研相结合、人才吸纳与培养融为一体的项目孵化器的方法。他们还认真总结了国内外一些地区信息化建设的经验和教训，为了避免信息技术只为少数群体掌握应用，加快信息化社会建设，率先在全国开展了电信、电视、计算机三网融合的试验，为数字化城市构建了畅通的信息高速公路。

三是立足应用。有些地区在信息技术应用中，往往只注重原有常规领域的应用。南海在信息化建设中，找准信息技术与经济社会发展结合的最佳切入点，把信息技术广泛应用到经济活动、政府活动、社会管理和人民生活的各个方面。在经济活动领域，他们把改造、优化、提升传统产业作为切入点，促进传统产业实现从量的扩张到质的飞跃，他们建立了一批农产品网络虚拟市场，加速农产品生产销售的结合，加快流通速度，促进传统农业的转变。在政府活动领域，他们建立了电子政务系统，用信息技术规范政府的管理，提高政府的管理水平。西樵镇农村管理系统，运用信息化对农村的经济、社会、文化、人口、资源等进行综合性管理，被科技部一位领导评价为应用现代化信息技术改造农村，提升农村，是一个了不起的创举。在社会信息化管理方面，他们开发应用了公共安全管理控制网络，法院案件流程管理系统和医院、供电、国土、教育、计生、智能化住宅小区等一批信息应用系统，规范了行业管理，方便了广大群众，有效地利用资源，受到了群众欢迎。

四是注重人才。他们制定优惠政策，成功地引入了中望公司、新太集团、清华大学、东北大学等一批国内著名的IT企业和高校进入南海信息产业基地。此外，与高校联合创办了东北大学南海东软信息技术学院、南京大学广东研究院、哈尔滨工业大学家电控制中心、华中科技大学模具研发制造中心、华南师范大学南海学院、华南师范大学南海科技园，通过走产、学、研相结合的路子，加快人才培训。他们还制定了南海全民信息化教育计划，对全体公务员、村干部、企业经营者和广大群众进行系统培训。教育部门还把信息技术教育列入学生素质教育的重要内容，小学从三年级开始进行系统的信息技术教育，所有中学、师范和职业学校全面普及信息技术教育。全区广大干部群众大多掌握了信息化的基本知识。

六、南海推进信息化建设的几点启示

一是信息化建设势在必行。信息化是世界各国发展的共同趋势。在新的世纪，信息化水平已成为衡量一个国家和地区竞争力、现代化程度及综合实力的重要标志。同时，也是实现经济和社会发展的必由之路。现在，越来越多的人认识到了信息化的重要作用。南海通过推进信息化建设的实践，证明了党的十六大提出的用信息化带动工业化和现代化的决策是十分正确的。但是，应当看到，我国信息化发展的水平很不平衡，大多数地区信息化还没有发展起来。这也是造成一些地区经济和社会发展滞后的一个主要因素。我们应当站在面对经济全球化和知识化的高度，认识信息化的重要性和必要性，加快信息化发展的步伐。

二是信息化建设要立足应用。应当看到，信息技术是一种先进的手段。我们在推进信息化建设的过程中，一定要立足于应用，像南海那样，从自己的实际出发，制定切实可行、符合本地实际的规划。我国区域辽阔，各地经济和社会发展情况不同。因此，在推进信息化建设时不能搞一刀切。东部发达地区条件比较好，可以坚持高起点、高标准，而中西部欠发达地区，可以先从经济和社会发展最急需解决的问题入手，选择好切入点，比如先搞一些企业上网、农产品交易网络，在总结一些经验和培育出一些典型的基础上，再行铺开。信息化是一项重大的工程，决不能搞一哄而上。

三是信息化建设要注重创新。我们现在搞信息化建设，要注意总结世界各国和我国各地区发展信息化的经验教训，要有一种创新精神。否则，即使信息化发展起来了，也是别人的老路子，甚至是别人已经不再推广的信息化，那么就仍然是落后的。创新是一个国家、一个民族发展进步的动力，也是信息化发展的动力。

四是信息化建设要全面推进。我们有些地区，有些行业，在建立信息化的时候，依然把信息化当作少数懂得信息技术的人的事，或者针对一些群体发展信息化。这样做，结果并不能推进信息化。信息化决不是少数人的事情。一个工厂企业，一个农村乡镇，只有少数几个人会用电脑、会上网，能谈得上是信息化吗？南海信息化建设的成功经验之一就是在全民中推进信息化。只有全民的信息化意识增强了，全民的信息化知识普及了，全民运用信息技术的水平提高了，我们才能建成一个信息化社会，才能以信息化带动我们的工业化和现代化。

加快培育我国行业的龙头企业

（2003 年 3 月）

行业龙头企业，或者说行业领军企业，在整个行业中发挥着领头作用，在某种意义上决定着所在行业甚至若干个关联行业的兴衰起落。从世界范围看，全球一些历史悠远、资本雄厚、技术领先、人才辈出的大的跨国公司、跨国企业，都可以说是所在行业和关联行业的龙头企业，对整个行业乃至整个国家的经济发展起着至关重要的作用。因此，世界各国都十分注重扶持和培育自己的龙头企业。我国改革开放以来，也涌现出了一批行业龙头企业。这些龙头企业，有的带动了一方土地致富，有的成为一个城市的形象，有的在行业中发挥着主力军作用。广东风华集团，就是我国电子元器件业的行业龙头企业。但是，我国作为发展中国家，尤其是参与经济全球化和国际竞争的历史还比较短，社会主义市场经济体制尚待完善，相比之下我国龙头企业数量还太少，质量还不高，因此，培育我们自己行业的龙头企业就显得更加重要。无论是借鉴国外大企业、大集团和大公司的做法，还是按照企业由小到大成长壮大的发展规律，我们都应该加紧培育我国的行业龙头企业。前不久，我就发展我国行业的龙头企业问题到广东风华高科技集团进行了实地考察。现结合风华高科成长壮大的经历、目前面临的一些问题，以及将来的发展趋势，谈几点对加快培育我国行业龙头企业的意见。

一、从广东风华高科集团的历史和现状看加快培育龙头企业的可行性

广东风华高科正式成立是1984年3月，它的前身是一家组装收录机的地方国营小厂，当时只有职工80多人，固定资产1.3万元，产值140万元。1985年，企业贷款119.5万美元，从美国引进了国内第一条片式多层陶瓷电容器生产线，到1990年，产量突破1亿只，初步完成了企业的技术、人才和管理经验积累。进入20世纪90年代，风华集团根据高新技术更新换代快的特点，采取了引进模仿追赶式发展战略，抓住美国经济转型的时机，以低成本收购、引进美国5家企业的先进电子设备，进一步扩大生产规模，到1996年底年产量迅速扩增到50亿只，奠定了规模优势和产业化优势的基础；随后进行股份制改造和上市，直接到资本市场融资，聚积了发展资金。1996年11月经中国证监会批准发行1350万股A股，并在深圳证券交易所上市交易。2000年，风华高科A股增发募集资金11亿元。“九五”期间，风华高科建立起以企业为主体，以技术中心为核心的创新体系，制定了引进与创新相结合的发展战略，针对制约企业发展的薄弱环节，以原材料、生产设备和工艺为突破口，加强技术创新，承担了国家“863”科技攻关项目、技术创新项目和实施国家“双加”工程等，逐步发展成为一个电子元件行业的龙头企业。从1996年到2000年间，风华集团总资产年均递增130.77%，净资产年均递增108%，国有净资产年均递增130.95%。

目前，风华高科已逐步形成四大系列的电子信息基础产品，其中包括以片式多层陶瓷电容器、片式电阻器、处式电感器、锂离子电池电极芯等为主的新型元器件系列；以瓷粉、浆料、磁性材料为主的原材料系列；以片式元器件设备、表面贴装设备为主的电子专用设备系列；以光纤综合业务接入系统、系统集成及网络建设为主的信息装备和信息网络系列。

多年来，通过自身的积累和资本市场的成功运作，风华高科形成了片式多层陶瓷电容器、片式电阻器各400亿只、处式电感器4亿只的年生产能力。主导产品均已获ISO9001和ISO9002认证，其中，片式多层陶瓷电容器及片式电阻器已通过挪威船级社ISO14001认证。2001年，公司的片式陶瓷电容器产销量均居国内同行首位；片式电阻器的产量居全国第一，销量居全国第二。其中，多层陶瓷电容器和片式电阻器的产量分列世界十大厂商的第七位和第五位，片

式电容器总产量占世界市场份额的3%左右。目前，风华高科位居国内同行的领先地位，并且直接面对国际市场竞争，代表了我国内资元器件企业的真实水平和实力。广东风华高科还拥有联想、长城、中兴、长虹等国内众多知名企业作为自己的客户群，是西门子、诺基亚、飞利浦、通用电器、摩托罗拉等国际电子整机大公司的元器件供应商。

从广东风华的发展历史和现状可以看出，加快培育我国行业的龙头企业具有可行性。我国每个行业中都有一批骨干企业，也的确发挥着骨干带头作用，只要我们加以引导，加以扶持和培育，就能促使它们进一步发展壮大，成为名副其实的龙头企业。

二、从广东风华高科在行业中的地位和作用看加快培育行业龙头企业的重要性

风华集团作为从事新型电子元器件、电子材料、电子专用设备等科研、生产、出口为主的高科技外向型企业集团，拥有30多家子公司和分公司，是全国科技创新试点企业、国家重点高新技术企业集团，也是全国36家大企业博士后科研工作站之一，并与清华大学等20多所国内重点院校建立了长期稳定的合作关系。它还是经国家科技部认定的国家火炬计划重点高新技术企业，原材料国产化率达70%以上，专用设备国产化率达40%以上。它还拥有我国最大的片式多层陶瓷电容器生产企业，属世界十大片式元器件商之一。它采取的是纵向一体化的生产模式，拥有从原材料、工艺设备到新产品的独立开发能力和完整的生产体系。它的主导产品是计算机、通讯设备和信息家电等高科技数码产品必不可少的重要基础元器件，它具备了与日、美、韩及台湾地区同行业大公司相抗衡的核心竞争能力。因此，风华高科在我国高科技信息产业体系中具有举足轻重的作用。

这种作用主要表现在以下几个方面：从它在国内新型元器件内资企业中所占的比重来看，1996年，我国新型元器件内资企业的生产规模仍占国内总产量的80%以上，但到2002年，这一比例下降到25%至30%。大量内资元器件生产企业被迫退出该行业。只有风华高科凭借自身的优势成为片式元器件行业唯一可以和国外企业以及外资企业竞争的内资企业。2002年，外资企业生产片

式多层陶瓷电容器已占国内总产量的 69%，内资企业产量只占国内总产量的 31%。其中，风华高科占国内总产量的 28%，是拥有国内市场份额最大的企业。从它在行业中地位来看，风华高科是经国家科技部认定的国家火炬计划重点高新技术企业，国家“863”计划成果产业化基地之一，全国 520 家重点扶持国有企业和 19 家技术创新试点企业之一，是我国元器件产业的研制、生产、出口基地，拥有较为强大的产品开发实力的市场开拓能力，已经形成了一整套具有自主知识产权的片式元器件生产技术和工艺体系。在国内同行业中具有独特的地位。从它的业务范围来看，风华高科的主要产品分为电子材料、电子元器件和专用设备三大系列。其主导产品片式电容器和片式电阻的年生产能力都在 500 亿只以上，在 2001 年各生产 400 亿只，分别居世界第七位和第五位，片式电容器总产量占世界市场份额的 35%左右。其产品除供应国内电子行业的主要厂家外，还销往欧洲、南北美洲和亚洲其他国家，世界著名的摩托罗拉、西门子、飞利浦、松下、索尼、大宇和国内的海尔、长虹、联想、康佳、长城大唐电信等公司都是该集团的客户。

从广东风华高科在行业中的地位和作用，可以看出加快培育我国行业的龙头企业，以龙头企业带动整个行业上规模、上水平、上档次，提升参与全球化竞争能力至关重要。

三、从广东风华高科目前面临的困难看加快培育我国行业龙头企业的紧迫性

在广东风华高科考察时，我们了解到，近年来，国际电子元器件厂商如日本村田、日本京瓷、韩国三星等纷纷通过合资、独资方式进入我国，建立生产基地，它们利用其在资金、技术、人才、市场营销和掌握着世界电子元器件生产的核心技术等方面的优势，从各个方面挤压风华高科的市场，给风华高科带来很大的威胁。日韩企业利用其在技术开发、工艺和设备等领域的优势以及所取得的超额利润为后盾，打压风华高科的市场份额，目的并不是为了实现世界电子元器件行业的快速发展，而是想实现最终挤垮或并购我国国有和集体企业，达到最终控制中国市场的目的。

风华高科虽然是国内元器件行业的龙头企业，但是，与日、美等同行国外大

企业相比，在生产能力和产品性能上仍然存在差距，在技术储备和市场把握方面差距更大。目前，全球电子元器件的高层次产品多为日本、美国垄断，这些外国公司掌握了这一产业的核心技术、高新技术、制造工艺和关键设备，因此，其产品价格高且市场需求旺盛，而包括风华高科在内的中低端厂商，产品市场一直受日商左右，它们只能在中低端产品市场与韩国和台湾地区厂商展开价格竞争。受国际市场上低端产品价格下跌的影响，1997 年至 2001 年，风华高科的片式多层陶瓷电容器价格下跌了 60%。随着我国电子信息产品市场需求的迅猛增长，境外电子元器件中高档产品的进口大量增加，市场的争夺方式趋于多样化。以“技术换市场”、“以市场换市场”的限制措施取消后，风华高科等国内企业获得国外先进电子技术的难度进一步增大。风华高科要想继续保持世界第七，国内第一的地位就必须加大资金投入，促进产品向微小型化、高容量、大功率、低损耗、集成化和智能化方向发展，否则的话，就会继续拉大与国际先进水平的差距，发展基础将会受到进一步的威胁，市场份额将进一步趋于萎缩。

另外，还有一个很大的困难就是资金不足，影响和制约风华的发展。风华高科所属的片式元器件行业设备一次性投资大，技术难度高，是典型的资本密集型产业，其产业集中度很高。目前，全球前十位厂商的产量占全球产量的 90% 以上。这一产业的规模效益十分明显，与一般制造业相比，片式元器件行业的进入门槛较高，没有几亿甚至几十亿投资不可能形成市场竞争优势。风华有一个非常详细的近期发展规划，这个规划分为三类 7 个项目：一是新型的系列片式元器件生产基地项目，建设期 2 年需投资 5.13 亿元，包括以下子项目：通讯移动配套 0402 型片式多层陶瓷电容器和片式电阻器技术改造项目，1.95 亿元，可形成新增为手机等移动通讯产品配套 0402 型片式多层陶瓷电容器 50 亿只 / 年和片式电阻器 50 亿只 / 年的生产能力；新型敏感元器件及传感器 14.3 亿只 / 年的生产能力；高性能软磁铁氧化磁芯技术项目 1.64 亿元，可形成年生产 7000 吨高性能软磁铁氧体磁芯生产能力；新型片式元件生产专用成套设备研制项目 0.3 亿元，可形成 212 台（套）/ 年的能力；动态真空荧光显示器工业化生产研制项目 0.3 亿元，可形成 600 万片 / 年的能力。二是大规模集成电路后工序封装测试生产线关键设备研制项目，建设期 3 年，需投资 0.65 亿元，主要研发市场量大面广的关键设备，划片机、切筋成型机、塑封机、打标印字机、银胶粘片机、全自动金丝球焊机。三是信息化建设工程项目，建设期 3 年，需投资

1.4亿元，预计将实现企业管理效率提高20%，库存资金占用减少35%。以上这些项目，需要配套流动资金8.0亿元，预计总投入为15.18亿元人民币，其中企业自有资本金5.18亿元，还有10亿元希望能够采取发企业债券的方式筹集。如果风华能按计划如期完成这些计划，它就能得到很好的发展，否则最终面临的可能是退出电子元器行业发展的舞台。

从风华高科目前面临的困难可以看出，加快培育我国行业龙头企业，是一项十分紧迫的任务。风华高科目前遇到的困难，在全国一些大的骨干企业也同样存在。我们必须给予高度的重视。

四、从广东风华高科的发展机遇和前景看加快培育我国行业龙头企业的战略性

电子工业的快速发展对电子元器件行业提出了更高的要求，新型元器件和半导体作为电子工业的基础，今后的市场空间非常大。

从我国电子信息产业的基础来看，目前我们的产业规模仅次于美国和日本，列世界第3位。“九五”计划以来，电子信息产业以远高于GDP的速度增长，预计到2005年，电子工业总产值将达到25000亿元，在工业总产值中的比重上升到10%左右。作为国民经济的主导产业，今后相当长时期将保持持续高速增长的势头。电子元器件产品在电子信息产业中的比重不断增加，2001年电子元器件行业比重为25%，到2002年已上升至27%。

从我国电子信息产业的发展需求来看，今后10年或更长一段时期，我国GDP仍将保持较高的增长速度，GDP增长与电子制造业，以及电子制造业与电子元器件行业的关联性极强，国内GDP的长期高速增长必然对电子元器件产生持续扩大的市场需求。粗略预计，到“十五”末期，国内电子元器件总需求量将达到5000亿只左右，包括国内销售和进出口在内的销售总额将达6000亿人民币，而国内企业的各类元器件的销售只有1500亿只左右，需要大量进口。

从世界范围来看，电子元器件下游产业电子制造业的增速远远高于世界经济增长水平，今后仍有可能保持年均10%左右的增长速度。电子元器件作为电子信息产业的基础产品，相当长时期内保持10%至15%的增速，到2010年，全球电子元器件市场规模将达到1800亿美元左右，亚太地区作为世界电子元器

件的最大市场，占全球市场份额近 1/3，接近 600 亿美元。

以上这些有利的条件都为诸如风华高科一类电子元器件产业的发展提供了良好的国内外环境，应该说前景非常广阔，形势非常喜人。我国正在成为世界加工厂，包括电子制造业在内的各类制造业在国民经济中的地位会进一步增强，利用我国在制造业中的劳动力成本优势，提升电子元器件行业国内厂家的市场竞争力，提高国内厂家在我国电子元器件国内市场上的份额，是一项全局性的战略需求。

五、对加快培育我国行业龙头企业的几点意见

一是政府要加大对行业龙头企业的扶持力度。经过改革开放 20 多年的风雨洗礼，经过社会主义市场经济体制建设以来的磨砺，经过与国外一些大集团、大企业的竞争，我国每一个行业中都崛起了一些骨干企业。以广东风华为例，片式元器件产业经过十几年的发展，只有风华高科等少数几家骨干企业形成了一定规模。在 20 世纪 90 年代后期的价格竞争中，大量内资元器件企业被迫退出该行业。而风华高科却凭借自身优势逐步发展壮大，成为片式元器件行业唯一可以和国外大企业竞争的企业。对于这一类在行业中具有一定地位和作用的骨干企业，政府应当给予扶持和培育，促使其进一步发展壮大。如，新型电子元器件产业作为朝阳产业，在世界许多国家和地区被列为鼓励发展和重点支持的产业。台湾地区大的元器件厂商都被安排在新竹科技园，政府在税收、融资方面提供优惠；韩国三星则是在政府的主导下，通过直接为装备工业提供基础元器件发展起来的。风华高科的发展同样离不开政府多方面的帮助，建议政府能为企业提供在资本市场上连续融资的机会与可能，还可以通过产品出口补偿以弥补其在技术、工艺和设备上所需要的进口资金。

二是企业要制定更加可行的战略规划。为了在未来的竞争中立于不败之地，龙头企业应遵照“高科技、国际化”的发展战略，制定既具有战略意义，又具有实际效益的发展规划：争取用 2 至 3 年的时间，在技术、规模和综合实力等方面全面发展，使产品档次及技术水平接近或达到世界先进水平。随着企业的发展壮大，技术创新已成为风华集团的持续发展之源。国家级技术中心承担的研发项目越来越多，领域越来越广，因此，要在硬件和软件上加强技术中心的

建设，以适应企业高速发展的需要。据了解，2000年，风华集团投入1亿多元，建成面积达2万余平方米的高标准国际化的科研及生产大楼作为企业技术中心研发场所。按照新材料、新型元器件、信息显示技术等领域，将研发大楼科学地划分为若干区域，并在技术中心内全部建成CINS集成系统，迅速提高了实验、中试等数据的采集能力和实现资源共享。从而使中心成为一个学科齐全、设备先进、人员配置合理，在行业中具有一定领导作用的辐射源。

三是要实行人才强国的战略，加强企业人才队伍建设。人才是制约企业发展的重要因素。近年来，我国已经涌现出一大批有思想、有闯劲、有知识、有能力的企业管理和经营人才。大凡行业骨干企业，都具有这样一批人才。多年来，风华集团坚持“科技领先，以人为本”、“企业不仅要出产品，还要出人才”的宗旨，逐步建立完善“以事业凝聚人，以环境吸引人，以精神鼓舞人，以机制激励人，以良好的发展前景留住人”的人才管理创新机制。目前，风华在人才引进、培养、激励和使用的机制建立上做到了与企业的发展同步。他们充分发挥国家级中心效应，吸纳国内一流人才，聘请一批国内顶级技术专才和管理人才；同时，通过建立企业博士后工作站，吸纳高层次人才，一年多时间共吸纳26名博士后进站工作，带动了整个企业人才素质的提升。他们还建立和完善了“认股期权”与“红股奖励”等激励与约束机制，以机制激活人，留住人才，用好人才。现在，他们又制定了人力资源规划，要培养和造就一支能打硬仗的骨干队伍，这几年，投入近500万元，建立集团公司自己的在职培训中心。为了加快培育行业龙头企业，国家也应采取一些有力措施，形成企业高级经营管理人才的发现、培养和使用机制。

四是要确立科学的经营管理机制和模式。目前，要大胆而稳步地积极探索企业机制的创新，不断建立和完善有效监督的法人治理架构，形成规范的母子公司结构、科学的总体决策与分层决策机制、财务主导型的销售和进出口管理体制；建立和完善以现代企业制度为特征的创新产权制度，设立国有资产授权经营企业和国有独资集团组成的投资中心、上市公司为主的资产营运中心；建立和完善以投融资体制创新为特征的风险投资制度，积极引入风险投资基金；建立和完善以各种有形资本收益和无形资产参与分配为特征的创新激励制度；建立与国际接轨的管理体系，全面引进和推进ISO9000质量保证体系，积极推广TCS全面客户满意体系。

振兴东北地区老工业基地势在必行

——吉林考察归来

（2003年8月）

今年8月下旬，我和几位同志到吉林省，就老工业基地的改造和振兴，进行了为期5天的考察和调研。其间，先后同吉林省政府负责同志，省政府研究室、省财办等部门的同志，就老工业基地调整改造进行了座谈，到一汽集团公司、吉林化纤集团、吉化集团公司等国有控股企业和吉林大成集团、吉林天药科技股份有限公司等民营企业进行了调研，并参观了长春农业博览会。通过这次吉林之行，我们深深感到，党的十六大作出的加快东北等老工业基地调整改造的重大战略部署十分及时，十分正确，十分必要，东北地区等老工业基地实现新的振兴势在必行。

一、吉林老工业基地的历史沿革

吉林老工业基地，同东北地区其他一些老工业基地一样，是新中国成立之后在“一五”时期，国民经济恢复阶段，也就是国家开始实施全面建设东北经济发展战略的条件下，根据国家的统一规划和部署建立起来的。据介绍，1950年至1952年，苏联帮助我国建设的156项重点项目中，国家安排在东北地区的有58项，占三分之一以上，其中吉林省11项，如第一汽车制造厂及自备电厂、吉林化肥厂、吉林染料厂、吉林电石厂、吉林热电厂、吉林丰满发电站、吉林铁合金厂、吉林碳素厂、辽源矿区西安竖井、通化矿区湾沟煤矿、丰满到辽宁虎石台输电线路等。“一五”期间国家在吉林省的固定资产投资23.54亿元，占全国的3.85%，其中用于基本建设投资22.82亿元，占投资总额的95%。初步形成了以国有大中型企业为骨干、生化工业为主体、门类比较齐全的工业体系，成为国家重要的工业基地。“二五”期间，国家对吉林老工业基地又进行了大规模的集中建设。

吉林老工业基地同东北其他地方工业基地一样，被人们称为“共和国的长子”，为国民经济的恢复和发展，为我国建设独立完整的工业体系和国民经济体系作出了重大的贡献。吉林省仅汽车一项，1955年至1998年累计产量占全国的20%。吉林老工业基地曾为我们伟大的社会主义祖国创造过许多骄傲。在20世纪50年代至70年代的一段历史时期内，很多大学生一提分配到吉林和东北一些老工业基地工作，都会发自内心感到自豪。毫不夸张地说，吉林老工业基地和东北其他一些老工业基地一样，不仅为国家创造了很多财富，而且为国家培养了一大批经济管理和技术人才。

二、吉林老工业基地的现状

吉林老工业基地同东北其他一些老工业基地一样，在新中国50多年的历程中经历了起步——发展——繁荣三个阶段，从小到大，从无到有，不断发展壮大。

一是经济总量初具规模。到2002年，吉林全省国内生产总值实现2243亿元，居全国第18位，人均国内生产总值达到8322元，居全国第13位。规模以上工业企业完成增加值644.4亿元，居全国第17位；实现净利润99.7亿元。一般预算全口径财政收入实现244.9亿元，居全国第21位。

二是产业结构逐步优化。三次产业的比例由1990年的29.4∶42.8∶27.8调整到2002年的20.3∶43.0∶36.7。汽车、石化、农产品加工、医药、电子信息等五项产业的产值占整个工业的70%以上，支柱和优势产业的主导作用突出。

三是改革开放取得积极进展。国企改革脱困三年目标基本实现，国有资本出资人制度逐步建立，全省2/3以上国有大中型工业企业完成了公司制改造，现代企业制度建设取得较大进展。国有经济布局得到有效调整，非公有制经济进一步发展。社会保障制度逐步完善。对外开放步伐加快，2002年全省外贸进出口总额37亿美元，各类开发区的GDP总量和出口总量分别占全省20%和50%以上。

四是基础设施不断完善。全省公路通车里程已达4.1万公里，铁路营运里程3564公里。全社会邮电业务总量112.2亿元，长途光缆线路12983皮长公里。全省已建成拥有国内一流水平的公路运输信息中心。城乡信息化建设开始起步。

五是人民生活水平总体上达到小康。2002年，全省城镇居民人均可支配收入达到6260.2元，在全国的位次由2001年的第30位升至第22位；农民人均纯收入达到2360.8元，居全国第16位。城乡居民储蓄存款余额突破2000亿元，人均储蓄存款居全国第10位。

三、吉林老工业基地存在的主要问题

老工业基地的一个“老”字，集中反映出老工业基地的问题。这个“老”字，是相对于一些新的工业而言。全世界各个国家，都存在着老工业基地同新工业的矛盾，都存在着老工业基地的老化、衰退问题，也可以说是一个普遍性的问题、一个必然性的问题，是工业现代化进程中、是经济全球化发展中的必然现象。在调研中我们了解到，同世界上和全国一些老工业基地一样，吉林老工业基地在不断发展壮大的同时，也积累了一些深层次的矛盾和问题。集中体现为：

一是国有经济比重过高，企业历史包袱沉重。去年，吉林省国有及国有控股工业企业拥有资产占规模以上工业的82.5%，高于全国平均水平21.6个百分点，资产负债率、不良贷款率分别高于全国平均水平4个和20个百分点。有40%的企业承担着办社会职能，每年至少要支付35亿元的费用。

二是工业整体发展相对滞后，传统产业比重较大。1980年吉林省第二产业比重为53%，比全国平均水平高4.5个百分点；1990年降到42.8%，仍比全国高1.2个百分点。到2002年全国第二产业比重提升到51.8%，而吉林省为43.0%，低于全国8.8个百分点。1979年至2002年20年间，全国第二产业平均增长速度为11.2%，吉林省为10%，低于全国平均水平1.2个百分点。2002年规模以上高技术产业实现增加值仅占规模以上工业的 8.2%，新兴产业规模较小。重工业比重 77.2%，比全国平均水平高 14.8 个百分点；加工制造业初、中级产品多，科技含量和附加值低，经济效益不高。“三农”问题突出，“卖粮难”矛盾加剧，粮食补贴负担沉重，县域经济发展较慢。

三是企业工艺装备水平落后，技术创新能力不强。吉林省工业企业工艺装备水平相当于 20 世纪 90 年代的只有 15%，属于 70、80 年代水平的为 60%，还有 15% 属于五六十年代的水平。部分传统产业趋于萎缩，煤炭、有色金属和森工行业中的多数企业面临关闭破产或产业转移。具有自主知识产权的产品和技术占全省工业产品总数不足 5%，科技成果转化率不到 20%。

四是市场化程度低，经济增长的内在动力不足。市场配置资源的能力较低，经济发展缺乏活力。对外开放滞后，2002 年吉林省进出口依存度只有 13.7%，低于全国平均水平 36.5 个百分点；人均外商直接投资为 9.1 美元，而全国达到 41.2 美元。原因：一是区位因素；二是政策因素（东北开放比较慢，一些企业不允许外商控股。）；三是“入世”，把东北这块放在 2007 年以后，又面临不利；四是外商偏重于投轻纺产品，投重化产品少一些。吉林民营经济规模过小，2002 年民营工业企业增加值只占全省规模以上工业的 6%。

五是就业和再就业矛盾突出，社会保障能力较弱。到 2002 年末，吉林省下岗失业人员累计达到 80 万人，占全国的 6.8%。全社会整体劳动力供给人口比例高于全国平均水平 5 个百分点，而就业比例低于全国 14 个百分点。未来 5 年城镇约有 230 万下岗失业人员和新生劳动力需要就业，农村约有 200 万富余劳动力需向城镇转移。1995 年之前，农村劳力转移逐年增加，1995 年至 2000 年，开始回流，主要原因是乡镇企业萎缩，城市企业下岗人员增多，所以农民工转移少了。目前，吉林省符合并轨条件（注：下岗职工从基本生活保障到社会保障转变）的人员为 89.8 万人，需支付经济保险金和生活补助费 73.4 亿元。全省离退休人员 105 万人，每年养老保险基金收支自然缺口近 30 亿元，失业保险资金支撑能力薄弱。2003 年全省低保人数 149.7 万人，在全国居第四位（前三位为黑龙江、辽宁、湖北），占全省非农人口的 13%，居全国第一位，确保发放存在困难。2002 年末全省城镇“低保”对象 149.7 万人，居全国第 4 位，占全省非农业人口的 13%，居全国首位。

六是主要资源型产业难以为继，发展持续产业任务艰巨。吉林省有辽源、白山、通化、舒兰、蛟河等18个资源型为主的城市，还有一批小城镇，涉及总人口800万人，占全省人口近30%。受资源枯竭和资源保护等因素的制约，吉林省产业需整体转移的有煤炭、森工两大主要行业。煤炭主要因为资源枯竭，最长的矿井已有160年历史。大多需破产。林工两大行业，森工大批要转移。分别涉及职工30万人和33万人、离退休人员6.3万人和7.3万人、总人口80万人和73万人。还有4个采煤沉陷区沉陷面积达113平方公里，涉及矿区居民5.7万户，生存环境遭到破坏，不稳定因素增多。

四、吉林老工业基地具有的发展比较优势

吉林老工业基地同全国和世界上一些老工业基地一样，既存在着许多困难，但同时又具有其发展的比较优势。集中表现为：加工制造业优势、人才和科教优势、生态与资源优势。

一是加工制造业优势。1997年至2001年，吉林省制造业年均增长14.8%，比全国高4.9个百分点，其中交通运输设备制造业年均增长21.1%，食品加工制造业年均增长15.3%，医药制造业年均增长19.2%，分别比全国高9个、10个和4.8个百分点；总产值占全国的比重由1.7%上升为1.9%。1996年至2001年，全国规模以上制造业万元增加值消耗成本费用上升了11.2%，而同期吉林省仅上升了1.5%。汽车、化工在全国占有重要位置，农产品加工、医药、光电子信息产业发展势头强劲。

二是人才和科教优势。吉林省科技活动中科学家、工程师所占比重居全国第1位，每万人拥有科学家、工程师、国有企业事业单位专业技术人员均居全国第6位。有普通高校35所，每万人拥有在校大学生人数居全国第6位。各类科研机构678个。中国科学院长春光机物理所、应化所、卫生部长春生物制品所等国家重点科研机构和吉林大学、东北师范大学、长春理工大学等高等院校在国内外具有重要影响。50年的发展，培育了一支素质较高的工程技术、管理人员和熟练的产业工人队伍。吉林省天药科技股份有限公司成立于2001年2月，仅这个公司就拥有三个国家级试验室、四个二级试验室、科技人员64人、博士12人，技术力量十分雄厚，发展前景非常广阔。

三是生态与自然资源优势。吉林省生态环境相对较好，整体可恢复性较强，

1999 年被国家批准为生态省建设试点省。全省森林覆盖率为 42.5%，高出全国平均水平 25 个百分点。长白山有丰富的药用植物和优质的矿泉水资源。油母页岩、硅灰石等九种矿产保有储量居全国第一。吉林素有“黄金玉米带”和“大豆之乡”的称誉，耕地面积 558 万公顷，人均耕地面积 0.21 公顷，粮食综合生产能力达到 225 亿公斤的阶段性水平。近年来，吉林省资源型城市和地区积极发展接续产业。到 2010 年，投入 400 亿元，重点建设油母页岩、农产品加工、新型材料、草业经济、林纸一体化等 70 个项目。

五、振兴吉林老工业基地采取的措施

吉林省委、省政府和全省广大干部职工，对振兴吉林老工业基地充满了信心，这是吉林省老工业基地实现振兴的重要条件。从党的十六大以来，吉林省已经采取或者正在采取一系列措施，加快吉林省老工业基地振兴的步伐。

一是进一步解放思想，推动工作创新。全省上下不断推进思想解放，坚决破除小农意识、计划经济思想和“官本位”观念的束缚和影响。进一步强化创新意识，树立新型工业化思维，学习先进省区敢于创新，善于创意，精于创利，勤于创业的精神，大力创新工作思路。目前，全省上下大力弘扬创业文化，广大干部群众的主动性、积极性和创造性十分高涨，一个全民创业的局面正在兴起。2003 年 1 月至 7 月，全省实现工业增加值 449 亿元，名列全国第 17 位，增长速度为 21.7%，居全国第 8 位。

二是转变政府职能，营造经济发展的良好环境。吉林省各级政府进一步转变政府职能，下大力气改革政府管理方式，如规范审批程序，简化审批手续，降低行政成本，提高行政效率。全面把握宏观调控的各项目标，强化社会管理和公共服务。全省各职能部门坚持依法行政、公正执法，营造规范透明的法制环境。进一步整顿和规范市场经济秩序，建设良好的市场环境。加强政府信用、企业信用和个人信用建设，建立完善的社会信用体系。

三是调整国有经济布局，大力发展民营经济。加快国有经济战略性调整，培育具有国际竞争力的企业集团。深化国有资产管理体制改革，完善国有资本出资人制度，建立规范的现代企业制度。吉化集团等大多数国有企业都进行了改造和改制。大力发展股份制企业，实行投资主体多元化，鼓励外资和民营资本参与国有企业改组改造。研究制定切实有效的政策措施，完善服务体系，促进民营经济和中小企业快速发展。大成集团作为吉林省较大的民营企业，发展很快，去年销售收入达到40亿元，2003年可达到60亿元。这个以玉米为主要原料的生产企业，带动了全省100多万户农民致富。

四是全面提高对外开放水平，加快经济国际化进程。近年来，吉林省充分利用国际国内市场和资源，在更大范围、更高层次推进对外开放，构建经济国际化格局。他们大力实施出口市场、外贸主体和贸易方式多元化战略，进一步开发日本、韩国和东南亚地区等重点市场，加强与俄罗斯经贸合作，有针对性地开拓欧美、非洲、中东等市场，鼓励和支持各种所有制企业走出去。加快金融、保险、贸易服务业等行业的对外开放。努力改善投资环境，积极引进战略投资者，进一步提高利用外资的水平和质量。

五是以信息化带动工业化，改造提升传统产业。全省企业信息化建设进一步加快，农业和服务业应用信息技术也在推进，并且有重点地推进商务、政务、教育和社会管理信息化、提高经济社会信息化水平。加快高速列车、城市轨道客车、试验设备、医疗设备和仪器仪表等制造业的技术创新，用信息技术和先进适用技术改造提升冶金、轻纺、建材等传统产业，促进产业结构的调整优化。

六是大力发展服务业，有效扩大消费需求。他们全面高速创新商贸、交通、餐饮等传统服务业，努力发展新的业态。重点培育旅游、教育、休闲健身、社区、会展等新兴服务业，加快发展金融、房地产、信息、咨询等现代服务业，创造新的消费需求。积极发展二手车、二手房市场。大力发展现代物流业，建设汽车及配件、化工、农产品加工等物流配送中心。整合科技资源，发展技术中介组织。细分城乡消费市场，加快农村市场体系建设，完善农村市场中介组织。

七是进一步完善社会保障体系，努力扩大就业和再就业。他们在巩固“两个确保”成果，搞好三条保障线的衔接，完善失业保险，加强城镇居民最低生活保障，扩大职工基本医疗保险覆盖面，积极探索建立农村社会保障制度，发展企业补充保险和商业保险，进一步完善社会保障体系。搞好城市扶困和农村扶贫。建立促进就业的组织领导体系、政策保障体系和社会服务体系。落实促进再就业的各项政策，高度重视发展民营经济、中小企业和劳动密集型产业，规范发展劳动力市场，鼓励自谋职业、自主创业，推行灵活多样的就业方式，创造更多的就业机会。

八是加强基础设施建设，为结构升级提供有力支撑。吉林省近年来交通发展很快。全省公路主干网络基本完善，目前，省会与市州一级公路连接、市与县二级公路连接、全省乡镇与大部分村屯通油路。他们正在加快黑龙江绥芬河至辽宁丹东中俄、中朝边境铁路和辉南至靖宇地方铁路建设。长春龙家堡机场、长白山机场两个机场也已建成。同时，加强热电、水电、风电和电网建设，做好核电项目前期工作。加快中部城市群调水工程和哈达山水利枢纽工程建设。高速宽带网络等信息基础设施建设、公共卫生基础设施建设和城乡公共卫生体系建设也在加快。

九是加快推进城镇化，促进城乡联动。吉林省坚持统筹城乡经济社会发展，更多地关注农村，关心农民，支持农业，把解决“三农”问题摆在更加突出的位置，加快实施农民增收计划。大力发展县域经济，促进农村劳动力向非农产业和城镇转移，增加农村人均资源占有量，实现工业与农业、城市与农村发展的良性互动。充分发挥长春、吉林等中心城市的辐射带动作用，加快发展中小城市，加强县城和重点镇建设。消除不利于城镇化的体制和政策障碍，促进农民进城居住就业。注重提高城镇化质量，增强城镇产业集聚和吸纳就业功能。

十是提高可持续发展能力，促进经济、社会与人口、资源、环境协调发展。他们大力实施可持续发展战略，转变经济增长方式。加快建设生态省，发展生态环保型效益经济，保护和改善生态环境，建设生态文明。加快实施退耕还林还草还湿地、西部治碱、生态草、流域治理等一批重大生态工程建设。积极推行工业清洁文明生产，处理好城市垃圾和污水。搞好计划生育，控制人口数量，提高人口素质。依法保护和合理开发利用国土资源，加强综合整治，实现永续利用。提高全民生态环境意识，推动整个社会走上生产发展、生活富裕、生态良好的文明发展道路。

六、振兴吉林老工业基地的政策建议

加快吉林以及整个东北老工业基地的调整和改造，重振雄风，要从实际出发，依靠自身力量，艰苦创业，奋力拼搏。同时，需要国家在政策、资金等方面给予重点扶持。

一是加大国有企业减负和改革的支持力度。振兴吉林和东北老工业基地的最大难点在国有企业上，因此，振兴老工业基地必须以解决国有企业存在的问题为突破口，根据吉林的同志介绍，首要解决的是国有企业的减负，加快企业分离办社会职能。吉林省国有企业办社会每年费用支出约35亿元，其中，中央及中央下放企业（1998年以后中央下放到地方的煤炭、军工、有色金属企业）办社会每年费用支出约27亿元。企业既要承担发展的任务，又要承担社会稳定的责任。这已经成为制约企业改革发展的一大因素。建议国家帮助吉林省解决中央及中央下放企业分离办社会费用支出，以减轻企业的沉重负担。同时，进一步加大吉林省企业破产的力度。据统计，吉林省还有120户国有大中型工业企业急需关闭破产，但是，企业破产涉及安置职工17万多人，安置费用很高，仅靠吉林省各级财政无力承担这笔费用。因此，建议国家将这些企业列入政策性破产计划，分阶段实施，并对破产企业的费用缺口给予适当补助。为了切实解决国有企业的发展问题，国家还应制定支持东北地区股份公司优先上市的政策，对吉林省等老工业基地符合条件的股份公司优先安排上市。

二是加大调整改造的资金投入。吉林省和东北老工业基地的调整改造任务十分艰巨，建议国家设立东北地区老工业基地调整改造专项资金，设立老工业基地重大科技项目专项资金。用于老工业基地产业发展中的关键性技术攻关、新产品开发、科技成果转化推广等科技项目的投入。同时，国家每年在安排科技三项费用、产业技术研究开发奖金、农业科技成果转化资金、中小企业技术创新基金时，给予重点支持。中央预算内基建资金也应向东北地区倾斜。建议国家在老工业基地调整改造期间，加大对东北地区基建项目的投入，在安排中央预算内基建投资计划时，给予重点倾斜。

三是重大项目优选在东北地区布局。为解决东北地区传统产业比重较高、高新技术和新兴产业规模较小的结构性矛盾，建议国家在规划重大项目特别是高新技术产业项目时，向吉林省和东北老工业基地倾斜。

四是加大税收支持政策。在实行振兴东北老工业基地时，对东北地区可以比照享受西部地区的税收优惠政策。同时，在东北地区实行税收扶持政策，并利用税收返还给予照顾。据了解，吉林省财政收入中“两税”收入比重大，2002年“两税”收入占全口径财政收入的56.7%，比全国地方级平均水平高出5.8个百分点。由于“两税”收入增量大部分上划中央，地方从新增收入中分离的财力有限，各级财政尤其是县级财政困难。建议国家在税收返还上给予照顾，对吉林省每年上划中央的“两税”收入增量，比照民族地区的优惠政策给予返还。

五是加大金融信贷支持力度。首先要增强东北地区国有商业银行对调整改造的支持能力。其次是支持东北地区加大金融改革力度。创造条件，加快在东北地区设立外资银行。支持设立区域性股份制银行。建议在吉林省进行农发行调整职能试点。

六是帮助解决资源枯竭地区发展接续产业的遗留问题。比如帮助解决国有重点煤炭企业历史欠账。一是拖欠工资问题。二是安全生产欠账问题。三是采煤沉陷区综合治理问题。同时，要解决好国有森工企业“混岗”集体所有制职工安置问题。为减轻吉林省国有森工企业负担，建议将森工企业内部“混岗”的集体所有制职工8.1万人，比照国企职工补助标准，纳入“天保工程”一次性安置。

七是支持扩大对外开放。支持东北地区加快服务贸易领域对外开放，把对外开放的时序提前到2004年。扶持发展对外经济贸易。一是国家赋予吉林省1家至2家主营粮食出口的大型骨干企业粮食进口经营权。二是将吉林省列入边境小额贸易出口项下以人民币现钞进行出口核销的试点范围。推进东北地区国际合作开发，促进双边或多边区域经济合作与发展。

八是加大环境污染治理的政策扶持。松花江是贯穿东北境内的最大一条河流，在吉林省的流域面积占全省总面积的71.8%，流域内人口占全省总人口的71.5%。流域内工业企业多，污染严重，制约着吉林省生态环境建设和可持续发展。目前，松花江未纳入国家重点污染治理范围。建议从2004年开始启动国家《松花江流域水污染防治“十五”计划》，作为国家重点流域污染治理工程。比照“三湖”、“三河”重点流域治理工程，给予政策和资金支持。

九是推进城镇社会保障体系建设。首先要加快国有企业下岗职工基本生产保障向失业保险并轨。除按辽宁试点政策执行外，吉林省还有两个突出问题，大农垦的社保建起了，小农垦的社保没有政策，还有粮食企业下岗问题没纳入社保政策（全省16.8万人，10.8万人要下岗）。一是部分下岗职工虽已出中心，解除了劳动关系，但经济补偿金标准低，需要与辽宁试点政策相衔接。二是粮食购销企业存在大量富余人员，这部分职工急需通过与企业解除劳动关系走向市场，需要纳入并轨范围。完善城镇企业职工基本养老保险制度。在按辽宁试点政策做实个人基本养老保险账户的同时，建议国家帮助吉林省解决集体企业纳入养老保险省级统筹和农林牧渔“四场”职工纳入养老保险的资金缺口问题。增加城市居民最低生活保障补助资金。吉林省城市低保对象多，资金缺口大，建议国家增加对吉林省的资金补助。未参保集体企业退休人员有 14 万多人，比照辽宁试点办法，按低保标准发放生活费，建议国家帮助解决所需资金。按国务院有关规定，企业基本养老保险的缴费比例一般不得超过 20%（目前实际平均为 19.88%），而吉林省现在为 24%。将吉林省缴费比例下调到全国平均水平，所出现的收支缺口，建议国家帮助解决。

十是加强对东北老工业基地调整改造的指导。国家为了实施西部大开发，成立了专门的机构如西部开发办。振兴东北老工业基地同实施西部大开发一样，是一项艰苦的、复杂的、长期的系统工程，仅靠东北地区自身的力量远远不够，必须动员全国上下，各个方面的力量，齐心协力，共同奋斗。同时，为了避免东北地区在国家实施振兴东北老工业基地战略的情况下，重复建设，浪费资源，建议国家设立专门机构，统筹规划，统一协调。

通过对吉林省的考察调研，我们对党的十六大提出振兴东北老工业基地的伟大战略有了更进一步的认识。我们有理由相信，在全党、全国的共同努力下，东北老工业基地一定会实现振兴，成为我国经济和社会发展的一个新的亮点。

参观三峡枢纽工程随感

（2003 年 9 月）

上个世纪 50 年代、80 年代和 90 年代，我曾几次到过三峡。三峡的沧桑历史、三峡的雄伟景观、三峡的奇特文化、三峡的旖旎风光，都给我留下了难以磨灭的印象。三峡水利枢纽工程开工以来，我和全国广大干部群众一样，对之十分关注。不久前，李鹏同志送来一本他的新著《三峡日记》，生动地记述了三峡工程的兴建过程，读后更引起我重新认识三峡的浓厚兴致。在一个秋高气爽的日子，我和几位老同志一道，又一次来到三峡。

这次到三峡，我们重点参观了三峡枢纽工程。

兴建三峡枢纽工程的设想始于上个世纪初。最早提出在三峡建坝的是伟大的民主革命先行者孙中山。1944 年，美国著名大坝专家萨凡奇查勘三峡江段后，编写了《扬子江三峡计划初步报告》。1946 年原国民党政府和美国内政部垦务局签订委托设计的合约，并进行了初步的勘察、规划和设计工作。但是，在国民党统治时期，三峡建设只能是空中楼阁。新中国成立后，三峡工程建设才真正拉开帷幕。从上个世纪 50 年代开始，大规模的规划、勘察和设计工作正式启动。1986 年至 1989 年三峡工程重新论证期间，全国各行各业共 412 位著名专家参与了调研、论证工作，历时近三年，声势浩荡，阵容强大，引起全世界瞩目。到了上个世纪 80 年代以后，美国、加拿大、苏联、意大利、法国、德国、瑞典、挪威、日本、比利时、瑞士、巴西等国的专家、学者也曾参与了三峡工程的研究和咨询工作。在充分调研论证的基础上，长江委于 1989 年底将完成的可行性研究报告，报经国务院三峡工程审查委员会组织全面审查。国务院三峡工程审查委员会又邀请专家学者和有关人员，对可行性研究报告进行了听证、论证，报请全国人大七届五次会议于1992年4月3日审议通过。同年12月，三峡工程建设委员会组织审查，于1993年7月正式批准。1994年12月14日开工兴建。在党中央、国务院的领导下，在全国人民的支持下，经过全体建设者的共同努力，1997年11月8日胜利实现大江截流。随后几年来，三峡工程建设进展顺利。广大三峡建设者团结奋进，开拓创新，勇于拼搏，在工程建设中取得了一个又一个名扬中外的骄人成绩。如今，三峡枢纽工程高达185米的左岸大坝，在浩浩荡荡的江水中巍然屹立，左岸电厂部分机组已经开始发电，右岸厂坝建设和其他工程建设也在进行之中。

站在高高的三峡大坝上，举目远望，上游江水平缓安静，仿佛被缚住的苍龙，顺从地听任三峡建设者的调度，等待建功立业；下游江水龙腾虎跃，从泄洪口奔涌而出，气势磅礴。站在三峡大坝上，不能不心情起伏，不能不充满豪情，不能不感到骄傲。三峡枢纽工程的建设，向世界展示了一个个不可否认的真理。

第一，只有在中国共产党的领导下，三峡工程建设才能实现。从孙中山提出建设三峡工程到新中国成立前，国民党政府也做过三峡工程的勘察、设计、规划，但是没有付诸实施。政治上的腐败，经济上的落后，只能让孙中山先生的设想成为梦想。国民党政府没有办到的事情，在中国共产党的领导下办成了。这是因为中国共产党坚持了全心全意为人民服务的宗旨，把三峡枢纽工程建设作为利国利民的千秋大业来完成。新中国成立后，中国共产党领导集体，为兴建三峡工程呕心沥血，运筹帷幄，倾注了大量的心血。毛泽东同志20世纪50年代后期视察三峡后，他以一个伟大战略家的气概，以革命现实主义和革命浪漫主义相结合的情怀，构思三峡建设的壮丽蓝图，抒发了全国人民改天换地的宏伟愿望："更立西江石壁，截断巫山云雨。高峡出平湖。神女应无恙，当惊世界殊。"

在整个三峡工程的建设过程中，广大共产党员以身作则，身先士卒，模范带头，处处争先，为三峡工程保质保量地完成任务发挥了巨大作用。三峡枢纽工程具有防洪、发电、航运等综合功能，建成后不仅有巨大的经济效益，而且对长江流域的生态与环境，也将起到重要的改善作用。经三峡水库调蓄，荆江河段的防洪标准可以大大提高，即使碰上千年一遇或历史上发生过的 1870 年那样的特大洪水，也能防止发生大量人员伤亡和巨额财力损失。三峡工程还将使江汉平原和洞庭湖区 2300 万亩肥沃的土地和大批城镇得到更为有效的保护，1500 万居民得到安居乐业。同时，还将极大地提高整个长江中下游防洪的能力，减少洪灾损失。这对两岸百姓来说，无疑是一个巨大的福音。三峡工程的建成，对于华中地区乃至于长江中下游地区的经济加快发展，也将起到不可低估的作用。可以说，三峡工程的建成，是中国历史上的伟大壮举，是中国共产党领导中国人民为建设小康社会进行的一次规模宏大的新战役，是中国共产党全心全意为人民服务宗旨的充分体现，是中国共产党领导人民在新的历史时期矗立的一座新的里程碑。

第二，只有在社会主义制度下，三峡工程建设才能实现。这里首先举一个移民的例子，就足以说明这一点了。据了解，世界上一些重大的水利枢纽工程，成败的关键在于移民的安置上。三峡水库将淹没陆地面积 632 平方公里，涉及到湖北省、重庆市的 20 个县市，其中淹没城市两座、县城 11 座、集镇 116 个、工矿企业 1599 家，涉及房屋总面积 3459.6 万平方米，需要作移民安置的总人口达 110 余万。可以说，这是一个难以想象相当复杂的艰巨任务。有的外国专家因为这一点，对中国建设三峡工程感到困惑，认为近百万移民会成为三峡工程建设的一大障碍。他们没有想到，在三峡建设过程中，这些看起来不可逾越的困难，都被克服了。三峡近百万移民，服从于全国建设的大局，背井离乡而毫无怨言；全国各地积极响应党中央、国务院的号召，发扬全国一盘棋的精神，千方百计创造条件，妥善安置移民。有的地方把最好的房屋给移民住，把最好的土地给移民种，为移民工作创造了条件。整个移民工作在计划的时间里基本完成，没有因此而影响工程进度。美国前国务卿基辛格在参观三峡后，赞不绝口地说：从三峡工程看到了你们制度的优越性。在三峡工程建设开始后，全国各地、各行各业，都发挥了社会主义大协作精神，要人给人，要物给物，全力支持，通力合作，使三峡的科技人员在全国是一流的，建设队伍在全国是一流的，这都为三峡工程建设打下了坚实的基础。因此，三峡工程在世界上也是一流的。

第三，只有改革开放和社会主义现代化建设不断取得新的成就，三峡工程建设才能实现。三峡工程为什么在上个世纪 80 年代才开始大规模建设？一个最为明显的原因是我国改革开放取得了伟大成就，国家财力充裕，而且积累了社会主义现代化建设的成功经验。三峡工程总概算900多亿元，投入资金总量巨大。要是在上个世纪80年代之前，我们即使有建设三峡、为民造福的雄心壮志，但也拿不出这么多的资金。在十年浩劫时期，国民经济到了崩溃的边缘，三峡工程建设甚至于提不上议事日程。改革开放使我们的综合国力不断提高，使我们的经济实力不断增强。由此，我们更能够体会到邓小平同志提出的“发展才是硬道理”的正确性。

第四，只有在社会主义市场经济条件下，三峡工程建设才能实现。从三峡工程建设的进展情况，我们可以看出，随着社会主义市场经济体制建设的不断深入，三峡工程建设也在不断加快。党的十一届三中全会特别是党的十四大以来，社会主义市场经济体制逐步形成，公有制为主体、多种所有制经济共同发展的基本经济制度逐步形成，全方位、宽领域、多层次的对外开放格局逐步形成。正是在这样的形势下，三峡工程建设才打破了传统的国家独家投资的格局，充分利用国外贷款、发行债券、股份制合作等形式，多方筹集三峡工程建设资金，保证了工程建设所需的大量资金到位，从而保证了工程建设的顺利。

三峡工程是中国也是世界最大的水利枢纽工程，是中国共产党人带领中国人民奋发进取、开拓创新、不断前进的一座伟大的里程碑。让我们为它的顺利建成欢呼吧！

用科学发展观，调整大兴安岭林区总体发展方向

（2004 年 3 月）

最近，我见到了来北京开会的大兴安岭林区的负责同志，听他们介绍了当地的情况，又参阅了国家和黑龙江省一些林业专家的研究材料。从大兴安岭林区的现状、存在的问题、特殊的战略地位来看，用科学发展观调整该林区的总体发展方向确有必要，刻不容缓，亟应加速进行。

大兴安岭林区的历史及现状

大兴安岭林区总面积 8.46 万平方公里，林材总经营面积 835 万公顷，其中有林地面积 653.2 万公顷，森林覆盖率 78.4%。1964 年开发之初，基于经济建设的需要，国家对该林区的定位为木材生产基地。40 年来，该区累计为国家提供木材 1.1 亿立方米，年均产量占全国国有林区的 10%，上缴利税 41.3 亿元，在为国家经济建设做出重大贡献的同时，林区也过早地进入了资源危机、经济危困的艰难境地，其生态功能也随着森林资源的迅速减少而明显下降，并由此而引发了严重的区域性生态问题。同时，资源上的危机导致了经济上的危困。

1998 年，党中央、国务院站在事关国家可持续发展的战略高度，审时度势地做出了实施天然林资源保护工程（简称天保工程）的重大战略决策，并将大兴安岭林区确定为首批试点单位和重点实施地区。大兴安岭林区实施天保工程 5 年来，已经取得了明显的阶段性成果。一是森林资源得到有效保护。全区完

成公益林建设62.4万公顷，更新造林24.4万公顷，已建自然保护区8个，森林覆盖率已由1997年末的75.2%提高到2002年末的78.41%，提高了3.2个百分点；森林净增长3022万立方米。1997年木材产量是339.1万立方米，2003年是214.4万立方米，减少124.7万立方米，减少三分之一还多。二是林区经济稳步、协调发展。由于木材产量调减，该区每年GDP下降2个百分点，但由于加大了产业结构调整力度，发展具有高寒地区特色的养殖业、具有北极区位和林区特色的生态旅游业、以及加快北药开发、培育个体私营经济，发展对俄境外开采，实现了经济的恢复性增长和协调发展，国内生产总值由1997年35.5亿元增长到2003年的53.2亿元，平均每年增长6.4%。三是林区各项改革不断深化。到2003年，全区334户国有小型企业全面完成了产权制度改革，并撤并了一些乡镇、林场。四是林区基础设施建设和人民群众生活水平有所提高。林区公路总里程已达913公里，形成了林区公路网络。城镇建设初具规模。文化、卫生和体育事业长足发展。人民群众安居乐业。

大兴安岭林区存在的几个主要方面的问题

一是森林资源濒临枯竭。在过去40年的开发中，由于未能科学经营，加上企业单一木材生产，又遇1987年“5·6”森林大火洗劫，天然林资源受到严重破坏，可采资源大幅减少，活立木可采资源已由开发初期的7.3亿立方米减到5.4亿立方米，减少了26%；成过熟林蓄积由4.6亿立方米减到1.6亿立方米，减少了65.2%。据专家测算，按目前“天保工程实施方案”要求该区商品林经营区年生产109万立方米，以平均出材率58.6%计算，现有的成过熟林资源也只能生产15年，接续的近熟林资源15年后达到2303万立方米，也只能生产12年。而实际上该林区可采资源分布零散，且有20%的成过熟林不可及，商品林经营区木材生产只能维持10年，接续的近熟林资源也仅能再生产8年。

二是林区生态环境恶化。森林生态功能下降。由于森林的减少和破坏，直接导致大风天气增多，风力加大。上个世纪60年代，5级风以上天气春季有7天，秋季有3天；上个世纪80年代，春季有12天，秋季有5天；到1998年，春季已达42天、秋季10天，造成历史罕见的风灾，沙尘暴也史无前例地出现在大兴安岭林区。从解放初期到1987年大兴安岭特大森林火灾前的38年，该区只发生1955年和1967年两次洪水。而在以后的12年间就发生了1988年、1989年、1991年和1998年4次历史性洪涝灾害，造成的损失越来越大。1998年发生百年一遇的特大洪水，殃及整个嫩江及松花江流域，直接经济损失1000多亿元。专家指出，这与大兴安岭占集水区控制面积三分之一森林的过量采伐有直接关系。野生动植物生存环境也不断恶化，生物多样性锐减。宝贵的寒温带针叶林湿地已由开发初期的80多万公顷减少到41万公顷；数种候鸟不再选择大兴安岭栖息；数百万公顷的森林里竟然已很难听到鸟鸣；开发初期在林区生产作业现场经常遇到的马鹿、驼鹿、麝、麇、棕熊等动物已难觅踪影；江河湖泊中特有的冷水鱼类也已很少。

三是森林生产力低、质量差、恢复期长。由于气候寒冷，雨量少，冰冻期长，生长季短，生长速度慢，生长立地条件较差，该林区生态破坏容易恢复难。即使强制性恢复，也需要比其他林区更长的时间和更多的投入。尤其是立地条件差，林地生产力低，主要树种落叶松自然成材期平均需要110年，经林业专家对Ⅰ、Ⅱ地位级营造大兴安岭优势树种兴安落叶松的经济效益分析，即使按60年成材计算，营造商品林每公顷要亏损2122.79元。营造如此高成本的人工商品林，不仅无经济效益可言，而且在当前造林主体多元化，谁造林、谁投资、谁受益的新形势下，没有人愿意出巨资营造根本没有经济收益的人工商品林，客观上使营造商品林难以实施。

四是产业发展滞后。由于过去多年单一木材生产，非木材产业开发起步较晚，目前处于创业阶段，而且普遍存在企业规模小、技术含量低、投入资金少、创新能力差等问题。

大兴安岭林区特殊的战略地位

一是具有东北松嫩平原和内蒙古呼伦贝尔草原的天然屏障战略作用。大兴安岭山脉及其森林植被抵御着西伯利亚寒流和蒙古高原旱风的侵袭，使来自东南方向的太平洋暖湿气流在此涡旋，为松嫩平原营造了适宜的农业生产环境。同时，由于大兴安岭的森林缓解了冬季西北方向的干冷气流，降低了风速，从而减缓呼伦贝尔草原的沙化过程。

二是对黑龙江、嫩江流域有着重要的水源涵养和调节作用。黑龙江、嫩江的主要干支流均发源于大兴安岭。以大兴安岭主脉和伊勒呼里山支脉为分水岭，形成了黑龙江和嫩江南北两大水系。北坡的额尔古纳河、呼玛河、盘古河等河流汇入黑龙江。黑龙江流经大兴安岭林区792公里，流域面积6.6万平方公里。南坡的甘河、诺敏河、多布库尔河、那都里河、南瓮河等汇入嫩江后注入松花江。嫩江水系流域面积1.9万平方公里。两大集水区内的大小河流500多条，年径流量149亿立方米。湿地及周边森林共同维系和平衡着两大流域的水源，并为东北重镇齐齐哈尔、工业基地大庆和松嫩平原、呼伦贝尔草原提供宝贵的工农业生产及生活用水。

三是一个天然的生物基因库。作为我国唯一的寒温带针叶林群落，大兴安岭适生着各类植物92科371属966种，鸟类16目40科250种，兽类6目16科56种，鱼类17科84种，两栖动物2目4科17种，其中属于国家级一类、二类保护动物就有31种，珍贵树种8种，珍贵中草药30余种，濒危植物9种。正是这些动物群落，形成了寒温带生物基因库，保持了我国的生物多样性。

四是巨大的生态效益。据专家测算，大兴安岭每年仅纳碳和贮碳创造的生态效益就达68.2亿元，森林制氧又创造生态效益35.4亿元，含水效益每年57.3亿元，总计160.9个亿，整个东北乃至华北地区都受益。

五是在区域社会文明中的重要地位。大兴安岭林区拥有悠久的历史和灿烂的文化，并具有独具特色的民族风情和旅游资源，在21世纪的文明社会进程中，对区域社会文明的发展具有重要地位和促进作用。

六是边境贸易的优势。大兴安岭林区同俄罗斯接壤，边境线长达791.5公里，有19个村屯与俄方相应。现已有漠河、呼玛两个国家一类口岸，辐射面积达俄罗斯的5个州，在东北亚经济圈中具有很强的地域优势和开发潜力。从1998年开始，该区开展了对俄境外开采，取得了较好的效果。

调整大兴安岭总体发展方向的意见

大兴安岭林区的干部职工和国家、黑龙江省的专家学者，建议用科学发展观，将该区从生产林区转变为生态林区。其总体发展方向的定位核心内容是“实施生态战略、发展特色经济”。即以生态保护为主。兼顾森林资源的多功能利用。通过建设和培育森林生态系统，实现生物与非生物之间，生产者、消费者和分解者之间以及人类活动和自然环境之间的能量转换和物质循环的动态平衡；在实现以木材生产为主向以生态建设为主转变的同时，大力发展特色经济，推动生态林区建设。

一是坚持生态优先的原则。可以减轻木材生产对森林资源和环境的压力，使生态功能日趋恶化的森林生态系统逐步得到恢复，以维护区域的生态环境和江河的安全，使大兴安岭森林资源有一个休养生息的时期。同时要兼顾经济效益和社会效益。生态与经济是相辅相成的，是矛盾的统一体，不发展经济光搞生态是搞不长久的，光搞生态不搞经济也是不会长久的。现在，生态的需求已成为社会对林业的第一需求，因此，坚持生态优先，就是要不上浪费资源的项目，不上污染环境的项目，不上影响生态的项目，不以牺牲生态为代价获取短期的经济效益。

二是科学合理地确定木材产量和采伐方式。大兴安岭作为重点国有林区，实施生态战略，但每年仍将向社会提供一定数量的木材。如果完全停止木材生产，不仅林区的经济效益受到影响，而且会影响森林生长，滋生病虫害，最后反过来对生态产生影响。因此，关键是要做到“两个合理”：一是合理地确定木材产量。大兴安岭林区现有森林资源可采蓄积 12600 万立方米，其中有 9266 万立方米分布在限伐区内，即使在天保工程已划定的商品林经营区内，主伐和更新伐中 70％都是二次或三次过伐区，每公顷可采蓄积已远远达不到采伐要求。经测算，现有的商品林可采蓄积只能维持 9 年，9 年后的近熟林可利用 7 年，而中龄林达到利用年限需要 52 年，中间将出现 36 年的断采期，因此，必须把木材产量严格限定在现有森林资源能够承载的范围之内，以实现青山常在，永续利用。二是合理确定采伐方式。停止主伐是一种采伐方式的转变，而不是停止木材生产。鉴于大兴安岭林区林分质量差，主伐设计的采伐强度大，目前，二次渐伐的强度已经达到 47％—50％，择伐强度达到 36％—40％，在林区自然气候条件恶劣、林地生产力较低、森林更新恢复周期漫长的实际情况下，继续安排主伐生产不仅不利于森林资源管理，影响林区整体生态功能的发挥，而且资源利用也将难以为继。因此，应尽快停止主伐生产，把采伐方式转移到以培育森林为目的抚育伐上，在采伐限额中保留抚育出材产量，待森林资源得到完全恢复，能够实现可持续利用的时候，再重新确定木材产量和采伐方式。

三是统筹生态战略和经济发展。大兴安岭近年来林业改革和发展的实践证明，没有生态做保障，经济就不会持续发展，同样，没有经济做基础，生态建设也将成为无本之木。发展特色经济，主要是通过经营森林生态系统，改变获取经济效益的途径和方式。在木材生产上，由以单纯取材为主向以抚育生产为主转变；在产业发展上，由以森工采运业为主向以非林非木产业为主转变；在所有制结构上，由以国有经济为主向以非公有制经济为主转变。在建设和改善生态环境、保护和维系生态平衡的同时，通过发展接续产业摆脱经济发展对林木资源的过分依赖，同时满足人们对森林生态、经济和社会效益的需求。

大兴安岭生态林区建设的政策建议

把大兴安岭林区建设成生态林区是一项复杂的系统工程，一方面要通过林区自身的努力，以建立完备的生态体系为目标，以建立发达的产业体系为支撑，同时建立与林业生态建设和经济发展相适应的管理体制和经营机制，一方面需要国家在政策上给予支持。

一是重新修订“天保工程”实施方案。大兴安岭林区可采资源和接续资源已近枯竭，按“天保工程实施方案”中确定的木材产量，只能维持很短的时间，为保证生态林区建设战略实施，建议国家对现行的“天保工程实施方案”进行修订，继续调减木材产量，并适当延长工程实施期限。

二是加快建设生态公益林。要对脆弱的生态系统进行恢复。在高山陡角、河流两岸、道路两侧、湿地周围、火烧迹地等森林资源破坏严重的生态公益林区，由国家投资进行恢复建设，采取以人工促进为主、人工更新为辅等方式营造生态公益林；对现有的中幼龄林按营林规程作业要求及时抚育，通过提高林分质量和生长量，来提高森林覆盖率，恢复森林的生态功能。

三是把森林资源恢复和保护纳入法制轨道。构筑以家庭管护、木材检查站和专业人员机动巡逻为主体的“三道防线”，加大依法治林力度，严厉打击乱砍乱伐林木、乱垦乱占林地、乱捕乱猎野生动物、乱采乱挖野生植物等行为，切实抓好森林防火和病虫害防治，保护好原生的生态系统。

四是建立和发展生态接续产业体系。发达的产业体系是生态建设的保障。如果在生态建设的过程中，林区的接续产业发展不起来，生态建设就成了无源之水、无本之木，不仅无法实现全面建设小康社会的目标，而且林业的发展最终也很难走出“越穷越砍、越砍越穷”的怪圈。在新的产业体系构建过程中，既不能脱离林区的资源基础去发展不具备条件的产业，也不能再走以消耗林木资源发展经济的老路。建议国家加大扶持力度，促进林区多种资源的综合开发利用，变资源优势为产业优势。

五是加快林区产业结构调整。大兴安岭旅游资源十分丰富，神奇天象、本态自然、神秘民族、迤逦界江、浩瀚林海和高寒冰雪为大兴安岭所独有。尤其是神州北极在国内属垄断性资源，可与海南三亚的天涯海角相媲美。建议国家投资加快林区通省通县公路、机场等旅游基础设施建设，把生态旅游业作为发展生态接续产业中的主导产业做大做强，集中全力打造中国北极旅游品牌。

六是建立和完善适应生态建设的林业管理体系。大兴安岭现行政企合一的管理体制，已成为林业生态建设的障碍。建议成立大兴安岭森林经营管理局，作为国家林业局直属事业单位，将各林业局转变为森林经营分局，林场转变为森林经营管理站，主要负责森林资源的管护和培育，负责对林区内生产经营活动的监督、检查、指导、验收。将林业企业承担的公检法等政府职能、文教卫生等社会事业移交给地方政府；将物资、能源、商粮等服务行业推向社会，实行自主经营，自负盈亏；取消林业企业内部固定的生产组织，将造林等各类生产性经营活动面向专业公司或民营企业招标，鼓励和发展民营经济；按照“退出国有资本和银行贷款担保、转变职工身份和企业性质”的原则，对集团公司所属大中小国有企业进行全面改造，变国有国营为民有民营，变资产运营为资本运营。将现有的国有森工企业资产，按功能化为行政性资产、社会性资产和经营性资产，对经营性资产通过组建的资产经营公司按现代企业制度进行管理和运营。在政企分开的同时，也将资源管理和资源利用分开，由地方政府行政主管部门行使对森林资源的依法监管，由国有森林管理机构负责森林资源的资产运营，将从事森林资源利用的林业企业完全推向市场。